dtv

Göteborg. Im Leben des erfolgreichen jungen Unternehmensberaters Lennart Malmkvist geschehen sonderbare Dinge. Ein Leierkastenmann in rotem Frack und zerbeultem Zylinder verfolgt ihn nicht nur am helllichten Tag, sondern bis in seine Träume, er verliert kurzzeitig die Sprache, was ihm die fristlose Kündigung einbringt, und schließlich vermacht ihm sein skurriler Nachbar, der alte Buri Bolmen, auch noch seinen Zauber- und Scherzartikelladen – inklusive übellaunigem Mops. Alles ziemlich seltsam, bis es noch seltsamer wird. Mops Bölthorn beginnt während eines Gewitters zu sprechen: Lennart sei der Auserwählte. Er müsse sein magisches Erbe annehmen und außerdem den Mord an Buri aufklären. Mord? Magisches Erbe? Ein Hund, der spricht? Lennart sieht sich bereits auf der Couch eines Therapeuten ... Doch am Ende behält Bölthorn recht, und es geht um weitaus mehr als schlichte Magie.

Lars Simon, Jahrgang 1968, hat nach seinem Studium lange Jahre in der IT-Branche gearbeitet, bevor er mit seiner Familie nach Schweden zog, wo er als Handwerker tätig war. Heute lebt und schreibt der gebürtige Hesse wieder in der Nähe von Frankfurt am Main. Bisher sind von ihm bei dtv ›Elchscheiße‹, ›Kaimankacke‹ und ›Rentierköttel‹ erschienen. Lars Simon ist ein Pseudonym.

Lars Simon

Lennart Malmkvist und der ziemlich seltsame Mops des Buri Bolmen

Roman

dtv

Ausführliche Informationen über
unsere Autoren und Bücher
www.dtv.de

Von Lars Simon
sind bei dtv außerdem erschienen:
Elchscheiße (21508)
Kaimankacke (21554)
Rentierköttel (21609)

Originalausgabe 2016
© 2016 dtv Verlagsgesellschaft mbH & Co. KG, München
Dieses Werk wurde vermittelt durch die Literarische Agentur
Thomas Schlück GmbH, Garbsen
Umschlaggestaltung: Katharina Netolitzky/dtv
Satz: Greiner & Reichel, Köln
Gesetzt aus der Bembo 10/12,5˙ und der Frutiger 8,7/12,5˙
Druck und Bindung: Druckerei C.H.Beck, Nördlingen
Gedruckt auf säurefreiem, chlorfrei gebleichtem Papier
Printed in Germany · ISBN 978-3-423-21651-7

Für Uli,
ohne die es keinen Mops geben würde.

Prolog

Niemand ließ sich gerne Runenschädel, Vollidiot oder sogar einen Dieb schimpfen. Mats Wallin atmete tief durch, schob sich die Brille auf der Nase nach oben und beschleunigte seinen Volvo, der bei längeren Fahrten und kalten Außentemperaturen roch wie ein alter Turnschuh.

Die meisten seiner Kollegen im Club der Hobbyarchäologen und Gelegenheitshistoriker von Västra Götaland hatten sich bereits lange von ihm abgewandt. »Pathologische Sturheit« und »Querulantentum« hatten sie ihm auf einer Vorstandssitzung einmal vorgeworfen, als er von einer Überzeugung nicht abweichen wollte, die jedoch offensichtlich der Wahrheit entsprach. Absurde Anschuldigungen, aber das hatte außer Wallin natürlich niemanden interessiert.

Dann hatte man ihn mit der Begründung, er würde den Ruf des Vereins schädigen, sogar als Mitglied ausgeschlossen, und das, obwohl er es gewesen war, der die Ausgrabung in Gudhem, in der Nähe des alten Klosters, angeregt und in Gänze organisiert hatte. Wie sich später herausstellte, immerhin die bedeutsamste Fundstätte in der Geschichte des Vereins.

Der Einzige, der ahnte, worum es wirklich ging, schien dieser etwas eigenbrötlerische Mann aus Göteborg gewesen zu sein, ein neues Mitglied des Clubs, der erst am Tag des Rauswurfs zusammen mit seinem Sohn in Gudhem aufgetaucht war. Wie Wallin selbst war er zwar auch kein studierter Forscher gewesen, hatte aber genauso wie er das an sich gehabt, was all den anderen dieses Vereins immer gefehlt hatte: die Leidenschaft, die wahre Natur der Dinge entdecken zu wollen.

Doch ein Verbündeter war er auch nicht gewesen. Und es gab nur einen, dem der Ruhm zustand, und der hieß Mats Wallin. Daher hatte Wallin das Artefakt aus Gudhem mitgehen lassen (natürlich hatte er das!) – die anderen hatten es nicht verdient. Es war seine Entschädigung für die Schmach des Rauswurfs, nun gehörte es ihm allein.

Er hatte schon oft gedacht, endlich gefunden zu haben, wonach er suchte. Doch die scheinbar seriösen Hinweise hatten sich am Ende alle aufgelöst wie Würfelzucker in heißem Glögg. Aber er hatte nicht aufgegeben. Auch nicht, als ihm seine Obsession die Zwangsfrühpensionierung als Buchhalter eingebracht und ihn und seine Frau damit wirtschaftlich fast ruiniert hatte.

Schlussendlich hatte es sich gelohnt. Als er vor vielen Jahren bei einer Versteigerung in Norwegen eine uralte, mit seltsamen Zeichen beschriebene Tierhaut zusammen mit einem Manuskript inklusive einer handgezeichneten Landkarte ergatterte, hatte er sein Glück kaum fassen können. Artefakte, die unbestritten aus der Zeit stammten, deren vergrabene Wurzeln er schon immer hatte freilegen wollen. Dazu kam, dass die historischen Fundstücke ihn so gut wie nichts gekostet hatten, außer vielleicht seine Ehe. Er liebte seine Frau sehr – noch immer –, doch was er tat, liebte er über alles. Das war der Preis, den er zahlen musste.

Und Jahre hatte er auch gebraucht, um das ersteigerte Manuskript zu entschlüsseln und um zu begreifen, was er da in Händen hielt. Und als er es endlich vollständig übersetzt und auch die beiliegende Landkarte und die beschriebene Tierhaut einigermaßen verstanden hatte, war urplötzlich eine

Unruhe in ihm erwacht, ein unstillbares Verlangen nach Gewissheit, das ihn schließlich zur Ausgrabung in Gudhem gedrängt hatte.

Was war Historie, was Legende? Gab es Zauberei? Mats Wallin wollte es herausfinden.

Die geschichtlichen Rahmendaten stimmten, aber konnte es wirklich wahr sein? Die Seele von König Olav I. Tryggvason, auch Krähenbein genannt, gefangen in einem Amulett, das man in zwei Hälften zerbrochen und danach weit voneinander entfernt vergraben hatte? Und Krähenbeins Macht gebannt auf ein dicht an dicht mit magischen Versen beschriebenes Pergament, gefertigt aus der Haut eines schwarzen Wolfes, das in vier Teile zerschnitten worden war und bis in alle Ewigkeit von vier übersinnlichen Wächtern bewacht werden sollte? Die vier Dunklen Pergamente ... so stand es im Manuskript. Oder war das alles bloß ein Märchen, nur eine weitere nordische Sage? Nein, niemals! Dahinter steckte mehr, davon war Wallin mittlerweile felsenfest überzeugt. Einen derartigen Aufwand trieb nur, wer sichergehen wollte, dass eine Wahrheit nie wieder das Licht der Sonne erblickte.

Als hätte sie seinen Gedanken gelauscht und nur auf den richtigen Augenblick für einen effektvollen Auftritt gewartet, erhob sich die Sonne just in diesem Moment behutsam über den Horizont und brach durch die Wolken. Blattlose Bäume und immergrüne Tannen flogen an ihm vorüber, vermischten sich zu einem verschwommenen Band lichtloser Farben, das Wallin jedoch kaum wahrnahm – er hörte nur noch das monotone Geräusch des Motors. Und seinen eigenen Herzschlag.

Vor geraumer Zeit schon hatte er die Höhle an der Ostküste vermutet, in der Nähe von Skaftet, wo er sich dann auch – gegen alle familiären Widerstände – von seiner Abfindung ein kleines Ferienhaus gekauft hatte. Sie lag, genau wie im Manuskript und auf der Landkarte beschrieben, an einer felsigen Anhöhe im Wald bei Äskestock, und da vermutete Wallin auch die andere Hälfte des Amuletts, die zu der aus Gudhem passte. Er würde wieder zusammenfügen, was zusammengehörte.

Und wenn er mit seiner Vermutung recht behielt, würde er nicht nur weltberühmt werden, sondern vielleicht sogar reich. Aber was noch viel wichtiger war: Er würde allen, die ihn für verrückt erklärt hatten, zeigen, wer denn nun der Spinner war. Kurz fiel sein Blick auf die Amuletthälfte, die sich neben ihm in der Ablage befand. Ein Stück Stein, nicht breiter als eine Kinderhand und voll von Schriftzeichen. Wie von selbst griff er danach, zog die Hand jedoch sofort wieder zurück. Der Stein fühlte sich richtiggehend warm an, beinahe heiß. Er lenkte kurz mit den Knien, zündete sich eine Zigarette an, blies den Rauch aus dem spaltbreit geöffneten Fenster, dann lachte er zufrieden. Er hatte es schon immer gewusst: Magie existierte.

Vor der nächsten Kreuzung warf er die erst halb gerauchte Zigarette aus dem Fenster und bremste ab. Langsam ließ er den Wagen ausrollen und kam am Straßenrand zum Stehen. Der Motor seines klapprigen Volvos machte seltsame Geräusche; Feuchtigkeit bekam ihm nicht besonders. Wallin wischte sich die beschlagene Hornbrille sauber, setzte sie wieder auf, schob sie mit dem Daumen auf der Nase zurück, fuhr sich durchs schüttere Haar und zündete sich eine neue Zigarette an. Der Pfeil auf dem blauen Verkehrsschild vor ihm wies nach rechts. Darauf stand: *Skaftet 21*.

Noch einundzwanzig Kilometer. Von da aus wären es nur noch zehn Minuten bis in die Wälder von Äskestock, bis zur Höhle. Er blickte neben sich auf den Beifahrersitz, wo er die Jahrhunderte alte Landkarte ausgebreitet hatte, und strich mit den Fingern beinahe zärtlich über die raue Oberfläche des brüchigen Dokuments. Pergament und Manuskript hatte er nicht mitgenommen, sondern vor neugierigen und magischen Blicken gut versteckt – denn wer wusste schon, was er lostrat, wenn dieser Zauber tatsächlich funktionierte? Mats Wallin holte tief Luft, schlug vor Freude mit beiden Händen aufs Lenkrad, legte den Gang ein und bog ab.

Er lachte wie von Sinnen. Heute würde er die Welt verändern.

Bedauerlicherweise ahnte er nicht, wie recht er damit hatte.

Ansonsten hätte er womöglich noch kehrtgemacht.

Fast dreißig Jahre später ...

1. Kapitel

Es regnete so heftig, dass die Tropfen lautstark gegen die Fenster prasselten. Lennart wälzte sich auf die andere Seite des Bettes zum Wecker hin und kniff die Augen zusammen. Halb elf. Sie musste bereits vor Stunden gegangen sein. Er quälte sich hoch, setzte sich auf die Bettkante. Es war schön gewesen gestern Nacht, aber es hatte auch etwas zu viel Wein gegeben und zu wenig Schlaf. Und Emma umgab etwas, eine Melancholie, eine Traurigkeit, die mit jedem Glas Wein mehr zutage trat. Bei ihm war es andersherum.

In seinem Mund machte sich ein unangenehmer Geschmack breit, die Zunge klebte ihm am Gaumen wie ein durchgeweichtes Heftpflaster. Um sich ein klein wenig besser zu fühlen, half in solchen Fällen ein simpler Vergleich des körperlich schlechten Befindens am Morgen mit dem Hochgefühl am Abend zuvor. Überwog Letzteres, hatte es sich gelohnt. Mit diesem Gedankengulasch im Kopf erhob sich Lennart, tastete sich zum Verdunklungsrollo vor und spähte mit kleinen Augen durch die auseinandergeschobenen Lamellen. Rasch kam er zu dem Schluss, dass der Abend gestern schön genug gewesen war, um das Pochen hinter seiner Stirn zu ertragen, aber auch, dass es kaum ein beschisseneres Wetter für einen freien Samstag geben konnte, an dem man eigentlich vorgehabt hatte, einkaufen zu gehen und sich danach in sein Lieblingscafé zu setzen, um Zeitung zu lesen.

Lennart blickte hinab auf den Västra Hamngatan und über

die beinahe konturlosen Häuserfronten, die bei schönem Wetter so hochherrschaftlich aussahen, so erhaben, und die Straße dicht an dicht bis zum Kanal hin säumten. Heute war von ihrer Erhabenheit jedoch nichts zu erkennen. Es herrschte Tristesse. Eine Tram schob sich durch den Wasservorhang. Lennart zog die Finger aus den Lamellen, der Schlitz schnalzte zusammen. Die Zeitung konnte warten, Kaffee hatte er im Haus, und ihm war plötzlich nach Dusche und eingelegtem Hering mit Knäckebrot und Orangensaft. Ein Katerfrühstück, das in genau dieser recht individuellen Kombination nicht einmal in seinem Lieblingscafé angeboten wurde.

Im Flur, hinter der Tür zum Schlafzimmer, lag einer von Emmas schwarzen Strümpfen. Sie musste ihn übersehen haben. Lennart grinste kurz, dachte an den verführerischen Anblick grobmaschigen Netzes auf durchtrainierten, zartweißen Beinen und knarzte weiter die Flurdielen in Richtung Küche entlang, wo er das Radio einschaltete und Kaffee aufsetzte. Dann verschwand er im Bad. Eine gute Viertelstunde später kam er wieder heraus, rasiert und geduscht, den Bademantel übergezogen, und checkte sein Handy. Eine neue Nachricht.

> Hej, Lennart. Ich wollte dir nur sagen, dass ich es so schön fand gestern Abend. Alles. Und ich würde dich gerne bald wiedersehen. Ruf mich an, ja? Mach's gut und bis ganz bald. Liebe Grüße, Emma

Lennart verdrehte die Augen. »Ich hab's kommen sehen«, sagte er zu sich selbst und schüttelte resigniert den Kopf. »Arme Emma. Ich werde es ihr sagen müssen.« Er drückte auf Löschen.

Kurz darauf saß er am Küchentisch, vor sich eine Tasse Kaffee, ein Glas Orangensaft und ein Teller, auf dem ein beinahe obszön überbordend mit Sahnehering belegtes Knäckebrot lag. Im Hintergrund spielten die aktuellen Charts im Radio. Lennarts Arm juckte und brannte. Kleine rote Pusteln zogen sich vom Handgelenk bereits hinauf bis zum Ellbogen.

Es war immer dasselbe. Und es passierte immer, sobald er auch nur mit dem Gedanken spielte, sich auf mehr einzulassen als auf eine flüchtige Bekanntschaft oder ein Abenteuer. Er tat gut daran, die Sache mit Emma zu beenden, bevor es zu spät war und er einmal mehr aussehen würde wie ein Streuselkuchen, von dem sich jeder angeekelt abwandte (oder ihn wahlweise anstarrte). Es kam ihm vor wie ein lächerlicher Fluch, eine Art Beziehungsallergie. Er biss ins Heringsbrot und spülte nach genüsslichem Kauen die Fischreste und Knäckebrotkrümel mit einem großen Schluck Orangensaft hinunter.

Nachdem er sein Frühstück beendet hatte, zog er sich an und trat kurz darauf mit einem Regenschirm in der Hand aus der Wohnung. Er hielt lächelnd inne. Der Duft von Kräutern und Knoblauch, der von unten heraufzog, erfüllte das ganze Treppenhaus.

Für Lennart war dieser Geruch untrennbar mit diesem Gebäude verbunden, und er wurde mit jeder Stufe, die er hinabstieg, intensiver. Plötzlich, kaum dass er den nächsten Treppenabsatz erreicht hatte, sprang die rechte der beiden Wohnungstüren auf. Es war die von Maria Calvino. Sie hatte wahrscheinlich wieder einmal ihr ganzes Können in die Zubereitung unverhältnismäßig großer Mengen italienischer Köstlichkeiten gesteckt und ein Menü gezaubert, mit dem man eine ganze Fußballmannschaft hätte verköstigen können. Dabei lebte sie, genau wie Lennart, alleine. Ab und zu lud sie das ältere Ehepaar von gegenüber ein, oft kochte sie für soziale Einrichtungen und Bedürftige, doch das meiste musste nach Lennarts Dafürhalten entweder in der Gefriertruhe oder im Abfall landen, anders konnte er sich den Verbleib dieser ungeheuren Essensmengen nicht erklären. Aber, es gab ja noch einen weiteren regelmäßigen Abnehmer ihrer Kochkünste.

»*Buon giorno, caro mio*«, begrüßte Maria Calvino Lennart. »Guten Morgen, mein Lieber. Was für ein Zufall. Gehst du nach unten? Warte kurz. Ich habe etwas für Buri.« Sie strahlte ihn aus dunkelbraunen Augen an und trocknete sich dabei die Hände an ihrer farbenfrohen Schürze ab.

»Also, ich wollte eigentlich nicht …«, setzte Lennart an, doch sie war schon verschwunden. Sie musste eine übersinnliche Gabe besitzen, denn weder war das Haus sonderlich hellhörig, noch knarzten die Stufen. Während Lennart wartete, blickte er aus dem großen Fenster im Treppenhaus, wo der Regen schräg und windgepeitscht gegen die Scheibe klatschte. Tropfen vereinten sich zu Rinnsalen, liefen herab, als hätten selbst sie es eilig, sich vor dem miesen Wetter in Sicherheit zu bringen. In Marias Wohnung brummte weit entfernt die Dunstabzugshaube, dazu mischte sich leise dudelnd eine italienische Oper. Aus der Küche drang Geklapper, dann stimmte Maria Calvino kurz, aber dafür umso inbrünstiger in die Arie mit ein (Lennart meinte, ›La Traviata‹ zu erkennen), und nur wenig später war sie schon zurück, in den Händen einen mit Aluminiumfolie abgedeckten Teller.

»Saltimbocca alla romana, Rosmarinkartoffeln, Parmesantomaten, im Ofen überbacken. Bringst du ihm die Portion? Bitte! *Grazie, caro.*«

»Mache ich«, gab Lennart zurück. Maria Calvinos Gesicht glühte beinahe unter dem dichten schwarzen Haar, das vereinzelt von silbernen Strähnen durchzogen war.

»Wenn du zurückkommst, hol dir bitte auch noch was. Ich habe reichlich.«

»Davon gehe ich aus«, sagte Lennart. »Ich komme nachher vorbei.«

»*Bene*. Dann bis später. Ich muss wieder rein, sonst verbrennt mir noch die Lasagne, die ich für das Kindergartenfest in Bäckedalen im Ofen habe. *Ciao, ciao.*«

»*Hej då*«, wünschte Lennart der geschlossenen Tür, verharrte einen Moment ungläubig, schüttelte schließlich amüsiert den Kopf und ging mit Teller und Schirm weiter treppab. Wenn man mit Maria sprach (obwohl es meistens umgekehrt war), hatte man das Gefühl, sich in einem Film zu befinden, der mit ungefähr eineinhalbfacher Geschwindigkeit ablief. Alles, was sie tat, tat sie schneller als andere, wobei sie nicht getrieben wirkte, sondern eher, als verfüge ihre innere Uhr schlicht über zwei Stunden weniger. Da Maria dasselbe Tagespensum zu erledigen hatte wie der Rest der Menschheit – wahrscheinlich sogar eher mehr –, musste sie sich über die Jahre eine routinierte Hektik antrainiert haben. Es war anzunehmen, dass sie sogar schneller schlief als andere, um verlorene Zeit aufzuholen. Mit ihrem Mundwerk jedenfalls konnte man kaum mithalten, sie war eine Art Verbalkolibri, nur erheblich korpulenter.

Unten angekommen, blickte Lennart durch das Glasfenster der Haustür nach draußen. Es verwandelte sich nachts in ein leuchtendes Auge, wenn das Licht des Treppenhauses bis auf die Straße fiel. Er atmete hörbar aus. Der schwedische Herbst tat alles, um seinen hart erkämpften Ruf nicht etwa durch einen unbedacht hindurchgelassenen Sonnenstrahl zu beschädigen; er zeigte sich von seiner schäbigsten Seite. Lennart öffnete die Tür und hielt sie geschickt mit seinem Fuß davon ab, wieder zuzufallen. Kaltfeuchte Luft schlug ihm ins Gesicht. Eilig spannte er den Schirm auf, was aber nicht viel brachte. Es waren nur knapp zehn Meter vom Hauseingang bis zu Buris Geschäft. Zum Glück musste Lennart nicht einmal die Straße überqueren und konnte dicht an der Hauswand entlanggehen. Und doch waren seine Hosenbeine bereits dunkel besprenkelt, als er die Ladentür mit der Schulter aufdrückte und ein dämonisches Kichern ertönte, das klang wie von einer bedauernswerten Hexe mit schwerwiegenden psychischen Problemen. Eine batteriebetriebene Halloween-Scherzartikel-Türglocke aus den USA, wie Buri Bolmen einmal stolz berichtet hatte. Er freute sich jedes Mal aufs Neue diebisch, wenn jemand die Tür öffnete und erschrocken zusammenfuhr.

»Was für ein Mistwetter!«, fluchte Lennart, schloss die Tür hinter sich (die Hexe kicherte krächzend ein weiteres Mal) und stellte den zugeklappten Schirm in den dafür vorgesehenen schmiedeeisernen, mit Totenköpfen und sonstigen Dämonenfratzen verzierten Ständer. Daneben erhob sich ein Regal aus verwitterten Schiffsplanken mit Kristallkugeln in jeder erdenklichen Ausführung.

Lennart fuhr sich durchs feuchte Haar und blickte sich nach dem Ladenbesitzer um; niemand zu sehen. *Bolmens Skämt- & Förtrollningsgrotta* war menschenleer, wie so oft. Nicht nur heute fragte sich Lennart, wie und wovon der alte Bolmen überhaupt lebte. Dieses Stadtviertel war eines der begehrtesten in der ganzen Stadt, und diese Straße, der Västra Hamngatan, war eine der teuersten in diesem ohnehin sündhaft teuren Eckchen von Göteborg. Lennart wusste nicht, was Buri Bolmen hier an Miete zahlte, aber er konnte es sich denken, wenn er davon ausging, was er selbst für seine vier Zimmer im zweiten Stock jeden Monat hinblättern musste. Dieser Laden hatte eine erstklassige Lage in einem repräsentativen und toprestaurierten Haus aus dem neunzehnten Jahrhundert. Buri Bolmen hingegen bewohnte lediglich eine winzige Wohnung, die er von seiner im hinteren Bereich des Ladens liegenden Werkstatt betreten konnte. Dennoch war dieses Objekt insgesamt mit Sicherheit doppelt so groß wie Lennarts Apartment und daher bestimmt auch mehr als doppelt so teuer. Hier hätte man sich gut eine Bankfiliale vorstellen können, ein Restaurant der Sternegastronomie, ein Antiquitätengeschäft oder eine Galerie, deren Kunden im Vorbeigehen für ein Bild, auf dem nur ein kleines blaues Quadrat zu sehen war, mal eben fünfhunderttausend Kronen bezahlten. Aber doch keinen Scherz- und Zauberartikelladen, der nichts feilbot außer Nippes und Kitsch!

»Herr Bolmen?«, rief Lennart ins Halbdunkel. Irgendwo weit hinten hörte er ein Schaben, ein Schmatzen, ein Röcheln und leise Musik. Jazz oder Swing. Eine Schublade wurde aufgezogen. War es wirklich eine Schublade gewesen oder eine Tür? »Herr Bolmen?«, wiederholte Lennart seinen Ruf lauter und mit leicht entnervtem Unterton. Nichts regte sich. »Sind Sie da? Ich habe Mittagessen für Sie. Von Frau Calvino.«

Es blieb still.

Lennart suchte nach einem Lebenszeichen, doch er konnte nichts erkennen, der Laden war einfach zu voll gestellt. Einzig die Auslagen der zehn etwa zwei Meter breiten und in Rundbögen gefassten Schaufenster des Eckgeschäftes hatten eine gewisse Minimalordnung, der Rest der Präsentationsfläche beherbergte Unmengen von Krimskrams und Plunder. Regale, in denen Hunderte, wahrscheinlich sogar Tausende von Kleinartikeln gehortet wurden, verwandelten das Geschäft in ein unübersichtliches Labyrinth. Runenanhänger und Heilsteine lagen neben Vampirzähnen und Spritzblumen, Zauberstäbe und Zauberspiegel neben Plastikmessern und Äxten mit Blutimitationen, die man sich auf den Kopf klemmen konnte, um seine Mitmenschen zu erschrecken. Schatullen mit (vermutlich) doppeltem Boden und Geheimfächern standen neben Jonglierbällen und Tarotkarten, Phiolen für selbst gebraute Zaubertränke neben Krügen und Bechern, die aussahen, als wären sie voll mit Wasser, aus denen aber niemals Wasser floss, uralte (oder auf alt getrimmte) Zylinder neben Trollmasken (vermutlich aus chinesischer Massenproduktion). Von der Decke hingen Kunststofffledermäuse, Flugbesen, Drachen- und Luftschiffmodelle, die an den Entwurf eines betrunkenen Jules Verne erinnerten, sowie ein riesiges Teleskop, verbeult und aus Messing. Die Wände zierten Plakate und Poster mit allerlei bizarren Wesen. Dazwischen hingen alte Ölgemälde, zumeist mit Motiven aus der skandinavischen Mythologie, manche zeigten aber auch bleiche Schönheiten mit verklärtem Blick und in wallende Tuche gehüllt.

Und das war nur ein Bruchteil der Räumlichkeiten, die Lennart von der Tür aus überblicken konnte. Manches war alt, manches neu, manches vielleicht von gewissem Wert, doch beim überwiegenden Teil handelte es sich um billigen Trödel, davon war Lennart absolut überzeugt. Zwei Dinge allerdings hatten all diese kleinen und großen Artikel gemein.

Zum einen schluckten sie das ohnehin kaum vorhandene Licht, das durch die Schaufenster hereinfiel, sodass die Helligkeit nach hinten stetig abnahm, ganz als würde vom Ende des Raumes her bereits die Dämmerung heraufziehen. Das vermochten auch die drei Kronleuchter mit den kerzenförmigen, rot flackernden Effektglühbirnen nicht zu ändern, welche die dunkelgrün gestreifte Tapete kaum erhellten – in die tanzenden Schatten schlichen sich unterschiedlich große Regenbogenfragmente, die die Kristalle der Lüster verstreuten.

Zum anderen gab es da diesen ganz besonderen Geruch. Lennart konnte nicht genau sagen, woran er ihn erinnerte. Es war eine Mischung aus Jahrmarkt, Keller und Dachboden – obwohl er nicht hätte beschreiben können, wie ein Dachboden überhaupt roch.

Plötzlich berührte etwas Warmes, Haariges sein Bein, flankiert von einem Gurgeln, das klang, als würde bröckeliger Schlamm durch einen verstopften Badewannenabfluss sickern. Erschrocken machte er einen Schritt zur Seite und schaute nach unten auf den schwarz-weißen Schachbrettfliesenboden. »Mensch, Bölthorn, du dickes Ding!«, entfuhr es ihm. »Schleich dich nicht immer so an. Ich frage mich sowieso, wie du es schaffst, so leise zu sein, bei deinem Gewicht und deinem Geröchel.«

Der Hund zu Lennarts Füßen sah ihn an. Durchdringend. Er zeigte nicht das geringste Zeichen von Wiedersehensfreude. Kein Japsen, kein Schwanzwedeln. Und das lag ganz sicher nicht daran, dass es mit der kurzen Rute keinen Spaß machte. Er hatte für Lennart einfach nicht viel übrig, und Lennart ging es umgekehrt ähnlich. Es war Desinteresse und mangelnde Sympathie auf den ersten Blick gewesen. Spontan und ohne ersichtlichen Grund. So etwas gab es zwischen Mensch und Mensch, warum also nicht auch zwischen Mensch und Mops?

Ein reinrassiger Mops war das vermutlich ohnehin nicht, auch wenn Buri Bolmen das unbeirrbar und mit Stolz von diesem Tier behauptete. Lennart hatte noch nie widersprochen. Dieses Wesen war zugegebenermaßen mopsähnlich, dennoch mussten noch mindestens zwei oder mehr Rassen mit ihrem Erbgut zu seiner Erschaffung beigetragen haben. (Vielleicht zählten sogar andere Arten aus der Familie Caniformia dazu, Kleinbären oder Walrosse zum Beispiel. Das wäre durchaus denkbar!)

Bölthorns Kontur und Größe passten in etwa zum klassischen Mops, aber dieser Hund sah aus, als habe er einen Rauhaardackel aufgegessen und sich auf diese Weise nicht nur dessen Gewicht einverleibt, sondern sich auch noch mit ihm vermischt. Sein Fell war länger als das eines Mopses und erinnerte an einen Rasierpinsel. Die Ohren waren zu groß und sahen aus wie feuchte Waschlappen, und auch das typische Schwänzchen war weniger gekringelt als beim Original, ganz so, als hätte das dafür zuständige Gen während der Zellteilung eingesehen, dass sich die Mühe nicht lohnte.

Bölthorn fixierte Lennart, und der hätte schwören können, dass die riesigen Mops-Glubschaugen in diesem Moment eine Millisekunde lang aufblitzten.

»Sei nett zu ihm«, hörte Lennart in seinem Rücken und drehte sich um.

»Herr Bolmen, Himmel! Sie haben mir einen ziemlichen Schrecken eingejagt.«

»Oh, das wollte ich nicht. Entschuldige, ich war hinten in der Werkstatt und habe dich nicht gehört. Ist das von Maria?« Er deutete mit dem Zeigefinger, der an einen knorrigen Zweig erinnerte, auf den Teller in Lennarts Hand.

»Ja. Fleisch und Gemüse.«

»Lecker. Danke.« Buri Bolmen nahm Lennart das Essen ab und strich sich dabei mit der anderen Hand durch den langen weißen Bart, der ihm ein wenig das Aussehen von Professor Dumbledore gab.

Von Anfang an hatte es sich seltsamerweise ergeben, dass Lennart Herrn Bolmen siezte, der ihn aber duzte, und das, obwohl Lennart schon lange kein Grünschnabel mehr war. Buri Bolmen wusste das, Lennart wusste das, aber sie änderten nichts daran. Wann immer er ihm begegnete, kam es Lennart stets ein wenig so vor, als träfe er nach Jahren einen alten Lehrer aus Kindertagen wieder, vor dem er zu Schulzeiten einen Höllenrespekt gehabt hatte. Und doch war es mehr als nur Ehrfurcht, Buri Bolmen hatte für Lennart etwas Großväterliches an sich.

»Ich glaube, Frau Calvino ist verschossen in Sie«, sagte Lennart.

Buri Bolmen nickte. »Ich weiß.«

»Sie wissen das?«

»Ich bin alt, aber nicht blind.«

»Und warum treffen Sie sich nicht mal, unternehmen etwas gemeinsam, gehen zum Beispiel zusammen spazieren oder ins Museum? Oder Sie lassen sich von ihr in ihrer Wohnung bekochen? Das hätte auch für mich den Vorteil, dass sie sich vielleicht endlich trauen würde, Ihnen das Essen selbst herunterzubringen, und ich nicht immer den Lieferanten spielen müsste. Ich meine, ich mache das ja prinzipiell gerne, aber Sie sind beide alleine und schon älter und …«

»Du meinst, so viel Zeit bleibt mir nicht mehr?« Bolmen lächelte verschmitzt, was man daran erkennen konnte, dass sich eine Reihe heller Zähne im Gestrüpp seines weißgrauen Bartes zeigte und seine Augen noch mehr funkelten als sonst. »Vielleicht hast du recht.«

Bölthorn schnappte vergeblich nach einer vorbeisummenden Stubenfliege. »So habe ich es nicht gemeint«, versuchte sich Lennart aus der Affäre zu ziehen und beachtete die vergeblichen Versuche des adipösen Hundes, an einen fliegenden Eiweißsnack zu gelangen, nicht weiter. »Ich denke nur, dass Sie beide so nah beieinanderleben und dass es doch irgendwie schade ist.«

»Es gibt Gründe für alles, mein lieber Lennart«, gab Bolmen ungerührt zurück und strich sich verlegen durch den Bart.

»Was könnten das schon für Gründe sein, dass ein Mann und eine Frau in Ihrer Lage es nicht wenigstens einmal miteinander probieren?«

»Und was ist mit dir? Warum hast du keine Freundin?«, wechselte Bolmen unvermittelt das Thema.

»Was meinen Sie damit?«, wollte Lennart verwundert wissen.

»Na, die hübsche Brünette mit der vornehmen Blässe zum Beispiel. Was ist mit der?«

»Emma? Aber ... aber, woher wissen Sie von ihr?«

»Ich habe euch gesehen. Und ich habe dich gesehen, wie du sie angeschaut hast. Machte auf mich einen interessierten Eindruck.«

»Sie haben uns gesehen?«, fragte Lennart. »Wann und wo?«

»Ist sie nun deine Freundin oder nicht?« Bolmen ignorierte die Gegenfragen geflissentlich und legte den Kopf so schief, dass ihm die Haare auf seine schmalen Schultern fielen. Nur der dunkelblaue, mit gelben Sternen besetzte Schwalbenkragen seines Satinhemdes schien den zierlichen Kopf noch zu stützen.

Lennart zögerte, fühlte sich vom Blick seines Gegenübers festgehalten. »Nein«, sagte er schließlich und richtete sich auf.

»Schade. Sie ist doch bestimmt sehr nett. Und warum nicht?« Bolmen bewegte sich keinen Millimeter.

Lennart fragte sich in diesem Augenblick, was er hier eigentlich tat. Er setzte sich dem Verhör eines exzentrischen Nachbarn aus, der ihm anscheinend nachspionierte und dann noch über sein Liebesleben ausquetschte. »Das ist doch egal«, antwortete er brüsk. »Ich glaube, das wird nichts mit ihr. Bauchgefühl. Basta.«

»Oh, natürlich, du hast vollkommen Recht.« Buri Bolmens eingeschlafenes Lächeln erwachte wieder. Er hob beschwichtigend die linke Hand. »Es geht mich ja auch wirklich nichts an, ich wollte dir damit lediglich vor Augen führen, dass es für alles einen Grund gibt. Ich habe meinen, und du hast deinen, doch vielleicht liegen unsere Gründe näher beisammen, als du denkst.«

»Das glaube ich kaum«, sagte Lennart, griff nach seinem Schirm und deutete zur Tür hinaus, wo es ein fahler Lichtschein doch noch geschafft hatte, am Ruf des schwedischen Spätherbstes zu kratzen. »Ich muss los, will noch einkaufen. Der Regen hat glücklicherweise nachgelassen. *Hej då*, Herr Bolmen.«

»*Hej då*, Lennart. Und hör auf, dich am Arm zu kratzen. Das bringt überhaupt nichts, davon wird es nur schlimmer.«

Die importierte Elektro-Hexe kicherte zweimal krächzend zum Abschied.

2. Kapitel

Direkt gegenüber von Buri Bolmens Laden kurbelte ein Leierkastenmann im Dunst des späten Morgens an seiner Drehorgel. Er war Lennart vorhin, als er sich auf den Weg zu Buri Bolmen gemacht hatte, nicht aufgefallen. Die Töne vermengten sich mit den Straßengeräuschen zu einer jämmerlichen Melodie. Mitleid war vermutlich die Haupteinnahmequelle des Mannes. Allerdings schien selbst diese Rechnung heute kaum aufzugehen, denn die wenigen Passanten, die sich trotz dunkler Regenwolken vor die Tür getraut hatten, schienen den Alten in seinem roten Frack überhaupt nicht zu bemerken, ganz so als wäre er Luft. Doch das war er keineswegs. Er lächelte über die Straße zu Lennart herüber und lupfte den verbeulten Zylinder. Unterbrochen von vorbeifahrenden Autos wirkten seine Bewegungen abgehackt wie in einem Stummfilm. Seine ganze Erscheinung schien auf seltsame Weise wie aus der Zeit gefallen, und selbst die dudelnde Musik fügte sich darein.

Lennart nickte ihm kurz zu. Plötzlich tauchte ein Polizeiauto vor ihm auf, schaltete das Blaulicht ein und beschleunigte. Lennart sah dem Wagen hinterher, wie er die Straße in Richtung Bahnhof entlangbrauste und schließlich zusammen mit seinem nervenaufreibenden Sirenengeheul verschwand. Dann stutzte er. Ungläubig blickte er über den Västra Hamngatan und schaute sich nach allen Seiten um. Nein, keine Frage, der kostümierte Alte mit dem Leierkasten war verschwunden, wie vom Erdboden verschluckt. Als hätte ihn Lennart nur erträumt. Diffus brachen sich die Strahlen einer übermütigen Novembersonne in den Pfützen auf dem Asphalt, aus einer undichten Regenrinne tropfte es im Rhythmus eines aufgeregten Pulses. Lennart steckte die Hände in die Hosentaschen und bog gedankenversunken in den Drottninggatan ein.

Dieser Morgen fühlte sich irgendwie seltsam an.

Etwa in der Mitte der schmalen Straße, wo stets nur wenige Fahrzeuge anzutreffen waren, aber dafür umso mehr kleine Geschäfte, Restaurants und Cafés, stoppte er vor *Svenssons Konditori*, einem Zuckerbäcker, der neben unglaublich leckeren Kanelbullar, Konfekt und anderen Backwaren in dem angeschlossenen Kiosk auch Zigaretten, Getränke und eine große Auswahl an Zeitungen anbot.

Gedruckte Zeitungen waren ein Anachronismus, den Lennart mochte, und er stand dazu. Ja, er fand es beinahe schick, nicht wie die meisten anderen auf sein Tablet oder sein Handy zu starren und darauf herumzuwischen, sondern großformatige, raschelnde Seiten umzublättern, mit denen man später auch ein Feuer anzünden oder einen Vogelkäfig auslegen konnte (theoretisch zumindest, denn Lennart besaß weder Kamin noch Haustier). Er stellte sich vor den Drehständer und ließ die Finger über die neuesten Ausgaben gleiten.

Schließlich zog er den ›Göteborgs Spegeln‹ heraus, klemmte ihn sich unter den Arm und betrat den Laden. Obwohl er im Moment noch keinen Appetit hatte, kaufte er sich einen frischen Zimtkringel für später (der Duft war zu verführerisch), zahlte und machte sich wieder auf den Heimweg.

Im Västra Hamngatan ertappte sich Lennart dabei, wie er sich nochmals verstohlen nach dem Leierkastenmann umsah, bevor er das Haus betrat und die Treppen nach oben stieg. Im ersten Stock klingelte er wie versprochen bei Maria Calvino, um sich seine Mahlzeit abzuholen. Nachdem diese sich zuerst nach der ordnungsgemäßen Essenslieferung an Buri Bolmen und dessen Grad der Freude erkundigt hatte, eilte sie auf ihren mit Plastikblumen verzierten Hausschuhen in die Küche, wo inzwischen Adriano Celentano zusammen mit der noch immer tosenden Abzugshaube sein Bestes gab. Kurz darauf kam sie zurück und drückte Lennart zwei mit Aluminiumfolie bedeckte Teller in die Hand. Sie zwinkerte ihm freundlich zu, machte ihm aber gleichzeitig unmissverständlich klar, dass sie jetzt leider keine Zeit mehr für ein Schwätzchen habe – ganz als sei es Lennart, der um das Essen gebeten hatte. *Rumms!*, wieder war die Tür zugefallen.

In seiner Wohnung angekommen, stellte Lennart die Portion Saltimbocca nebst dem viel zu großen Stück Lasagne, gegen das er sich nicht hatte wehren können, in den Kühlschrank, setzte sich an den Küchentisch und blätterte in der Samstagsausgabe des ›Göteborgs Spegeln‹, wobei er schließlich doch in Svenssons unwiderstehliche Zimtschnecke biss und diese genüsslich verputzte.

Als er den Wirtschaftsteil der Zeitung erreicht hatte, hielt er überrascht inne. Das Foto, das von einem halbseitigen Bericht umrahmt wurde, zeigte einen großgewachsenen, breitschultrigen Mann mit einem Charisma, das selbst aus einem Schwarzweißfoto herauszustrahlen schien. Die Bildunterschrift lautete: »*Harald Hadding, Eigentümer der Investmentgesellschaft HIC AB, kann mit sich zufrieden sein – erneut ist es ihm gelungen, sich bei zwei vielversprechenden IT-Start-ups einzukaufen.*«

Lennart war auch zufrieden. Er lächelte. Ja, Harald Hadding hatte es wieder einmal geschafft. Dieser Mann war eben einfach ein Teufelskerl. Und nicht zum ersten Mal erfüllte es Lennart mit Stolz, in einem Unternehmen zu arbeiten, das ebendieser Harald Hadding vor wenigen Jahren erst aufgekauft, komplett umgekrempelt und dadurch zum Erfolg geführt hatte. Damals war zwar nur etwa die Hälfte der Belegschaft übernommen worden, allerdings zu erheblich besseren Konditionen. »Wer viel leistet, soll auch viel verdienen«, war stets Haddings Leitspruch gewesen, und Lennart wusste, dass er auf das richtige Pferd gesetzt hatte, dass es eine weise Entscheidung gewesen war, nach Göteborg zu ziehen und sein Glück als Unternehmensberater zu versuchen. Er bereute es nicht, nach dem Studium aus Stockholm weggegangen und hierhergekommen zu sein, auch wenn sich die Hafenstadt an der Westküste bezogen auf Fläche und Einwohnerzahl gegenüber der schwedischen Hauptstadt wie ein Vorort derselben ausnahm. Denn was wäre auch die Alternative gewesen? Im väterlichen Verlag irgendwelche wissenschaftlichen Publikationen zu produzieren, die ihn nicht interessierten, nur damit er das Familienunternehmen eines Tages gegen seinen Willen fortführen durfte? Nein, danke! Auch wenn seine Eltern, insbesondere Lennarts Vater, niemals akzeptieren würden, dass er seinen eigenen Weg ging. Der Erfolg gab ihm recht.

Das Klingeln des Telefons riss ihn aus seinen Gedanken.

Er wischte sich den Mund sauber, erhob sich und ging in den Flur zur Kommode. Kurz zögerte er – Emmas vorwurfsvolles Gesicht erschien ihm für einen kleinen Moment –, dann nahm er ab.

»Malmkvist.«

»Hej, Lennart, Emma hier.«

Er hatte es geahnt und hätte ihre Nummer besser einspeichern sollen. Lennart schwieg. Ein paar Sekunden zu lang.

»Emma Mårtensson, die Frau, mit der du gestern die Nacht verbracht hast, du erinnerst dich?«, präzisierte die

Stimme am anderen Ende der Leitung. Sie klang ein wenig unsicher, fast verschüchtert.

»Sehr witzig! Ja, natürlich erinnere ich mich. Wie könnte ich das vergessen. Alles klar bei dir?« Das war ein ziemlich dämlicher Spruch nach so einer Nacht, musste er zugeben. Lennart hatte Emma Mårtensson vor gut drei Wochen auf einem Firmenfest anlässlich der Erweiterung der Räumlichkeiten der HIC AB kennengelernt. Sie hatte erst kurz vorher dort angefangen. Danach waren sie ein-, zweimal ausgegangen und gestern miteinander im Bett gelandet. Lennarts Arme juckten wie verrückt.

»Soll ich lieber später nochmal anrufen?«, erkundigte sich Emma.

»Nein, schon gut, ich bin nur etwas müde heute. Schön, von dir zu hören. Also, was gibt's?«

»Ich muss mit dir reden.«

»Wegen uns?« Lennart kratzte sich am Arm und bereitete sich insgeheim schon darauf vor, eine Beziehungsdiskussion ohne vorhandene Beziehung zu führen.

Umso überraschender war Emmas Antwort. »Ja, auch … aber nein … nicht wegen uns … nicht jetzt … später … ich …« Sie wirkte fahrig und unkonzentriert. Emma hatte ihm gestern gestanden, dass sie im Moment »mental ein wenig überlastet« sei. Nach einigen Gläsern Wein hatte sie sogar eingeräumt, Medikamente zu nehmen.

»Über was möchtest du denn sonst sprechen? Geht es dir nicht gut?«, erkundigte sich Lennart.

»Nicht am Telefon«, kam es knapp zurück. »Zu gefährlich. Können wir uns treffen? Heute Abend vielleicht?«

Gefährlich? Lennart machte sich so seine Gedanken, doch er musste zugeben, dass Emma absolut nicht wirkte, als würde sie unter Drogen- oder Tabletteneinfluss stehen. Ihre Stimme klang zwar etwas aufgeregt, aber trotzdem klar und bestimmt. »Heute Abend? Hm... Ja, das passt prinzipiell, aber ... «

»Lennart, ich bin auf Hinweise gestoßen, und ich ... ich ... da stimmt was nicht bei HIC und mit Hadding.«

»Was soll denn bei HIC nicht stimmen? Oder mit Harald Hadding?«, wunderte sich Lennart. Kurz fragte er sich, ob das ein Loyalitätstest war, dem er unterzogen wurde, aber Emmas Stimme klang überzeugend. Wenn ihn seine Frauenkenntnis nicht völlig verlassen hatte, dann schätzte er sie als ansehnlich und intelligent ein, aber keinesfalls als so durchtrieben, sich für derlei kaltschnäuzige Mitarbeiterüberprüfungen herzugeben.

»Du bist der Einzige, dem ich vertraue, Lennart. Es ist wirklich wichtig und dringend«, flehte sie.

»Okay, okay, meinetwegen«, gab sich Lennart geschlagen, fragte sich aber trotzdem, womit gerade er dieses Vertrauen verdient hatte. »Wenn es dir so auf der Seele brennt. Wo wollen wir uns treffen?«

»Kennst du das *Le Président*?«

»Natürlich. Das ist der Franzose im Lilla Kyrkogatan, gleich bei mir um die Ecke und zufälligerweise mein Lieblingsrestaurant.«

»Na, umso besser«, antwortete sie. »Sagen wir zwanzig Uhr?«

»In Ordnung. Ich werde da sein.«

»Reservierst du einen Tisch für uns?«

»Kann ich machen.«

»Gut. Und, Lennart?«

»Ja?«

»Rede mit niemandem darüber, versprich es mir! Es ist wirklich wichtig.«

Lennart stöhnte innerlich. Frau Mårtensson machte es aber spannend. »Na klar, das bleibt unter uns. Versprochen.«

»Danke. Bis später. *Hej då*.«

Emma legte auf.

Weibliche Herausforderungen reizten Lennart zwar, dennoch überwog im Augenblick seine Verwunderung. Was wollte sie von ihm? Nun gut, er würde es herausfinden, und das Schlimmste, das ihm blühen konnte, war ein gutes französisches Dinner mit einer vielleicht etwas anlehnungsbedürftigen, dafür aber attraktiven und sympathischen Frau, auch wenn Lennart auf seltsame Art und Weise das Gefühl beschlich, dass sich aus der Bekanntschaft mit Emma Mårtensson noch Probleme ergeben würden, die über seinen aktuell unerfreulichen dermatologischen Zustand weit hinausgingen.

Er wählte die Nummer des Restaurants, reservierte einen Tisch für zwei, dann beschloss er, einen dem Wetter angemessenen Nachmittag zu verbringen, und legte sich im Wohnzimmer auf die Couch, wo er die Zeitung zu Ende las, etwas fernsah und vor sich hin döste.

Um neunzehn Uhr nahm er eine kalte Dusche – die Erfrischung tat ihm gut – und machte sich kurz darauf zu Fuß auf den Weg zum Restaurant, gespannt, mit welchen abstrusen Geschichten ihn Emma Mårtensson erwarten würde.

Als er auf die Straße trat, sah er, dass in Buri Bolmens Laden noch Licht brannte; es schien aus dem hinteren Bereich der Ausstellungsfläche zu kommen und ergoss sich milchig wie die Strahlen einer vergehenden Sonne im Nebel zwischen die Regale. Lennart schaute auf die Uhr: zwanzig vor acht. Wahrscheinlich verteilte Buri Bolmen nach Ladenschluss noch irgendeinen Unfug in Sortimentskästen. Die Zauberringe hier hinein, die Elfenanhänger dort, magische Steine ins rote Kästchen und geriebene Alraunen in die grüne Biozauberbox – Lennart konnte den wunderlichen Alten förmlich sehen, wie er, über die vernarbte Arbeitsplatte seines Werktisches gebeugt, die leicht verbogene Brille weit vorne auf der Nase, mit seinen dünnen Fingern im Schein einer zitternden Funzel Artikel für Artikel seinen Platz zuwies, obwohl er doch ahnen musste, dass niemand diesen Plunder jemals kaufen würde.

Auch wenn Buri Bolmen Lennart bisweilen etwas nervte, tat er ihm doch irgendwie leid. Er war einfach nicht ganz dicht, aber auf eine relativ liebenswerte Weise. Er tat nichts Böses, außer einem die Zeit zu stehlen und einen unaufgefordert mit Lebensweisheiten und seltsamen Ratschlägen zu bedenken.

Das *Le Président* lag unweit der Göteborger Kathedrale, keine vierhundert Meter Luftlinie von Lennarts Wohnung entfernt. Wie schon einmal heute Morgen ging Lennart durch den Drottninggatan, wo die Läden mittlerweile geschlossen hatten. Aus den gut besuchten Restaurants drang gedämpftes Stimmengewirr. Die Beleuchtung vereinte sich mit jener der Schaufenster und der Laternen zu einem warmen Schein, der auf die Straße fiel. Etwa in der Mitte des Drottninggatans zweigte der Lilla Kyrkogatan ab und führte direkt in Richtung Kirche. Lennart atmete aus. Er fühlte sich unvergleichlich besser als heute nach dem Aufwachen und hatte jetzt sogar richtig Appetit.

Fünf Minuten später erhob sich die Kathedrale vor ihm, rundum von Strahlern in Szene gesetzt. Die Fassade schien mit ovalen Lichtformen geradezu überzogen, golden anmutende Klinker stachen aus dem Schatten der Nacht hervor und bildeten einen beeindruckenden Kontrast zum aufgeklarten Himmel mit den vielen funkelnden Sternen. Lennart hielt sich links, ging noch hundert Meter weiter, dann erreichte er sein Ziel, das sogar ein im Stockdunkeln ausgesetzter Tourist gefunden hätte, der noch nie in Göteborg gewesen war – über dem Eingang wehte eine unverhältnismäßig große Trikolore, die dem Élysée-Palast zur Ehre gereicht hätte und wie die Kirche von Scheinwerfern angestrahlt wurde.

Dem Kellner, der definitiv aussah wie ein waschechter *Garçon* und der Lennart nach dem Betreten des Restaurants sofort als Stammgast begrüßt hatte, reichte er seinen Mantel und ließ sich zum reservierten Ecktisch führen, um den er aus Gründen der Diskretion gebeten hatte – man wusste ja nicht, was Frau Mårtensson so zu berichten gedachte.

Aber sie kam nicht.

Lennart sah in immer kürzer werdenden Abständen auf die Uhr und begann, sich zu ärgern. Schließlich zog er gegen halb neun sein Handy hervor und hatte schon begonnen zu tippen: *Wo bleibst Du? Ich sitze bereits* – da hielt er inne und löschte den Text wieder. Wer nicht will, der hat schon, dachte er bei sich. Weshalb sollte *er* ihr nachlaufen beziehungsweise bei ihr nachfragen? *Sie* wollte etwas angeblich so Dringendes von ihm, nicht umgekehrt. Er hatte sich breitschlagen lassen, er hatte den Tisch reserviert, und er war da. Wer fehlte, war eine gewisse Frau Mårtensson, die es nicht einmal für nötig hielt, abzusagen, wenn sie schon nicht kam. Er steckte das Telefon zurück in seine Tasche, bestellte sich ein weiteres Glas Burgunder und beschloss, alleine zu essen. Einen Herbstsalat mit Crevetten, eine verflucht gute Bouillabaisse, eine Crème Caramel und einen Kaffee mit Calvados später hatte sich Emma Mårtensson noch immer nicht gemeldet, geschweige denn, dass sie erschienen war.

Es war bereits Viertel nach zehn, als sich Lennart, den Bauch voll wunderbarer Speisen und einer gewissen Portion verärgerter Enttäuschung, wieder auf den Heimweg machte. Im Lilla Kyrkogatan blies ihm ein kalter Wind entgegen, der ihn nicht zum ersten Mal in dieser Jahreszeit daran erinnerte, dass der Winter nicht mehr weit war, und gleichzeitig überkam ihn ein unbestimmtes Gefühl von Sehnsucht und Fernweh, das die Luft mit sich trug. Dieses Gefühl hatte kaum noch Platz in seinem vollen Bauch, aber es war da, für einen kleinen Moment nur, dann war es auch schon wieder verschwunden.

Als Lennart vom pittoresk ausgeleuchteten Drottninggatan auf den Västra Hamngatan abbiegen wollte, stutzte er. Aus Buri Bolmens Geschäft drang noch immer schummriges Licht. Sollte er mittlerweile bei asiatischen Importzauberstäben angelangt sein und diese dutzendweise bündeln? Lennart drückte sein Gesicht ans Schaufenster, beschirmte seine Augen seitlich mit den Händen und versuchte, etwas auszumachen. Fehlanzeige. Schatten von Regalwänden, Schatten von Wanddekorationen, Schatten von herabhängendem Krimskrams und die flackernde Schaufensterbeleuchtung, die ihn blendete, sonst konnte er nichts erkennen. Plötzlich war dieses Gefühl von Sehnsucht von vorhin aus dem Lilla Kyrkogatan zurück – doch dieses Mal markant und hervorstechend, unangenehm wie ein zu grob gemahlenes Pfefferkorn zwischen den Zähnen.

Er löste sich vom Schaufenster und ging um die Ecke zum Eingang. Er zögerte. War seine Sorge nicht übertrieben? Nochmals lauschte er. Hörte er da nicht einen Hund winseln? Bölthorn? Er drückte beherzt gegen die verschlossene Tür, rüttelte, klopfte, lauschte erneut. Wieder nichts. Ein dunkler Lieferwagen fuhr vorbei, gefolgt von einem Taxi und einem Motorradfahrer, dann war es wieder so still, wie es in einer Stadt wie Göteborg um diese Uhrzeit sein konnte. Schließlich ging Lennart nachdenklich und ein wenig ratlos weiter zum Eingang seines Wohnhauses, vschloss auf und stieg die Treppen empor.

3. Kapitel

In dieser Nacht plagten Lennart schlimme Albträume.

Er fand sich in einer Art Tal wieder, eingeschlossen von bizarren Felsformationen, die spärlich mit ausgedörrten Bäumen bewachsen waren, welche wie rachsüchtige Klauen aus dem Boden ragten. Aus dem Nichts erklang eine furchtbare Melodie. Sie drang in Wogen durch den Nebel, der träge von den Hängen herabfloss und sich vor Lennart zu sammeln begann. Doch so furchtbar diese Musik auch krächzte und eierte, an irgendetwas erinnerte sie ihn.

Plötzlich zuckte er zusammen und sah nach unten. Da war ja Bölthorn! Der dicke Mops saß dicht bei ihm, starrte ihn provokant an. Seine großen Glubschaugen funkelten frech wie immer, er blinzelte und röchelte, die Fettröllchen in seinem Nacken schoben sich zu daumendicken Fellwürsten zusammen. Ein Sabberfaden troff aus seinen Lefzen auf den Boden. Auch wenn er für diesen unförmigen Hund keine übermäßige Zuneigung hegte, so war er doch der oder das einzig Bekannte in dieser beklemmenden Szenerie, die von Hieronymus Bosch höchstselbst hätte stammen können. Lennart lauschte angestrengt in den Nebel hinein, der Zeit und Raum zu vertilgen schien, versuchte, die Quelle der unsäglichen Kakophonie zu orten – vergeblich.

»Wo sind wir hier?«, fragte Lennart den Mops. Seine eigene Stimme hallte dumpf und hohl wie das Echo aus einer leeren Mülltonne.

Bölthorn kläffte kurz und tief – es klang wie ein Vorwurf.

»Komm«, forderte Lennart ihn auf. »Wir sehen mal woher diese scheußliche Musik kommt.« Er wollte sich bewegen, musste jedoch entsetzt feststellen, dass das kaum möglich war. Er hatte das Gefühl, ein riesiger Batzen weichen Teers würde an seinen Sohlen kleben und ihn an Ort und Stelle halten. Ein einziger Schritt erforderte so viel Anstrengung, wie man sonst für zehn benötigte.

Mit einem Mal veränderte sich etwas. Irrte er sich? Nein, das Geleier und Gekrächze war tatsächlich verstummt. Die Nebelschwaden schoben sich langsam auseinander, und eine dunkle Gestalt erschien in den tief hängenden Wolken. Jetzt wusste Lennart, warum ihm diese Musik bekannt vorgekommen war: Es war der Leierkastenmann vom Västra Hamngatan.

»He!«, rief Lennart. »He, wo sind wir, können Sie uns helfen, wieder nach Hause zu kommen?«

Der Leierkastenmann schwieg, kam weiter auf sie zu, langsam, fast träge, doch unaufhaltsam, und als er nur noch wenige Meter von den beiden entfernt war, sah Lennart, dass der rote Frack einem schwarzen Umhang gewichen war und der Zylinder einer Kapuze. Das allein war aber nicht der Grund, warum Lennart sich fast zu Tode erschreckte. Es war das Gesicht des Straßenmusikanten: Die Haut war zerrissen, manche Muskeln lagen frei, die Lippen waren zusammengeschrumpft, als wären sie aus Wachs und zu nah ans Feuer geraten.

»Wer sind Sie, was wollen Sie?«, entfuhr es Lennart.

Er jedenfalls wollte nur eines: schnell weg hier! Verzweifelt sah er zu Bölthorn hinab. Den allerdings schien das alles nicht zu berühren. Er drehte sich zweimal im Kreis und ließ sich schließlich unter einem blubbernden Röcheln hinplumpsen. Dann schloss er einfach die Augen, als drohe keine Gefahr. Noch einmal zuckte sein beinahe ungekringelter Schwanz, dann begann er lautstark zu schnarchen.

Lennart konnte es kaum fassen. Dieser Köter schlief doch tatsächlich ein! Einfach so. Er blickte nach vorn, wo der Leierkastenmann inzwischen bis auf wenige Schritte herangekommen war. Mit einem zahnfleischlosen Gebiss grinste er Lennart an und hauchte etwas – Wörter, die Lennart nicht verstand und auch lieber gar nicht verstehen wollte. Rasch legte er sich hin, presste die Lider aufeinander und rollte sich zusammen wie ein schutzsuchender Embryo im Mutterleib.

Es war kalt.

Die Wortfetzen des Leierkastenmannes wurden deutlicher. »Lennart Malmkvist«, konnte er verstehen. »Sieh dich vor! Ich komme dich holen, wenn du dein Schicksal weiter ignorierst!« Okay. Das genügte. Lennart wollte von niemandem geholt werden, der so aussah. Und vor allem: Was für ein Schicksal? Was war das denn für ein unsinniges Gerede? Ganz gleich, das alles klang überzeugend und wirkte recht bedrohlich. Er konzentrierte sich auf eine Erinnerung, die lange her war. Ein Urlaub mit seinen Eltern in den Schären vor Stockholm. Sie hatten ein Ferienhaus gemietet. Die Eltern waren noch jung gewesen. Lennart auch, vier oder fünf vielleicht. Sein Vater fuhr mit ihm zum Angeln hinaus aufs Meer. Damals war alles noch in Ordnung gewesen zwischen ihnen. Vater und Sohn in einem Boot. Der Sommer war warm, roch nach Leben und frischen Erdbeeren mit Schlagsahne. So viel Sehnsucht.

»Ich hole dich, Lennart Malmkvist. Nimm dein Schicksal an!«, krächzte der Leierkastenmann heiser, und plötzlich legte sich eine eiskalte, knöcherne Kralle auf Lennarts Schulter. Er bekam keine Luft mehr und schrie auf: »Was für ein Schicksal soll ich annehmen? Was ist das hier für ein Irrsinn?« Er wand sich, versuchte panisch, die Skeletthand abzustreifen, die ihn gepackt hatte, sprang hoch, riss die kleine Lampe vom Nachttisch, rutschte ab, schlug mit dem Gesicht auf den Bettrahmen und fiel seitlich aus dem Bett, wo er auf dem Vorleger aus Schaffell benommen liegen blieb.

Was für ein perfekter Albtraum.

Der Radiowecker zeigte zwanzig nach vier.

Lennart fasste sich an die Stelle, mit der er das Bett geküsst hatte, gleich unterhalb des rechten Auges. Er stieß einen zischenden Laut aus und fluchte. Es tat ziemlich weh, und es war bereits ordentlich angeschwollen. Er wollte Licht machen. Das Nachttischlämpchen funktionierte nicht, die Glühbirne musste beim Sturz kaputtgegangen sein. Er tastete sich ums Bett herum, stieß sich den Zeh an, fluchte noch einmal. Endlich fand er den Lichtschalter neben der Tür.

Kurz darauf saß er im Bademantel am Küchentisch, hielt sich einen Waschlappen mit Eiswürfeln ans Auge, trank einen doppelten Whisky und ließ diesen frühmorgendlichen Horrortrip in sich nachhallen. Der Tod, oder wenigstens ein naher Verwandter desselben, im schwarzen Kapuzenumhang zusammen mit Bolmens dickem Mops – gute Güte! Welche Gehirnwindung und welche traumatischen Erinnerungen mussten seinen Geist dazu gebracht haben, einen derartigen Nonsens zu träumen? Vielleicht drehte er langsam, aber sicher durch? Erst der Leierkastenmann vor Bolmens Krimskramsladen, der sich in Luft auflöste, und jetzt dieser vollkommen verrückte Traum.

Er kühlte sich die Schwellung mit einer neuen Ladung Eiswürfel, bis auch diese geschmolzen waren und sich seine Augenpartie anfühlte, als habe jemand flüssigen Stickstoff darübergegossen, dann legte er sich wieder ins Bett.

Gegen zehn Uhr wachte er auf und fuhr mit dem Auto hinüber in den Slottskogen, wo er eine Runde joggen ging.

Nach seiner Rückkehr duschte er, frühstückte, blätterte ein wenig desinteressiert im ›Göteborgs Spegeln‹ vom Vortag, konnte sich jedoch nicht konzentrieren, weil ihn die Gedanken an Emma nicht losließen. Es war einfach seltsam, dass sie nicht erschienen war und sich nicht einmal gemeldet hatte. Vielleicht war ihr etwas zugestoßen? Er versuchte mehrfach, sie auf dem Handy zu erreichen, vergebens.

Lennart fielen Buri Bolmens Worte ein – »*Es gibt Gründe für alles, mein lieber Lennart*« –, aber er wischte sie fort. Die Wahrheit konnte er ihr unmöglich sagen. »Ich habe eine Liebesallergie«, klang bestenfalls komplett bescheuert, eher jedoch wie die billigste aller möglichen Ausreden.

Vielleicht wäre ein Besuch bei einem Therapeuten doch eine gute Idee? Blödsinn, was sollte der schon machen? Er bildete sich seine Ausschläge ja nicht ein. Und wenn es doch alles Zufall war mit dieser ominösen Krankheit, die ihn überkam, seit er fünfzehn Jahre alt war, seit seiner ersten Freundin? Und was, wenn er diese Zufälle unbewusst nur benutzte, um sich davon abzuhalten, sein Glück zu finden, weil er Angst davor hatte? Vor seinem eigenen Glück?

Unabhängig davon, was wirklich der Grund für seine Hautausschläge war, sein Arm jedenfalls hatte in der Sekunde aufgehört zu jucken, in der er beschlossen hatte, mit Emma keinen Schritt weiter zu gehen. Es war besser für sie beide, ganz gleich, um welches angebliche Geheimnis sie wusste. Lennart meinte zu spüren, wie sich die kleinen, unangenehmen Pusteln bereits weiter zurückzogen.

Den Rest des Tages verbrachte er im Arbeitszimmer, beantwortete E-Mails und bereitete einige Unterlagen vor, die er Ende kommender Woche für seine Präsentation benötigen würde. Ansonsten war für morgen nur ein Termin im Cloud-Kalender verzeichnet, den alle Mitarbeiter der HIC AB benutzten. Er lautete: *DB-Analyse DataMining bei F.* Mehr hatte Lennart nicht eingetragen. Niemand in Haddings Firma brauchte zu wissen, wen er um Rat fragte, wann immer es um komplexe Probleme ging, die Lennarts IT-Horizont überstiegen. Am Ende zählten sowieso nur die Resultate. Und es hatte auch einen schönen Nebeneffekt: Er würde Frederik wieder einmal sehen.

Abends wärmte er sich eine Saltimbocca alla romana von Maria auf, die, ganz wie er vermutet hatte, gut und gerne für zwei dicke italienische Seemänner gereicht hätte. Dazu trank er ein großes Glas Rotwein und fühlte sich – höchstwahrscheinlich deshalb und wegen der Nachwehen der vergangenen Nacht – relativ früh schon sehr müde, sodass er gegen zweiundzwanzig Uhr zu Bett ging, wo er sich noch eine halbe Stunde lang wälzte und an Emma, seine verfluchte Allergie und an Buri Bolmen dachte.

Irgendwann fiel er erschöpft in einen glücklicherweise traumlosen Schlaf.

4. Kapitel

Lennart verließ das Haus am nächsten Morgen gegen halb acht hinaus in die Dunkelheit. Als er wenige Minuten zuvor aus dem Fenster geschaut hatte, war das Wetter zwar bereits unfreundlich gewesen, doch immerhin trocken, weswegen er den Schirm oben in der Wohnung gelassen hatte. Nun aber war ein bissiger Wind aufgekommen, der den Regen die Straße entlangpeitschte. Zum Glück war der Weg zu Frederik nicht weit, und er würde sowieso die Straßenbahn nehmen. Also schlug er sich den Mantelkragen hoch, hielt sich die Aktentasche über den Kopf, um ein wenig vor den schlecht gelaunten Gezeiten geschützt zu sein, und wandte sich nach links in Richtung Dom.

Mit einem Mal hielt ihn etwas zurück.

Er drehte sich um, ging die wenigen Meter zum Schaufenster von Buri Bolmens Laden und spähte hinein. Das Licht brannte immer noch. Immer noch? Das war wirklich eigenartig. Bestimmt hatte er nur vergessen, die Beleuchtung auszuschalten. Lennart sah auf die Uhr. Ein dicker Tropfen platschte aufs Glas. Zwanzig vor acht. Bolmen machte erst um zehn Uhr auf, und wenn Lennart die Linie 5 an der Haltestelle beim Dom noch erreichen wollte, musste er sich ranhalten. Dennoch. Sobald er von der Besprechung mit Frederik zurück wäre, würde er kurz nach ihm schauen.

Plötzlich drang ein vertrautes Geräusch durch den Straßenlärm und das Rauschen von Abermillionen von Regentropfen. Es lief Lennart heiß und kalt den Rücken hinunter, sein Albtraum kam ihm in den Sinn. Er versuchte auszumachen, woher es genau kam, verließ den Absatz vor der Ladentür und trat auf den Gehweg bis dicht an die Straße heran. Und tatsächlich, es wurde deutlicher. Irgendetwas zog ihn wie magisch an, er musste über die Straße, musste diesen seltsamen Mann fragen, was er hier bei diesem Sauwetter machte und warum er sich ausgerechnet diese Stelle und diese Uhrzeit für sein maximal uneinträgliches Geschäft ausgesucht hatte.

Lennarts Herz schlug schnell, und das nicht nur, weil er einen lebensgefährlichen Slalomsprint über den in den Morgenstunden stark befahrenen Västra Hamngatan hinlegte und dadurch beinahe einen Auffahrunfall verursachte, etwas, wofür sich zwei Fahrzeuge mit einem Hupkonzert bedankten.

Auf der anderen Straßenseite angekommen, blickte er sich um, lauschte, suchte wieder mit Augen und Ohren. Da sah er ihn im Lichtkegel einer Straßenlaterne und halb verborgen hinter einem Vorhang aus dicht an dicht fallenden Tropfen. Er musste zu ihm. Mit großen Schritten eilte er auf ihn zu und blieb so nah vor ihm stehen, dass er ihn hätte berühren können. Der Leierkastenmann war hager und groß, sehr groß, überragte Lennart, der selbst immerhin eins fünfundachtzig maß, um gut und gerne eine Handbreit, was durch den roten, in die Jahre gekommenen Zylinder noch verstärkt wurde. Die ganze Kleidung des Mannes war patschnass, von der Hutkrempe lief es in kleinen Rinnsalen auf die Straße.

Lennart war heilfroh, dass dieser Kerl heute keinen schwarzen Kapuzenumhang trug, wie unlängst im Albtraum.

Er stellte seine Aktentasche ab. »Was machen Sie hier?«, fragte er unhöflicher, als er beabsichtigt hatte. Lennart war sich darüber im Klaren, dass dieser Fremde ihm darauf eigentlich keine Antwort schuldig war.

Der Leierkastenmann ignorierte ihn entsprechend, blickte ihn nicht einmal an, starrte stattdessen mit dem Anflug eines kalten Lächelns ins Halbdunkel, hinüber zu Buri Bolmens Laden. Er kurbelte dabei seelenruhig weiter an seinem altersschwachen Instrument, von dem bereits der Lack abblätterte. Der Apparat war derart heruntergekommen, dass er kaum noch klare Töne, geschweige denn eine Melodie produzieren konnte.

»He! Reden Sie mit mir!«, rief Lennart und fasste den Mann am Arm.

Die Kurbel erstarrte. Die Töne verstummten.

Der Leierkastenmann wandte sich um. Der Blick war leer und ohne Seele. Seine Züge wirkten, als hätte man lebendige Muskeln durch Stränge aus schwarzem Granit ersetzt.

Erschrocken ließ Lennart ihn los und wich einen Schritt zurück. Die Aktentasche stürzte um. Er traute seinen Augen kaum, sein Herz raste. Im Umkreis von zwei Metern um den Leierkastenmann herum verlangsamten die Regentropfen urplötzlich ihren Fall. Als flögen sie in eine Blase aus eiskaltem Gelee, gefroren sie blitzartig und taumelten benommen zu Boden, wo sie als Schnee liegen blieben. Dann war der Spuk auch schon wieder vorbei. Der Schnee war geschmolzen, der Regen ergoss sich wieder auf den Leierkastenmann und sein schäbiges Instrument, als sei nichts geschehen. Lennart zweifelte an seinem Verstand, starrte sein Gegenüber mit offenem Mund an. Aus der Ferne hörte er in diesem Moment das Klingeln der Straßenbahn, blickte über seine Schulter und erkannte die näher kommenden Lichter. Die Tram hatte eben bereits den Södra Larmgatan passiert und konnte nur noch einen Steinwurf von der Haltestelle am Dom entfernt sein. Er musste sich sputen.

»Hören Sie«, hob Lennart an und wandte sich erneut dem Leierkastenmann zu. »Ich weiß nicht, wer Sie ...«, doch seine Worte blieben ihm im Halse stecken. Der Mann war verschwunden. Und nichts deutete darauf hin, dass er bis vor wenigen Sekunden noch hier gestanden hatte. Eine junge Frau im Regencape eilte mit einer Sporttasche an Lennart vorbei, blickte ihn besorgt an und machte einen großen Bogen um ihn.

»Wo ist er hin?«, hörte Lennart sich ratlos fragen, was die junge Frau vollends davon überzeugte, sich zu beeilen. Es erschien ihr ratsam, rasch eine möglichst große Distanz zwischen sich und diesen offensichtlich Verwirrten zu bringen, der da im Platzregen ohne Schirm, aber dafür mit weit aufgerissenen Augen stand, den Zeigefinger ausgestreckt, als wollte er einem imaginären Gesprächspartner eine Standpauke halten. Das kam der Wahrheit allerdings näher, als die junge Frau ahnen und es Lennart lieb sein konnte.

Es klingelte erneut. Lauter. Bremsen kreischten. Die Straßenbahn stoppte an der Kreuzung am Dom. Lennart hob seine Aktentasche auf und rannte der Linie 5 entgegen, so schnell es seine weichen Knie zuließen. Er erwischte sie gerade noch und ließ sich erleichtert in einen der Sitze fallen.

Hier war es trocken, warm und sicher.

Er strich sich das klatschnasse Haar zurück.

Die Bahn fuhr an. Auf dem verschmierten Fenster hatte sich ein selbst ernannter Künstler – wahrscheinlich adoleszent – auf der Höhe seines kreativen Schaffens durch einen obszönen Damenakt verewigt, im groben Strich eines Permanentmarkers. Lennart sah gedankenverloren durch das Glas hinaus auf die Straße.

Nein, er durfte nicht bis nachher warten. Er griff in die Innentasche seines Mantels, zog sein Handy hervor und rief bei Buri Bolmen an.

Es tutete ein paarmal in der Leitung, aber niemand nahm ab. Stattdessen sprang der Anrufbeantworter an.

»*Hej och välkommen*! Es gibt gewiss einen trefflichen Grund dafür, dass Sie bei *Bolmens Skämt- och Förtrollningsgrotta* angerufen haben. Ho, ho! Es mag zu früh sein oder zu spät, oder aber ich umsorge gerade Kunden im Laden. So oder so, ich werde nie erfahren, warum Sie versucht haben, mich zu erreichen, wenn Sie mir nicht eine Nachricht auf dieser Bandmaschine hinterlassen. Bitte vergessen Sie nicht, Ihre Fernsprechnummer aufzusagen, sonst kann ich Sie später nicht zurückrufen. Vielen Dank und mögen Sie stets von zauberhaften Scherzen und scherzhaftem Zauber umgeben sein.«

Ein verzerrter Signalton erklang. »Hallo, Herr Bolmen, hier ist Lennart, Lennart Malmkvist. Äh … ich bin vorgestern Abend an Ihrem Laden vorbeigekommen und habe gesehen, dass noch Licht brannte, obwohl es schon spät war, und eben, als ich aus dem Haus gegangen bin, war es immer noch an. Wenn Sie das abhören, dann …« Dann? Ja, was dann? Lennart überlegte kurz. »… dann melden Sie sich bitte bei mir, ja? *Hej då*.« Er beendete den Monolog und steckte das Handy zurück in den Mantel.

Der Fahrtwind verblies die Regentropfen auf den Scheiben, in denen sich Laternen, Autoscheinwerfer und Leuchtreklamen brachen und als verschwommene Silhouetten und Farbinseln erschienen, während der neue Tag das nassblaue Dunkel der Nacht in ein grautrübes Einerlei verwandelte. Vor dieser Kulisse tanzte behäbig der Damenakt und in Lennarts Gedanken unentwegt der Leierkastenmann. Er fühlte sich leer, unendlich leer, verwirrt und seltsam fremd, ganz als habe ihn der Leierkastenmann soeben vom Sockel seiner wackligen Realität gestoßen.

5. Kapitel

Harald Haddings Geschäftsmodell war denkbar einfach. Seine Schwerpunkte waren neue Medien und Kommunikation, und er lebte von Investments in vielversprechende Firmen dieser Branche, die er später mit Gewinn weiterverkaufte oder sich einverleibte, wodurch sein Imperium stetig wuchs. Manche Neider und böse Zungen munkelten, er bewege sich dabei stets am Rande der Legalität, aber daran glaubte Lennart nicht. Hadding hatte einfach nur ein unglaublich gutes Gespür und verfügte über ein weit verzweigtes Netzwerk. Sein Unternehmen war klein, aber fein und hochsolvent und beschäftigte knapp hundertachtzig Festangestellte, darunter etwa zwei Dutzend freier Consultants wie Lennart (Lennart gehörte zu den erfolgreichsten von ihnen!), die sich über ihr Gehalt nicht beklagen konnten.

Darüber hinaus hatte Hadding Verträge mit weiteren Spezialisten, die ihn und die Berater mit Informationen und Fachwissen über Firmen, Banken, Investoren und Märkte versorgten. Einer von ihnen war Frederik Sandberg, promovierter Physiker, früher als Hacker, heute als IT-Spezialist tätig. Frederik war zugegebenermaßen ein wenig verschroben, aber er war ein verdammt schlauer Kopf mit einem umfassenden Fach- und Allgemeinwissen – eine Art wandelndes Lexikon. Seine Hobbys waren das Lösen unlösbarer Aufgaben, das Entwickeln verwirrender Gedankenspiele, neue Technologien aller Art, in die er sich einarbeiten konnte, und schlechte Ernährung. Allerdings gelang es ihm, seine bisweilen überschaubare Sozialkompetenz durch ein ungleich größeres Herz wettzumachen, und so schätzte ihn Lennart nicht nur beruflich außerordentlich. Sosehr er sich auch von ihm unterschied, Frederik war ihm über die Jahre ein echter Freund geworden. Und vielleicht gerade weil er so ziemlich das Gegenteil von Lennart war.

Frederik leistete sich neben seinen unzähligen Computern und seiner technischen Ausrüstung nur einen Luxus, nämlich seine Dreizimmerwohnung in der Göteborger Nordstan, die er bis unter die hohen Decken mit ›Star Wars‹-Devotionalien und Technik vollgestopft hatte. Sein Apartment lag im Kronhusgatan, an der Ecke zum Östra Hamngatan, nur einen Katzensprung vom Historischen Museum entfernt und ganz nah am Gustav Adolf Torg. Bei Sonnenschein prahlte dieser unverhohlen mit seinen hellen, historischen Gebäuden und zog Scharen von Göteborgern genauso an, wie er Unmengen von Touristen zum Einkaufen in seine vielen Sträßchen, Seitengassen und Fußgängerzonen lockte, wo es neben den vielen Läden auch unzählige Cafés und Restaurants gab.

Heute dürften sich hier jedoch nicht allzu viele Menschen tummeln, mutmaßte Lennart und blickte durch die Scheibe in den wolkenverhangenen Himmel. Das Wetter war auch der Grund gewesen, warum Lennart heute Morgen die Straßenbahn genommen hatte, obwohl er die knappe Viertelstunde zu Frederiks Wohnung ansonsten gerne zu Fuß zurücklegte. Er war ohnehin spät dran gewesen, auch wenn er die vergangene Nacht im Traum weder von drohenden Leierkastenmännern noch von übergewichtigen Sabbermöpsen heimgesucht worden war.

Doch das hatte sich in gewisser Hinsicht soeben auf offener Straße wiederholt, und Lennart vermochte nicht zu sagen, welche Variante des Albtraums unheimlicher gewesen war – beides hatte sich verdammt echt angefühlt, der Traum im Bett genauso wie die Begegnung auf der Straße. Da passte es hervorragend, sich heute mit einem pragmatischen Frederik zu treffen.

Lennart stieg aus der Straßenbahn, die Aktentasche wieder über dem Kopf, beschleunigte seinen Schritt und bog nach zweihundert Metern in den Kronhusgatan ein. Wenig später erreichte er schließlich ein dreistöckiges Haus mit milchkaffeefarbener Fassade und schneeweißen Sprossenfenstern, deren Sandsteineinfassungen barock anmuteten und deren Höhe sogar für alte Gebäude wie dieses ungewöhnlich war. Er stellte sich in den Rundbogen des Eingangs, wo er weitgehend vor dem Regen geschützt war, und klingelte mehrfach bei *F. Sandberg*. Es dauerte geschlagene zwei Minuten, bis aus der Gegensprechanlage eine müde Stimme ertönte.

»Hallo?«

»Ich bin's. Lennart.«

»Lennart?«

»Erwartest du sonst noch jemanden?«

»Eigentlich erwarte ich niemanden. Haben wir eine Verabredung?«

»Ja, um acht, wegen der Datenbankanalyse für Hadding. Du erinnerst dich?«

Keine Antwort.

Dann: »Öh, nein. Aber komm erstmal hoch. Ich hatte außer Schlafen gerade eh nichts vor. Hatte gestern Nacht eine längere World-of-Warcraft-Sitzung.«

Der Türöffner summte.

Frederiks Wohnungstür im dritten Stock war angelehnt. Aus der Küche vernahm Lennart das Summen der Kaffeemaschine. Er kannte den Weg ins Wohnzimmer – an Metallregalen mit allerlei technischem Gerät und zwei lebensgroßen Pappfiguren von Obi Wan Kenobi und Luke Skywalker vorbei, über gewaschene und ungewaschene Kleidung sowie diverse Computer jeglichen Aggregatzustandes hinweg, die in Ermangelung einer hinreichenden Anzahl von Schränken wiederum mit allerlei Zeug drapiert waren. Frederik folgte ihm kurz darauf mit zwei abgestoßenen Tassen in den Händen. Er trug eine zu große (und zu lange) Jeans sowie einen verwaschenen Kapuzenpulli mit dem Aufdruck *Ein Herz für Linux*. Beide Textilien täuschten über seine schlanke Figur hinweg, dazu die blonden Locken, die dunkel umrandete Hornbrille und seine Sommersprossen – er sah aus wie ein Teenie kurz vor dem Abitur, dabei war er wie Lennart Anfang dreißig.

»Hat deine Putzfrau gekündigt?«, fragte Lennart, dem der Zustand der Wohnung heute noch chaotischer vorkam als sonst.

»Sehr witzig«, entgegnete Frederik, reichte Lennart eine Tasse und setzte sich neben ihn auf die Couch. »Ich hab halt viel um die Ohren, da bleibt auch mal was liegen. Und was ist mit dir? Du siehst so müde aus, wie ich mich fühle. Alles gut so weit?« Dabei deutete er auf Lennarts blaues Auge. »Hast du dich geprügelt, oder was?«

Lennart nippte am Kaffee. »Ja, mit meinem Bettrahmen. Er hat gewonnen«, gab er trocken zurück. Dann zögerte er einen Moment, bevor er fortfuhr. »Wenn ich dir erzählen würde, ich hätte einen Mann getroffen, der mir zuvor im Traum erschienen ist und der Wasser in Schnee verwandeln und sich danach in Luft auflösen kann, was würdest du mir raten?«

»Meinst du das im Ernst?« Frederik sah Lennart an, als hätte dieser einen jodelnden Schimpansen auf der Schulter.

»Was würdest du mir raten?«, hakte Lennart nach. »Ich mach mir langsam wirklich Gedanken.«

Frederik schob einen alten Pizzakarton zur Seite und lehnte sich lächelnd in der durchgesessenen Cordcouch zurück. »Na ja, ich glaube, ich würde dir entweder ein Gespräch mit einem Spezialisten empfehlen oder eine lange Urlaubsreise. Am besten weit weg in die Sonne. Ich schätze, du bist das, was man überarbeitet und gestresst nennt. Dein Job ist saugut bezahlt, doch er verlangt dir eben auch einiges ab.«

»Ja, eine ausgedehnte Reise wäre vielleicht gar keine schlechte Idee«, dachte Lennart laut. »Aber erst muss dieses Projekt gewonnen werden.«

»Wie du meinst«, gab Frederik achselzuckend zurück. »Dann lass uns mal zum Geschäftlichen kommen. Weswegen bist du nochmal hier, sagst du?«

Lennart zog Unterlagen aus seiner Aktentasche und legte sie auf den Tisch. »Wegen der Datenbankanalyse meiner bevorstehenden Projektpräsentation für Haddings Kunden, die DataMining Group AB hier in Göteborg. Es geht um die Wertermittlung dieser Firma, die Perspektiven für strategische Investments und deren technische Möglichkeiten, Synergien et cetera, du erinnerst dich? Ich hatte davon erzählt …«

»Daran schon, aber an unsere Verabredung …? Ich muss wohl mal an meinem Zeitmanagement arbeiten«, meinte Frederik und kratzte sich verlegen am Kopf.

»Dieser Kunde ist extrem wichtig. Wikström sitzt mir im Nacken. Der wartet nur darauf, dass ich einen Fehler mache«, führte Lennart aus. »Er gönnt mir nicht, dass ich besser verkaufe als er – schließlich ist er mein Vorgesetzter.«

»Wikström ist berechnend, aber auch berechenbar. Mach dir um den keine Sorgen. Von IT hat der viel weniger Ahnung als du«, analysierte Frederik sachlich.

»Mag sein«, pflichtete ihm Lennart bei. »Aber er ist leider

dennoch mein Boss. Und er steht gut mit Hadding, weil er ihm bei jeder Gelegenheit in den Hintern kriecht.«

Frederik stand auf. »Okay, wir werden das Kind schon schaukeln. Öffne doch mal die Daten und deinen Präsentationsentwurf. Ich hole mir bloß rasch noch einen Kaffee, und dann legen wir los. Auch noch einen?«

Als Lennart drei Stunden später Frederiks Wohnung verließ und wieder auf die Straße trat, hatte der Regen nachgelassen. Es tröpfelte nur noch verhalten, und auch wenn Lennart fror, weil seine Sachen noch immer feucht waren, beschloss er, zu Fuß zurückzugehen und nicht die Straßenbahn zu nehmen. Vielleicht würde die frische Brise, die immer noch vorherrsche, ihm das Gehirn freipusten.

Mit Frederik zusammenzuarbeiten war äußerst produktiv, aber extrem anstrengend. Wenigstens hatten sie alle Fragen klären können, und Lennart würde nun zu Hause die Präsentation für das morgige Meeting bei Hadding abschließend verfassen können. Die Aktentasche in der Hand machte er sich auf den Heimweg.

Er lief den Kronhusgatan bis zum Ende hinunter und bog dann nach links auf den Västra Hamngatan ab, der nach guten dreihundert Metern einen Nebenarm des Göta älv querte. Lennart stutzte. In einiger Entfernung sah er Blaulichter flackern. Ein Unfall? Vielleicht ein Jugendlicher, der die Straße mit einer Rennbahn verwechselt, oder ein LKW, der wieder einmal einen Radfahrer übersehen hatte?

Er trat aus der Häuserschlucht auf die Brücke. Von der Küste her schlug ihm ein eisiger Wind entgegen und zerrte an seinem Mantel. Lennart erschrak und ging schneller – die blauen Lichter blitzten direkt vor seiner Tür! Er verfiel in einen leichten Trab, und als er schließlich etwas außer Atem zu Hause anlangte, sah er, dass der Bürgersteig und der Zugang zu Buri Bolmens Laden mit blau-weißem Absperrband gesichert waren. Einige Schaulustige hatten sich trotz der unfreundlichen Witterung versammelt, darunter auch Bewohner des Hauses. Maria Calvino war nicht zu sehen. Als er anhob, unter dem Band durchzutauchen, kam ein Polizist mit mürrischem Gesicht auf ihn zu.

»Sie können hier nicht durch!«, blaffte er.

»Doch! Ich wohne hier!«

»Wie heißen Sie?«

»Lennart Malmkvist. Was ist hier los?«, wollte Lennart aufgeregt wissen.

»Einen Moment bitte.« Damit verschwand der Polizist in Buri Bolmens Laden und erschien nach einiger Zeit mit einem groß gewachsenen Mann und einer jungen Frau wieder – beide in Zivil. Sie blickten zuerst skeptisch zu Lennart, tuschelten kurz, dann kamen sie heran.

»*Hej*, ich bin Kommissar Hendrik Nilsson, und das ist Kommissarin Maja Tysja«, stellte der Große sich und seine Kollegin vor, die Lennart mit dem Ich-weiß-was-du-getan-hast-Blick fixierte. Tysja war eine schöne Frau, wirkte aber so unnahbar, dass es Lennart schwerfiel, ihr Alter zu schätzen. Er kam mit sich überein, dass sie wohl etwa sein Jahrgang sein könnte. Der Kommissar hingegen war deutlich älter, auch wenn man es ihm kaum anmerken mochte. Er wirkte kernig und trainiert. Nur sein akkurater Bürstenschnitt war bereits vollständig ergraut. »Und Sie sind Lennart Malmkvist, wohnhaft hier im Västra Hamngatan sechs, hat uns der Kollege erzählt?«

»Korrekt. Malmkvist, Lennart Malmkvist. Und ja, ich wohne hier.«

»Können Sie sich ausweisen?«, fragte die Kommissarin. Es klang wie ein Befehl.

Lennart zog sein Portemonnaie hervor und reichte ihr

seinen Personalausweis. Sie prüfte Angaben und Bild, blickte zu Lennart auf, schaute wieder auf die kleine weiße Plastikkarte, dann nickte sie Kommissar Nilsson zu und gab Lennart den Ausweis zurück. Nilsson machte daraufhin dem Polizisten am Absperrband ein Zeichen, Lennart durchzulassen und begleitete ihn zusammen mit Kommissarin Tysja zum Hauseingang. Lennart versuchte, einen Blick in *Bolmens Skämt- & Förtrollningsgrotta* zu werfen, doch die Schaufenster waren von innen mit blickdichter Folie verhängt, nur die Tür, vor der ein Uniformierter Wache hielt, stand halb offen und war mit einem Holzkeil gesichert (wahrscheinlich, damit nicht jedes Mal die psychotische Hexe kicherte, wenn man hinein- und hinausging). Aus dem Laden drang der grelle Lichtschein von Strahlern. Ein Mann im weißen Overall kam heraus und zog sich den Mundschutz ab.

Lennart blickte Nilsson an. »Was ist hier los? Ist etwas mit Herrn Bolmen?«

»Ich habe gehofft, Sie könnten uns das sagen«, gab der Kommissar ungerührt zurück.

»Ich?« Lennarts Erstaunen kannte keine Grenzen. »Wie kommen Sie denn darauf? Mein Gott, nun sagen Sie schon, was hier geschehen ist!«

Kommissarin Tysja warf ihrem Vorgesetzten einen vielsagenden Blick zu. Der erklärte sachlich: »Nun, eine Nachbarin hat uns gerufen, weil sie sich Sorgen machte. Anscheinend zu Recht. Wir haben den begründeten Verdacht, dass Herr Bolmen ermordet wurde.«

Lennart wurde schwindelig, er musste sich an der Hauswand festhalten. Bilder schossen ihm durch den Kopf wie ein plötzlicher, stechender Schmerz. Der Leierkastenmann ohne Seele, der Nebel, der Tod. Seine Stimme zitterte nicht weniger als seine Hände. »Das ist ja grauenvoll. Aber wieso *vermuten* Sie es nur, ich meine, ist er ... ist seine Leiche ...?«

Geschehnissen in der *Skämt- & Förtrollningsgrotta* einfach ignoriert. Er resümierte, dass sie entweder ein Schweigegelübde abgelegt hatte oder aber – sehr viel wahrscheinlicher – schlicht eine lederzähe, verbitterte Ermittlerin war, die die Welt mit ihrer vornehmen Blässe und ihrem anziehenden Äußeren verhöhnte, weil sie in Wirklichkeit die Abschaffung der mittelalterlichen Folter als Verhörmethode genauso bedauerte wie die Tatsache, nicht jeden sofort und nach Gutdünken einkerkern zu können, der ihr verdächtig vorkam – ganz gleich, ob er etwas angestellt hatte oder nicht.

Nilsson legte die mitgebrachte Kladde und sein Notizbüchlein auf dem Tisch zwischen Lennart und Tysja ab, stellte ein Aufnahmegerät daneben und nahm an der Seite seiner Kollegin Platz. »Möchten Sie etwas trinken?«

Lennart bejahte und fragte sich gleichzeitig, ob es wohl zur lokalen Guter-Bulle-böser-Bulle-Strategie gehörte, dass die Kommissarin ihm noch nichts angeboten hatte, obwohl wahrhaftig genügend Zeit dafür gewesen war, oder ob auch diese Unterlassung in ihrer Abneigung ihm gegenüber begründet lag.

»Maja, holst du uns bitte etwas zu trinken, wärst du so freundlich?«, bat Nilsson seine Kollegin, die Lennart noch einmal mit einem eisigen Blick aus stahlblauen Augen bedachte, bevor sie aufstand und den Raum verließ. »Warten wir noch auf sie.« Nilsson schlug seine Notizen und die Kladde auf und las, ohne hochzuschauen, bis sich die Tür wieder öffnete und Kommissarin Tysja mit einem Tablett eintrat, auf dem eine Flasche Wasser und drei Gläser standen. Damit kam sie zum Tisch, stellte es ab, setzte sich hin und ihren unterkühlten Blick wieder auf.

»Danke, Maja«, sagte der Kommissar, verteilte die Gläser, füllte sie, nahm einen Schluck und drückte schließlich die Aufnahmetaste. »Montag, 28. November 2016. Zeugenbefragung von Herrn Lennart Malmkvist in der Sache Buri Bolmen, Aktenzeichen B0731-438-2016. Die Befragung wird durchgeführt von Kommissar Hendrik Nilsson und Kommissarin Maja Tysja. Gut«, fuhr Nilsson an Lennart gewandt fort. »Wir haben, wie gesagt, einen nicht unerheblichen Grund zur Annahme, dass Buri Bolmen nicht mehr am Leben ist.«

Lennart nahm einen Schluck und sah den Kommissar fragend an. »Ich kann und will das immer noch nicht glauben. Ermordet? Wie, von wem und warum um Himmels willen? Wie kommen Sie darauf? Und warum sagen Sie immer, dass Sie *annehmen*, er sei tot? Was hat das alles zu bedeuten?« Die Neonröhre, die den Verhörraum in das Licht eines unfreundlichen Wintertages tauchte, summte leise.

»Später. Was haben Sie vorgestern, am Samstag, den 26. November, zwischen halb zwölf und halb ein Uhr nachts gemacht?«

»Sie wollen ein Alibi von mir?«

»Sie sind nicht als Beschuldigter vorgeladen, sondern als Zeuge freiwillig hier, weil Sie gesagt haben, Sie wollen uns helfen, Herr Malmkvist. Wenn dem so ist, dann beantworten Sie bitte meine Frage. Oder wollen wir abbrechen, und Sie besprechen sich erst mit Ihrem Anwalt? Vielleicht gibt es einen Grund für Sie, das besser zu tun?« Nilssons Augen funkelten; er war mit allen Wassern gewaschen.

Lennart verneinte. »Ich brauche keinen Anwalt.«

»Gut, umso besser. Also, wollen Sie es uns sagen?«

»Ich bin Samstagabend um zwanzig Uhr ins Restaurant *Le Président* essen gegangen. Zu fraglicher Zeit war ich wieder zu Hause und muss bereits geschlafen haben.«

Nilsson machte sich Notizen. »*Le Président*, sagen Sie? Kann das jemand bezeugen? Waren Sie alleine?«

»Ja, ich war alleine dort. Eigentlich war ich zwar verabredet und hatte einen Tisch für zwei reserviert, aber die Dame hat mich versetzt. Fragen Sie den Oberkellner. Er kennt mich und hat mich an diesem Abend bedient.«

»Gegebenenfalls werden wir das tun«, murmelte Nilsson und schrieb wieder etwas in sein Buch. »Wie hieß die Dame, die nicht erschienen ist?«, hakte er nach.

»Emma Mårtensson.«

»Eine Bekannte?«

»Nein. Sie arbeitet auch bei der HIC AB, meinem Arbeitgeber. Ich habe sie dort vor ein paar Wochen kennengelernt.«

Nilsson nickte, schrieb zu Ende, dann sah er auf. »Was haben Sie eigentlich mit Ihrem Auge gemacht? Hatten Sie eine Auseinandersetzung?«

»Ich habe mich gestoßen«, erklärte Lennart und kam sich dabei wie eine bedauernswerte Ehefrau vor, die trotz der Durchschaubarkeit ihrer Lüge steif und fest behauptete, sie sei die Treppe hinabgestürzt und ihr Veilchen stamme nicht von der Faust Ihres gewalttätigen Gatten.

»Aha«, sagte Nilsson und kam zurück zum Thema, obwohl er von Lennarts Antwort wenig überzeugt schien. »Wie war Ihr Verhältnis zu Herrn Bolmen?«

»Buri Bolmen hatte den Krimskramsladen im Erdgeschoss des Hauses gemietet, in dem ich wohne, und er war mein Nachbar«, antwortete Lennart. »Wir wechselten ein paar Worte, wenn wir uns zufällig über den Weg gelaufen sind oder wenn ich ihm Essen von Frau Calvino gebracht habe. Was man als Nachbar eben so macht. Nicht mehr und nicht weniger. Ich mochte ihn, auch wenn er etwas verschroben war.«

»Frau Calvino aus dem ersten Stock war diejenige, die uns gerufen hat«, stellte Nilsson klar.

»Ach, wirklich?«, entfuhr es Lennart.

»Wundert Sie das?«, hakte der Kommissar nach.

»Na ja, sie hat oft für Herrn Bolmen etwas gekocht, aber sehr nahe haben sie sich eigentlich nicht gestanden. Ich war es ja gewesen, der das Essen immer zu ihm gebracht hat.«

Nilsson notierte. »Und sonst haben Sie nichts Außergewöhnliches zu berichten, was Sie und Herrn Bolmen anging? Das ist alles?«, vergewisserte sich Nilsson.

»Das ist alles«, bestätigte Lennart.

Der Kommissar machte eine kurze Pause. Dann forderte er Lennart auf: »Erzählen Sie uns, was Sie in den letzten Tagen beobachtet haben. Was haben Sie gesehen? Gab es vielleicht Auffälligkeiten? Fremde, die um Bolmens Laden herumgeschlichen sind? Hat Herr Bolmen Ihnen gegenüber etwas erwähnt, zum Beispiel, dass er sich verfolgt fühlte oder sogar bedroht wurde?«

Lennart fasste die Geschehnisse der letzten Zeit zusammen, berichtete, dass er sich darüber gewundert habe, dass in Buri Bolmens Laden noch spät nachts das Licht gebrannt und dass er an der verschlossenen Ladentür geklopft habe. Als Lennart beim Leierkastenmann angekommen war, fixierte Maja Tysja ihn – natürlich mit unterkühltem Blick –, wohingegen Kommissar Nilsson ihn bloß stirnrunzelnd, ja fast mitleidig betrachtete, ganz als habe er einen Betrunkenen vor sich, der von Außerirdischen fabulierte, die ihn entführt und im Raumschiff sexuellen Versuchen unterzogen hätten.

Nilsson bat Lennart dennoch um eine genaue Beschreibung des Mannes. Eventuell, wenn man diese Beobachtung für ermittlungsrelevant hielte, erläuterte der Kommissar räuspernd, würde man gegebenenfalls nochmals auf Lennart zukommen, um zusammen mit einem Spezialisten ein Phantombild des Verdächtigen anzufertigen.

Als Lennart mit seinen Schilderungen geendet hatte, legte Nilsson seinen Kugelschreiber nieder und sagte: »Nun, Herr Malmkvist, wenigstens ein Punkt an Ihrer Aussage stimmt definitiv nicht, nämlich der, dass Sie Herrn Bolmen nicht nahegestanden hätten.«

»Was soll das heißen? Halten Sie mich für einen Lügner?«, empörte sich Lennart.

»Ich bitte Sie, Herr Malmkvist. Niemand nennt Sie einen Lügner. Aber vielleicht könnten Sie uns einfach erklären, wieso Sie Herrn Bolmen sorgenvoll auf den Anrufbeantworter sprechen, bloß weil er am Wochenende etwas länger arbeitet, wenn Sie ihm nicht sonderlich nahestanden, wie Sie sagen. Und woher kannten Sie denn seine Gewohnheiten so genau, um beurteilen zu können, dass er ungewöhnlich lange das Licht brennen hatte? Und warum haben Sie das eben nicht erwähnt?«

»Ich habe es schlicht vergessen«, verteidigte sich Lennart. »Und ja, ich habe mir Gedanken gemacht, ich hatte nämlich so ein seltsames Gefühl …«

»Ein seltsames Gefühl?« Der Kommissar zog skeptisch die Augenbrauen zusammen, wobei sich die Furchen auf seiner Stirn noch vertieften.

»Ja«, erklärte Lennart, »ein seltsames Bauchgefühl. So etwas müssten Sie doch auch kennen, oder nicht? Und dieser Anruf macht mich jetzt verdächtig? Das ist doch lachhaft.«

Nilsson lehnte sich zurück und erklärte: »Nein, dieser Anruf macht Sie nicht verdächtig, aber er macht mich hellhörig. Er ist nur ein Indiz dafür, dass Sie Herrn Bolmen näherstanden, als Sie uns weismachen wollen, und ich frage mich, warum.« Er hielt einen Moment inne, dann fuhr er fort. »Wussten Sie, dass er den Laden gar nicht gemietet hatte?«

Lennart schüttelte verständnislos den Kopf. »Wie kommen Sie denn darauf? Natürlich hatte er das! Er hat doch sein Geschäft darin betrieben.«

»Das stimmt zwar, aber er hatte ihn nicht gemietet, er war sein Eigentum.«

»Wie bitte? Der Laden war sein Eigentum?« Lennart konnte nicht glauben, was er da hörte.

»In der Tat«, erklärte Nilsson. »Uns hat das zuerst auch gewundert, wie ein alter Mann eine Immobilie in bester Lage und mit einem Marktwert von knapp dreiundzwanzig Millionen Kronen besitzen kann, nur um darin einen – nehmen Sie es mir nicht krumm, wenn ich das so offen sage – einen Trödelladen zu betreiben.«

»Dreiundzwanzig Millionen?« Lennart kam aus dem Staunen nicht mehr heraus. Es war noch weit mehr, als er den Wert des Ladens geschätzt hatte.

»Sie haben also nichts davon gewusst?«

»Nein, wie ich schon sagte, das habe ich nicht, und selbst wenn, was hat das mit der ganzen Sache zu tun?«

»Das wissen wir noch nicht, Herr Malmkvist. Aber das ist noch nicht alles. Unsere bisherigen Nachforschungen haben weiter ergeben, dass Herr Bolmen keinen Kredit laufen hatte. Er war so schuldenfrei wie ein Neugeborenes und überdies nicht unvermögend. Den Kaufpreis hat er per Überweisung von einem ausländischen Konto beglichen, vor rund zehn Jahren. Neunzehn Millionen Kronen. Stellen Sie sich das einmal vor. Wissen Sie, wie er das bewerkstelligt hat? Hat er geerbt? Oder vielleicht noch andere Einkünfte gehabt?« Kommissar Nilsson hatte einen Verhörblick aufgesetzt: eine Mischung aus Strenge und Vertrauen und etwas, das vielleicht die Androhung schwerwiegender Konsequenzen war, wenn man nicht wahrheitsgemäß antwortete.

»Ich habe absolut keine Ahnung, das war lange, bevor ich hierhergezogen bin«, stammelte Lennart und sah den Kommissar ungläubig an. »Ist das denn tatsächlich alles wahr?«

Nilsson nickte. »Ja, das ist es. Um ganz sicherzugehen, haben wir auch den Anwalt angerufen, der gleichzeitig Bolmens Nachlassverwalter ist, wie wir von ihm erfahren durften. Ein gewisser Advokat Cornelius Isaksson. Er hat damals den Immobilienerwerb abgewickelt und hat uns das alles bestätigt.«

»Das kann ich mir beim besten Willen nicht erklären«, gestand Lennart noch immer fassungslos ein. »Aber warum fragen Sie nicht das *Skatteverket*, wo er sein Geld herhatte? Unser Finanzamt weiß doch sonst alles über uns.«

Nilsson lächelte kühl. »Das haben wir natürlich bereits getan. Das Geld wurde wie gesagt vom Ausland aus überwiesen, worauf unser Finanzamt keinen Zugriff hat. Mehr möchte ich dazu im Moment nicht sagen. Die Ermittlungen laufen noch.«

»Das wird ja immer rätselhafter«, merkte Lennart an. »Und Sie glauben, dahinter verberge sich ein Motiv?«

»Nun, Habgier, Rache und Eifersucht sind die erklärten Lieblingsmotive aller Mörder«, gab Nilsson zurück.

»Das ist ja alles schön und gut«, wandte Lennart ein, »doch was hat das mit mir zu tun? Zumal ja nicht einmal festzustehen scheint, dass er tatsächlich ermordet wurde.«

Maja Tysja entfuhr ein Laut, der an das Zischen einer Schlange erinnerte, aber wohl Ungläubigkeit wegen einer schlecht dargebotenen Lüge ausdrücken sollte.

Lennart wurde langsam sauer. »Hören Sie, ich helfe Ihnen wirklich gerne bei Ihren Ermittlungen, aber ich werde jetzt aufstehen und nach Hause gehen, wenn Sie mir nicht endlich sagen, was hier eigentlich los ist. Sie sind mir noch immer eine Antwort schuldig. Ist Herr Bolmen nun tot oder nicht? Auch wenn er nur mein Nachbar war, so habe ich ihn trotzdem gemocht und habe ein Recht auf die Wahrheit! Was soll das Ganze?«

»Tja, Wahrheit …«, dachte Nilsson laut, schürzte einen Moment lang die Lippen und strich sich über die kurzgeschorenen grauen Haare, dann fasste er sich wieder. »Nun, es gibt keine Leiche. Zumindest keine vollständige.«

»Wie bitte?« Lennart glaubte, sich verhört zu haben. »Wie kommen Sie dann darauf, dass es hier um Mord gehen könnte? Und was heißt *nicht vollständig?*«

»Wir haben in Herrn Bolmens Werkstatt nur einen angekokelten Zeigefinger mit einem Ring, eine kaputte Nickelbrille und ein Häuflein weißer Asche gefunden.«

»Einen Finger mit Ring, eine Brille und weiße Asche? Sonst nichts?«

»Nein, sonst nichts. Und das Eigenartige dabei ist, dass die Asche in der Form eines menschlichen Körpers auf dem Boden lag und sich in die Fliesen eingebrannt hat, ganz so, als wäre jemand verdampft und nur seine Umrisse wären auf dem Dielenboden zurückgeblieben. So etwas habe ich noch nie gesehen, aber genau diesen Eindruck machte es auf uns. Keine Knochen, keine Zähne, keine Gürtelschnalle, nichts. Alles weg.«

»Wie ist so etwas möglich?«, fragte Lennart überfordert und entsetzt zugleich.

»Wir wissen es noch nicht, unsere Spezialisten sind dran. Und noch etwas ist relativ bemerkenswert. Sie haben erwähnt, dass Sie glauben, Herr Bolmen sei so um die siebzig gewesen? Nun, dem Foto seines Ausweises nach würde ich das auch so schätzen, wenn ich es nicht besser wüsste.«

Lennart sah Nilsson an. »Das heißt?«

»Dass Herr Bolmen laut Einwohnermeldeamt nicht siebzig oder achtzig, sondern sage und schreibe einhundertdreiundzwanzig Jahre alt war.«

»Was sagen Sie? Das muss ein Irrtum sein«, widersprach Lennart. »Das ist doch vollkommen lächerlich!«

Der Kommissar zuckte die Achseln. »Das glauben wir auch, aber so steht es in den Akten. Geboren am 14. Oktober 1893 in der Nähe von Trollhättan. Das wird sich schon aufklären, wahrscheinlich ein Zahlendreher, der bei älteren

Menschen vom Land ab und an noch vorkommen kann. Aber das tut im Moment nichts zur Sache, zumindest nicht in Bezug auf Sie.« Damit schlug Nilsson Kladde und Notizbüchlein zu. »Gehen Sie nach Hause, Herr Malmkvist. Vielen Dank für Ihre Zeit. Wir haben momentan keine weiteren Fragen. Wir werden Sie im Laufe der Ermittlungen jedoch bitten müssen, nochmals vorbeizuschauen, Ihre Aussagen zu unterzeichnen und uns weitere Fragen zu beantworten.«

Lennart stand auf und zog sich seinen Mantel über. »Kein Problem, melden Sie sich einfach bei mir.«

Nilsson erhob sich ebenfalls. »Wir suchen weiterhin nach einem Tatmotiv. Ich bin davon überzeugt, dass es sich um ein Kapitalverbrechen handelt, was die Untersuchungsergebnisse bestätigen werden. Suizid scheidet für mich aus. Die wenigsten Menschen zünden sich selbst an und wenn, dann bleiben deutlich andere Spuren zurück. Danke für Ihre Hilfe. Finden Sie alleine hinaus?«

»Ja, das schaffe ich schon«, antwortete Lennart.

»Auf Wiedersehen, Herr Malmkvist.« Der Kommissar streckte ihm die Hand hin.

Lennart schlug ein. »*Hej då.*« Kommissarin Tysja blieb mit verschränkten Armen sitzen und nickte nur kurz.

Auch wenn er so unschuldig war, wie man nur sein konnte, war Lennart dennoch heilfroh, hinaus in den Gang des Polizeipräsidiums treten zu können. Erst jetzt spürte er, dass er selbst in der von Menschen verbrauchten und von unzähligen Druckern und Kopierern aufgeheizten Luft der Amtsstuben leichter atmen konnte als in diesem beklemmenden Verhörraum, wo einem Freiheit wie ein glücklicher Zufall vorkommen konnte. Doch erst als er auf die Straße vor das schmucklose Zweckgebäude trat und die Herbstluft auf dem Gesicht spürte, fiel der letzte Rest seiner inneren Anspannung von ihm ab.

Es war bereits früher Nachmittag, als Lennart mit dem Taxi endlich wieder zu Hause im Västra Hamngatan ankam. Der Himmel war dunkelgrau, schmutzige Wolkenfetzen zogen vorbei. Der Bürgersteig vor dem Laden war mittlerweile nicht mehr mit Polizeiband abgesperrt, nur die Tür zur *Bolmens Skämt- & Förtrollningsgrotta* war von der Polizei versiegelt worden, die Schaufenster waren mit blickdichter Folie verhängt. Lennart blieb kurz stehen. Er musste an Buri denken.

»Wer hat Ihnen das bloß angetan?«, fragte er und wischte sich die Feuchtigkeit aus den Augen (bei starkem Herbstwind hatte er manchmal derlei Symptome). Auch wenn es niemand ausgesprochen hatte, so zweifelte offenbar keiner daran, dass es Buri Bolmens Finger, seine Brille und sein Ring waren, die man hier gefunden hatte. Und niemand dachte daran, dass das Häufchen Asche etwas anderes sein könnte als Buri Bolmens verbrannte Überreste. Doch nicht einmal die Polizei hatte auch nur die Spur einer Ahnung, was sich in der Werkstatt zugetragen hatte.

Hätte er mehr tun müssen, als nur an die Tür zu klopfen und bei Buri anzurufen? Sein Verstand stritt sich mit seinem Gewissen. Eines stand für Lennart fest. Zumindest die Attribute *arm* und *harmlos* würde er ab sofort in Bezug auf Buri Bolmen nicht mehr verwenden. Neunzehn beziehungsweise sogar dreiundzwanzig Millionen Kronen nach heutigem Marktwert! Woher hatte er bloß das ganze Geld gehabt? Und dann noch von einem Auslandskonto. Ratlos und traurig schüttelte Lennart den Kopf, berührte das kalte Glas der Eingangstür wie zum Abschied. Buri Bolmens Licht würde nie wieder zu sehen sein.

Auf dem Weg nach oben hielt er im ersten Stock inne, zögerte vor Marias Wohnung, lauschte an der Tür. Es lief keine Oper, und auch sonst drang kein Geräusch zu ihm heraus. Er klingelte, doch sie öffnete nicht. Gerne hätte sich

Lennart nach ihrem Wohlbefinden erkundigt: Sie hatte die Polizei gerufen und sicherlich als eine der Ersten mitbekommen, was mit Buri Bolmen geschehen war, und es dürfte sie noch weitaus härter getroffen haben als ihn. Hatte sie etwas geahnt?

Er sollte mit ihr sprechen, musste ihr unbedingt sagen, was er wusste. Das war er ihr schuldig. Sie hatte viel für diesen Mann empfunden, und wahrscheinlich würden Kommissar Nilsson und dessen eishübsche Kollegin mit dem kalten Blick demnächst auch Maria verhören, vielleicht schon morgen, spätestens aber im Laufe der Woche. Sicher wollte sich die Polizei Lennarts Aussagen bestätigen lassen und auch sein Verhältnis zu Buri Bolmen nochmals unter die Lupe nehmen. Er nahm sich vor, es später noch einmal zu versuchen, und stieg die Treppe zu seiner Wohnung empor.

Dort angekommen holte er Marias Lasagne vom Samstag aus dem Kühlschrank, begutachtete sie und beschloss, dass sie noch essbar war. Er stellte eine Portion in die Mikrowelle, packte den Rest ins Gefrierfach, ging ins Wohnzimmer und schenkte sich jetzt den Whisky ein, den er gerne schon auf dem Polizeirevier getrunken hätte, statt des lauwarmen schalen Wassers, das man ihm aufgetischt hatte.

Mit dem Glas in der Hand ging er nachdenklich zurück in die Küche, sah einen Augenblick den Digitalziffern der Mikrowellenuhr zu, die mit einer beneidenswerten Gleichgültigkeit unbeirrbar ihren monotonen Job verrichteten und den immer gleichen Countdown zählten, begleitet vom Rauschen des Gerätes und dem leisen Quietschen des Drehtellers. Draußen vor dem Küchenfenster schrie eine Dohle, flatterte auf und flog davon. Die Lasagne begann zu knuspern und leise zu brodeln. Es zischte, eine Mozzarella-Explosion schleuderte einen kleinen Käsefetzen ans Sichtfenster.

Da klingelte es an der Wohnungstür.

7. Kapitel

Es war nicht Maria Calvino, die Lennart dazu brachte, vollkommen überfordert dreinzublicken. Es war das, was sie bei sich hatte. Am Ende der Leine, die Maria in der Hand hielt, hockte Buri Bolmens Mops. Bölthorn. Natürlich! Den hatte er ja total vergessen, bei all dem, was heute geschehen war. Leise grunzend, röchelnd und schnaufend (mutmaßlich vom Treppenaufstieg) saß er da mit einem viel zu breiten Lederhalsband mit verchromten Sternschnuppenapplikationen um den fettwülstigen Nacken.

Lennart sah Maria an, dann Bölthorn, dann wieder Maria.

Der Mops blickte zu ihm auf. Er wirkte tatsächlich betroffen.

Aus der Küche ertönte das *Pling!* der Mikrowelle.

»Das ist Buris Hund«, erklärte Maria Calvino mit schwacher Stimme und glänzenden Augen.

»Ich weiß«, gab Lennart zurück, »aber warum bringen Sie ihn her?«

Aus Marias Gesicht sprach Verzweiflung. Zögerlich und mit schwacher Stimme hob sie an: »Weil …« Sie kämpfte sichtlich mit den Tränen.

»Ach, ich bin vielleicht unhöflich«, schalt sich Lennart und öffnete die Tür zur Gänze. »Entschuldigen Sie. Kommen Sie doch herein, ich bitte Sie.« Dieser Aufforderung kam Maria Calvino dankbar nach. Noch im Vorübergehen warf Bölthorn Lennart einen eigentümlichen Blick zu, dann senkte er wieder seinen eingedrückten Mopskopf und wackelte schnaufend Maria Calvino hinterdrein, die ihn inzwischen von der Leine befreit hatte und vor dem Wohnzimmer wartete. »Gehen Sie nur vor und setzen Sie sich«, sagte Lennart und schloss die Wohnungstür. »Möchten Sie etwas trinken?«

»Wasser. Bitte«, sagte sie.

Lennart ging in die Küche, und als er ins Wohnzimmer kam, hatte Maria Calvino bereits in einem der beiden braunen Ledersessel am Couchtisch Platz genommen. Sie sah erschöpft aus. Er stellte ihr das Wasser hin und setzte sich ihr gegenüber aufs Sofa. Bölthorn lag neben ihr auf dem Boden; seine Beinchen quollen wie kleine Schweinswürste unter seinem fleischigen Leib hervor.

»Sie haben schon gehört, was die Polizei vermutet und was sie gefunden haben?«, erkundigte sich Lennart vorsichtig.

Maria Calvino nickte, griff nach dem Glas und trank. »Ich ... ich war es, die sie gerufen hat, weil ich so ein seltsames Gefühl hatte, *nel mio cuore* – in meinem Herzen. Es ist so furchtbar. Der arme Buri. Was für ein Unmensch tut denn so etwas?«, fragte sie schluchzend. »Wer?«

»Es steht ja noch gar nicht fest, dass ihm wirklich etwas zugestoßen ist«, versuchte Lennart, die aufgelöste Frau zu trösten, obwohl sich das selbst in seinen eigenen Ohren wenig glaubhaft anhörte. »Für die Polizei ist er im Moment einfach verschwunden. Punkt.«

»*Ma non è vero!* – Das ist nicht wahr!«, fuhr Maria wütend auf. »Er ist tot, ich weiß es!« Mit ruhigerer Stimme fügte sie hinzu: »Entschuldige. Es ist natürlich nicht deine Schuld.«

»Schon gut, macht nichts. Aber sagen Sie mir, weshalb Sie meinen, dass Herr Bolmen ... äh ... also, dass er ...«

»... ermordet wurde?«, vervollständigte sie Lennarts Satz und tupfte sich die Augen mit einem mit »MC« monogrammierten Stofftaschentuch trocken. »Ganz einfach. Er würde nie und nimmer seinen geliebten Hund alleine zurücklassen.«

Lennart blickte auf Bölthorn herab, dem gerade ein bleistiftdicker Schleimfaden aus der Lefze tropfte und einen kleinen Sabbersee auf Lennarts Eichendielen bildete. Ja, diesen Hund musste man einfach lieben. Maria Calvino schnäuzte sich und steckte das Taschentuch zurück in ihre Schürze. Sie sah Lennart an.

»Wo haben Sie ihn überhaupt her?«, wollte Lennart wissen.

»Die Polizei hat ihn mir übergeben, zusammen mit all seinen Sachen, wie Näpfen und Körbchen und so weiter. Sie haben Bölthorn eingesperrt in Buris Wohnung neben der Werkstatt gefunden. Stellen Sie sich das nur vor! Eingesperrt in der dunklen, dunklen Wohnung! Er hätte verhungern können! Welches Scheusal ist in der Lage, einem hilflosen Tierchen so etwas anzutun?« Lennart war überzeugt, dass dieser Mops auch nach mehreren Wochen eingesperrt in einer dunklen, dunklen Wohnung nicht verhungern würde. Maria Calvino sah das offenbar anders. Wieder zückte sie ihr Taschentuch. »Sie wollten ihn erst mitnehmen und ins Tierheim bringen, aber dann habe ich diese nette Polizistin angesprochen, die möglich gemacht hat, dass ich Bölthorn bekomme.«

»Eine nette Polizistin?«, wunderte sich Lennart. Er musste sich verhört haben. »Wie hieß sie denn?«

»Oh, ich weiß nicht mehr genau. Es war ein komischer Name, er klang irgendwie altbacken. Oder finnisch.«

»Maja Tysja?«

»Ja, ich glaube, so hieß sie. Eine sympathische Frau, wirklich. So verständnisvoll und einfühlsam.«

Lennart bezweifelte, dass es in Göteborg, ja sogar bei der gesamten schwedischen Polizei eine Beamtin gleichen Namens gab, und konnte sich die zwei Gesichter dieser Frau nicht erklären, schwieg aber dazu.

»Er hat dich sehr gemocht. Fast schon geliebt«, erklärte Maria Calvino unvermittelt.

»Wer? Wen?«

»Buri. Dich.«

»Mich? Wie kommen Sie denn darauf? Ich kannte ihn doch kaum. Auch wenn wir seit ein paar Jahren im selben Haus wohnen, haben wir nicht viel miteinander zu tun. Ich hatte ... äh ... habe zu Herrn Bolmen nur ein sehr oberflächliches Verhältnis.«

»Du täuschst dich, *caro*. Er hat oft von dir gesprochen. Manchmal dachte ich, er erzählt von seinem Sohn und nicht von einem jungen Mann, der zufällig sein Nachbar ist.«

»Er hat von mir gesprochen? Ich denke, Herr Bolmen und Sie, also Sie und Herr Bolmen, haben nicht, also ... wann und wieso haben Sie sich über mich unterhalten?«, fragte Lennart staunend.

»Oh doch.« Sie lächelte traurig. »Wir haben uns zwar nicht oft getroffen, *caro*, nur manchmal, wenn es niemand mitbekommen hat. Aber telefoniert haben wir fast täglich.«

»Und warum habe ich dann immer Essen und Teller hin- und hergetragen?«

»Wir mussten den Schein wahren. Buri hat gesagt, es sei wichtig, dass möglichst niemand von uns erfährt, es sei nur zu meinem Besten. Ich habe nie verstanden, was er damit meinte, und anfangs habe ich mich noch dagegen gewehrt, aber mit der Zeit habe ich mich daran gewöhnt. Außerdem war so ein Lieferservice nicht unbedingt unvorteilhaft. Meine Beine und diese vielen Treppen ...«

»Sie beide haben mich also hinters Licht geführt«, bemerkte Lennart nicht ohne Anerkennung.

Da schlug Maria Calvino die Hände vors Gesicht und

weinte. Und weinte. Und weinte. So lange, bis Lennart nicht mehr anders konnte, als aufzustehen, zu ihr zu gehen und zu versuchen, den kleinen, wogenden, rundlichen Körper tröstend mit den Armen zu umschließen; sogar Bölthorn schien zu spüren, dass er fehl am Platze war, und legte sich einen Meter weiter vom Sessel weg, wo er nicht Gefahr lief, von Lennarts Füßen erwischt zu werden. Er drehte sich zweimal um die eigene Achse und ließ sich schließlich mit einem deutlich vernehmbaren Schnaufen auf den Boden plumpsen, den Blick in den Flur gerichtet, ganz so, als könne er diese Szene nicht ertragen.

Eine halbe Küchenrolle später saß Lennart wieder auf dem Sofa, hatte Maria Calvino Wasser nachgeschenkt und war ratlos. Was konnte man in einem solchen Fall sagen? Was tröstete? Er war ja selbst von den Geschehnissen der letzten zwei Tage, insbesondere denen der letzten Stunden, vollkommen überfordert. Sein Leben schien auf einen undefinierbaren Punkt zuzusteuern, der sich wachsweich und nicht sonderlich gut anfühlte. Aber, so machte er sich insgeheim Mut, es konnte ja nur besser werden.

»*Caro*«, sagte Maria leise, nachdem sie ihre Stimme wiedergefunden hatte, »wir haben noch ein anderes Problem.«

»Was meinen Sie?«

Sie deutete auf Bölthorn, dessen knubbeliges Hinterteil wie ein behaarter Baumschwamm aus dem Boden zu wachsen schien.

»Ich verstehe nicht ganz.«

»Ich liebe ihn, aber ich kann ihn nicht nehmen. Ich habe eine Hundehaarallergie.«

Es dauerte einige Sekunden, bis Lennart begriff, was Maria Calvino ihm damit zu sagen versuchte. Und er begriff weiter, dass es offenbar noch nicht an der Zeit war für einen Aufwärtstrend in seinem Leben. »Oh nein, bei aller Freundschaft und bei allem Mitgefühl, Maria, aber das geht nicht«, widersprach er vehement. »Ich kann und ich will keinen Hund haben. Meine Arbeit, die Wohnung und ... und so weiter. Nein, es geht wirklich nicht.« Und sollte er sich wider Erwarten doch jemals einen Hund zulegen, dann zumindest einen, der wie ein solcher aussah und nicht wie dieses Ding, das da zwei Meter entfernt von ihm röchelnd wie ein alter Siphon auf dem Boden lag und vor sich hin döste. Diesen Gedanken behielt er aber für sich, denn wieder liefen Maria Tränen die Wangen hinab.

»Aber, dann muss er doch ins Tierheim! Wenn sie ihn nicht vermitteln, werden sie ihn einschläfern!«

Lennart verdrehte die Augen. »Was soll ich denn machen?«

»Nimm ihn. Du kannst dir deine Arbeit doch einteilen, musst nicht jeden Tag ins Büro, und ich kann ja auch immer mit ihm Gassi gehen. Draußen merke ich nichts von den Haaren, nur auf Dauer in der Wohnung. *Per favore*, überleg es dir doch. Außerdem lernt man so auch bestimmt nette Menschen kennen. Frauen lieben kleine Hunde.«

Lennart blickte wieder zu Bölthorn, der schmatzte und unruhig mit den Füßen zuckte, als würde er im Traum ein Rudel Köttbullar jagen. Ja, vielleicht würde man mit diesem Tier Frauen kennenlernen, aber ob es die Art von Frauen war, die er sich vorstellte, wagte Lennart zu bezweifeln. Mitleid wäre das einzige Motiv für ein Rendezvous.

»Es geht wirklich nicht«, beschloss Lennart und versuchte, seiner Stimme einen festen Klang zu geben – Marias tieftrauriger Gesichtsausdruck und ihre feuchtglänzenden Augen hielten dagegen.

Plötzlich fuhr sie freudig auf. »Ich habe eine wunderbare Idee!« Dann fasste sie sich rasch wieder und fuhr mit versöhnlicher Miene fort. »Du hast ein großes Herz, aber du hast auch Angst vor Verantwortung. Mit meinem Mann war es dasselbe, Gott hab ihn selig. Vielleicht mag ich dich ja deshalb so, *caro*. Ihr seid euch so ähnlich. Nimm den Hund erst einmal eine Woche, und wenn du dann immer noch sagst, dass du ihn nicht willst, dann kümmere ich mich darum, dass er in gute Hände kommt. *D'accordo* – einverstanden?«

»Aber ich …«, intervenierte Lennart erfolglos. Er hatte keine Angst vor Verantwortung. Im Gegenteil. Er trug seiner Ansicht nach Verantwortung genug. Für die Firma, für die Kunden, für die Projekte. Er hatte schlicht keine Lust auf Verantwortung für diesen überflüssigen Mops. Das konnte man ihm doch nicht vorwerfen.

»*Solo una settimana* – nur eine Woche, *caro*. Ich gehe auch mit ihm spazieren, sooft es mir möglich ist und wenn du bei der Arbeit bist. Versprochen!«

Warum zur Hölle glänzten die Augen dieser Frau schon wieder so, als würde sie gleich in Tränen ausbrechen? Eine Woche waren sieben Tage. Das bedeutete trotz Marias Angebot schlimmstenfalls mindestens ein gutes Dutzend Spaziergänge mit einem hässlichen Hund – auch ein Mops musste doch täglich dreimal raus, oder? – und geschätzte zehn Kilo Futter. Wahrscheinlich eher mehr.

»*Per favore!* – Bitte!«, flüsterte Maria genau im richtigen Moment.

Lennart atmete tief durch, versteckte sich kurz hinter geschlossenen Lidern vor dem Unvermeidbaren und seufzte schließlich: »Meinetwegen. Aber wirklich nur eine Woche, und wenn diese Woche vorbei ist, dann möchte ich keine weiteren Diskussionen mit Ihnen, ganz gleich, wie ich mich entscheide. Das ist meine Bedingung.«

»*Benissimo! Meraviglioso!* – Ausgezeichnet! Wunderbar!«, rief Maria Calvino erfreut aus und sprang vom Sessel auf. »*Grazie, grazie mille!*« Damit kam sie um den Tisch herum, drückte Lennart an sich und übersäte ihn mit Küssen. Nach dieser körperlichen Attacke ließ sie abrupt wieder von ihm ab, noch immer sichtlich aufgeregt vor Freude. »Ich bringe dir noch die beiden Näpfe, das Futter und Bölthorns Körbchen hoch.«

»Nein, das brauchen Sie nicht. Ich hole mir das schon«, widersprach Lennart.

»Aber gefüllte und panierte Mozzarellabällchen bringe ich dir, *caro*! Mit Salsa di pomodoro.«

»Ja, lecker, danke.« Er wagte nicht, zu erwähnen, dass er noch nicht einmal dazu gekommen war, auch nur eine Portion der Lasagne vom Samstag zu essen – und das Stück in der Mikrowelle war inzwischen sicher wieder kalt geworden. Maria Calvinos Waffen waren Tränen, ihre Währung schuf sie in der Küche.

Wohl damit ihm keine Zeit blieb, die unter emotionalem Druck zugesicherte Vereinbarung am Ende doch noch zu widerrufen, war Lennart Malmkvist bereits eine Viertelstunde später Temporärherrchen eines übergewichtigen Mopsrüden.

Es war kurz nach drei, als Maria Calvino ihm die Leine mit dem Tier in die Hand drückte. Dazu übergab sie ihm (es war definitiv Bestechung!) eine mit Aluminiumfolie abgedeckte Essenspyramide aus frittierten und mit Pesto gefüllten Mozzarellakugeln an Salsa di pomodoro. Schließlich beugte sie sich zu Bölthorn hinunter, streichelte ihn und verabschiedete sich mit den Worten: »Mach's gut, mein süßer Spatz und sei lieb zu Lennart.« Sie lächelte erst den Hund, dann Lennart an, machte einen Schritt in Richtung Treppe, drehte sich noch einmal um und warf Bölthorn eine Kusshand zu, bevor sie hinunter in ihre Wohnung ging, wo sie wahrscheinlich den Rest des Tages weinen oder zum Zwecke der Trauerbewältigung massenweise komplexe mediterrane Speisen zubereiten würde.

Sowenig Lennart auch Lust auf das dickliche, schnaufende Etwas hatte, er hätte nicht mehr ablehnen können. Maria hatte ihn vollkommen weichgekocht. Hinter ihrer Geschwätzigkeit hatte Lennart allerdings tiefe Traurigkeit und Verzweiflung erkannt. Und wenn *das* (Lennart blickte vorwurfsvoll auf Bölthorn hinab) der Preis dafür war, Maria Calvino wenigstens für die nächsten paar Tage – denn länger würde Lennart diesen Hund keinesfalls behalten, Tränen hin, Mozzarellakugeln her – Gelegenheit zum Trauern und ein wenig Halt zu geben, dann war es das wert. Nach einer Woche wäre dieser behaarte, übergewichtige Speichelspuk vorbei.

Lennart stand in der Tür, bis Marias unten hörbar zugezogen wurde. Bölthorn hechelte und röchelte, als würde er von unsichtbarer Hand gewürgt. Vor der Mopsübergabe hatte Lennart bei Maria die beiden Näpfe mit der Aufschrift *Mops sweet mops*, eine Hundedecke, ein Sammelsurium von Bürsten, das Körbchen, einen monströsen Sack Hundefutter, eine lange und eine kurze Leine und ein angeblich waschbares Synthetikhalsband erhalten, wahrscheinlich eine optische Alternative zu dem mit den stilisierten Sternschnuppen. Darüber hinaus hatte Lennart noch eine mehrseitige, handgeschriebene Liste aller Mopsfakten in die Hand gedrückt bekommen, deren Inhalt Maria wahrscheinlich entweder von Buri erfahren oder im Internet recherchiert hatte. Mit all diesen Dingen beladen hatte sie ihn zurück in seine Wohnung geschickt, damit er es Bölthorn *heimelig* herrichten konnte, wie sie es mit mütterlich-italienischem Nachdruck und strengem Blick gefordert hatte.

Heimelig?

Blödsinn!, dachte Lennart und machte dem Mops, der bis dahin sinnentleert, so schien es, und beständig leise gurgelnd ins Treppenhaus gestarrt hatte, die Tür vor der Nase zu. Das

Wichtigste war, dass ihm dieser fellüberzogene Fleischklops nicht verendete und dass er ein neues Zuhause fand, wo ihn jemand wirklich mochte und nicht nur duldete, um einer liebenswerten Nachbarin einen Gefallen zu tun.

»Komm, Wursti«, forderte Lennart ihn auf und beugte sich hinunter, um ihn von der Leine zu befreien. Bölthorn warf Lennart einen vorwurfsvollen Blick zu, knurrte aber immerhin nicht, wie sonst, wenn er Lennart zu Gesicht bekam. Lennart hängte die Leine auf der Suche nach einem geeigneten Ort schließlich an die Garderobe – eingefleischte Hundebesitzer verwendeten dafür wahrscheinlich einen speziellen Hundeleinenhaken –, begab sich ins Wohnzimmer, fläzte sich aufs Sofa und schaltete den Fernseher ein. Bölthorn röchelte ihm hinterher. »Na, geh doch feini-fein ins Körbchen«, versuchte er vergeblich, ihn zu motivieren. Der Mops stand noch einen Moment lang da, bis er sich schließlich setzte (obwohl das optisch kaum einen Unterschied machte; es war in etwa der Effekt eines vom Barhocker aufspringenden Zwerges). Er starrte Lennart an, als warte er auf die Erfüllung eines Versprechens.

»Was ist denn? Was willst du? Husch, husch ins Körbchen, ich möchte mich jetzt etwas entspannen. Ich hatte genug um die Ohren in den letzten Tagen.«

Bölthorn legte den Kopf schief.

Und begann zu winseln.

Lennart machte den Fernseher lauter.

Bölthorn winselte inbrünstiger.

Lennart machte den Fernseher noch lauter, stellte aber fest, dass ihn das selbst störte, reduzierte die Lautstärke wieder auf ein erträgliches Maß und richtete sich an Bölthorn. »Mann, was ist denn? Du warst Gassi, zu fressen gibt's erst wieder nachher, zumindest steht es so auf deiner Gebrauchsanweisung von Maria, also, was ist los?«

Bölthorn verstummte mit einem Mal und legte den Kopf noch schiefer.

»Ich glaube, du müsstest noch eher zum Therapeuten als ich«, schlussfolgerte Lennart und griff sich den Zettel von Maria, den er auf den Couchtisch gelegt hatte. Laut las er vor: »*Erstens, nach dem Gassigehen abtrocknen (nur wenn es geregnet hat!). Zweitens, zum Schlafen das Halsband abnehmen. Drittens, Fresschen morgens und abends nach dem Gassigehen. Viertens, darauf achten, dass das Wassernäpfchen immer gut gefüllt ist* ... Mist! Warum habe ich das vergessen? Hast du Dursti, Wursti?«, veralberte er Bölthorn und bemerkte erst, als der Satz seinen Mund bereits verlassen hatte, was da nach nur einer Viertelstunde mit ihm geschah. Es war genau das, was er an Hundebesitzern bisher immer so furchtbar gehasst und lächerlich gefunden hatte, nämlich einem Tier rhetorische Fragen zu stellen, als sei es ein Mensch, und es zu behandeln wie einen intelligenten Gesprächspartner. Und das war dieser Mops definitiv nicht.

Bölthorn stellte sich auf die Stummelbeine, schüttelte sich – wodurch ein deutlich sichtbarer Schleimfaden von seinen Lefzen in Richtung einer ziemlich teuren, handsignierten Lithographie katapultiert wurde und nur eine Handbreit daneben an die Tapete klatschte – und trippelte in den Flur. Lennart sprang auf, nahm ein Stück von der Küchenrolle, die noch von Marias Heulattacke dastand, fluchte, wischte angeekelt die an Tapetenkleister erinnernde Substanz von der Wand und folgte dem Mops in die Küche, wo er sich doch tatsächlich vor den beiden leeren Näpfen postiert hatte.

Lennart füllte das Behältnis entsprechend mit Wasser und stellte es vor Bölthorns eingedrückte Nase auf den Boden. Sofort soff und schlabberte das Tier gierig das kühle Nass in sich hinein, wobei sich am Fuße der Schüssel eine kleine Pfütze aus der Flüssigkeit bildete, die ihm zugleich wieder aus dem Maul herauslief. Noch während Bölthorn seinen Durst unter Geräuschen stillte, die mehr an eine Schlickpumpe denn an ein lebendiges Wesen erinnerten, ging Lennart zurück ins Wohnzimmer, wo es, wie er verärgert feststellen musste, bereits intensiv nach altem Hund müffelte. Er ließ sich resigniert auf die Couch fallen. Bölthorn stieß nach einiger Zeit dazu, erklomm sein Körbchen, was ihn, obwohl der Einstieg nur wenige Zentimeter hoch war, sichtlich Mühe kostete, drehte sich zweimal im Kreis, wie es sein persönliches Ritual zu sein schien, und ließ sich schließlich schnaufend nieder.

»Eine Woche, Lennart«, seufzte Lennart halblaut, »nur eine einzige Woche!« Dann widmete er sich dem Fernsehprogramm.

8. Kapitel

Um halb sieben holte Maria das Tier endlich zum abendlichen Gassigehen ab. Ihr gut gemeinter Vorschlag, dass Lennart doch ruhig mitkommen könne, damit er wisse, wo sie spazieren gingen, stieß auf taube Ohren. Er habe noch zu tun, wiegelte er freundlich, aber bestimmt ab und versicherte: »Morgen oder so aber sehr gerne!«

Er hörte, wie Maria, den dicken Mops im Schlepptau, die Treppen hinabging, dann fiel die Haustür unten zu. Musste er sich schämen, dass er kein bisschen traurig war, diesen Hund eine Zeit lang wieder los zu sein?, fragte er sich auf dem Weg in die Küche, wo er eine Flasche Rotwein aus dem Weinregal zog, sie entkorkte und sich ein großes Glas einschenkte. Die Antwort lautete: Nein, das ist total okay! Schließlich hatte ihn niemand gefragt, ob er Pate spielen wolle, nein, er war dazu genötigt worden.

Lennart nahm einen kräftigen Schluck, ließ die Aromen dunkler Beeren wirken und genoss die Sonne des Riojas, von dem er sich trotz eines *Systembolaget*-Preises von satten zweihundertdreißig Kronen einen ganzen Dutzendkarton gegönnt hatte. Dazu stellte er sich vor, wie es wäre, jetzt tatsächlich in zu dieser Jahreszeit deutlich angenehmeren Gefilden am Strand zu sitzen, weit weg von allem hier.

Weit weg von einem Mord und einem Mops.

Doch die Gedankenreise in den Süden währte nicht lange. Draußen kam ein Sturm auf, der sich unbemerkt angeschlichen hatte. Erste Tropfen schlugen ans Küchenfenster. Am Horizont hinter den Häusern war Wetterleuchten auszumachen. Irgendwo auf der Straße fiel scheppernd etwas um, die Alarmanlage eines Autos ging los. Gewiss war Maria bereits wieder auf dem Rückweg, schoss es ihm durch den Kopf, und nur wenige Minuten später klingelte es auch schon an der Tür. Wie Lennart vermutet hatte, war es Maria Calvino, Bölthorn neben ihr. Tropfend. Beide machten den Eindruck, als sei ein Fahrzeug der Straßenreinigung über sie hinweggefahren. In der einen Hand hielt Maria die Mopsleine, in der anderen die zerfledderten Überreste eines Regenschirmes sowie einen klammen Briefumschlag.

»Sie sehen ja ganz schön mitgenommen aus. Ist es so schlimm da draußen?«, erkundigte sich Lennart.

»*Dio mio!* – Heiliger Gott! Ein sehr starker Sturm, und jetzt fängt es auch noch an zu gewittern. Hören Sie nur.« Sie hob die Hand mit Schirmskelett und Umschlag, reckte auffordernd den Kopf in Richtung Treppenhausfenster und verharrte in dieser Pose. Tatsächlich konnte auch Lennart nun ein kurzes Aufflackern ausmachen, gefolgt von einem unterschwelligen Grollen. »Das passt zu diesem furchtbaren Tag«, fuhr sie fort, nachdem sie sicher sein konnte, dass Lennart das Donnern ebenfalls wahrgenommen hatte. »Ich werde gleich ein heißes Bad nehmen. Danach versuche ich, zu schlafen, auch wenn es noch nicht einmal acht Uhr ist. Ich bin so erschöpft.«

Lennart nickte und empfing Leine und Hund, wobei er versuchte, glaubwürdig erfreut zu wirken. »Ja, machen Sie das. Ich denke, manchmal ist Schlaf das Einzige, das hilft.«

»Es wird ihn nicht zurückbringen«, sagte Maria und begann von neuem zu schluchzen.

Lennart fasste sie an der Schulter. »Maria. Sie müssen jetzt stark sein. Wenn irgendetwas ist, können Sie jederzeit zu mir kommen oder mich anrufen, ja?«

»Du bist ein guter Mensch.« Sie wischte sich über die Augen und sah Lennart dankbar an. »Hier, der hing ein Stückchen aus deinem Briefkasten heraus, und ich dachte mir, bevor er ganz durchgeweicht ist, bringe ich ihn besser gleich mit.«

Lennart nahm den Brief entgegen. Absender war ein gewisser Cornelius Isaksson aus Göteborg, der sich selbst anachronistisch und mit einer gehörigen Portion Standesdünkel, so schien es, als *Advokat* titulierte. Das musste der Notar sein, den Kommissar Nilsson vorhin erwähnt hatte, erinnerte sich Lennart. Doch was wollte er von ihm? Wieder betrachtete er den Umschlag. Es klebte keine Briefmarke darauf. Nur der Absender sowie Lennarts Name und Anschrift waren zu sehen, altmodisch mit Tinte geschrieben und von der Feuchtigkeit leicht verschmiert. Jemand musste ihn persönlich eingeworfen haben. »Danke, Maria, und jetzt gehen Sie und entspannen Sie sich. Und falls etwas sein sollte, melden Sie sich, in Ordnung?«

Sie nickte, versuchte ein dankbares Lächeln, dann ging sie mit gesenktem Kopf und langsamen Schrittes nach unten.

Mit einem alten Badetuch (das war Punkt eins auf Marias Liste gewesen) rubbelte er Bölthorn trocken, der das auch noch zu genießen schien, falls Lennart die grunzenden und röchelnden Laute, die der Mops dabei absonderte, korrekt interpretierte. Als er fertig war, warf Lennart das verdreckte Handtuch angewidert vor die Wohnungstür – Hund und Textil stanken wie ein altes Brathähnchen in einem modrigen Weinkeller – und blickte ihn an. »Komm, du alte Nackenrolle, es gibt Happa-happa, nicht, dass du uns noch vom Fleisch fällst, was?« Damit hängte Lennart die Leine wieder an die Garderobe und ging voraus in die Küche. Bölthorn folgte und setzte sich neben die Edelstahlschalen am Boden. »Schau mal einer an, so dumm bist du also gar nicht«, wunderte sich Lennart und bemerkte, wie Bölthorn ihn musterte, während er zuerst frisches Wasser in den einen und dann Trockenfutter in den anderen Napf füllte. Obenauf ein wenig von Marias weich gekochtem Gemüse, das, so hatte sie Lennart versichert, Bölthorn furchtbar gut schmecke und zudem wichtig für alles Mögliche beim Hund sei. Inklusive Verdauung. Entsprechend gierig stürzte sich Bölthorn dann auf sein Dinner, kaum dass Lennart es abgestellt und sich zwecks Studiums des Mopsverhaltens an den Küchentisch zurückgezogen hatte.

Beiläufig betrachtete er dabei den Brief, den Maria ihm mitgebracht hatte. Die Adressierung wirkte schwungvoll geschrieben, poetisch, beinahe kalligraphisch. Die Kapitalen seines Namens waren im Verhältnis zu den restlichen Buchstaben viel größer und mit Schnörkeln versehen. Kleine Tintentränen waren herabgelaufen, doch bereits wieder getrocknet. Fast erinnerte der Anblick des Briefes Lennart an vergilbte Manuskripte aus einem Museum, Dokumente, die hundert oder mehr Jahre alt waren. Er schenkte sich ein weiteres Glas Rotwein ein, trank einen großen Schluck, schenkte sich noch einmal nach, dann erst riss er den Umschlag auf. Doch noch bevor er das Anschreiben herausnehmen konnte, klingelte sein Handy. Lennart seufzte, legte das Schreiben zurück auf den Küchentisch und zog das Mobiltelefon aus der Hosentasche. Das Display zeigte einen unbekannten Teilnehmer.

»Malmkvist.«

»Lennart, bist du es?« Die Frau am anderen Ende der Leitung klang fern und gehetzt, als habe sie gerade einen Wettlauf hinter sich.

»Emma?« – Sie musste sich eine neue Mobilnummer zugelegt haben; kein Wunder, dass er sie nicht mehr hatte erreichen können.

»Ja. Ich ... ich ... ich, es tut mir leid, dass ich am Samstag nicht gekommen bin.« Die Verbindung war schlecht. Lennart musste sich anstrengen, etwas zu verstehen.

»Kann prinzipiell vorkommen«, gab er zurück. »Ich hätte mich allerdings gefreut, wenn du wenigstens abgesagt hättest. Kennst du den Spruch ›Wie bestellt und nicht abgeholt‹? Ich glaube, das trifft ganz gut, wie ich mir vorkam. So etwas macht man nicht. Nicht einmal eine SMS hast du geschickt. Warum?«

»Tut mir leid. Ehrlich. Ich konnte einfach nicht. Hast du mit jemandem über mich und uns gesprochen?«

Ja, mit Frederik, fiel Lennart ein, aber das ging Emma nichts an. Ihr mehr als merkwürdiges Verhalten nervte ihn langsam. »Hör zu, Emma. Ich weiß nicht, was für ein albernes Versteckspiel du da treibst, aber ich habe darauf keine Lust, okay? Sag mir jetzt endlich, was du willst, oder ich werde dieses Gespräch beenden. Sei mir nicht böse, aber ich habe selbst auch genug um die Ohren, und heute war ein ganz besonders mieser Tag.«

Draußen blitzte es immer heftiger, und die Abstände zum Donner wurden kürzer und kürzer.

»Wir müssen uns so schnell wie möglich treffen. Ich glaube, ich bin in Gefahr. In Lebensgefahr.«

»In Lebensgefahr?«, wiederholte Lennart überrascht. Er wusste in diesem Augenblick nicht, was ihn mehr erschreckte: dass sie sich womöglich tatsächlich in Lebensgefahr befand oder dass sie das überhaupt ernsthaft annahm. »Was ist denn los, um Himmels willen? Wo bist du?«

»Es ist ... ich bin ...« Es blitzte, es donnerte, dann war die Leitung plötzlich tot. Verstört betrachtete Lennart einige Sekunden lang das schweigende Telefon, bevor er es auf den Küchentisch legte. Er trank einen weiteren großen Schluck.

War diese Frau eine Stalkerin, eine Verrückte, die sich vorgenommen hatte, ihm das Leben zur Hölle zu machen? Oder war etwas dran an dem, was sie behauptete? Sollte er besser die Polizei verständigen? Noch immer leicht irritiert von dem Telefonat und insgesamt ziemlich irritiert von diesem Tag, der in ihm nachhallte, trank er sein Glas in einem Zug aus und schenkte sich erneut nach. Erfreut stellte er fest, dass sich sein Körper langsam auf eine angenehme Art schwer anfühlte und die Last der Gegenwart mit jedem Schluck leichter zu werden schien.

Die Flasche war leer.

Das Gewitter hatte seinen Höhepunkt erreicht.

Blitz und Donner wechselten einander ab – kohlrabenschwarze Nacht gefolgt von gleißendem Licht. Das schien Bölthorn allerdings nichts auszumachen. Lennart nahm den letzten Schluck Rioja, und während er eine zweite Flasche entkorkte, beobachtete er den Mops. Der hatte sein Abendbrot bereits quasi eingeatmet und war gerade damit befasst, sich seine Lefzen unter unappetitlichen Geräuschen am Küchenboden sauber zu reiben.

»Meine Herren, bist du ein Gierschlund, Wursti, kein Wunder, dass du so adipös bist«, bemerkte Lennart kopfschüttelnd und auch, dass er bereits deutliche Probleme mit der Artikulation hatte. Na und? An so einem Tag konnte man sich ruhig auch mal betrinken, das stand einem ja wohl zu! Er goss sich ungeniert das Glas voll und stürzte es beinahe in einem Zug hinunter. *Skål!* Auf Wikström, die alte Arschgeige, auf alle hübschen, eiskalten Kommissarinnen bei der Polizei und auf die arme, verrückte Emma mit ihrem Verfolgungswahn! Etwas ungeschickt zog er den Brief aus dem Umschlag und musste feststellen, dass es sich dabei um ein Dokument handelte, das altmodisch mit Wachs verschlossen war. Er brach das Siegel und faltete das Schriftstück auseinander, trank einen großen Schluck und studierte mit zusammengekniffenen Augen den Text.

Göteborg, am Tage von Samhain
im Jahre 2016

Lieber Lennart,
wenn Du diese Zeilen liest, bin ich heimgekehrt ins Schattenreich. Wie ich immer sagte, es gibt gute Gründe für alles. Du wirst sie hoffentlich bald verstehen, doch nur, wenn Du Dich auf etwas einlässt, das Dein Leben von Grund auf verändern wird. Bist Du bereit dazu? Ich hoffe, ich habe mich nicht in Dir getäuscht.
Ich werde Dir den Laden vermachen. Und Bölthorn. Du musst Dich um beides kümmern. Auch wenn Du das vielleicht nicht magst, so lass Dir gesagt sein, dass mein Geschäft ein ganz besonderer Ort ist und Bölthorn Dir ein guter Verbündeter bei all dem sein wird, das Dir noch bevorsteht. Du wirst Hilfe bitter nötig haben. Es wird nicht leicht, es ist ein langer Weg, und es wird sehr gefährlich werden. Und wäre ich nicht tot, so wäre ich beinahe geneigt, zu behaupten, dass ich nicht mit Dir tauschen möchte, aber in meiner jetzigen Lage mag sich das recht eigenartig anhören.
Doch begreife mein Erbe nicht als Bürde, sondern als Prüfung. Vertraue mir! Ich habe ein ordentliches Testament angefertigt. Es ist bei meinem Anwalt und alten Freund, Advokat Cornelius Isaksson, hinterlegt, der Dir auch diesen Brief hat zukommen lassen. Ihn habe ich mit der Vollstreckung beauftragt, denn ich knüpfe eine Bedingung an mein Vermächtnis: Du musst Dich ein Jahr lang um Bölthorn und den Laden kümmern. Keinen Tag länger, aber auch keinen weniger. Danach kannst Du machen, was immer Du möchtest – es steht Dir frei.

Wenn Du den Mut hast, wirst Du richtig entscheiden und alles begreifen. Es steht viel auf dem Spiel, wenn nicht alles. Sei stark und vergiss weder mich noch meine Worte.
Feind wird Freund,
Und Freund wird Feind,
Und wenn Du glaubst, am Ziel zu sein
Erst dann wirst Du erkennen,
dass es nichts hilft, davonzurennen.

In ewiger Verbundenheit
Dein Buri

Lennart starrte mit weit aufgerissenen Augen in die Küche und ließ den Brief sinken.

Es donnerte.

Es blitzte.

Und in die kurze Stille hinein sagte Bölthorn: »Ich hoffe wirklich, Buri hat sich nicht in dir getäuscht. Du machst mir einen eher wenig belastbaren Eindruck.«

Es tönte dumpf und gepresst, hohl und weit entfernt. Bölthorns Worte wurden von seinem Geröchel begleitet und schienen sich mühevoll Silbe für Silbe aus einem blubbernden Stimmbandmorast befreien zu müssen, bevor sie ihm über die Lefzen kamen und sich zu einer Mopsstimme formten.

Aber, Gott im Himmel, es war eine Stimme!

Lennart sprang schreiend auf. Seine Hand krampfte sich um den Brief. Die Weinflasche geriet ins Wanken und kippte um. Rotwein spritzte an die Wand und ergoss sich über Briefumschlag, Handy, Boden und Lennarts Hose. Das Glas rutschte über den Tisch an den Rand, fiel herab und zerbrach auf den Küchenfliesen.

»Genau das habe ich gemeint«, meinte Bölthorn gurgelnd und schüttelte den Kopf. »Du bist einfach nicht belastbar.«

Lennart schrie wieder und versuchte, Abstand zwischen sich und dieses Teufelswesen zu bringen, das nun auch noch zu allem Überfluss einige Tippelschritte auf ihn zumachte. Er krachte rückwärts gegen den Stuhl und fiel mehr darauf, als dass er sich setzte, obwohl es seinen butterweichen Knien guttat.

»Soll das jetzt den ganzen Abend so weitergehen?«, frotzelte der Mops. »Hör zu, Gernegroß. Kleine Hunde beleidigen, darin bist du gut, aber sich mal wie ein Mann benehmen, das klappt wohl noch nicht so ganz, oder wie soll ich dein erbärmliches Verhalten verstehen?«

Lennart spürte, wie ihm das Blut aus dem Kopf in die untere Körperhälfte absackte. Ihm wurde schwindelig. »Du kannscht nischt schpreschen«, presste er schließlich hervor, »Hunde können nischt schpreschen. Niemalsch!«

Bölthorn setzte sich hin, kratzte sich unelegant mit dem Hinterlauf am Kopf und erwiderte zu guter Letzt: »Ach, ist das so? Und wie erklärst du dir dann, dass ich es doch kann? Ich bin ein Hund, schätze ich.«

»Das ischt ... das ischt alles Einbildung. Oder ein Trick. Wasweißich«, stammelte Lennart dünn (na ja, er lallte eher). »Vielleicht werde isch verrückt?«

Bölthorn runzelte die Stirn, nein, eigentlich das ganze Gesicht. Er sah aus wie ein zusammengeknautschtes, behaartes Sofakissen. »Können wir uns jetzt mal wie Erwachsene unterhalten? Uns läuft die Zeit davon. Und du solltest das mit dem Wein in diesen Mengen zukünftig besser lassen.«

Schnappte er jetzt vollkommen über? Gut, dann sollte es eben sein, beschloss Lennart insgeheim. Er nahm sich vor, seinen mit Sicherheit pathologisch nachweisbaren Wahnsinn – eine andere Erklärung gab es nicht – mit Würde zu ertragen und das Beste daraus zu machen. Also, weshalb sich nicht mit einem Hund unterhalten? Wenn schon irre, dann mit Entertainment! »Warum läuft unsch denn die Tscheit davon?«, wagte Lennart zu fragen und setzte sich auf dem Küchenstuhl leicht wankend etwas aufrechter hin.

»Weil ich nur sprechen kann, wenn ich mich in der unmittelbaren Nähe eines Gewitters aufhalte«, erklärte der Mops sachlich. »Darum.«

»Ach scho«, sagte Lennart und schlug sich mit der flachen Hand vor die Stirn. »Natürlich. Darauf hätte isch auch selbscht kommen können. Logisch!«

Wie zur Bestätigung donnerte es draußen gewaltig.

»Das kann ich mir kaum vorstellen«, entgegnete Bölthorn. »Es ist Teil meiner Verwünschung beziehungsweise eine Art Restgabe, die mir versehentlich nicht genommen wurde. Ich bin nämlich kein Mops.«

»Schondern?«

Bölthorn machte noch einige Tippelschritte auf Lennart zu und setzte sich wieder; bei einem Rottweiler hätte das bestimmt majestätisch gewirkt. Er senkte die Stimme. »Ich bin ein uraltes Wesen und durch einen Fluch gefangen in diesem Körper.«

»Verschtehe«, sagte Lennart und nickte wild mit dem Kopf. »Und was für ein Wesen genau?« – In seinem Gehirn fuhr der verbliebene Rest seines angetrunkenen Verstandes irrsinnig lachend Promilleachterbahn.

Es donnerte, doch es klang bereits weiter entfernt.

»Das tut nichts zur Sache«, antwortete der Mops. (Täuschte sich Lennart, oder wurde seine Stimme tatsächlich leiser?) »Es ist wichtig, dass du mir zuhörst. Du musst das Testament von Buri annehmen. Unbedingt. Du wunderst dich bestimmt, woher er all das Geld hatte.« Die Stimme wurde immer schwächer und unverständlicher. Lennart beugte sich vor, Bölthorn kam noch näher. Sein Gesicht wirkte angestrengt, fast verzweifelt. »Du wirst alles verstehen. Du bist wichtig, Lennart Malmkvist, du ahnst nicht, wie sehr. Im Laden gibt es viele Geheimnisse, viel Magie ...«

Er war kaum noch zu verstehen. Lennart rutschte vom Stuhl, überwand seinen Ekel und hielt seinen Kopf dicht an Bölthorns sabbernde Schnauze. Sein Ohr wurde triefnass, der Mundgeruch erinnerte ihn an verschimmelten Döner. Lennart versuchte, nicht durch die Nase zu atmen.

»Nimm das Erbe an und finde seinen Mörder, das bist du ihm schuldig!«, hauchte der Mops. »Aber traue niemandem, nicht einmal der Polizei ...«, war das Letzte, was Lennart zwischen einem feuchten Schmatzen verstehen konnte. Als er aufblickte und zum Küchenfenster hinaussah, war das Gewitter nur noch ein weit entferntes Flackern. Die ersten Sterne funkelten bereits wieder zwischen schwarzen Wolken hindurch, während er auf dem Boden in einer Rotweinlache neben den Scherben eines zerbrochenen Weinglases und einem übergewichtigen Mops hockte, der jetzt wieder genauso sprachlos war wie Lennart selbst.

9. Kapitel

Telefon und Internet funktionierten am nächsten Morgen noch immer nicht. Aus dem Radio hatte Lennart erfahren, dass ein Blitzeinschlag in eine Verteilstation während des gestrigen Gewitters daran schuld war und dass sich die Telefongesellschaft mühte, das System bis zum Nachmittag wieder in Betrieb zu nehmen. Selbst die Mobilnetze waren davon zum Teil stundenlang in Mitleidenschaft gezogen worden. Lennard war zu dem Schluss gekommen, Kommissar Nilsson besser über Emma Mårtenssons verstörenden Anruf zu informieren. Sie schien entweder tatsächlich bedroht zu werden oder, was wahrscheinlicher war, von ihrem verwirrten Geist in Geiselhaft genommen worden zu sein. So oder so, das Mädchen steckte in ernsten Problemen. Und auch wenn Nilssons Morddezernat vielleicht nicht für derlei Sachverhalte zuständig war, Lennart wollte sich keinesfalls nachsagen lassen, er hätte nicht alles getan, um Emma zu helfen. Sie mochte unter Verfolgungswahn leiden, Lennart hatte sie trotzdem gern.

Zunächst brachte er einen Wohnungsschlüssel zu Maria, die sich ja bereit erklärt hatte, sich um den Mops zu kümmern, wann immer Lennart außer Haus wäre, und auf dem Weg zur Straßenbahn griff er schließlich zum Handy, um den Kommissar zu informieren. Er schilderte ihm das sonderbare Gespräch mit Emma, das er gestern Abend, so gegen halb neun, kurz bevor das Telefon ausfiel, geführt hatte.

»Frau Mårtensson ist Ihre Bekannte aus der Firma, die Sie letztens versetzt hat?«, vergewisserte sich Nilsson.

»Ja, genau die«, gab Lennart zurück. Ihm brummte der Schädel.

»Die Leitungen funktionieren wieder. Haben Sie nicht versucht, sie heute zu kontaktieren?«

»Doch, natürlich, aber unter der Nummer, die ich von ihr habe, geht nur der Anrufbeantworter dran, und gestern rief sie mit unterdrückter Nummer an.«

»Und sie fühlte sich verfolgt und bedroht, sagen Sie? Glauben Sie, dass da etwas dran ist?«

»Sie klang sehr überzeugend«, erinnerte sich Lennart, »aber sie ist auch«, er zögerte, »nun, wie soll ich sagen, nennen wir es *etwas speziell*.«

»Es wäre also denkbar, dass Frau Mårtensson sich das auch eingebildet haben könnte?«

»Durchaus möglich«, gestand Lennart seine Zweifel.

»Eines ist trotzdem seltsam«, sinnierte der Kommissar.

»Was meinen Sie?«

»Hm, mich wundert, dass Frau Mårtensson Sie anruft, wo Sie sich doch gar nicht so gut und noch nicht lange kennen, oder täusche ich mich da? Hat sie sonst keine Freunde?«, wollte Nilsson wissen.

»Keine Ahnung. Ich kann es mir auch nicht erklären«, antwortete Lennart und kniff ein Auge vor Schmerz zusammen, als neben ihm ein Auto grell hupte.

»Nun gut«, sagte Kommissar Nilsson, »wie dem auch sei. Hat sie gesagt, von wo aus sie anrief?«

»Nein, keinen Ton. Ich glaube, sie wollte es, aber dann brach ja die Verbindung zusammen.«

Der Kommissar schwieg einen Moment lang. Dann meinte er: »Wenn Frau Mårtensson sich wieder bei Ihnen meldet, geben Sie mir unverzüglich Bescheid. Ich glaube zwar nicht, dass sie verfolgt wird, aber man kann nie wissen, und vielleicht braucht sie ja einfach nur Hilfe. Haben Sie ihre Adresse für mich?«

»Äh, nein, leider nicht. Wie gesagt, wir kennen uns noch nicht ...«

»Dann geben Sie mir doch bitte Frau Mårtenssons Handynummer, und ich schaue mal, was die Kollegen machen können.«

»Geht klar. Danke.« Lennart gab dem Kommissar Emmas Nummer durch, dann verabschiedete er sich. Als er aufgelegt hatte, war er froh, die richtige Entscheidung getroffen zu haben. Nilsson machte einen zwar unaufgeregten, aber dennoch interessierten und engagierten Eindruck auf ihn. Und seiner Verantwortung war er damit auch gerecht geworden.

Als er schließlich um kurz vor halb neun auf den Eingang des Göteborger Verwaltungsgebäudes der HIC AB am Gulbergs Strandgata 15 zuhielt, sah der Himmel aus, wie Lennart sich fühlte. Ein Durcheinander aus unförmigen grauen Wolken (irrte er sich, oder sah eine davon ein wenig aus wie ein dicker Mops?), da und dort aufgerissen, um ein Stück des dunklen Himmels freizugeben, der ins Nichts zu führen schien. Lennart fühlte sich verwirrt, ausgebrannt und müde. Unendlich müde.

Noch immer pfiff der kalte, unangenehme Wind des gestrigen Abends, nur regnete es nicht mehr. Kleine Schaumkronen zeigten sich auf dem Göta älv, wo gerade ein riesiges Containerschiff seine Bahn in Richtung Ozean zog und unaufhaltsam trübe Wassermassen vor sich zerpflügte, die klatschend an seinem rostroten Bug emporstoben. Als wolle ihn dieses Schiff verhöhnen, trug es den Namen Emma, den Namen einer Frau, die er erst vor kurzem kennengelernt hatte und die seither von Zeit zu Zeit wie ein Geist irgendwo aus den Untiefen seines seltsam unberechenbar gewordenen Lebens auftauchte.

Lennart stellte sich vor, wie es wäre, ebendieser Containerriese zu sein, mir nichts, dir nichts durchs Leben zu pflügen, durch undurchsichtige Fluten, so aufgewühlt sie auch sein mochten, denn so war Lennart ja immer gewesen – zielgerichtet, konsequent, unaufhaltsam und mit klarer Linie. Aber von diesem Lennart Malmkvist war im Moment nicht mehr viel übrig.

Es war doch noch gar nicht so lange her. *Lennart Malmkvist, ein junger, äußerst erfolgreicher Mann, gesund, sportlich, attraktiv und solvent.* Seine nüchterne Beschreibung allein wäre ein perfekter Kontaktanzeigentext gewesen. Mit Feedbackgarantie. Er hätte sicher das perfekte Model für den Hochglanzprospekt einer namhaften Bank abgegeben – Zielgruppe: junge, erfolgreiche Singles mit gehobenem Einkommen.

Hätte.

Und jetzt?

Jetzt stand er hier vor dem Eingang seines beruflichen Traums, den Kopf voll mit den Ereignissen der letzten Tage. Dieses durch Rotweinrückstände erzeugte Gedankenwirrwarr galt es schleunigst zu entflechten, um nicht auch noch den letzten Rest Beständigkeit in seinem Leben aufs Spiel zu setzen: seinen Job bei Hadding. Peer Wikström hätte sicher nichts dagegen, Lennart fallen zu sehen, um jemanden auf seine Position zu hieven, der leichter zu steuern wäre.

»Ah, Malmkvist. Guten Morgen.«

Wie war das mit dem Teufel?

»Guten Morgen, Herr Wikström.«

»Malmkvist! Sie sehen ja furchtbar aus! Haben Sie gefeiert?«

»Kleine Erkältung im Anmarsch, befürchte ich«, log Lennart. Etwas Besseres war ihm auf die Schnelle nicht eingefallen. Er hatte viele gute Gründe für einen Vollrausch und seinen aktuellen Kater, aber die wahrheitsgemäße Schilderung der Umstände, die dazu geführt hatten, hätte Lennart auf der HIC-Karriereleiter definitiv nicht weitergebracht. Zumindest nicht in die richtige Richtung.

»Erkältung?« Wikström kniff skeptisch die Augen zusammen. »Sie sehen eher aus, als hätten Sie ein Gespenst gesehen.« Dann tippte er mit dem Zeigefinger auf seine daumendicke Rolex. »Das Meeting ist in einer halben Stunde. *Time to move!* Ich schlage vor, Sie gehen jetzt mal in Ihr Office und kommen mehr als pünktlich in Konferenzraum drei. Auf dem Weg dorthin empfehle ich Ihnen dringend, mal in der Toilette auf einen Schwung kaltes Wasser vorbeizuschauen. Ich möchte Frische und Engagement in Ihrem Gesicht sehen! Wir haben hohen Besuch, und ich wünsche, dass Sie alles geben. Ich kann mir keinen Misserfolg erlauben. Sie übrigens auch nicht, dies nur am Rande. Wo ich bin, ist in aller Regel vorne, und ich will, dass das am Ende des Tages auch noch so ist.« Wikströms Stimme hatte einen unangenehm repressiven Tonfall angenommen. Er fixierte Lennart, tippte noch einmal auf seine Hunderttausendkronenuhr, dann wandte er sich zum Gehen.

Lennart raffte sich auf, griff sich seine Aktentasche, die er zwischen den Beinen geparkt hatte, schob seine Laptop-Umhängetasche nach hinten und eilte Wikström hinterher, der soeben durch die Glastür der schmucken Göteborger Niederlassung der HIC AB verschwunden war.

Lennart hatte ein gutes Büro. Gut im Sinne von bester Lage. Zum einen war es im obersten der drei Stockwerke des Gebäudes aus hellroten Naturziegelsteinen (von unten nach oben stiegen Gehalt und interne Bedeutung der Mitarbeiter deutlich an), und zum anderen lag es zum Fluss hin, was ebenfalls eine Auszeichnung war. Alle Angestellten, die ihr Büro nicht nach vorne in Richtung Wasser hatten, mussten mit dem Anblick von verlebten Fabrikhallen und schmucklosen Straßen vorliebnehmen. Er hingegen konnte bei gutem Wetter weit über das dort vor Anker liegende Hotelschiff und den viel befahrenen Göta älv hinweg auf die andere Seite sehen, wo Ringön, Tingstad, Aröd und Bäckedalen lagen und sich eine weite, bebaute Ebene mit im Sommer grün bewaldeten Flecken bis zum Horizont hin erstreckte. Diese Aussicht, die grenzenlose Weite, gab ihm das Gefühl, Teil eines bedeutenden Unternehmens in einer internationalen Stadt zu sein, was gewissermaßen ja auch stimmte.

Er stellte seine Aktentasche auf den Schreibtisch, packte seinen Rechner aus und schaltete ihn ein. Während dieser hochfuhr, eilte er auf die Toilette zum Waschtisch und folgte Wikströms Rat. Das kalte Wasser tat gut. Er strich sich das Haar zurück, betrachtete sein müdes Gesicht, vermied aber längeren Augenkontakt mit seinem Spiegelbild. Besser keine weiteren Vorwürfe oder Unsicherheiten vor dem Meeting.

Auf dem Rückweg zum Büro holte sich Lennart in der kleinen Teeküche am Ende des Ganges eine Latte macchiato mit perfekter Milchschaumkrone, dann ging er seine Präsentation nochmals durch, konzentrierte sich auf die Sätze, die er sich zu jedem Slide eingeprägt hatte, versuchte, seine Gedanken zu ordnen, und übte kurz im Geiste, auf etwaige Einwürfe von Wikström fachlich angemessen und professionell emotionslos zu reagieren. Peer Wikström tat so etwas gerne vor versammelter Mannschaft als »realitätsbezogene Trainingsmaßnahme«, wie er es nannte. Wahrscheinlich tat er es auch vor dem angeblich hohen Besuch, den er angekündigt hatte, wer auch immer das sein mochte. Eigentlich sollte es heute nur ein Probelauf werden; die echte Präsentation beim Kunden fand Ende der Woche statt. Aber was, wenn Wikström sich einen Spaß daraus machte und heute schon den Kunden mitbrachte? Der »hohe Besuch«, den er angekündigt hatte? Nein, das würde nicht einmal er wagen. Zu viel hing davon ab, zu wichtig war der Kunde, die Data-Mining Group AB, zu groß deren Budget. Lennart hatte bestimmt ein ganzes Jahr lang akquiriert, bis es endlich zu der Terminvereinbarung für Ende der Woche gekommen war. Harald Hadding würde Wikström wahrscheinlich höchstselbst erwürgen, wenn dieser aus rein persönlichen Gründen einen solchen Deal platzen ließ.

Lennart sah auf die Uhr. Fünf vor neun! Er stieß einen leisen Fluch aus, stürzte den Rest seines lauwarmen Milchkaffees hinunter, klappte das Notebook zu, klemmte es sich unter den Arm, nahm seine Aktentasche und verließ das Büro den Gang hinunter, an dessen Ende der Konferenzraum lag. Die Tür stand offen. Wikström war schon da, stand, die Hände am Rücken verschränkt, an der Fensterfront, vor der es heute nichts zu sehen gab außer grauem Einerlei. Er wirkte wie ein Möchtegernkönig, der sich seine Ländereien von den Zinnen seiner Burg aus besah.

Kaum dass Lennart den Raum betreten hatte, drehte sich Wikström um, blickte auf seine Rolex (das tat er gern) und schüttelte leise den Kopf. »Schön, dass Sie es einrichten konnten, Malmkvist. Auf den letzten Drücker, aber immerhin.« Er kam auf Lennart zu. »Schließen Sie die Tür.«

»Kommt niemand mehr?«, fragte Lennart verwirrt.

»Später. Fangen wir an.« Er machte eine auffordernde Bewegung, setzte sich aber nicht, sondern betätigte den Schalter für die Aluminiumlamellen an der Fensterfront und dimmte so den ohnehin schon trüben Tag noch mehr.

Lennart verband seinen Rechner mit dem Beamer. Langsam wurde am anderen Ende des Konferenztisches ein Bild auf der Wand sichtbar, heller und heller, bis die Titelseite seiner Präsentation gut zu erkennen war.

Warum fühlte er sich so in Bedrängnis? Wie ein Schüler vor einer Mathearbeit, der wusste, dass er zu wenig gelernt hatte? Warum schwitzten seine Hände? Er machte diesen Job seit Jahren, war souverän, kompetent und erfahren.

»Wuff!«, bellte Bölthorn weit entfernt in seinem Kopf. »Du schaffst das bestimmt!« Dann grinste der Mops frech.

Lennart strich sich nervös durchs feuchte Haar. »Hau ab! Hau ab und lass mich in Frieden, fetter Köter!«, dachte er und klickte weiter auf den ersten Slide. »Beginnen wir mit der Bedarfsanalyse der DataMining Group AB und ihrer rasanten Marktentwicklung sowie der dadurch entstandenen Defizite im datenverarbeitenden Bereich, bevor wir zu meinen Lösungsansätzen kommen und ich die umsatzrelevanten Synergien aufzeige, die sich durch eine Verzahnung mit der HIC ergeben würden.« War das seine zittrige Stimme, die er da hörte?

»Ich bin ganz Ohr.« Wikström lehnte sich mit vor dem Nadelstreifendreiteiler verschränkten Armen an die Wand. »Aber bitte sprechen Sie etwas lauter, Malmkvist. Und etwas langsamer. Was ist denn los mit Ihnen?«

Lennart atmete tief durch, dann legte er los.

Und je mehr er sich in die Präsentation vertiefte, desto mehr kam er zurück, zurück in die Gegenwart, zurück in seinen Beruf. Sicherer und sicherer wurde er bei dieser Generalprobe, ja machte sogar kleine Scherze, die er sich eigens für die Kundenpräsentation am Freitag ausgedacht hatte, und er ignorierte überdies, dass Wikström wie gewohnt darüber nicht lachen konnte. Es wurde immer unbedeutender, was dieser dachte. Möpse, Leierkastenmänner, Tote, Untote, Träume und die Polizei – alles löste sich auf in gewohnter Sicherheit, als wäre diese Präsentation in diesem Konferenzraum Nummer drei im dritten OG der Göteborger Dependance der HIC AB eine Insel der Beständigkeit, gegen deren anwachsende Klippen die Brandung einer wahnsinnigen Parallelwelt nichts auszurichten vermochte.

Dann, nach etwa einem guten Drittel der Präsentation, öffnete sich leise die Tür. Lennart nahm es wahr, wandte sich jedoch nicht um, tat so, als hätte er es nicht bemerkt.

Die Tür schloss sich.

Ein neuer Slide.

»Nun komme ich langsam zu den Kernpunkten meiner Ergebnisse, also denjenigen Maßnahmen, die ich als Projektdefinitionen für die …«

»Malmkvist. Es wäre nett, wenn Sie unseren Gast begrüßen würden«, wies ihn Wikström unmissverständlich zurecht.

Lennart zog die Stirn in Falten. Gast? Wer sollte denn …? Als er sich umdrehte, blieb ihm fast das Herz stehen, und seine Gesichtsmuskeln erschlafften augenblicklich.

Er war kleiner, als er in Zeitung und Fernsehen wirkte. Etwa so groß wie Lennart. Aber seine Ausstrahlung ließ ihn drei Meter groß erscheinen, selbst in diesem halbdunklen Raum. Haddings Alter war schwer zu schätzen. Lennart wusste, dass er bereits Anfang sechzig war, doch jemand, der den Unternehmer nicht kannte, hätte ihn auf Mitte fünfzig geschätzt. Seine Haltung war die eines weitaus jüngeren Mannes: aufrecht, standhaft, kraftvoll. So oder so, Harald Hadding füllte diesen Raum komplett aus – mit einer Aura der Macht.

Peer Wikström schien davon gleichermaßen angezogen wie zurückgehalten zu werden. Er befand sich quasi in einer wohl tarierten Umlaufbahn aus bewundernder Gravitation und ehrfürchtiger Fliehkraft. Und Gleiches schien er auch von Lennart zu erwarten, lediglich etwas weiter entfernt vom Zentralgestirn dieser Firma.

»Malmkvist!«, fuhr er ihn an. »Wollen Sie Herrn Hadding nun den Rest des Tages nur anstarren oder ihn eventuell auch begrüßen?«

Hadding trat ungerührt näher. Er lächelte. »Aber, aber, Herr Wikström, lassen Sie den jungen Mann doch seine Arbeit fertig machen. Es tut mir leid, dass ich mich verspätet habe. Mein Flug aus Stockholm wollte wegen des Sturmes einfach nicht früher starten, und darauf habe nicht einmal ich Einfluss. Aber ich arbeite daran, versprochen.« Wieder ein Lächeln. An Lennart gewandt sagte er: »Fahren Sie ruhig fort, Herr Malmkvist, und lassen Sie sich nicht von mir beirren. Ich bin gespannt, was Sie ausgearbeitet haben. Sie machen das sicher gut.«

Hadding war ein Zauberer. Er spielte mit den Menschen, wie es ihm passte. Lennart konnte die Subtilität seiner Worte spüren, die kleine Spitze gegen Wikström, die diesen auf seiner Umlaufbahn klar positionierte und ihn, ohne dass Hedding die Stimme auch nur eine Spur erhoben hatte, zum Verstummen brachte. Lennart selbst hingegen fühlte sich ermutigt und gefordert, weiterzumachen. Wer näher an die Sonne wollte, musste sich anstrengen. Er räusperte sich. »Danke, Herr Hadding. Es freut und ehrt mich, dass Sie an meiner Präsentation teilnehmen.«

Hadding nickte gnädig und lächelte wieder.

Lennart fuhr fort.

Über eine Stunde später war die Präsentation vorüber. Haddings Echo fiel äußerst positiv aus. Wikström hingegen schwieg, machte gute Miene zum bösen Spiel. Vermutlich gefiel ihm zwar durchaus, dass Lennart in seiner Abteilung tätig war und er selbst dadurch auch ein paar der Lorbeeren ernten konnte, allerdings galt das Lob namentlich nur Lennart und eben nicht Wikström.

Dann überraschte Hadding Lennart. »Die Präsentation findet übrigens bereits morgen und nicht erst Ende der Woche statt.«

»Morgen schon?«, wiederholte Lennart erstaunt, und auch für Wikström schien diese Information neu zu sein. »Ich dachte, am Freitag.«

»War nicht zu ändern. Der Kunde ist König, das wissen Sie ja. DataMining rief vorhin an und bat um Vorverlegung, weil dem CFO und dem CTO Ende der Woche etwas dazwischengekommen ist«, verkündete Hadding. »Und ohne Finanz- und IT-Chef wäre diese Präsentation wohl nicht zielführend, oder sehen Sie das anders?«

Weder Wikström noch Lennart hatten einen Einwand. »Also«, fuhr Hadding fort und richtete sich zu voller Größe auf, »gleiche Zeit wie heute. Morgen Vormittag um neun bei der DataMining Group, Herr Malmkvist. Ich werde allerdings nicht dabei sein. Ich fliege bereits heute Abend wieder zurück nach Stockholm.«

»In Ordnung«, sagte Lennart. »Morgen. Neun Uhr.«

»Und ich erwarte, dass Sie das genauso professionell durchziehen wie eben. Der Kunde ist wichtig für mich. Es geht um viele Millionen.«

»Ich könnte mitgehen«, schlug Wikström vor.

»Nicht nötig«, wiegelte Hadding ab. »Ich vertraue Herrn Malmkvist genauso wie Ihnen.« An Lennart gewandt sagte er: »Machen Sie Ihre Sache besser perfekt. Wenn alles unter Dach und Fach ist, schauen Sie doch einfach bei mir in Stockholm vorbei und berichten mir persönlich, wie es gelaufen ist. Ich denke, wir sollten zusammen Abendessen gehen, ich kenne ein wunderbares Restaurant in Schlossnähe. Bei einem Dinner unterhält es sich doch erheblich besser als am Telefon oder per Skype, und außerdem kann man mit einem guten Glas auch auf einen Erfolg anstoßen. Ich lasse

Ihnen beiden«, er sah kurz zu Wikström, »von meiner Assistentin Flüge und Hotelzimmer reservieren. Was meinen Sie? Passt Ihnen das terminlich?«

Lennart fühlte, wie er vor Stolz glühte und Mühe hatte, seine Begeisterung im Zaum zu halten. »Essen? Morgen Abend in Stockholm? Aber gerne. Ich werde selbstverständlich da sein.«

Wikström nickte ebenfalls ergeben und bedankte sich artig.

»Sehr gut«, sagte Hadding. »Und nun entschuldigen Sie uns bitte, Herr Malmkvist. Herr Wikström und ich haben noch einiges zu besprechen.«

»Natürlich.« Lennart trennte seinen Laptop vom Beamer, packte seine Sachen zusammen und erhob sich.

Hadding hielt ihm die Hand hin. »Auf Wiedersehen, Herr Malmkvist. Machen Sie übrigens heute ruhig etwas früher Schluss. Bis morgen und viel Erfolg.«

Lennart schlug ein. »Danke, werde ich machen. Auf Wiedersehen und bis morgen Abend«, verabschiedete er sich selbstbewusst.

Haddings Hand war warm, voller Energie und zugleich kalt und voller Härte.

Noch immer wie betäubt davon, einem der mächtigsten Unternehmer Schwedens eben die Hand geschüttelt zu haben, ging Lennart den Gang zurück zu seinem Büro. Unterwegs traf er einige Kollegen, die er freundlich grüßte. Susanna, die junge Frau aus der Buchhaltung, warf ihm einen unmissverständlichen Blick zu. Sie wollte schon länger mit Lennart etwas unternehmen. Er lächelte sie an, zwinkerte ihr zu, öffnete die Tür zu seinem Büro.

Als er unbeobachtet war, ballte er die Rechte zur Faust und unterdrückte einen Freudenschrei. *Das* hatte seiner Karriere eben gutgetan! Er spürte, wie der alte Lennart langsam Terrain zurückeroberte. Vielleicht sollte er dieses Gefühl mit einem Date kombinieren? Warum nicht? Susanna war hübsch, und sie schien auch nett zu sein. Der Ausschlag war weg – vielleicht diesmal für immer? –, und gegen etwas Spaß war nichts einzuwenden. Er hatte eigentlich gar keine Lust mehr, sich weiter mit Emma zu befassen. Auch wenn er sie mochte, sie tat ihm nicht gut. Sie hatte ihn versetzt, und wahrscheinlich war sie einfach nur ein wenig verrückt und litt tatsächlich unter Verfolgungswahn. Was ging ihn das an? Am liebsten wollte er mit dem ganzen Quatsch nichts mehr zu tun haben. Keine Emma, kein Laden, und gleich heute würde er Maria mitteilen, dass er den dicken Mops auch nicht wollte, zumindest keinen Tag länger als ausgemacht, bis Ende der Woche, und dann basta! Millionen gab es auch hier zu verdienen, wenn man seine Sache gut machte.

Wahrscheinlich hatte Frederik recht. Er hatte bloß Symptome von Anspannung, Stress und zu wenig Urlaub gezeigt. Ja! Morgen früh noch rasch den Auftrag bei der DataMining Group an Land ziehen, abends Essen und Wein auf Firmenkosten mit Hadding persönlich und in Stockholm (trotz der Tatsache, dass auch Wikström mit dabei sein würde, war es eine Ehre, und vielleicht würde sich die Situation in Kürze drehen, sodass bald sein Vorgesetzter auf *seinen* Posten aufpassen müsste), dann Urlaub buchen. Irgendwohin, wo es schön und warm war. Thailand zum Beispiel. Oder doch lieber die Kanaren? Lennart lockerte seine Krawatte, legte Laptop und Aktentasche auf den Beistelltisch und schaltete seinen PC an. Erleichtert lehnte er sich in seinem Bürostuhl zurück, verschränkte die Hände im Nacken, schloss die Augen und genoss den Moment.

Da klingelte das Telefon. Er ließ es klingeln.
Einmal. Zweimal. Dreimal. Viermal.
Dann nahm er ab.

»HIC AB, Malmkvist am Apparat, was kann ich für Sie tun?«, säuselte er beschwingt und motiviert.

»Lennart Malmkvist?«, kam es zurück. Die Stimme war leise und spröde wie Reisig.

»Ja. Malmkvist, Lennart Malmkvist.«

»Mein Name ist Advokat Isaksson von *Isakssons Advokatbyrån*.«

»Wer?«

»Wie ich sagte, Advokat Isaksson von *Isakssons Advokatbyrån*.«

Endlich erinnerte sich Lennart. »Sie haben mir den Brief von Herrn Bolmen eingeworfen.«

»Das konnte man dem Absender entnehmen, meine ich.«

»Um was geht es?«

»Um Buri Bolmen, besser gesagt um seinen Nachlass.«

Lennart schluckte. Das sympathische Gesicht des verrückten Alten erschien kurz vor seinem geistigen Auge. Dann der Brief. Dann der Mops. Bölthorn. Er schauderte. »In dem Schreiben stand, dass ich den Laden erbe, wenn ich diesen ein Jahr weiterführe und währenddessen auch noch den Hund bei mir aufnehme.«

»Das deckt sich mit meinen Informationen«, knisterte Isaksson. »Und deswegen rufe ich Sie an. Herr Bolmen war der Ansicht, dass Sie nicht die Katze im Sack erben sollten, immerhin impliziert das Erbe eine einjährige Verpflichtung für Sie, wie Sie schon sagten. Daher können Sie den Schlüssel zum Laden bereits vor der Testamentseröffnung bekommen. Unüblich, aber so hat es Herr Bolmen verfügt. Damit Sie sich selbst ein Bild machen können, wie er sich ausdrückte. Der Schlüssel jedenfalls liegt ab sofort in meiner Kanzlei, im Viktor Rydbergsgatan achtzehn für Sie zur Abholung bereit. Die Polizei hat ihn heute freigegeben und mir zugestellt, der Tatort wurde ihren Angaben zufolge bereits gereinigt.«

»Ich will diesen Laden aber gar nicht!«, rief Lennart. »Und den Hund will ich auch nicht!«

Isaksson schwieg einen Moment, in dem Lennart sein eigenes Herz deutlich pochen hörte. Schließlich erklärte der Anwalt nüchtern: »Meine Aufgabe, Herr Malmkvist, besteht nicht darin, Sie davon zu überzeugen, was Sie zu tun haben und was nicht. Meine Aufgabe besteht vielmehr darin, exakt das umzusetzen, womit mich meine Mandanten beauftragen und wofür sie mich entlohnen. Sie, Herr Malmkvist, sind nicht mein Mandant. Herr Bolmen hingegen war es. Und er hat mich unter anderem damit beauftragt, Ihnen beizeiten auszurichten, was ich Ihnen soeben ausgerichtet habe. Alles andere ist Ihre Sache. Auf Wiederhören.«

Tut-tut-tuuut, tut-tut-tuuut, tut-tut-tuuut …

Lennart starrte entgeistert auf das Telefon in seiner Hand.

Das Tuten klang wie ein höhnisches Lachen.

Nur, von wem?

Und warum?

10. Kapitel

Lennart hatte sich nach dem etwas verwirrenden Telefonat mit Advokat Isaksson wieder seiner Arbeit zugewandt, hatte die Präsentation nochmals verfeinert und die Slides mit Frederiks Daten abgeglichen – er würde morgen bei der Data-Mining auf alles vorbereitet sein. Auf alles.

Es war kurz vor vier am Nachmittag – Lennart hatte entsprechend der Weisung von Harald Hadding soeben beschlossen, seine Sachen zu packen und sich auf den Heimweg zu machen –, da betrat Wikström das Büro. »Malmkvist. Ich möchte Sie nochmals darauf hinweisen, wie wichtig Herrn Hadding der morgige Termin ist.«

Lennart schob seinen Laptop in die Tasche und blickte auf. »Dessen bin ich mir bewusst, und ich werde das Kind schon schaukeln.«

»Nehmen Sie das nicht auf die leichte Schulter. Erfolg gibt es nicht im Abonnement, verstehen Sie? Schaffen Sie die Kuh vom Eis! Ich erwarte Ihr Reporting gleich morgen nach der Präsentation, noch bevor Sie es mit irgendjemandem sonst besprechen.«

Mit diesen Worten verschwand Peer Wikström.

Mit der Straßenbahn fuhr Lennart nach Hause und traf dort vor der Tür auf Maria. Sie machte sich anscheinend gerade auf, mit Bölthorn eine Nachmittagsrunde zu gehen, und war eben aus dem Eingang ins Freie auf den Västra Hamngatan getreten. Sie lächelte ihn an. Ihr Lebensmut schien langsam wieder Oberhand zu gewinnen und die Trauer über Buri Bolmens Tod in Schach zu halten. Allerdings fielen Lennart gleich ihre geröteten Augen und eine ebensolche Nase auf, wie von einer Erkältung.

»Lennart, *caro mio*! Schon zurück von der Arbeit?«

»Ja, ich habe morgen einen wichtigen Termin und bin deshalb heute Nachmittag schon früher gegangen«, erklärte er. »Und wenn alles so läuft, wie ich mir das vorstelle, dann werde ich morgen Nachmittag sogar noch nach Stockholm fliegen.«

»Oh! Stockholm! Wie schön. Ich war lange nicht mehr da.«

»Ja, schön ist es dort, aber viel werde ich von der Stadt nicht haben, gleich am nächsten Tag fahre ich wieder zurück. Es ist nur ein Geschäftsessen am Abend.«

»*Peccato!* Ach, wie schade! Leben deine Eltern nicht dort?«

Bölthorn schmatzte deutlich hörbar und setzte sich röchelnd auf seine dicken Hinterbeinchen. Ein kleiner zäher Speichelfaden seilte sich von seiner linken Lefze ab. Der Mops sah Lennart an. Durchdringend? Nein und nochmals nein! Ein Mops konnte nicht durchdringend schauen. Und schon gar nicht sprechen. Und denken auch nicht. Allerhöchstens und eventuell Dinge wie »Hab Durst!«, »Will Wurst!« und »Muss aufs Klo!« – und das nur im übertragenen Sinne. Hastig wandte Lennart den Blick von dem beinahe vorwurfsvoll zerknautschten Fellgesicht ab.

»Entschuldigung. Was haben Sie gesagt?«

»Ich fragte, ob deine Eltern nicht in Stockholm leben«, wiederholte Maria geduldig. »Wenn du schon einmal dort bist, könntest du doch auch gleich einmal bei ihnen vorbeischauen.«

Es war in der Tat lange her, dass er seinen Eltern einen

Besuch abgestattet hatte, eigentlich viel zu lange, musste sich Lennart eingestehen. »Eine gute Idee, aber ich weiß nicht, ob ich das zeitlich hinbekomme«, antwortete er. »Na, vielleicht rufe ich sie an und mache etwas aus, und wenn es nur auf eine Stippvisite ist.«

»Tu das, *caro*. Deine Eltern freuen sich bestimmt«, meinte Maria mit einem versöhnlichen Blick, ruckelte ein wenig an der Leine und schnalzte gleichzeitig mit der Zunge, als würde sie einen stattlichen Hengst mit sich führen und keinen an körperlicher Betätigung weitgehend desinteressierten Hund. Erwartungsgemäß träge erhob sich Bölthorn, schmatzte wieder und schüttelte sich, wobei der zähflüssige Schleimfaden, der noch nicht einmal den Bürgersteig erreicht hatte, von der Lefze abriss und in hohem Bogen davonflog. Widerlich!

»Ich brauche dich dann wohl kaum zu fragen, ob du uns zwei heute beim Gassigehen begleitest, oder?«, hob Maria an.

Lennart schüttelte vehement den Kopf und tippte auf seine Uhr wie Wikström. »Nein, leider nein. Es ist ja schon nach vier, und es war ein anstrengender Tag. Und der morgige wird nicht besser.«

»Na, dann am Wochenende. Du hast ja versprochen, dass wir mal zusammen gehen. Du bist doch am Wochenende zu Hause, oder? Nicht, dass dein neuer Lebensgefährte dich nicht mehr erkennt und am Ende noch beißt!« Maria lachte, ihr rotbackiges Gesicht wackelte, und doch konnte Lennart noch die Trauer sehen; sie war eine tapfere Frau. Umso schwerer fiel ihm das, was er jetzt sagen musste.

»Genau darüber müssen wir sprechen«, sagte er mit ernstem Gesichtsausdruck.

»Über was?«, wollte Maria wissen.

»Über den Hund.« Lennart deutete auf Bölthorn, der die

Chance zur Ruhe, die diese kleine Verzögerung versprach, sofort beim Schopf ergriff und sich von neuem auf seine vier Buchstaben setzte. »Und über unsere Abmachung?«

»Unsere Abmachung?«

»Maria. Wir haben eine Abmachung getroffen. Das wissen Sie doch«, fuhr Lennart mit sanfter, aber bestimmter Stimme fort. »Wir haben gesagt, dass ich den Hund genau eine Woche behalte und ausprobiere, wie es mit ihm und mir so läuft. Und wenn die Woche vorbei ist, so haben wir ausgemacht, treffe ich eine Entscheidung, und ganz gleich, wie diese ausfällt, so haben Sie es mir versprochen, werden Sie sie akzeptieren und nicht mehr mit mir darüber diskutieren. War es so oder nicht?«

Maria nickte stumm.

»Maria, es tut mir leid, aber ich weiß jetzt schon, wie ich mich entscheiden werde«, verkündete Lennart. »Ich werde diesen Hund leider nicht behalten, und ich will es auch nicht. Er passt nicht in mein Leben. Es war Buris Hund und sein Leben, aber Buri ist ... Er ist tot! Und ich muss mich um meinen Job kümmern, und es kann durchaus sein, dass ich ab sofort öfter in Stockholm sein muss. Vielleicht muss ich mir sogar eine zweite Wohnung dort nehmen, ziehe vielleicht irgendwann in den nächsten Jahren ganz dort hin. Was dann? Was in der Zwischenzeit? Nein, es geht einfach nicht.«

Maria starrte Lennart entgeistert an. Ihre Augen schimmerten feucht. »Es war Buris Hund, sein Hund. Und ich, ich kann ihn nicht behalten. Sieh doch nur meine Hundehaarallergie. Ich bekomme kaum Luft, wenn er etwas zu lange in meiner Wohnung ist, Nase und Augen sind rot und geschwollen. *Ma che cosa facciamo adesso?* Aber was machen wir nun? Wohin mit ihm? Es war Buris Hund, sein Hund! *Caro!*« Tränen rannen ihr die Wangen hinab.

Lennart hasste so etwas. Dabei konnte er doch nichts dafür! Er fühlte sich trotzdem schuldig.

»Maria, hören Sie. Ich nehme ihn natürlich wie abgemacht noch bis Sonntag. So gut es eben geht neben der Arbeit. Aber für immer ... Das möchte ich nicht. Akzeptieren Sie das bitte. Sie finden bestimmt jemanden, der ihn nimmt und wo Sie ihn ab und zu besuchen können.«

»Bölthorn ist etwas Besonderes«, schluchzte Maria tränenerstickt, senkte den Kopf und legte sich die Hand über die Augen. Die andere, in der sie die Leine hielt, hing schlaff herab.

Bölthorn schien das alles nicht sonderlich zu interessieren. Mittlerweile hatte er sich flach hingelegt und die Augen nur noch spärlich geöffnet.

Lennart spürte, wie wichtig es war, sich von diesem angeblich *besonderen* Tier zu befreien. Alles zu viel. Zu viel unnötige Verantwortung, zu viel Zeit, zu viel Buri Bolmen, zu viele Hundehaare, Schleimfäden und zu viel Trockenfutter. *Spitz statt breit*, so lautete einer der wunderbaren Führungskräftesprüche, die Wikström immer von sich gab. Fokussierung stellte das einzige Mittel zum Erfolg dar, und den bekam man ja bekanntlich (wenigstens laut Wikström) nicht im Abonnement. Es stimmte, Wikström war ein selbstverliebter und ehrgeizzerfressener Mensch, aber wenigstens damit hatte er ins Schwarze getroffen. Und die Umsetzung dieser Weisheit erforderte eben konsequente Entscheidungen.

»Ich kann Ihnen ja bei der Suche nach einem neuen Herrchen helfen, wenn ich zurück bin«, versuchte Lennart zu trösten.

Vollkommen erfolglos. Maria schluchzte weiter, kramte wortlos Lennarts Wohnungsschlüssel aus der Handtasche hervor und drückte ihm diesen in die Hand. »Den brauche ich jetzt wohl nicht mehr«, waren ihre letzten Worte, dann ging sie, ohne Lennart eines weiteren Blickes zu würdigen, mit erhobenem Kopf und dem Mopsrüden im Schlepptau den Västra Hamngatan hinab. Lennart sah ihr nach, bis sie in Richtung Grünanlage verschwunden war, wo sie mit Bölthorn ihre Runden drehte.

Ratlos öffnete Lennart die Haustür, verharrte kurz, ließ den Blick für einen Moment auf den verhängten Schaufenstern von *Bolmens Skämt- & Förtrollningsgrotta* ruhen, dann betrat er den Hausflur und stieg die Treppen zu seiner Wohnung hinauf.

Was war er? Feigling, Verräter, weise?

Ein Wikström, ein Hadding, er selbst?

Er fühlte sich frei und schlecht zugleich.

Nein, wenn er ehrlich zu sich selbst war, fühlte er sich in diesem Augenblick weit schlechter als frei.

11. Kapitel

Oben in seiner Wohnung angekommen, musste er an Stockholm denken, an seine Jugend, seine Eltern. Ihm erschien das vollkommen entgeisterte Gesicht seines Vaters, als er ihm mitteilte, dass er nicht gedachte, in den Verlag einzusteigen, wie dieser es vorausgesetzt hatte. Stefan Malmkvist hatte gerade in ein Mohnbrötchen mit Käse gebissen, und kurz darauf hatte ihm der Mund offen gestanden. Ein teelöffelgroßes Stück Scheibengouda war auf den Teller zurückgefallen. Stefan Malmkvist war Widerspruch nicht gewohnt. Bis heute nicht. Seine Ideen und Anregungen waren vielmehr bereits getroffene Entscheidungen, zumeist über die Köpfe und Lebensinteressen anderer Menschen hinweg. Vielleicht wurde man als erfolgreicher Verleger so, oder vielleicht musste man so sein, um überhaupt erfolgreicher Verleger zu werden. Aber möglicherweise war es auch lediglich eine rein charakterliche Frage, etwas Unumstößliches – so oder so, das Verhältnis der beiden war lange nicht mehr so unbeschwert gewesen wie früher in Lennarts Kindheit. Bewunderung war Enttäuschung gewichen – auf beiden Seiten.

Doch der große Bruch hatte sich schließlich an diesem einen Sommertag vor fünf Jahren ereignet. Als Lennart seinen Eltern beim gemeinsamen Abendbrot eröffnete, dass er nach Göteborg gehen würde, hatte ihm das Angebot von Hadding bereits vorgelegen. Die HIC AB hatte ihn noch vor dem Diplom akquiriert, nachdem Lennart ein von der

Firma gesponsertes Förderprogramm über datenbankbasiertes Marketing an der Stockholmer Universität durchlaufen und den Abschlusstest mit Bravour bestanden hatte.

Ja, es mochte sein, dass er es bei seinem Vater in puncto Karriere leichter gehabt hätte, aber die ständige, unausweichliche Auseinandersetzung mit ihm wäre eine zu große persönliche Belastung gewesen, und er hatte allen beweisen wollen, dass er alleine zurechtkam – ganz besonders seinem Vater, der das nie verstanden und Lennarts Entscheidung persönlich genommen hatte. Für Stefan Malmkvist war Lennarts Beraterjob bei Hadding moderner, unmoralischer Humbug ohne langfristige Perspektive und mit einem fragwürdigen Geschäftsmodell.

Langes Schweigen war gefolgt, wochenlang, Engelszungen seiner Mutter, Vermittlungsversuche, eine Einigung. Irgendwann hatte man wieder begonnen, miteinander zu sprechen, immerhin. Das war aber auch schon alles gewesen. Alle hatten darunter gelitten, und so manches Mal war sich Lennart wie ein Verräter vorgekommen.

Und nun schien sich alles irgendwie zu wiederholen.

Blödsinn! Das war doch bloß ein bescheuerter Mops!

Lennart setzte sich in die Küche, nahm das Telefon zur Hand und wählte. Es klingelte dreimal, dann nahm seine Mutter ab.

»Malmkvist?«

»Hej, Mama. Ich bin es. Lennart.«

»Hej, Lennart!«, kam es erfreut zurück. »Schön, dass du dich meldest.«

»Ich bin morgen Abend beruflich in Stockholm und wollte fragen, ob ich übermorgen mal auf einen Kaffee vorbeikommen kann. Ich will es nicht versprechen, aber ich könnte mir vielleicht einen Tag freinehmen und euch besuchen.«

»Ach, du kommst nach Stockholm? Warum hast du denn

nicht eher was gesagt? Du hättest doch bei uns übernachten können.« Kerstin Malmkvist klang etwas enttäuscht.

»Weil das eine sehr spontane Entscheidung meines Arbeitgebers war oder besser gesagt eine spontane Einladung. Ich habe es selbst erst heute früh erfahren.«

»Du kannst morgen natürlich trotzdem bei uns übernachten, wenn du magst. Papa freut sich bestimmt auch, dich zu sehen.« Eine Mutter hört niemals auf, zu vermitteln.

»Das ist wirklich nett von euch, aber das Hotel wurde bereits gebucht, auch darauf hatte ich keinen Einfluss. Aber am Donnerstag kann ich einen Abendflug zurück nach Göteborg nehmen. Dann könnte ich schon vormittags vorbeikommen.«

»Sagen wir so gegen halb zwölf? Willst du Köttbullar zum Mittag?«

Lennart lächelte. »Sehr gerne.« Er vermisste die wunderbaren Fleischklößchen seiner Mutter. »Übrigens, du errätst nie, weshalb ich überhaupt morgen nach Stockholm komme. Ich habe eine Einladung zum Abendessen, und zwar von Harald Hadding persönlich«, berichtete Lennart nicht ohne Stolz.

»Dein Firmenchef Hadding lädt dich zum Abendessen ein?«, vergewisserte sich Lennarts Mutter erstaunt.

»Ja, zusammen mit meinem Vorgesetzten Peer Wikström. Das ist schon etwas Besonderes.«

»In der Tat«, stimmte Kerstin Malmkvist ihrem Sohn zu. »Das musst du uns am Donnerstag unbedingt alles erzählen.«

»Mache ich, auch wenn ich befürchte, dass es meinen Vater nicht sonderlich interessieren wird, zumal er von meiner Branche und meinem Job nicht allzu viel hält.«

»Er meint es nicht so, Lennart.«

»Ja, ja. Auf jeden Fall werde ich gegen halb zwölf bei euch sein. Einverstanden?«

»Ja, fein. Wir freuen uns.«
»Ich mich auch. Dann bis übermorgen. *Hej då.*«

Am nächsten Tag stand Lennart viel zu früh auf, aß nichts, trank lediglich zwei Espressi und machte sich zeitiger als nötig mit den öffentlichen Verkehrsmitteln auf den Weg zu seinem Termin – er ließ sein Auto stehen, denn eine Verspätung durch einen Stau oder Unfall konnte er sich heute absolut nicht erlauben. Das führte dazu, dass er mehr als pünktlich vor dem Gebäude der DataMining Group AB am Rande eines modernen Gewerbegebietes im Südwesten Göteborgs anlangte.

Er wollte den luxuriösen Firmenkomplex gerade betreten, da trug der kühle Novemberwind wie aus dem Nichts eine schräge Melodie zu ihm herüber. Lennart erstarrte. Nicht jetzt! Nicht hier! Das war unmöglich! Immer deutlicher dudelte ein Leierkasten von irgendwoher, es schien, als käme er näher und näher. Ihm wurde heiß und kalt. Mit großen Schritten eilte er zum Eingang der DataMining Group AB und floh regelrecht hinein.

Die bezaubernde Empfangsdame mit goldblonden Haaren und verführerischem Augenaufschlag – Anna, so wenigstens behauptete es das Namensschild, welches an ihrer unerhört gewölbten Bluse befestigt war – machte diesen Schreck schnell vergessen (auch wenn Lennarts Puls noch immer beschleunigt war). Sie überprüfte den Termin im System, registrierte seinen Namen und stellte ihm einen Besucherausweis aus. Dann begleitete sie ihn zum Fahrstuhl und gab ihm ein Lächeln mit auf den Weg, an das er noch denken musste, als sich im achten, dem obersten Stockwerk, die Fahrstuhltüren wieder öffneten.

Die Sonne fiel schräg durch die selbst tönenden Scheiben in die Flure und den Konferenzraum, wo bereits drei der acht erwarteten Teilnehmer auf Lennart warteten und ihn begrüßten, Kaffee und Getränke anboten. Kurz darauf war die gesamte Mannschaft versammelt, und nach einer knappen Vorstellung der Teilnehmer begann Lennart mit seiner Präsentation. Gebannt hingen die wichtigsten Entscheider des IT-Unternehmens an seinen Lippen. Lennart spürte förmlich, wie sein Erfolg in der Luft lag, wie er die Menschen mitriss, wie er sie zu einem positiven Ergebnis würde bewegen können.

Nichts, aber auch rein gar nichts wies bei Slide Nummer sechs, den Lennart etwa gegen 9:17 Uhr durch einen Mausklick auf die große Leinwand warf, darauf hin, wie dieser Termin enden würde.

Bereits gegen Viertel vor zehn stand er wieder auf der Straße vor dem Eingang der DataMining Group AB.
Die Zeit dazwischen war verschwunden.
Verdrängt.
Was war geschehen?
Die Präsentation war ein einziges Fiasko gewesen.
Eine absolute Katastrophe.
Er musste verrückt geworden sein. Oder war er es schon davor gewesen? Hatte es nur nicht wahrhaben wollen? Ein sprechender Mops und ein schneeproduzierender Leierkastenmann? Todesdrohungen im Schlaf. Ein verdampfter Buri Bolmen. Die Asche. Der Finger. Das Testament. Emma. Die Polizei. Die Allergie. War das einfach zu viel? Ein seelischer Reflex, der ihm widerfahren war, weil sein Innerstes gegen diese Ereignisse und Horrorphantasien aufbegehrte? Was war wirklich, was nur Teil eines grauenhaften Albtraumes? Er wusste es nicht, er wusste gar nichts mehr.

Außer, dass er um 9:18 Uhr definitiv seine Sprache verloren hatte. Leider nicht in dem Sinne, dass er verstummt wäre, nein. Seine Sprache hatte sich einfach maßgeblich verändert. Mit den Worten »Kawommawen wawir nawun zawum nawächstawen Slawide, dawer zaweigt, wawie wawir ...«, hatte Lennart angehoben, seine Zuhörer auf den Inhalt des nächsten Schaubildes seiner Präsentation vorzubereiten.

Doch es ging nicht.

Alle im Raum sahen ihn mit weit aufgerissenen Augen ratlos an. Er selbst musste ohnmächtig dabei zuhören, wie ein komplettes Kauderwelsch, eine alberne Kindersprache, seinen Mund verließ. Er versuchte es noch einmal. »Kawommawen wawir nawun zawum nawächstawen Slawide ...«

Keine Chance. Er konnte nicht mehr richtig sprechen.

Etwas, auf das er keinen Einfluss hatte, schien seine Lippen, sein Sprachzentrum, seine Stimmbänder zu steuern. Hilflos fragte er in die Runde: »Awas awist mawit mawir blawoß lawoß?« Als ob ihm das irgendjemand hätte beantworten können.

Die Ratlosigkeit in den Blicken der Anwesenden wandelte sich in Entrüstung.

»Herr Malmkvist, wollen Sie uns für dumm verkaufen? Was soll das? Sind Sie verrückt geworden?«, fragte der IT-Chef mit hochrotem Kopf, und der CFO, ein langer, dürrer Kerl mit wenig modischer Brille und dazu passendem Humor, erkundigte sich: »Haben Sie getrunken, Mann?«

Lennart schoss der Schweiß aus allen Poren. Die Knie wurden ihm weich, sein Blick verengte sich, und er hatte das Gefühl, nackt und nur mit einer Krawatte um den Hals mitten auf einem belebten Marktplatz zu stehen.

»Awich aweiß awirklawich nawicht, awas mawit mawir gaweschawieht!«, stammelte er wie benommen und tastete nach der Tischkante, um nicht umzufallen.

An dieser Stelle war der Geschäftsführer des Unternehmens wutentbrannt aufgesprungen und hatte den Raum verlassen, wobei er noch lautstark und mit auf Lennart gerichtetem Zeigefinger ankündigte, sich bei Harald Hadding persönlich über ihn, einen unverschämten Stümper und volltrunkenen Idioten, zu beschweren, schließlich gehe es um das strukturell wichtigste interne Firmenprojekt seit Gründung der Aktiengesellschaft.

Eine Straßenbahn fuhr vorbei und nahm die jüngste Erinnerung mit sich.

Lennarts lautlos gestelltes Handy vibrierte ungeduldig in der Innentasche seines Sakkos. Er fummelte es mit feuchten Fingern hervor und nahm ab.

»Sind Sie wahnsinnig und von allen guten Geistern verlassen, Malmkvist?«, brüllte Wikström am anderen Ende. »Was haben Sie da angerichtet? Harald Hadding war außer sich. Er hat mich eben angerufen und zur Sau gemacht, nachdem sich der Geschäftsführer der DataMining persönlich bei ihm beschwert hat. Hat Ihnen Ihre angebliche Erkältung das Gehirn zerstört, Malmkvist, oder sind Sie wirklich krank? Sie müssen dringend zum Arzt oder am besten gleich in eine geschlossene Anstalt! Sie haben damit nicht nur Ihre Karriere ruiniert, sondern auch meine. Das hat ein Nachspiel, mein Freund. Morgen früh kommen Sie ins Büro und holen sich Ihre Papiere ab. Heute will ich Sie nicht mehr sehen, sonst vergesse ich mich noch. Das war's, Malmkvist! Sie sind raus, und Sie können froh sein, wenn wir Sie nicht wegen vorsätzlichem, geschäftsschädigendem Verhalten verklagen!«

»Aber ich ... ich habe ... es tut mir leid ... ich konnte wirklich nichts dafür ... ich ...«, stammelte Lennart, der sich der Schwere seines Vergehens durchaus bewusst war.

Wikström hatte bereits aufgelegt.

Lennart steckte das Handy zurück. Wie ferngesteuert stakste er über die Straße, wo er in ein wartendes Taxi stieg und dem Fahrer seine Adresse nannte. In die Firma oder zum Flughafen brauchte er heute nicht mehr zu fahren; Lennart vermutete stark, dass sein ursprünglich mit Harald Hadding vereinbartes Essen heute Abend ausfallen würde.

Trotz des bereits fortgeschrittenen Vormittags lag noch immer Morgendunst über dem Göta älv, Schiffe tauchten verwaschen auf und verschwanden wieder im Nebel. Im Radio dudelte Popmusik, die ebenfalls kaum Konturen aufwies. Keine Möwe war zu sehen.

Zum Glück war der Taxifahrer schweigsam. Ein Asiate mit beneidenswertem Bronzeteint und pechschwarzem Haar. Er steuerte seinen Wagen stoisch durch den dichten Verkehr. Eine Weile versuchte Lennart, Ordnung in seinen Geist zu bringen, in dem es auch nicht besser aussah als über dem Göta älv – Nebel und verwaschene Umrisse –, mit dem Unterschied, dass die bei dieser Witterung nicht sichtbaren Möwen offenbar alle unkoordiniert in seinem Kopf herumschwirrten.

Schließlich zog er sein Handy aus dem Sakko und wählte Frederiks Nummer. Es klingelte fünfmal, dann sprang der Anrufbeantworter an. »*Das ist die Mailbox von Frederik Sandberg. Leider bin ich im Moment nicht erreichbar. Hinterlassen Sie mir bitte eine Nachricht. – Möge die Macht mit Ihnen sein.*«

»Hej, Frederik, Lennart hier. Ich wollte dir nur sagen, dass die Präsentation bei der …« – Lennart schielte zum Taxifahrer, der in diesem Moment den Blinker setzte und abbog – »… bei dem Kunden total schiefgelaufen ist. Ich habe das verbockt … ich … Ruf mich einfach zurück, wenn du das hörst. Mach's gut.«

Eine Viertelstunde später stoppte der Taxifahrer vor dem Västra Hamngatan 6. »Dreihundertvierundfünfzig Kronen, bitte. Brauchen Sie eine Quittung?«

Lennart schüttelte den Kopf. Vor der Präsentation bei der DataMining Group AB hätte er den Beleg wahrscheinlich mit einem Augenzwinkern bei der hübschen Susanna aus der Buchhaltung eingereicht. Jetzt nicht mehr. Lennart würde wohl nie wieder Belege bei ihr einreichen.

Er gab dem Taxifahrer vier Hunderter. »Der Rest ist für Sie.« Damit schnappte er sich seine Sachen und öffnete die Tür. Er berührte mit einem Fuß bereits den nass glänzenden Asphalt, da sprach ihn der Taxifahrer unvermittelt an: »Mein Herr?«

Zum ersten Mal blickte ihm Lennart in die Augen, die von buschigen Brauen überwachsen waren. »Ja? Was ist noch?«

»Danke für das Trinkgeld.« Die Stimme des Fahrers klang beruhigend und angenehm, obwohl sie bemerkenswert hoch war.

»Gern geschehen«, gab Lennart zurück und wandte sich wieder zur offen stehenden Tür.

»Ich weiß ja nicht, was Ihnen heute widerfahren ist«, fuhr der Taxifahrer fort und kümmerte sich nicht darum, dass sein Fahrgast gerade aussteigen wollte, »aber ich habe natürlich mitbekommen, dass es nichts Gutes gewesen sein kann. Ich wollte Sie nicht belauschen, aber es war kaum zu überhören.«

»Und?« Lennart verspürte im Moment herzlich wenig Lust auf ein oberflächliches Gespräch.

»Da wo ich herkomme, sagt man: ›Du kannst keinen Hundeschwanz begradigen.‹«

»Wie bitte?« Lennart starrte den Mann an.

»Frei übersetzt bedeutet es, man soll sich seine Kraft für Dinge aufsparen, die man selbst ändern kann. Alles andere sollte man besser als sein Schicksal annehmen.« Der Mann lächelte und zeigte eine Reihe strahlend weißer Zähne.

Lennart mühte sich, das Lächeln zu erwidern. »Danke, ich werde es mir merken. Ihnen auch alles Gute.« Dann stieg er aus.

12. Kapitel

Begradigte Hundeschwänze. Gab es viele Möpse in Asien? Warum hatte er den Taxifahrer nicht gefragt, aus welchem Land seine Weisheit stammte, wo seine Vorfahren hergekommen waren? Es hätte die Weisheit nicht zwingend weiser gemacht, aber nun interessierte es Lennart doch. Vielleicht sollte er einmal danach im Internet suchen.

Er sah dem Taxi nach, das bereits gewendet hatte und wahrscheinlich zurück zum Bahnhof fuhr, wo es an einem Werktag um diese Zeit mit Sicherheit deutlich mehr umzusetzen gab als in einem betuchten Wohnviertel mit wenig Laufkundschaft.

Im Haus brannte in einigen Wohnungen Licht. Auch bei Maria im ersten Stock.

Bei Buri nicht.

Lennart überquerte die Straße und beschloss, die Treppe lieber leise hinaufzugehen, um die stets gespitzten italienischen Ohren nicht auf sich aufmerksam zu machen. Er würde sich bei Maria melden und sich nach ihrem Wohlbefinden erkundigen und darüber, ob sie für Bölthorn bereits eine dauerhafte Bleibe gefunden hätte. Aber nicht jetzt. Nichts interessierte Lennart im Augenblick weniger als ein Mops, aber der bedeutete eben Maria sehr viel.

Doch das alles erst nach dem äußerst unangenehmen Termin, der morgen auf ihn wartete: sein hochkantiger Rausschmiss durch Wikström. Lennart schloss die Haustür auf und schlich sich nach oben. Als er an Marias Wohnungstür vorbeikam, drang weit entfernte, leise Opernmusik heraus. Und es duftete wie gewohnt nach Knoblauch, Zwiebeln und Kräutern. Was auch immer sie gerade fabrizierte – es würde köstlich schmecken. Lennarts Magen knurrte, ihm lief das Wasser im Mund zusammen, wobei ihm in den Sinn kam, dass er seit gestern Abend nichts mehr gegessen hatte. Maria hatte sicherlich wieder einmal viel zu viel gekocht und würde es ihm mit Freude und in Unmengen mit nach oben geben (sofern sie wegen Bölthorn nicht mehr böse auf ihn war). Zum Beispiel frische italienische Pasta mit Ragout oder Piccata milanese oder Scaloppina al limone oder Saltimbocca alla romana oder … Nein und nochmals nein! Heute keine Fragen mehr, keine Berichte, keine unglücklichen Mopsdiskussionen. Seine Gefriertruhe war voll mit Essen. Und er hatte noch die frittierten Mozzarellakugeln mit Tomatensoße, von denen gut die Hälfte übrig war. Aufwärmen, Rotwein, Fernsehen, Couch, Bett. Er widerstand der verlockenden Vorstellung frisch zubereiteter italienischer Köstlichkeiten und stieg vorsichtig weiter die Treppe hinauf. Lennart war sich Marias beinahe übersinnlicher Fähigkeit bewusst, die es ihr erlaubte, unvermittelt im Treppenhaus zu stehen, um ihn abzufangen.

Unentdeckt erreichte er seine Wohnungstür, schloss möglichst geräuschlos auf und schlüpfte hinein.

Sein Handy klingelte, gerade als er es sich auf der Couch bequem gemacht und seine Augen geschlossen hatte.

Unbekannter Teilnehmer, aber definitiv eine Göteborger Nummer. Emma?

Er nahm ab.

»Hej, Herr Malmkvist. Kommissar Nilsson hier.«

Lennart saß mit einem Mal gar nicht mehr bequem. »Was gibt es?«

»Wo sind Sie?«

»Zu Hause.«

»Oh, Sie haben heute frei?«

»Nein, Homeoffice«, antwortete Lennart knapp und ausweichend. »Warum rufen Sie auf meinem Handy an? Gibt es etwas Dringendes?«

»Ich habe Sie vor einer halben Stunde zu Hause nicht erreicht, und einen Anruf auf Ihrer Arbeitsstelle wollte ich vermeiden. So etwas kommt in den meisten Fällen nicht sonderlich gut an.«

»Das ist sehr umsichtig von Ihnen«, entgegnete Lennart und dachte bei sich, dass das jetzt auch keinen Unterschied mehr gemacht hätte. »Worum geht es?«

»Neuigkeiten im Fall Bolmen. Und ein paar Fragen, die sich daraus ergeben.«

»Was für Neuigkeiten?«

»Das möchte ich Ihnen lieber persönlich mitteilen. Nur so viel: Wir haben ein Bild vom mutmaßlichen Täter.«

Nun setzte sich Lennart kerzengerade hin. »Kann man ihn richtig erkennen?«

»Ist das wichtig für Sie?«

»Natürlich! Ich bin neugierig und würde mich freuen, wenn Sie den Kerl endlich schnappen.«

»Ja, man kann etwas erkennen, aber ich möchte Ihnen am Telefon keine Details erzählen. Das sollten Sie besser selbst sehen. Haben Sie morgen Zeit, ins Kommissariat zu kommen? Vielleicht in der Mittagspause?«, schlug Nilsson vor.

Lennart befürchtete, dass für ihn nach dem Termin mit Wikström die längste Mittagspause seines Lebens beginnen würde – Ende offen. »Ich habe morgen nicht viel zu tun. Ich könnte sogar schon gegen zehn Uhr bei Ihnen sein«, erklärte er sich einverstanden. Länger würde es nicht dauern, von der HIC AB unehrenhaft entlassen zu werden.

Nilsson bestätigte den Termin und verabschiedete sich.

Lennart wollte schon auflegen, da hörte er, wie der Kommissar sagte: »Ach, Herr Malmkvist, eine Sache noch.« Er hielt sich das Mobiltelefon wieder dichter ans Ohr.

»Ja?«

»Die Sache mit Ihrer Bekannten und Kollegin, Emma Mårtensson, wegen der Sie mich angerufen haben. Sagen Sie, haben Sie noch etwas von ihr gehört?«

»Nein«, wunderte sich Lennart. »Ich hätte mich doch ansonsten bei Ihnen gemeldet. Weshalb fragen Sie?«

»Nun, die Dinge haben sich in eine wenig erfreuliche Richtung entwickelt. Unter Umständen hat Frau Mårtensson sich das alles mit der Bedrohung tatsächlich nicht eingebildet. Uns liegt nämlich mittlerweile eine Vermisstenanzeige ihrer Eltern vor. Sie ist spurlos verschwunden, und da Frau Mårtensson offenbar Sie als Letzten kontaktiert hat, dachte ich, Sie hätten vielleicht neue Informationen für mich.«

»Wie, sie ist verschwunden? Glauben Sie, sie wurde entführt, oder was meinen Sie damit?«, Lennart war vollkommen überrumpelt.

»Ich meine damit lediglich, dass sie vermisst wird. Nicht mehr und nicht weniger. Denken Sie doch mal in Ruhe darüber nach. Vielleicht fällt Ihnen dazu ja noch etwas ein.« Er machte eine Pause, bevor er das Gespräch mit den Worten beendete: »Um Sie herum geschehen merkwürdige Dinge, Herr Malmkvist. Bis morgen. *Hej då.*«

Es waren nun also schon zwei unangenehme Termine, die morgen auf ihn warteten. Erst Wikström und dann Kommissar Nilsson. Wahrscheinlich wieder zusammen mit Eiskollegin Maja Tysja, die ihn aus unerfindlichen Gründen mit ihren Blicken zu quälen suchte.

Lennart überlegte in diesem Augenblick ernsthaft, ob er nicht einfach wieder zurück nach Stockholm ziehen sollte. In Göteborg schien sich alles gegen ihn verschworen zu haben. Die Polizei würde natürlich die Einzelverbindungsnachweise von Emma Mårtenssons Handy durchgehen, wenn sie es nicht schon getan hatte, und dann würden sie sehen, dass sie mit Lennart telefoniert hatte. Und das auch noch kurz vor dem Mord an Buri Bolmen. Um ihn herum geschahen merkwürdige Dinge, da musste er dem Kommissar zustimmen – nur ob der ihm auch glaubte, dass er mit alledem nichts zu tun hatte?

Kurzentschlossen schrieb er Frederik eine Chat-Nachricht.

>   Bist du erreichbar?

Es dauerte eine Minute, dann summte Lennarts Handy. Frederik war online.

>   **Obi Wan:** sorry, war aufm klo. hab deinen anruf abgehört. hätte mich später gemeldet. schöne scheiße mit der präsi. was war los?
>   **Lennart:** Konnte plötzlich nicht mehr sprechen.
>   **Obi Wan:** erkältung?
>   **Lennart:** Nein. Mehr so eine Kopfsache. Glaube ich.
>   **Obi Wan:** ballaballa?
>   **Lennart:** Nicht witzig. Die schmeißen mich raus!
>   **Obi Wan:** nicht dein ernst!
>   **Lennart:** Doch.
>   **Obi Wan:** und jetzt?
>   **Lennart:** Keine Ahnung. Morgen Termin mit Wikström. Das war's.
>   **Obi Wan:** tut mir leid.
>   **Lennart:** Mir auch. Ich brauche deine Hilfe.
>   **Obi Wan:** no prob. worum gehts?
>   **Lennart:** Du musst in einem bestimmten System etwas über eine bestimmte Person für mich herausfinden.

Obi Wan: frau?
Lennart: Ja. Aber das ist es nicht.
Obi Wan: legal?
Lennart: Lust auf ein Bier morgen Abend? Heute bin ich zu genervt und muss nachdenken.
Obi Wan: klar
Lennart: Okay. Danke.
Obi Wan: wofür?
Lennart: Das wirst du noch sehen.
Obi Wan: möge die macht mit dir sein.

Bevor sich Lennart ein paar der Mozzarellakugeln nebst Tomatensoße in der Mikrowelle aufwärmte, warf er seine Sachen auf die Couch, ging ins Bad und stellte sich unter die Dusche. Er verspürte das dringende Bedürfnis, sich zu waschen. Nicht weil er am Morgen nicht geduscht hätte, sondern weil er sich diesen Vormittag rituell von der Seele spülen wollte.

Mit einem Handtuch um die Hüften ging er in die Küche, öffnete sich einen Rotwein für das Essen, dann rief er schweren Herzens seine Mutter an.

Sie klang fröhlich und leicht, was sich aber schlagartig änderte, als sie die Stimme ihres Sohnes vernahm. »Lennart? Was ist denn los? Du gefällst mir ganz und gar nicht. Dich bedrückt doch etwas.«

Lennart atmete tief ein und aus.

»Ich werde morgen nicht kommen, ich werde nicht nach Stockholm fahren, denn ich befürchte, ich habe vorhin meinen Job verloren.«

»Wie bitte?« Kerstin Malmkvist schien kaum glauben zu können, was sie da hörte.

»So ist es. Leider«, bestätigte er.

Lennart vernahm ein leises Rascheln wie von Stoff. Seine

Mutter musste sich auf einen der Stühle in der Küche gesetzt haben, wo sie am liebsten telefonierte. »Um Himmels willen, was ist denn passiert?«

Lennart zögerte. »Ich … ich habe die Präsentation heute Morgen vollkommen in den Sand gesetzt.«

Entrüstet fuhr Kerstin Malmkvist auf: »Was? Aber das kann doch mal passieren. Jeder hat schon einmal einen schlechten Vortrag gehalten. Deswegen kann man dir doch nicht einfach kündigen.«

»Es war aber nicht einfach ein schlechter Vortrag. Es war eine Katastrophe. Ich konnte nicht mehr richtig sprechen.«

»Dir fehlten die Worte?«

»Nein, leider nicht. Aber die, die ich gesagt habe, waren …« Lennart überlegte angestrengt, um diesen unfassbaren Zustand beschreiben zu können. »Ich habe Schwachsinn geplappert. Absoluten Schwachsinn! Unzusammenhängendes Zeug, das so ähnlich klang wie ganze Sätze, aber es war Humbug, eine Kindersprache, bei der man vor jedes Wort und jeden Vokal eine sinnlose Silbe setzt.«

»Ja, aber warum hast du das getan?« Kerstin Malmkvist kam aus dem Staunen nicht mehr heraus.

»Ich habe es nicht getan. *Etwas* hat es mit mir getan.«

»Was soll das heißen? Was meinst du damit?« Sorge mischte sich in ihre Stimme, Lennart spürte es deutlich.

»Ich meine damit, dass ich nicht mehr Herr meiner eigenen Sprache war. Es war, es war wie … wie verhext. Ich wollte ein Wort sagen, aber heraus kam ein vollkommen anderes.«

Kerstin Malmkvist schwieg. Lange. Schließlich stellte sie nüchtern fest: »Lennart, du solltest mit jemandem sprechen, der sich auf derlei Dinge versteht. Mit einem Fachmann.«

»Du hältst mich also auch für verrückt?«, fuhr Lennart auf.

»Wieso auch? Wen meinst du?«

»Wikström. Er hat es nicht ernst gemeint, aber er hat es gesagt. Vorhin am Telefon. Er ist ein Idiot.«

»Dein Vorgesetzter?«, fragte sie und präzisierte dann: »Lennart, ich halte dich nicht für verrückt. Aber ich halte dich für vollkommen überlastet. Das nennt man heutzutage Burnout. Damit ist nicht zu spaßen, und du wärst nicht der Erste, dem so etwas passiert.«

Die Mikrowelle meldete durch ein dreimaliges Piepen die Erledigung ihres Auftrages. Lennart ignorierte sie und zuckte mit den Achseln. »Burnout, Burnout, ich weiß nicht, ich ...«

»Du meinst, so etwas bekommen immer nur die anderen?«, fragte seine Mutter. »Frag doch mal in deinem Bekanntenkreis herum, wer wegen Burnout oder Depressionen behandelt wurde oder wird. Du wirst dich wundern. Es sind meistens die, die sich für besonders stark halten und sich selbst keine Pausen gestatten. So wie du.«

»Frederik sagte auch, ich solle mir mal etwas Urlaub gönnen«, merkte Lennart nachdenklich an.

»Frederik Sandberg? Dein Freund, dieser Computerspezialist?« Kerstin Malmkvist hatte Frederik vor zwei Jahren kennengelernt, als sie zusammen mit Lennarts Vater zu Besuch nach Göteborg gekommen war.

»Ja.« Lennart zögerte, dann sagte er: «Ich glaube, Frederik würde niemals ein Burnout oder so etwas bekommen, dafür ist er viel zu ...«, Lennart suchte nach einem passenden Begriff, »... viel zu speziell.«

»Speziell oder nicht. Er hat recht. Urlaub würde dir guttun«, stimmte Kerstin Malmkvist zu – Lennart konnte sie förmlich lächeln sehen.

»Zeit habe ich dafür jetzt ja genug. Sie werden mich morgen feuern, so viel steht fest«, meinte Lennart resigniert.

»Wart's doch erst einmal ab«, versuchte seine Mutter, ihn aufzubauen, doch er widersprach sofort und vehement.

»Nein, keine Chance. Wikström hat mich sowieso schon lange auf dem Kieker gehabt, und nach dem Bock, den ich jetzt geschossen habe, wird er mich auf die Straße setzen. Das ist so sicher wie das Amen in der Kirche. Aber vielleicht ist das auch besser so«, fügte er leise an. »Vielleicht stimmt es, was du sagst. Vielleicht müsste ich tatsächlich mal zu einem Therapeuten oder Psychologen. Daran habe ich ehrlich gesagt in letzter Zeit auch schon mehr als einmal gedacht.« Er raufte sich die Haare. »Es ist ja nicht nur die Präsentation.« Lennart zögerte einen Moment. »Es kann auch nicht sein, dass ich mir einbilde, ein Mops würde mir während eines Gewitters einen Monolog halten.«

Kerstin Malmkvist erschrak hörbar. »Wie bitte? Das ist nicht dein Ernst, oder? Ein Hund?«

»Kein normaler Hund. Ein sprechender Mops.«

»Ein Mops?«

»Ja, leider. Und dann … ich … das ist noch nicht alles … ach, Scheiße, ich sage einfach, wie es ist. Dann gibt es da noch diesen dürren, heruntergekommenen Leierkastenmann mit seinem Umhang. Eine Figur, so düster wie aus einem Horrorfilm. Ich habe ihn gesehen und von ihm geträumt. Und vorhin, vor der Präsentation, da habe ich seine furchtbare Musik auch wieder gehört.«

Lennart hörte einen unterdrückten Aufschrei, gefolgt von einem Bersten, einem Klirren wie von Glas oder Porzellan, dann ein dumpfes Krachen.

»Mama? Hallo?«, rief Lennart aufgeregt. »Was ist denn passiert?«

Es dauerte einige Zeit, bis Kerstin Malmkvist wieder in der Leitung war. »Mir ist nur meine Kaffeetasse auf den Boden gefallen«, erklärte sie. »Wie unachtsam von mir.« Sie klang außer Atem und mühsam beherrscht.

»Wirklich alles in Ordnung? Ich habe mich fast zu Tode

erschreckt«, gestand Lennart. Vor seinem Küchenfenster flog eine Schar Krähen vorbei, die sich wegen eines Beuteobjektes einen Luftkampf lieferten. Er wandte den Blick ab und lauschte wieder seiner Mutter. Sie atmete schwer, ihre Stimme zitterte. »Ist wirklich alles okay mit dir?«, vergewisserte er sich.

»Ja, ja«, wiegelte sie ab, »nur die blöde Kaffeetasse.« Sie machte eine Pause. »Versprich mir, dass du dich in Behandlung begibst, wenn das bei dir nicht bald besser wird.«

Lennart zögerte, doch schließlich stimmte er zu: »Okay. Versprochen.«

»Danke, Lennart. Das erleichtert mich ungemein. Und du kannst mich immer anrufen, das weißt du.«

»Ja, das weiß ich. Ich melde mich wieder, und dann machen wir einen neuen Termin für einen Besuch aus. Einverstanden?«

»Jederzeit«, sagte seine Mutter. »Und gib Bescheid, wie es bei diesem Wikström gelaufen ist. Ich drücke dir die Daumen, es wird schon gut gehen.«

Lennart wärmte sich die mittlerweile wieder erkalteten Mozzarellakugeln in Tomatensoße nochmals auf. Dampf schlug ihm entgegen, als er die Glastür der Mikrowelle öffnete und den heißen Teller herausnahm. Doch bevor er zu Messer und Gabel griff, holte er sein Notebook und stellte es neben sich auf den Küchentisch.

Während er zu essen begann, fuhr er es hoch, öffnete den Browser und ging auf die Seite des Telefonverzeichnisses von Göteborg. Es gab über zweihundert »Mårtenssons« in der Stadt, musste er feststellen, worunter sich immerhin sieben »Emmas« befanden und dazu drei Einträge, die mit »E.« abgekürzt waren. Er kannte nicht einmal ihre Adresse.

Nachdem er aufgegessen hatte, schob er den Teller von

sich und griff zum Handy. Er suchte in der gespeicherten Liste nach Emmas letztem Anruf, den sie mit ihrer ihm bekannten Nummer gemacht und die er Kommissar Nilsson durchgegeben hatte. Oft hatte er sein Handy in der letzten Zeit nicht genutzt, wenigstens nicht zum Telefonieren, und so fand er schnell den entsprechenden Eintrag vom letzten Samstag. Und damit auch ihre Handynummer.

Anrufbeantworter. Lennart hatte nichts anderes erwartet. Er schrieb ihr eine SMS.

Hej Emma. Ich weiß nicht, ob Du das liest, aber falls ja, melde Dich mal. Mache mir Sorgen. LG, Lennart

Er nahm sich das Rotweinglas mit ins Wohnzimmer, legte sich auf die Couch, wo er den restlichen Tag damit verbrachte, sich möglichst anspruchslose Sendungen im Fernsehen anzuschauen. An diesem Abend ging er früh ins Bett, aber es war zwecklos; er wälzte sich die ganze Nacht in unruhigem Schlaf hin und her.

Entsprechend müde wachte er auf, als am nächsten Morgen um halb sieben der Wecker klingelte.

13. Kapitel

Bereits um fünf vor acht klopfte Lennart an Peer Wikströms Büro. Sein Vorgesetzter saß am Schreibtisch, hinter ihm der langsam erwachende Göta älv, Lichter, Schiffe, Industrieanlagen.

»Guten Morgen«, grüßte Lennart der Form halber.

Wikström erwiderte nichts. Er deutete wortlos auf den Stuhl, der direkt vor seinem Schreibtisch stand und mit Sicherheit erheblich weniger gekostet hatte als der, auf dem er selbst saß.

Lennart nahm Platz und beobachtete, wie Wikström zwei etwa gleich hohe Dokumentenstapel heranzog und vor sich auf der Arbeitsunterlage platzierte.

»Gut«, begann er, »bringen wir es hinter uns. Ich werde kein Wort darüber verlieren, was Sie da gestern angerichtet haben. Nicht, weil es dazu nichts zu sagen gäbe, sondern weil ich mir den Atem lieber für Wichtigeres spare. Herr Hadding hat es mir überlassen, entsprechende Konsequenzen in diesem Fall zu ziehen. Er vertraut mir eben in allen Dingen. Ich habe mir etwas ausgedacht, und ich biete Ihnen zwei Optionen. Option Nummer eins: Sie unterschreiben diesen vorbereiteten Aufhebungsvertrag, kündigen und verzichten pauschal auf alle Boni und Abfindungsansprüche.«

Mit diesen Worten schob er den Stapel zu seiner Linken etwas weiter Richtung Lennart.

»Option Nummer zwei«, fuhr er fort, »Sie stimmen einer

Versetzung zu.« Damit schob er den anderen Stapel ebenfalls nach vorne.

»Versetzung?«, wunderte sich Lennart. »Wohin?«

»Luleå«, sagte Wikström knapp und bemühte sich, ein Grinsen zu unterdrücken.

»Luleå?«, vergewisserte sich Lennart. »Aber das ist ja in Ostlappland!«

»Ihre Geographiekenntnisse scheinen Ihre rhetorischen Fähigkeiten bei weitem zu übersteigen«, bemerkte Peer Wikström trocken.

Lennart dachte angestrengt nach. Alles in ihm wehrte sich gegen diesen Ort. Luleå lag am Ende der Welt, zumindest wenn man in Stockholm aufgewachsen war und in Göteborg lebte. Dort war es im Sommer kalt und im Winter noch viel kälter. Man hatte entweder ewige Helligkeit oder ewige Dunkelheit und zwischen diesen beiden Extremen kurze Phasen mit diffusem Tageslicht. Er kannte niemanden da oben, und nach Göteborg waren es von dort aus weit über tausend Kilometer. Für diese Distanz schied das Auto aus, am besten man nahm gleich einen Inlandsflug. Selbst nach Stockholm mussten es immerhin noch um die neunhundert Kilometer sein.

»Ich gehe nicht nach Luleå«, beschloss Lennart.

Wikström zuckte mit den Achseln. »Habe ich mir schon gedacht. Wenn Sie auch diese letzte Chance nicht nutzen wollen, Ihren Job zu retten, dann lassen Sie es eben.« Er griff sich den Dokumentenstapel, den er zuerst vorgeschoben hatte, und reichte ihn Lennart. »Dann unterschreiben Sie den Aufhebungsvertrag.« Er drückte auf einen Kugelschreiber und knallte ihn auf die Papiere. »Wie auch immer Sie sich entscheiden, machen Sie schnell. Ich habe noch einiges zu tun und noch zwei Meetings, bevor ich ins Wochenende gehe.«

»Sie wollen sich um eine Abfindung drücken, das ist alles!«, stellte Lennart fest. »Und das nach all dem, was ich schon für die HIC AB geleistet habe. Ich habe Ihnen gestern versucht, zu erklären, dass ich nichts dafür konnte, was passiert ist. Ich könnte vors Arbeitsgericht ziehen.«

»Ach, wirklich? Na dann nur zu. Wenn es nach mir ginge, würde ich *Sie* auf Schadenersatz verklagen, aber Herr Hadding hatte wohl seinen sozialen Tag, als er beschloss, darauf zu verzichten. Seien Sie lieber froh, dass Sie so glimpflich davonkommen. Das sieht mir nämlich alles schwer nach Vorsatz aus.«

»Nach Vorsatz? Warum sollte ich so etwas tun? Ich habe diesen Termin monatelang vorbereitet, und ich war es, der die DataMining überhaupt erst an Land gezogen hat. Ich hatte einen ... einen Aussetzer, mehr nicht.«

»Pah! Aussetzer!«, zischte Wikström. »Zeugen Ihres unverschämten und gezielt geschäftsschädigenden Benehmens gibt es genug. Die versammelte Führung der DataMining Group AB zum Beispiel. Dabei handelt es sich um ehrbare und gestandene Geschäftsleute, und ich denke, vor Gericht würden Sie den Kürzeren ziehen, oder was glauben Sie?«

»Drohen Sie mir?«

»Ich sage Ihnen nur, wie die Dinge liegen, Malmkvist.« Peer Wikström lächelte überheblich. »Herr Hadding springt mit Leuten, die meinen, ihn über den Tisch ziehen zu können, nicht zimperlich um. Außerdem würde ich mir an Ihrer Stelle mal lieber Gedanken um mein eigenes Leben machen. Da kommen einem ja die tollsten Sachen zu Ohren. Mord, Besuche von der Polizei. Schauen Sie nicht so überrascht, Malmkvist. Wir sind immer über alles informiert. All das würde sich vor Gericht zu einem wunderbaren Komplettbild zusammenfügen. Haddings Anwälte würden Sie fressen! Und hätte ich mich nicht bereits dermaßen um die HIC verdient gemacht, mich gleich dazu ... Also, was ist? Unterschreiben Sie oder nicht?«

»Sie sind und bleiben ein unerträglicher Opportunist, Wikström«, stellte Lennart nüchtern fest.

Doch sein Gegenüber setzte bloß ein gleichgültiges Lächeln auf. »Alles besser als ein Verlierer.«

Nun musste auch Lennart lächeln, allerdings bitter und mehr als nur eine Spur angewidert. »Wissen Sie, was ein kleiner Trost für mich ist in dieser ganzen vertrackten und unschönen Lage?«

Wikström blickte Lennart fragend an.

»Ich muss nur noch ein paar Minuten mit Ihnen verbringen, Sie hingegen den Rest Ihres Lebens.« Damit unterzeichnete Lennart den Aufhebungsvertrag, faltete ein Exemplar sorgsam zusammen und steckte es sich in die Innentasche seines Sakkos. Dann stand er auf.

Wikström hatte aufgehört zu lächeln. Er griff mit verkniffenem Gesicht neben sich und stellte eine gebrauchte Supermarktplastiktüte auf den Tisch. »Ich habe mir schon einmal erlaubt, die persönlichen Sachen aus Ihrem Büro zu entfernen. Übrigens habe ich Ihnen auch ein Zeugnis geschrieben und mit hineingesteckt. Ob Sie sich damit allerdings woanders bewerben möchten, überlasse ich Ihnen. Ihren Firmenausweis geben Sie bitte am Empfang ab. Und nun: Leben Sie wohl oder auch nicht.«

Lennart griff sich die Tüte und verließ erhobenen Hauptes Wikströms Büro. Als er den Gang in Richtung Aufzug lief, begegnete er Susanna aus der Buchhaltung. Sie stand an einem mächtigen Kopierer, der neben der zierlichen Frau noch größer wirkte, und war damit befasst, Dokumente zu vervielfältigen und zu heften. Lennart mühte sich, ihr im Vorbeigehen ein Lächeln zuzuwerfen; ihres war noch schwächer. Alle wussten es bereits, und er war mit dem heutigen Tage ein Geächteter, ausgeschlossen aus der erfolgreichen HIC-Familie.

Lennart behielt seinen Kopf oben, viel höher, als er sich fühlte, und nur so lange, bis er auf der Straße vor dem Gebäude der HIC AB stand und das erste Mal in seinem Leben arbeitslos war.

Es begann zu nieseln.

Er schlug den Kragen hoch.

Seine Uhr zeigte kurz nach halb neun. Der Termin mit Nilsson war erst um zehn. Lennart beschloss, dass er sich einen Kaffee und einen Cognac verdient hatte, und machte sich zu Fuß auf den Weg zur nächsten Bushaltestelle am Torsgatan, um von dort aus in die Innenstadt zu fahren.

Der Bus war kaum besetzt. Nur wenige Leute pendelten um diese Zeit vom Gewerbegebiet am Göta älv in die City, auf der entgegengesetzten Strecke hingegen waren die Busse proppenvoll. Das monotone Brummen des Dieselmotors machte Lennart schläfrig. Erst jetzt merkte er, wie müde er war. Die Vorkommnisse der letzten Tage hatten an seinen Nerven gezehrt.

Er musste an die Worte seiner Mutter denken. Burnout ... Hatte sie recht? Er brauchte dringend Licht am Ende seines unerforschten Tunnels. Sollte er sich tatsächlich einen Gesprächstherapeuten suchen? Oder einen weiteren asiatischen Taxifahrer mit Lebensweisheiten? Ob er einfach den Busfahrer beim Aussteigen fragen sollte, woher seine Vorfahren stammten?

Der Bus hielt an. Eine übergewichtige Rentnerin mit quietschgelbem Regenschirm und einem für ihre Verhältnisse viel zu kleinen Rentnermann stieg zu. Dabei plapperte sie unaufhörlich auf ihren Gatten ein.

Und wenn er doch Buris Laden ...? Plötzlich war dieser

Gedanke in Lennart erwacht. Bei allen Emotionen musste man doch pragmatisch bleiben, wenigstens in puncto finanzieller Perspektive. Lennart begann zu rechnen. Er besaß etwas mehr als eine Million Kronen, die er als Rücklage angelegt hatte – die Jahre bei der HIC waren durchaus lukrativ gewesen.

Das war eine ganze Menge. Trotzdem würde das Geld, das für schlechte Zeiten (solche waren definitiv angebrochen!) und das Alter gedacht gewesen war, relativ schnell dahinschmelzen. Selbst wenn er sich einschränkte, würde es sich durch unvermeidbare Ausgaben innerhalb eines Jahres weit mehr als halbieren.

Würde er hingegen auf Buri Bolmens Angebot eingehen und den Laden übernehmen ... Lennart überlegte. Zwar müsste er mindestens dieselbe Summe aufwenden, weil der Laden keine Einnahmen brachte, aber sobald das testamentarisch festgeschriebene Jahr als Zauber- und Scherzartikelverkäufer abgesessen wäre, könnte er die Immobilie veräußern und wäre auf einen Schlag mehr als nur wohlhabend.

Lennart zog sein Handy hervor und suchte im Internet nach der Kanzlei Isaksson. Die Suchmaschine fand Adresse und Telefonnummer blitzschnell. *Isakssons Advokatbyrån, Viktor Rydbergsgatan 18.*

Es klingelte zweimal, dann nahm eine Frau ab. Förmlich und leise war ihre Stimme, aber perlzart und glockenhell wie dünnes Glas. Sie klang wie eine Fee. Lennart erläuterte ihr sein Anliegen. Kurz musste er der Warteschleifenmelodie lauschen, einer auf wenige Töne reduzierten elektronischen Interpretation von Beethovens Neunter, die damit deutlich an Klangfülle und Strahlkraft einbüßte, dann stellte sie ihn zu Anwalt Isaksson durch.

»Ich habe es mir überlegt«, begann Lennart. »Ich werde das Erbe antreten.«

Isaksson schwieg. Lächelte er? »Ihre Entscheidung«, kam es nur kratzend zurück. Nein, er hatte nicht gelächelt. »Wann wollen Sie die Schlüssel holen?«

Lennart überlegte einen Moment. »Heute Mittag? Nur wenn es recht ist, natürlich.«

»Ich muss um dreizehn Uhr weg. Ich habe einen Termin. Wenn Sie vorher kommen, werde ich noch da sein«, kratzte es. »Ansonsten erst wieder Dienstag ab acht.«

»Gut, dann sehen wir uns in Kürze«, hob Lennart an, »und ich ...«

Tut-tut-tuuut, tut-tut-tuuut, tut-tut-tuuut ...

Der Bus erreichte den Göteborger Hauptbahnhof und das daneben liegende Nils-Ericson-Busterminal. Zusammen mit dem immer noch plappernden, quietschgelben Regenschirm und dessen bemitleidenswertem Gatten stieg Lennart aus. Ein Blick zurück zeigte einen rotblonden stämmigen Mann mit Vollbart am Steuer des Busses, dessen wikingerhafte Gesamterscheinung Lennart sagte, dass asiatische Lebensweisheiten hier nicht im Preis inbegriffen waren.

Lennart betrat durch eine Schiebetür das moderne Bahnhofsgebäude und setzte sich an die Bar, die sich gleich am Wartesaal für die Busse befand. Er bestellte sich, wie er es vorgehabt hatte, einen Kaffee und einen Cognac, dann kramte er einen Schreibblock nebst Kugelschreiber aus seiner Supermarktplastiktüte hervor. Er überflog das Zeugnis, das ihm Wikström dazugepackt hatte. Seine Befürchtungen deckten sich mit dem hämischen Kommentar seines ehemaligen Vorgesetzten: Sich damit bei einem anderen Unternehmen zu bewerben wäre sicher möglich, allerdings eher auf eine Stelle als Nachtwächter und weniger auf eine Position als Consultant mit Managementambitionen.

Lennart steckte das Zeugnis zusammen mit der Kopie

des Aufhebungsvertrages aus seiner Sakkotasche in die Tüte, trank einen Schluck Kaffee und nippte am Cognac. Die Vorstellung, einen sinnentleerten Zauber- und Scherzartikelladen zu führen, stand Lennarts bisherigen Visionen einer erfolgreichen Karriere diametral entgegen. Aber zum einen sah er aktuell keine Alternative, und zum anderen winkte in nur zwölf Monaten die Aussicht auf eine äußert wertvolle Immobilie. Das musste Ansporn genug sein.

Er wusste nichts über die innerbetrieblichen Prozesse in Buris Laden. Jetzt musste er trotz des tragischen Tagesauftaktes doch grinsen. Innerbetriebliche Prozesse? Der verrückte Bolmen hatte wahrscheinlich nicht einmal gewusst, dass in seinem Geschäft Prozesse existierten. Dennoch. Man musste strukturiert an die Sache herangehen.

Was musste er wissen? Er hatte zwar eine grundlegende Ahnung von Scherzen, allerdings nicht von Artikeln, die dazu dienten, ebensolche zu erzeugen; die sogenannten Zauberartikel mochten zwar dem Namen nach eine andere Produktgruppe darstellen, allerdings hielt Lennart diese schon an sich für einen Scherz, weshalb er beschloss, dass für beide Warengruppen die gleichen verkaufsstrategischen Bedingungen an einem noch zu definierenden Zielmarkt vorherrschten.

Er vollführte ein Brainstorming, indem er unstrukturiert einfach alles notierte, was ihm zum Laden und zu den Abläufen einfiel.

Nach einer halben Stunde steckte er seine Notizen weg, zahlte und durchschritt den Bahnhof bis zum Osteingang, durch den er das Gebäude verließ und sich auf den Weg zum Polizeipräsidium machte.

Es war kalt geworden.

Der Regen hatte sich in Schnee verwandelt.

Von irgendwoher trug der Wind kaum hörbar Musik herüber.

14. Kapitel

Es war sieben Minuten vor zehn, als Lennart sich den Schnee vom Mantel klopfte und das Polizeipräsidium betrat. Wenigstens behauptete das die große Uhr im schmuck- und zeitlosen Design, welche über dem Empfang hing, wo zwei Beamte in Uniform ihren Dienst verrichteten. Einer der beiden tippte etwas am Computer, der andere legte ein Fußballmagazin zur Seite und wünschte Lennart gelangweilt einen guten Tag. Ein paar Minuten später erschien Kommissar Nilsson, gab Lennart die Hand und bat ihn, ihm zu folgen.

Er führte ihn heute nicht in den kargen, neonbeleuchteten Verhörraum, sondern in sein Büro im zweiten Stock. Die Tür war angelehnt, und neben dem Rahmen hing ein Schild mit der Aufschrift *H. Nilsson / M. Tysja − Mordkommission*. Mit einer einladenden Handbewegung öffnete Nilsson die Tür, und Lennart sah bereits beim Betreten des Raumes, dass seine Lieblingspolizistin mit dem Eisblick nicht anwesend war.

Nilsson setzte sich an einen der beiden sich gegenüberstehenden Schreibtische, und Lennart schätzte, dass der andere seiner Kollegin Tysja vorbehalten war. Der Kommissar bat ihn, auf einem Stuhl neben den Schreibtischen Platz zu nehmen. Kurz hatte Lennart Gelegenheit, den Raum zu betrachten. Er hatte gelernt, das bei Kunden so zu machen, um sie besser einschätzen zu können, warum also nicht auch hier? Polizisten waren auch nur Menschen. Auf Tysjas Fensterbank standen einige kleine Blumentöpfe mit blühenden Pflänzchen sowie ein Bonsaibäumchen auf dem Schreibtisch. An der Wand hinter ihrem Stuhl war ein Kalender mit unfassbar klein geschriebenen Einträgen in wenigstens vier verschiedenen Farben angebracht, die Lennart allerdings von seiner Position aus unmöglich lesen konnte. Daneben hingen ein gerahmtes Plakat mit altertümlichen Attraktionen der Insel Gotland und ein Traumfänger. Keine Fotos. Nichts. Weder auf der Fensterbank noch auf dem Schreitisch. Es wirkte wie die Arbeitsumgebung einer alleinstehenden Frau ohne irgendwelche sozialen Kontakte.

Anders Nilssons Platz. Weil er wahrscheinlich wusste, dass er Pflanzen entweder vertrocknen ließ oder mit zu viel Wasser ersäufte, hatte er gleich ganz darauf verzichtet. Auf seiner Fensterbank stand hingegen das Modell der weltberühmten Göteborger Achterbahn im Lisepark, die auch im Original aus Holz erbaut war. Auf seinem Tisch waren mehrere Fotos zu sehen. Zwei fielen Lennart besonders ins Auge. Das eine zeigte von Nilsson und eine unauffällige Frau mit großen Augen, vermutlich seine Ehefrau. Das andere stand direkt daneben. Ein antik wirkender Fotorahmen mit einem Bild, auf dem einige Männer in schwarzen Fräcken und mit schwarzen Melonen auf den Köpfen zu sehen waren, die würdevoll eine Urkundenrolle hochhielten. Es wirkte wie eine Doktorandenfeier oder Ähnliches. Lennart identifizierte Nilsson als zweiten von links. Das zeigte, dass Nilsson zumindest in gewisser Hinsicht das Gegenteil von Tysja war – er machte sich nichts aus Gewächsen, hatte aber dafür eine Partnerin und offenbar auch im vorgerückten Alter noch Sinn für Freundschaften.

»So«, sagte Nilsson und holte eine Kladde mit der Aufschrift *B. Bolmen / AZ B0731-438-2016* von einem Stapel gleichfarbiger, aber unterschiedlich dicker Fallakten und schlug sie auf. Er las, blätterte um, las wieder, blätterte zurück, wieder vor, dann sagte er: »Aha, hier haben wir es ja«, entnahm das oberste Blatt und drehte sich, das Dokument in der Hand, zu Lennart um, der das Ganze stillschweigend beobachtet hatte.

»Ich wollte Ihnen nur mitteilen, dass wir aus der am Tatort gefundenen Asche zwar noch eindeutig menschliche DNA-Fragmente gewinnen konnten, aber die Identität des Opfers lässt sich nicht mehr feststellen. Wir gehen jedoch in Anbetracht der anderen Indizien davon aus, dass es sich dabei um die verbrannten Überreste von Herrn Bolmen handelt.«

»Andere Fakten?«, erkundigte sich Lennart.

»Na ja, den aufgefundenen Finger mit Ring konnten wir zweifelsfrei Herrn Bolmen zuordnen«, führte der Kommissar aus. »Dessen Abdruck stimmte mit vielen überein, die wir am Tatort gefunden haben, und wir haben zudem einen positiven DNA-Abgleich mit Haaren aus seinem Bartschneider. Auch diese Tests waren eindeutig. Gleiches gilt für die am Tatort gefundene Brille.«

Lennart hatte nicht damit gerechnet, dass Buri Bolmen überhaupt einen Bartschneider besessen hatte, wenn er an dessen beinahe krawattenlangen Gesichtsteppich zurückdachte. Er hätte gelächelt, wäre das Ganze nicht so traurig gewesen. Denn gleichzeitig rührte ihn die Vorstellung sehr an, dass in weiße Einwegoveralls gehüllte Kriminalisten die intimsten Bereiche von Buri Bolmens Wohnung durchwühlt hatten, nur um zu beweisen, dass der Haufen Asche in der Werkstatt und der abgetrennte Finger tatsächlich dem gutmütigen Alten zuzuschreiben waren. Es war höchst traurig, entwürdigend und grotesk zugleich.

In Lennarts Gedanken hinein fuhr der Kommissar in der gleichen sachlichen Tonlage fort: »Dazu kommt, dass wir die Videobänder einer Überwachungsanlage an einem gegenüberliegenden Gebäude gesichtet haben. Eingang und Fassade von Bolmens Laden wurden von den Kameras recht gut erfasst.« Der Kommissar machte eine Pause. »Wie ich am Telefon bereits sagte, ist jemand darauf zu sehen.«

»Der Täter?«, hakte Lennart, den Kommissar Nilssons Salamitaktik langsam etwas nervte, ungeduldig nach.

»Das wissen wir nicht, aber wenn wir der Gerichtsmedizin Glauben schenken können – viel zu untersuchen hatten die ja nicht bis auf ein Stückchen Finger –, dann dürften Todeszeitpunkt und die genannte Aufnahme in etwa in dasselbe Zeitfenster fallen. Aber es ist äußerst seltsam ...«

»Was meinen Sie?«

»Ich sage Ihnen ganz ehrlich, dass insbesondere meine Kollegin Tysja ... ah, da ist sie ja.«

Lennart meinte zu spüren, wie die Raumtemperatur abfiel.

Maja Tysja trug eine Bluse aus taubenblauem Stoff mit stilisierten Schneekristallen.

Lennart nickte ihr zu.

Sie nickte nicht zurück.

»Was wollten Sie gerade sagen?«, wandte er sich wieder an den Kommissar, als er merkte, dass Freundlichkeit hier zwecklos war. Wie kam Maria bloß darauf, dass diese Frau auch nur einen Funken Nettigkeit im Leib hatte?

»Nun«, nahm Nilsson den Faden wieder auf, »meine Kollegin war lange der Ansicht, dass Sie direkt mit dem Mord zu tun hätten.«

Aus den Augenwinkeln sah Lennart, wie Kommissarin Tysja an ihren Schreibtisch ging, den Stuhl zur Seite schob und konzentriert ihre Fensterbankpflanzen mit einer kleinen Gießkanne wässerte.

»Allerdings ... das Video der Überwachungsanlage entlastet Sie, Herr Malmkvist. Zumindest ist das die vorherrschende Meinung unter den Kollegen«, erläuterte Nilsson weiter.

Was wahrscheinlich so viel bedeutete wie: Jeder war von seiner Unschuld überzeugt, nur Kommissarin Tysja nicht. Sie glaubte wohl immer noch fest daran, dass er etwas mit Buri Bolmens Tod zu tun hatte. Lennart verzog den Mund und schüttelte leise den Kopf. Aber was kümmerte es ihn? Tysja vertrat offenbar eine Einzelmeinung.

»Es entlastet mich? Ich dachte, ich sei nie wirklich verdächtig gewesen?«

»Ich würde Ihnen jetzt gerne das Video zeigen«, überging der Kommissar Lennarts Einwurf. »Vielleicht fällt Ihnen etwas dazu ein, oder Sie erkennen am Ende noch die eigenartige Person, die darauf zu sehen ist«, sagte Nilsson.

Tysja stellte die kleine Gießkanne weg und setzte sich. Sie blickte Lennart stumm und unterkühlt an.

»Eigenartig? Wieso eigenartig?«, wunderte er sich.

»Das Verhalten dieser Person ... der ganze Bewegungsablauf ... na, Sie werden gleich sehen, was ich meine.« Nilsson drehte den Monitor zu Lennart hin und startete ein Programm. »Passen Sie genau auf. Die Aufzeichnung dauert nur etwa zwanzig Sekunden.« Er klickte mit der Maus auf das Abspielsymbol.

Das Material hatte exakt die bedauernswerte Qualität, die man von dem Video einer Überwachungskamera erwartete. Es war schwarz-weiß, die Lichtverhältnisse waren miserabel und pixelige, überbelichtete Sequenzen reduzierten die schemenhafte Darstellung auf maximal einige Dutzend Graustufen. Lennart hatte sich stets gefragt, wie es sein konnte, dass es die Menschheit vor bald fünfzig Jahren zum Mond und wieder zurück geschafft hatte, aber immer noch nicht in der Lage war, eine Überwachungsanlage, die vernünftige Bilder produzierte, zu entwickeln. Jedes chinesische Billig-Smartphone bekam das besser auf die Reihe, selbst noch in der Dämmerung und bei Wolkenbruch.

Das Bild war viergeteilt, ein Splitscreen (Lennart fühlte sich kurzzeitig an einen Kriminalfilm aus den Siebzigern erinnert), und jeder dieser vier Bereiche zeigte eine andere Perspektive derselben Vergangenheit. Eingeblendet, jeweils in der linken unteren Ecke: 23:59 Uhr.

Kurz vor Geisterstunde.

»Man erkennt ja kaum etwas«, beschwerte er sich.

Hinter ihm zischte Kommissarin Tysja einen Laut, den er wahlweise wohl als Ausdruck ihrer Verachtung oder als Stillschweigebefehl begreifen durfte.

»Jetzt«, sagte Nilsson und deutete auf den Bildausschnitt rechts oben.

Lennart beugte sich weiter vor und konzentrierte sich auf das Video. Es war eindeutig Buri Bolmens Laden von außen, aufgenommen über die Straße hinweg. Ein paar Autos fuhren lautlos vorbei, dann ein Bus – das Verstörendste an dieser Aufzeichnung war ihre Stille, als habe man nur einen Teil dieser aufgezeichneten Vergangenheit vor sich, einen, der akustische Geschehnisse ausschloss. Sekunden vergingen. Da! Lennart zuckte zusammen. Mit einem Schlag hatte sich das Bild verdüstert.

Der Schemen einer Gestalt war zu erkennen, die in einem Affenzahn von links ins Bild schoss. Wie die heraufziehenden Schatten einer im Zeitraffer herabstürzenden Abendsonne. Die Gestalt bewegte ihre Beine kaum. Trug sie verdeckt Rollschuhe oder Ähnliches an den Füßen? Es musste so sein, denn anders konnte sich Lennart die Fortbewegungsgeschwindigkeit nicht erklären. Nun verstand er auch, was der Kommissar gemeint hatte: Sie bewegte sich wieselflink, ganz so, als würde sie schweben.

Dann verharrte die Schattengestalt einen Atemzug lang

vor der Eingangstür zu Buri Bolmens Laden. Es blitzte, und die Tür sprang wie von Geisterhand auf. Lennart entfuhr ein: »Das gibt's doch nicht!«

»Es wird noch besser«, kündigte Nilsson an. »Schauen Sie!«

Lennart stand der Mund offen. Die Gestalt in ihrem dunklen, wallenden Umhang blickte sich kurz um und sah schließlich nach oben, direkt in die Kamera. Man erkannte unscharf ein Gesicht. Das eines Mannes? Lächelte er? Er machte eine beiläufige Handbewegung, und alle vier Bilder verwandelten sich schlagartig in Schneegestöber.

Nilsson stoppte die Aufzeichnung, fuhr einige Sekunden zurück, genau an die Stelle, wo die dunkle Gestalt in die Kamera blickte. Er fror das Bild ein und zoomte heran. Nun sah man das wallende, schwarze Gewand deutlicher, die Kapuze, die weit ins Gesicht hineinragte. Es war nicht im Traum daran zu denken, die Gesichtszüge dieser Person wirklich zu erkennen, die Qualität war einfach zu schlecht. Aber das brauchte Lennart auch nicht. Er *wusste*, wer dieses Wesen war. Ihm war speiübel und schwindelig. Denn wem begegnete schon eine Figur aus den eigenen Albträumen in der Realität – und sei es nur auf Video. Sollte er der Polizei davon berichten? Er sah vor seinem geistigen Auge schon, wie Kommissarin Tysja seine Zwangseinweisung beantragte. Besser nicht …

»Wollen Sie es nochmal sehen?«, fragte Nilsson. »Alles in Ordnung mit Ihnen? Sie sehen etwas blass aus.«

Lennart schüttelte den Kopf. »Nein, alles bestens.«

Der Kommissar drehte den Bildschirm wieder in die ursprüngliche Position, Maja Tysja setzte sich zurück an ihren Platz und starrte Lennart weiter an. Nilsson fragte an Lennart gewandt: »Könnte das der Mann sein, den Sie uns als diesen, diesen …«, er blätterte einige Notizen durch, »… als Leierkastenmann beschrieben haben?«

Lennart atmete tief durch und nickte. »Das ist gut möglich. Allerdings hat er ja ansonsten eher Kleidung getragen, die an einen Jahrmarktschausteller erinnerte. Und ein Gesicht war auf dieser Aufnahme unmöglich zu erkennen. Für mich zumindest nicht. Ich befürchte, diesen Film kann man wohl für eine Fahndung leider gar nicht verwenden.«

»Nun«, widersprach Nilsson, »gar nicht würde ich nicht unbedingt sagen. Einigen wir uns auf eingeschränkt. Zum einen meine ich, dass wir aufgrund der Physiognomie mit an Sicherheit grenzender Wahrscheinlichkeit sagen können, dass die Aufzeichnungen einen Mann zeigen. Zum anderen steht zu vermuten, dass dieser Mann der Letzte war, der Herrn Bolmen in seinem Laden einen Besuch abgestattet hat. Fest steht für mich auch, dass er sehr sportlich und daher wahrscheinlich jung sein muss. Denn so, wie dieser Kerl sich bewegt, muss er offensichtlich irgendetwas wie Rollschuhe getragen haben, was ja eine außerordentliche Geschicklichkeit und Übung voraussetzt«, bestätigte der Kommissar Lennarts Vermutung.

»Und der Blitz? Wie hat der Mann sich Zutritt zu Herrn Bolmens Laden verschafft? Und dann, dass die Kameras ausgefallen sind – wie erklären Sie sich das?«, wollte Lennart wissen.

Der Kommissar zuckte die Achseln. »Vielleicht eine kleine Sprengladung oder so etwas«, mutmaßte Nilsson. »Bolmens Ladentür wies Spuren auf, die davon stammen könnten, auch wenn die Untersuchungen keine Sprengstoffrückstände ergeben haben. Aber das Video ist ja leider ohne Tonspur. Und was den Bildausfall angeht, nun, so könnte das einfach Zufall gewesen sein ...«

»Zufall? So hat es aber nicht ausgesehen«, warf Lennart ein.

»... oder«, fuhr Nilsson fort, »der Kerl hat die Aufzeichnung absichtlich unterbrochen. Vielleicht mit einem Störsender. So etwas geht heutzutage recht leicht, wenn man die richtige Ausrüstung hat.«

»Wäre es dann nicht schlauer von ihm gewesen, die Aufzeichnung schon zu verhindern, *bevor* er überhaupt ins Bild kommt?«, hakte Lennart skeptisch nach.

»Da ist was dran«, gestand der Kommissar ein und kratzte sich am Kopf. »Allerdings gibt es Menschen, die theatralische Auftritte lieben, und das alles machte auf mich schon den Eindruck einer Inszenierung. Wie dem auch sei. Sie jedenfalls können diese Person auf dem Video unmöglich gewesen sein. Der Mann ist beinahe einen Kopf größer als Sie, dazu wesentlich schlaksiger, und genau deshalb sind Sie ja auch als Tatverdächtiger auszuschließen.«

»Wie nett von Ihnen«, spottete Lennart.

Nilsson reagierte nicht darauf und tippte etwas in seinen Computer, Tysja hingegen funkelte ihn giftig an und zischte: »Werden Sie bloß nicht frech! Das heißt noch lange nicht, dass Sie aus der Nummer komplett raus sind, Malmkvist. Ich weiß, dass Sie da irgendwie mit drin hängen!«

»Wissen Sie, Frau Tysja«, entgegnete Lennart in ruhigem Ton, »es bleibt durchaus Ihnen überlassen, was Sie glauben und was nicht, von mir aus auch gegen alle Fakten und aus reinem Polizistenbauchgefühl, oder wie Sie das nennen wollen. Sie haben nichts, aber auch gar nichts gegen mich in der Hand, und zwar deshalb, weil es nichts gibt, was ich getan habe. Aber ehrlich gesagt, ist es mir inzwischen vollkommen egal, was Sie über mich denken.«

Die Kommissarin verschränkte die Arme vor der Brust und lächelte kalt. »Erstaunlich ...«

»Was?«, fragte Lennart.

»Dass Ihnen das egal ist, wo Sie doch sonst immer auf einen guten Eindruck bedacht sind. Zumindest bin ich davon überzeugt, dass Sie gerne gut wirken, oder täusche ich mich da? Privat und besonders beruflich. Das passt nicht zu Ihnen. Sie sind eingebildet und eitel. Was ist los?«

Nilsson sah von seinem Bildschirm auf. »Maja, es reicht!«

Die Zurechtgewiesene machte ein Gesicht wie sieben Tage Regenwetter. »Wenn du meinst. Ich gehe in die Kantine, mir einen Kaffee holen.« Mit diesen Worten erhob sie sich und verließ mit großen Schritten das Büro.

Nilsson sah ihr nach, dann sagte er zu Lennart: »Sie müssen entschuldigen.« Kurz sinnierte er und zog eine weitere Notiz heran. »So viel zum Fall Buri Bolmen. Bleibt aber noch die Sache mit Emma Mårtensson. Ich hatte Ihnen ja bereits bei unserem letzten Telefonat gesagt, dass ich es schon für bemerkenswert halte, dass um Sie herum merkwürdige Dinge passieren, wenigstens was Ihr persönliches Umfeld angeht. Erst Herr Bolmen, nun Ihre Kollegin.« Nilsson schien nachzudenken und nagte dabei an seinem Kugelschreiber.

Lennart sah ihn fragend und auffordernd zugleich an.

Nilsson legte den Kugelschreiber beiseite und blickte ihm direkt in die Augen. »Wissen Sie, was ich in diesem Fall besonders eigenartig finde und was mir keine Ruhe lässt?«

»Nein.«

»Frau Mårtensson ruft ausgerechnet Sie an, um Ihnen mitzuteilen, dass sie sich bedroht fühlt, obwohl Sie sich erst vor drei Wochen auf einer Betriebsfeier kennengelernt haben und sich mit ihr angeblich nur ein paarmal getroffen haben. Finden Sie das nicht auch seltsam, Herr Malmkvist?«

Der Kommissar war mit allen Wassern gewaschen. Das musste eine billige Guter-Bulle-böser-Bulle-Nummer sein. Sicher wartete Kommissarin Tysja bereits händereibend um die Ecke darauf, dass Lennart die Nerven verlor und ein Verbrechen gestand. Nilsson war schlimmer als Columbo, schoss es Lennart durch den Kopf. Er tat nur so trottelig.

Wahrscheinlich wäre er sonst auch nicht Kommissar und Tysjas Vorgesetzter.

»Sie ist immer noch spurlos verschwunden?«, erkundigte sich Lennart.

»Ist sie«, antwortete Nilsson. »Ihre Eltern haben die Vermisstenanzeige erstattet, wie ich Ihnen gestern schon mitgeteilt habe.« Er holte einen Computerausdruck aus einer weiteren Kladde hervor. »Und dann haben wir uns Frau Mårtenssons Telefonverbindungen der letzten zwei Wochen angeschaut, und siehe da, sie hat Sie ja bereits mehrfach angerufen. Das letzte Mal am Samstag, einige Stunden bevor Sie im *Le Président* essen waren, dem Franzosen im Lilla Kyrkogatan. Warum haben Sie uns das nicht gleich gesagt?«

»Habe ich doch!«, verteidigte sich Lennart vehement.

»Ja, dass Sie dort essen waren und so weiter schon, aber nicht, dass Frau Mårtensson Sie an diesem Tag angerufen hat.«

»Warum sollte ich? Das spielt doch gar keine Rolle in Bezug auf Herrn Bolmen. Oder?«

Der Kommissar nahm wieder seinen Kugelschreiber, dessen Kunststoffdruckknopf bereits deutliche Nagespuren aufwies. Wenn er bei jedem Verhör dieser Gewohnheit nachging, schätzte Lennart den Kugelschreiberverbrauch des Kommissars auf einige Dutzend pro Jahr, inklusive hoher Zahnarztrechnungen. »Das wissen wir noch nicht. Was wollte sie von Ihnen?«

»Keine Ahnung«, antwortete Lennart wahrheitsgemäß. »Sie rief mich an, ich glaube, es war irgendwann gegen Mittag«, versuchte Lennart sich zu erinnern.

»Es war am Samstagnachmittag um zwei Minuten nach halb zwei«, half Nilsson nicht ohne ein überlegenes Lächeln aus.

»Meinetwegen am Samstag um zwei nach halb zwei«, ergriff Lennart wieder das Wort. »Sie wollte mir etwas aus der Firma erzählen, und wir haben uns abends zum Essen im *Le Président* verabredet. Ich habe den Tisch für acht Uhr bestellt.«

Nilsson machte sich Notizen. Dann blickte er auf. »Und? Was wollte sie Ihnen berichten? War es wichtig?«

Lennart zuckte die Achseln. »Ich habe es nie erfahren, denn sie ist ja nicht erschienen, wie Sie bereits wissen.«

Nilsson notierte wieder etwas und fuhr mit seinem Verhör fort. »Danach hatten Sie nochmal Kontakt mit ihr, und zwar am letzten Montag, abends. Ist das korrekt?«

»Ja, das ist richtig. Das war in der Gewitternacht, in der plötzlich alle Netze zusammengebrochen sind. Sie rief mich an und hat sich entschuldigt, dass sie nicht zur Verabredung gekommen ist. Und sie hat gefragt, ob ich mit jemandem über sie gesprochen habe.«

»Haben Sie?«

Frederik musste er raushalten! Er hätte das nicht verdient, und er war der Einzige, dem Lennart vollkommen vertraute. »Nein, habe ich nicht! Außer mit Ihnen und Frau Tysja natürlich.«

»Sicher?«

Nilsson setzte seinen stechendsten Blick auf.

»Ja, gute Güte. Glauben Sie mir etwa nicht? Herr Kommissar, wenn Ihnen jemand, den Sie für psychisch labil halten, etwas von Verfolgung und Morddrohungen erzählen würde, dann würden Sie das doch auch nicht überall herumposaunen.«

»Kommt darauf an«, wandte Nilsson ein.

»Nicht, wenn Ihnen etwas an demjenigen liegt«, widersprach Lennart. »Ich wollte mich nicht über Emma Mårtensson lustig machen und tratschen. Diese Frau hat ein massives

Problem, denke ich. Ich mag sie, und sie tut mir leid, aber ich habe keine Ahnung, was in ihrem Kopf vorgeht. Vielleicht leidet sie schon länger unter Verfolgungswahn, und jetzt ist sie völlig durchgedreht und deswegen abgehauen.«

»Möglich«, gestand Nilsson. »Aber wir müssen jeder Spur nachgehen. Das verstehen Sie doch? Würden Sie Ihre Aussagen nochmals kurz bei unseren Kollegen zu Protokoll geben, die für die Suche nach vermissten Personen zuständig sind?«

Lennart schaute auf die Uhr. Viertel vor elf. Es war noch genug Zeit, um pünktlich zum Termin mit Anwalt Isaksson zu kommen. »Okay, bringen wir's hinter uns. Wenn es Emma und Ihren Ermittlungen hilft.«

»Das hoffe ich sehr, Herr Malmkvist. Es gibt nämlich noch eine ganze Menge zu ermitteln. Vermisstensachen sind eigentlich nicht Aufgabe der Mordkommission, aber wenn die beiden Fälle Bolmen und Mårtensson in Zusammenhang stehen, dann sieht die Sache anders aus.«

15. Kapitel

Etwa eine Dreiviertelstunde später trat Lennart auf die Straße vor das Polizeipräsidium. Es war bereits zwanzig vor zwölf, beinahe zwei Stunden hatte ihn die Polizei gekostet. Er hielt Wikströms Plastiktüte in der Hand und kam sich trotz seiner optisch erheblich ansprechenderen Umhängetasche wie ein Penner vor, der seine gesamte Habe in diesen beiden Behältnissen mit sich führte.

Was hatte er sich zusammennehmen müssen, hin und her gerissen zwischen Ohnmacht, Trauer und Wut. Wikström hatte ihn heute Morgen bereits verbal geohrfeigt, und dann hatten Nilsson und vor allem seine frostige Kollegin Tysja ihn mit ihrer Ermittlergleichmut gequält und in ihr Possenspiel aus Nähe und Distanz und damoklesschwertmäßigen Konsequenzandrohungen hineingezogen – etwas, das er gerade heute wirklich nicht gebrauchen konnte.

Aber was beschwerte er sich? Sie alle machten nur ihren Job, und Lennart wusste, dass bei allem, was er im Polizeipräsidium ausgesagt hatte, ein großer Anteil Schauspiel von seiner Seite dabei gewesen war. Die Polizei sollte alle Fakten erfahren, die er wusste, und er hoffte wirklich, dass sie Emma bald finden und ihr helfen würden, aber es ging die Polizei verflucht nochmal einen feuchten Kehricht an, wie er sich fühlte. Weder hatte er etwas zu verbergen, noch würden die polizeilichen Ermittlungen durch ihn erschwert, nur weil er maximal das sagte, was er gefragt wurde, und nicht mehr. Sollten sie doch dahinterkommen, dass er erben und den Laden übernehmen würde, sollten sie doch ruhig herausfinden, dass er seinen Job verloren hatte.

Der einzige Lichtblick war im Moment Buris Laden, und Lennart hätte nicht im Traum damit gerechnet, dass er das jemals denken würde. Also auf zu Advokat Isaksson, der den Schlüssel verwaltete.

Den Schlüssel wofür?

Es schneite immer noch.

Grauer Matsch spritzte mit einem hässlichen Geräusch zur Seite, wenn die Autos vorüberfuhren.

Kein Job.

Wikströms Plastiktüte.

Er hob den Arm.

Buri Bolmens Gesicht kam ihm in den Sinn. Wärme machte sich in ihm breit. Er fehlte ihm, dieser alte, weißbärtige Zauber- und Scherzartikelnarr. Warum nur?

Das Taxi hielt, und Lennart stieg ein. Wieder kein Asiate mit Weisheiten; die gab es offenbar nur, wenn man sie nicht erwartete – ein ungeschriebenes Gesetz der Weisheitsverkündigung?

»Zum Viktor Rydbergsgatan 18, bitte.«

Der Fahrer nickte stumm, setzte durch einen Knopfdruck sein Taxameter auf null und fuhr los, durch einen Vorhang aus dicken, dichten Flocken.

Die Kanzlei von Cornelius Isaksson lag in einem Mischgebiet aus alteingesessenen Firmen und Kleinindustrie am Rande einer der besseren Wohngegenden Göteborgs und unweit der Technischen Hochschule *Chalmers*. Wie ein kleiner, trotziger Monolith erhob sich das Haus aus dunkelroten Klinkersteinen inmitten von alten Lagerhallen und anderen Gebäuden, die bis zu fünf Stockwerke hoch waren, mit steilen, selbstbewussten Dächern und weit emporragenden Schornsteinen, die dichten Atem ausstießen, der sich im Schneetreiben auflöste.

Lennart zahlte das Taxi, stieg aus und blieb kurz vor dem Haus stehen, um es zu betrachten. Vier Stufen führten zum überdachten Eingang hinauf. Die Haustür war wuchtig und dunkelgrün, daneben groß die »18«, aus Messing und geschwungen. Sogar von der Straße aus konnte er das Schild mit dem unmissverständlichen Hinweis erkennen, dass ausschließlich nach vorheriger telefonischer Terminvereinbarung mit Einlass zu rechnen sei. Es schien ebenfalls aus Messing zu sein.

Weiter oben ragten wie Augenbrauen zwei bauchige, schmiedeeiserne Balkone unter den Sprossenfenstern des Obergeschosses hervor, mondän und ehrwürdig. Bei längerer Betrachtung hatte Isakssons Domizil etwas von einem Haus, fiel Lennart auf, in dem es durchaus spuken konnte – wenigstens hätte man es hervorragend für einen Film als Kulisse hernehmen können. Oder als Vorlage für einen Roman. Lennart öffnete das Tor, stapfte den verschneiten Weg des Vorgartens entlang und schließlich die Treppe hinauf, wo er unter dem Hinweis »*Cornelius Isakssons Advokatbyrån AB. Ring för tider*« auf die antik anmutende Klingel drückte.

Irgendwo tief im Haus rasselte es gequält. Eine Mischung aus eben erfundener Elektrizität und überraschten mechanischen Bauteilen, die sich an diese neue Form der Energie noch nicht so recht gewöhnt hatten.

Der Klang einer Sirene wehte gedämpft aus einer der Fabrikhallen herüber. Eine Böe fegte eine wirbelnde Kissenfüllung Schneeflocken unter das Eingangsdach; es wurde kälter, und der Schnee fraß das diffuse Licht des Tages.

Plötzlich summte es und klackte. Wie von Geisterhand öffnete sich die Eingangstür einen Spaltbreit. Lennart sah sich verdutzt um. Es gab keine Gegensprechanlage und schon gar keine Kamera oder derlei modernen Schnickschnack. Cornelius Isaksson schien trotzdem zu wissen, wer hier stand, und konnte den Besucher als erwünscht erkennen – oder er hatte einfach ein großes Gottvertrauen. Nochmals suchte Lennart nach einem Hinweis auf eine technische Anlage, welche die Überwachung des Eingangsbereiches gewährleistete. Es hätte ihn nicht gewundert, wenn er ein kleines System aus Messingröhrchen mit eingebauten Spiegeln entdeckt hätte, gleichermaßen selbst gestrickt wie technikverliebt. Doch nichts dergleichen war auszumachen.

Lennart ging ins Haus und schloss die Tür hinter sich.

War draußen bereits wenig vom Tageslicht zu erkennen gewesen, so herrschte hier drinnen tiefste Dämmerung. Unwillkürlich musste er an Buri Bolmens Laden denken.

»Haben Sie einen Termin?«

Lennart erschrak fast zu Tode und suchte nach dem Quell der zierlichen Stimme, die von irgendwoher erklang und die er zu kennen glaubte. Dann erblickte er die Frau. Alles an ihr war streng. Die grau melierten Haare mit kunstvoll geflochtenen Zöpfen, die zu akkuraten Schnecken zusammengedreht worden waren und seitlich durch silberne Schmetterlingsspangen am Haupt gehalten wurden. Die Brille aus rotem Horn. Ein nahezu farbloses Rot, das dicke Gläser umrahmte, und natürlich fehlte auch die Brillenkette nicht. Dazu trug die Frau ein graues, hochgeschlossenes Kostüm aus einem filzartigen Stoff, das bis hinunter zu den Knöcheln reichte und mit zwei Reihen kleiner Knöpfe besetzt war. Am oberen Ende ragte ein daumenhoher, schwarz abgesetzter Kragen hervor, aus dem ein schlanker Hals spross, gekrönt von einem etwas zu großen Kopf. Doch diese Frau, die auf eine wundersame Weise alterslos zu sein schien, verfügte trotz ihrer zierlichen und etwas eigentümlichen Erscheinung über eine bemerkenswert kraftvolle und beeindruckende Präsenz, der sich Lennart nicht entziehen konnte.

»Haben Sie einen Termin?«, wiederholte sie in exakt demselben Tonfall. Wahrscheinlich hätte sie die Frage genau so noch hundertmal abspulen können – nicht unfreundlich, aber bestimmt.

»Entschuldigung«, entgegnete Lennart. »Es ist nur dieses Haus, es ist so, so …«

»Erstaunlich, nicht wahr?«, sagte die kleine Frau wie helles Glockengeläut und lächelte mit einem Mal gar nicht mehr streng. Dann senkte sie die Stimme. »Ein wunderbarer und magischer Ort. Ich arbeite gerne hier.«

Das mit dem Haus war zwar nicht gelogen, aber Lennart hätte ehrlicherweise sagen müssen, dass sie es war, die ihn noch mehr beeindruckt hatte. Ganz abgesehen davon, dass er ihre Stimme nun erkannte – das musste die Sekretärin von Isaksson sein, mit der er bereits einmal telefoniert hatte.

»Das glaube ich Ihnen gerne. Um auf Ihre Frage zu antworten: Ja, ich habe einen Termin mit Herrn Isaksson. Mein Name ist Lennart Malmkvist. Es geht um die Sache Buri Bolmen.«

»Oh, Herr Bolmen«, gab die Sekretärin zurück, und ihr Lächeln verlor sich. »Herr Bolmen. Traurig. Sehr traurig. Kommen Sie bitte. Ich bringe Sie zu Herrn Advokat Isaksson.«

Lennart folgte der kleinen Frau durch den Eingang in eine Halle, von deren Decke ein monströser Kristalllüster an einer fast armdicken Kette hing. Über hell- und dunkelgraue Bodenfliesen ging die Frau weiter bis zur Treppe mit einem mächtigen Handlauf aus massivem Holz. Dessen Ende mündete in einem Löwenkopf, der den Besucher hungrig anstarrte und ihm wie zum Hohn die Zunge herausstreckte. Allein dieser Löwe zeugte von einem exaltierten Künstler (oder Auftraggeber), der sich hinter der Architektur des Hauses verbarg. Lennart setzte seine Hand wie von selbst erst weit hinter der geschnitzten Löwenmähne auf das Holz und bestieg die Stufen.

Die mit dunkelrotem Teppich belegte Treppe führte auf ein großes Butzenfenster zu, das organisch-schwungvolle Bleiwendungen und darin kunstvoll eingearbeitetes Buntglas zu einem floralen Ornament einte, das an den Jugendstil erinnerte. Von dort erreichte man eine umlaufende Galerie, die ihren Namen verdiente, da die holzvertäfelten Wände über und über mit uralten Schwarzweißfotografien und Gemälden behängt waren. Von hier aus konnte Lennart auch den ausladenden Leuchter aus der Nähe bewundern, dessen Kristalle Hunderte von Licht- und Regenbogenflecken in den Raum warfen.

Die dem Fenster gegenüberliegende Seite der Galerie war noch großzügiger gebaut. Sie bot so viel Raum, dass unter einem gut drei Meter breiten und äußerst pompösen Ölgemälde eine Ledersitzgruppe Platz fand; davor ein orientalisches Holztischchen, auf dem sich einige Zeitungen sowie ein silbernes Tablett mit zwei Gläsern und einer Wasserkaraffe befanden und obendrein ein Gefäß aus Bleikristall, das mit kleinen Pralinen lockte.

Lennart hoffte, dass Buri Bolmen das Finanzielle in dieser Angelegenheit zweifelsfrei geregelt hatte und nicht er, Lennart, dafür verantwortlich war, Cornelius Isaksson später für seine Dienste zu entlohnen. Der Advokat dürfte nach seiner Einschätzung einen großen Teil seiner Einkünfte dafür verwenden, dieses Haus zu unterhalten und zu konservieren.

»Warten Sie bitte hier einen Moment«, klirrte das glockenhelle Stimmchen der Sekretärin, die sich zu Lennart umgedreht hatte, als sie bei der Couch und den beiden Sesseln angelangt waren. Sie schob ihre Brille etwas tiefer, sodass sie darüber hinwegsehen konnte, und neigte den Kopf. »Nehmen Sie Platz und bedienen Sie sich bitte, ich melde Advokat Isaksson, dass Sie da sind.«

Das mausgraue, knöchellange Kostüm verschwand geräuschlos im Halbdunkel der Galerie. Wenig später hörte Lennart ein Klopfen und wie sich eine Tür öffnete und kurz darauf wieder schloss. Jetzt war es still. Beinahe still, denn das Haus knackte und arbeitete. Es waren schwache Geräusche, aber sie zeugten von sich veränderndem Material. Ausdehnen, zusammenziehen, biegen, beugen, strecken, stauchen. Wie ein atmender Organismus. Holz, Metall, Glas, Löwenkopf. Lennart schenkte sich ein Glas Wasser ein, dann ließ er sich in das unfassbar bequeme Ledersofa sinken, dessen mit Knöpfen besetzter Bezug so weich gesessen war, dass er beinahe glaubte, es würde ihn sanft umarmen. Eine fremdartige Geborgenheit ging von diesem Ort aus, etwas, das ihm – so lachhaft das an diesem kalten, verschneiten Jobverlust- und Polizeiverhör-Tag auch klingen mochte – wie eine ferne Sicherheit vorkam. Besser konnte Lennart es nicht beschreiben und sich erklären schon gar nicht.

»Advokat Isaksson lässt bitten«, kam es glockenhell und unvermittelt von links. Lennart war froh, dass er das Glas bereits geleert und auf dem Tisch abgestellt hatte, sonst hätte er es unter Umständen vor Schreck verschüttet. Die sonstigen beruflichen Befähigungen der strengen Fee mit den grau melierten Zopfschnecken und der farblos roten Hornbrille, die der Anwalt allem Anschein nach als Sekretärin, Vorzimmer- und Empfangsdame in Personalunion eingestellt hatte, konnte Lennart nicht beurteilen. Sehr wohl aber, dass diese Dame nachweislich die seltene Gabe besaß, sich äußerst flink und dazu beinahe unhörbar von einem Ort zum anderen zu bewegen, fast so, als schwebe sie.

Er kämpfte sich aus der Gemütlichkeit des Ledersofas empor und folgte ihr ins Halbdunkel, aus dem sie eben aufgetaucht war. Am Ende eines Durchganges erwartete ihn eine halb geöffnete Tür, an der die Frau eine einladende Geste machte und ihn passieren ließ. Bevor er eintrat, drehte er sich nochmals um, sah jedoch nur noch den letzten Zipfel eines grauen Kleides auf der Galerie verschwinden. Verwundert schüttelte Lennart den Kopf, ging ins Arbeitszimmer von Advokat Cornelius Isaksson und schloss die Tür hinter sich. Diese war von innen mit dem gleichen Leder gepolstert wie die Couch draußen im Wartebereich.

Als er sich umdrehte, verharrte er einen Moment überrascht. Advokat Cornelius Iskasson war dick. Sehr dick. Aufgrund seiner tendenziell verhaltenen und knisternden Reisigstimme hätte Lennart ihn eher als groß und schlaksig eingeschätzt, doch das Gegenteil war der Fall. Vielmehr wirkte der äußerst stämmige und untersetzte Mann, als würden die Wülste seines Gesichtes die viel zu kleine Nickelbrille gerne aufessen, und ein mächtiges Doppelkinn hatte es sich auf dem Knoten seiner Krawatte bequem gemacht, die Ende der Siebzigerjahre bestimmt der letzte Schrei gewesen war.

Cornelius Isaksson hatte einen Kopf wie eine Bowlingkugel und nur wenig mehr Haare, welche er in dünnen Strähnen von rechts nach links eng über die Glatze gekämmt hatte. In den wulstigen Lippen klemmte eine Pfeife, die den Anwalt in einen zarten Nebel aus nach Vanille duftenden Schwaden tauchte.

Er saß in einem Sessel mit mannshoher Lehne, und der Schreibtisch war der größte, den Lennart jemals gesehen hatte. Auf diesem fand sich ein schier undurchdringlicher Urwald aus Aktenstapeln, Dokumenten und Schreibtischutensilien. Am Rand stand ein schwarzes Telefon mit Wählscheibe, für dessen Benutzung man heute wahrscheinlich einen Analog-Digital-Wandler benötigte (Frederik hätte das bestimmt sofort und genauestens gewusst, und auch wo man die Einzelteile zum Selberbauen bestellen konnte).

Kurz blieb Lennarts Blick an dem riesigen Kamin hängen, in dem ein träges Feuer von den Holzscheiten naschte.

Doch das Beeindruckendste dieser Zeitreise war zweifelsohne die enorme antike Bücherwand, die sich über eine gesamte Seite des Raumes erstreckte, sodass kein Fleckchen Weiß mehr darüber oder daneben zu sehen war. Die untere Hälfte war mit Akten vollgestellt, so akkurat und penibel beschriftet, dass man meinen konnte, es handele sich um eine Ur-Akte und deren Klone. Alle schwarz, alle mit dem typischen Eingriffsloch, um sie herauszuziehen, alle mit dem gleichen, vergilbten Etikett, alle mit feiner, tintendunkler Handschrift versehen. Nur wenn man sich konzentrierte, erahnte man, dass es sich nicht um immer dieselbe Beschriftung handelte, dass es Fallakten waren, Hunderte.

Die obere Hälfte hingegen war vollgestellt mit Büchern, von denen keins dem andern glich. Dicke, dünne, alte und weniger alte. Auf manchen konnte Lennart die Wörter »Gesetz«, »Recht« oder »Gericht« ausmachen; was genau sie beinhalteten, blieb ihm verborgen.

»Guten Tag, Herr Malmkvist«, erklang Advokat Isakssons dürre Stimme durch Rauch und Raum und holte Lennart aus seinen Gedanken.

Lennart machte einen Schritt weiter auf den Schreibtisch zu.

Cornelius Isaksson sah nicht einmal auf, als er hinzufügte: »Sie kennen doch die Bedingungen.«

»Was meinen Sie?«, fragte Lennart verunsichert und trat noch näher. Der Tabakrauch kratzte ihm im Hals.

»Der Mops.«

»Mops? Welcher Mops? Ach, *der* Mops! Ja, natürlich. Was ist mit ihm?«

Nun blickte ihm der Anwalt ins Gesicht. Ohne die Miene zu verziehen, paffte er an der Pfeife. Langsam floss Rauch aus seinen Lippen und vernebelte das Gesicht. »Sie müssen ihn bei sich haben, wenn ich Ihnen die Schlüssel aushändige. So hat es Herr Bolmen bestimmt.« Isakssons Stimme klang wie die eines erkälteten Anrufbeantworters, nur weniger mitfühlend.

»Äh, der Mops«, stammelte Lennart, »ja, richtig, Mops Bölthorn. Er ist bei mir zu Hause, also bei einer Nachbarin, müssen Sie wissen. Ich müsste extra deswegen …«

»Kein Hund, kein Schlüssel!«, beendete Isaksson schnarrend Lennarts Erklärungsversuch und sah wieder auf die vor ihm liegenden Papiere.

»In Ordnung«, gab sich Lennart geschlagen, »dann hole ich ihn und komme zurück.«

»Ich muss um dreizehn Uhr weg. Ich habe einen Termin außer Haus. Wenn Sie vorher wiederkommen, werde ich noch da sein«, kratzte es zurück. »Ansonsten erst wieder …«

»… Dienstag ab acht«, vervollständigte Lennart den Satz, den er heute nicht zum ersten Mal hörte. »Ich weiß, ich weiß.«

Nochmals sah Isaksson ihn an. Diesmal funkelten seine kleinen dunklen Augen hinter der Nickelbrille. »Sie finden alleine hinaus?«

»Gewiss, gewiss. Auf Wiedersehen und bis in Kürze.« Damit drehte Lennart sich um und verließ das Büro des dicklichen Anwalts, dessen Blicke er noch zu spüren glaubte, als die schwere Tür hinter ihm ins Schloss gefallen war.

Vielleicht war das mit der fremdartigen Geborgenheit und der fernen Sicherheit doch ein Trugschluss gewesen, eine Illusion. Advokat Isaksson machte eher den Eindruck, als habe er seine Empathie und Höflichkeit unter den entsprechenden Registern »E« und »H« in eine seiner zahlreichen

Akten abgeheftet und bereits vergessen, dass sie einmal existiert hatten. Abgesehen davon schien er es sich leisten zu können, die Kanzlei von Donnerstagnachmittag bis Dienstagvormittag (ab acht!) zu schließen. So lange wollte Lennart nicht warten. Jetzt also schnell ein Taxi zum Västra Hamngatan und gleich wieder zurück. Hoffentlich war Maria zu Hause und der Mops auch.

Er zog sein Handy aus der Manteltasche, es zeigte zehn nach zwölf. Es zeigte aber auch, dass es hier keinen Empfang gab, nicht einen Balken! Verwundert blickte Lennart sich um. Wie war das möglich? Selbst wenn das gesamte Haus aus massivem Blei gebaut worden wäre, allein durch die Fenster hätte er Netz bekommen müssen. In Göteborg gab es keine toten Flecken mehr, höchstens unter Tage – im U-Bahn-Tunnel, in einer Tiefgarage oder im Keller eines Gebäudes. Vielleicht war das Netz wieder einmal ausgefallen, als Nachwehe des Gewitters?

Grübelnd steckte er das Mobiltelefon weg und ging die Galerie entlang, auf das riesige Buntglasfenster auf der gegenüberliegenden Seite zu, von wo aus die Treppe nach unten führte. Als er an der Wand mit den unzähligen Bildern und Gemälden vorbeischritt, nahm er aus dem Augenwinkel etwas wahr, das sich weit unter ihm befand.

Verwundert hielt er an, lehnte sich über die Holzbrüstung und sah nach unten auf den Boden der Halle. Tatsächlich, das war ungewöhnlich. Was er vorhin, als er mit Isakssons Sekretärin vom Hauseingang zum Treppenaufgang gelaufen war, lediglich als unterschiedlich graue Fliesen wahrgenommen hatte, war in Wirklichkeit ein Muster. Ein grobes Mosaik und nur aus der Höhe identifizierbar. Was sich die Erbauer des Hauses dabei gedacht hatten, blieb wohl für immer im Dunkeln verborgen. Weder war dieses kreisförmige Ornament von ausgesuchter Schön- noch von künstlerischer

Feinheit. Wer so viel Geld besaß, sich eine derartige Hütte zu bauen wie diese hier, hätte vielleicht besser nochmal in die Gelben Seiten geguckt, bevor er sich für den erstbesten Fliesenleger entschied.

Lennart beeilte sich, die Treppe hinunter zu knarzen, und verließ das Haus im Viktor Rydbergsgatan 18 hinaus auf die Straße. Erst als er draußen im noch immer nicht enden wollenden Schneegestöber stand, fiel ihm auf, wie warm es in dem Haus gewesen war. Er schlug den Kragen hoch und rief einen Wagen. Wie er es geahnt hatte, gab es hier wieder volles Netz. Während er noch mit der Taxizentrale sprach und die Adresse durchgab, wanderte sein Blick über den Balkon nach oben und blieb hängen. Täuschte er sich, oder stand da tatsächlich Advokat Isaksson am Vorhang und beobachtete ihn? Durch den dicht fallenden Schnee war das kaum zu erkennen.

»Hallo? Was für eine Hausnummer, habe ich gefragt«, kam es entnervt durchs Handy.

»Ach ja, Entschuldigung«, antwortete Lennart. »Nummer achtzehn, Viktor Rydbergsgatan Nummer achtzehn. Ach, und noch etwas. Kann ich einen Hund mitnehmen?«

Die Frau am Ende der Leitung schwieg einen Moment lang. Dann sagte sie: »Ja, geht klar, wir schicken einen Kombi und einen Fahrer, für den das in Ordnung ist. Der Wagen kommt in etwa zehn Minuten.«

»Gut, danke.«

Lennart legte auf. Als er wieder nach oben zum Fenster schaute, war niemand zu sehen.

Nur tanzende Flocken, die mittlerweile die ganze Stadt zugedeckt hatten.

16. Kapitel

Aus Marias Wohnung drang selbst für ihre Verhältnisse recht laute Musik. Eine italienische Oper, wie meistens. Lennart stand vor ihrer Tür und klingelte nun schon zum dritten Mal ergebnislos. Tasche und Tüte hatte er zuerst eilig nach oben in seine Wohnung gebracht. Er brauchte beide Hände für den Mops und verspürte wenig Lust, auch noch den Rest des Tages mit der unschönen Erinnerung an die HIC AB herumzulaufen.

Ungeduldig klingelte er nochmals, lauschte, sah nervös auf die Uhr. Bald halb eins. Die Zeit rann ihm durch die Finger. Der Fahrer stand unten vor der Haustür mit laufendem Motor. Und mit laufendem Taxameter. Das war aber Lennarts geringste Sorge. Advokat Isaksson würde um Punkt ein Uhr sein Büro verlassen, und er würde nicht eine Sekunde länger warten, davon war Lennart überzeugt. Schon gar nicht auf ihn.

Jetzt hämmerte er mit der Faust mehrfach an die Tür, und endlich schien sich etwas in Marias Wohnung zu regen. Die Musik wurde leiser gedreht, und nur ein paar Sekunden später wurde geöffnet. Andrea Bocelli schmetterte noch immer eine Arie in der Küche (allerdings erheblich leiser als noch vor wenigen Augenblicken), und es roch verführerisch nach Kuchen.

»Lennart?«, fragte Maria verwundert. »Was ist denn los? Ich dachte schon, es wär die Polizei.«

»Polizei? Warum Polizei?«

»Weil die in allen Kriminalfilmen immer klopfen. Weshalb hast du nicht geklingelt, *caro mio*?«, fragte sie leise.

Maria sah müde aus und hatte rote, verquollene Augen. Die Hundeallergie machte ihr wirklich schwer zu schaffen. Lennart überkam ein richtig schlechtes Gewissen. Aber nicht mehr lange, denn das würde er jetzt alles ändern und wiedergutmachen. »Habe ich, Maria, habe ich«, antwortete er rasch. »Aber das ist jetzt auch nicht wichtig. Ich muss dir etwas mitteilen, was dich sicher sehr freuen wird. Aus gewissen Umständen heraus habe ich beschlossen, doch den Laden von Buri Bolmen zu übernehmen und auch den Hund zu behalten. Na, was sagst du? Kann ich ihn gleich haben? Dann bist du die Allergie los, aber du kannst ihn natürlich wie gewohnt jederzeit zum Gassigehen ausleihen, wenn du magst. Das wäre mir sogar ganz recht«, fügte Lennart an.

Maria entglitten die Gesichtszüge.

Tränen schossen ihr in die Augen, und sie fiel Lennart schluchzend um den Hals.

»Na aber, aber«, versuchte Lennart, sie zu beruhigen. »Ist schon gut. Ich freue mich ja auch, aber das ist doch kein Grund, gleich so zu weinen, Maria. Nur, entschuldige, ich muss mich beeilen. Ich muss mit Bölthorn schnell zu Buri Bolmens Anwalt fahren, wegen der Übergabe, und er will ihn sehen, sonst kriege ich die Schlüssel nicht.«

Maria löste sich von Lennart. Ihr Gesicht war nun noch verquollener. Hastig wischte sie sich mit dem Handrücken über die Augen. Dann rief sie verzweifelt und vorwurfsvoll: »*Non c'è più, capisci? Una famiglia l'ha preso, e tu mi hai detto così. Dio mio, non è possibile! Che hai fatto?*«

Jetzt war es an Lennart, verdattert dreinzuschauen. Er hatte nichts von dem verstanden, was die ansonsten so freundliche Frau gesagt hatte. Was war geschehen?

»Lennart, *caro,* entschuldige, ich wollte dich nicht anschreien«, erklärte Maria, und das wütende Rot auf ihrem Gesicht wich langsam einem traurigen Weiß. »Du kannst Bölthorn nicht mitnehmen, denn ich habe ihn nicht mehr. Ich habe ihn verschenkt an eine Familie. Vor zwei Stunden haben sie ihn abgeholt.«

Lennart konnte nicht fassen, was er da hörte, und hätte vor ein paar Wochen jemand behauptet, sein Schicksal würde in Kürze von der Existenz eines nur teilweise ansehnlichen, übergewichtigen Mopsrüden abhängen, er hätte den vollen Einsatz dagegen gewettet. Nun stand er hier im Treppenhaus und raufte sich die Haare, während Maria ihm die ganze Geschichte erzählte.

»*Mi dispiace moltissimo* – es tut mir schrecklich leid«, beendete Maria schluchzend ihren Bericht.

»Aber Maria, Sie können doch nichts dafür. *Mir* tut es leid! Ich fahre hin und hole Bölthorn wieder. Versprochen!«, beschloss Lennart plötzlich. »Haben Sie die Adresse für mich?«

Der Verkehr staute sich. Auch wenn die Schweden normalerweise bei winterlichen Straßenverhältnissen hervorragende Autofahrer waren, gab es heute einfach zu viel Schnee, der in zu kurzer Zeit vom Himmel gefallen war. Der Taxifahrer war bei laufendem Motor beinahe eingenickt und richtiggehend hochgeschreckt, als Lennart endlich nach über hundertzwanzig Kronen Wartezeit wiedergekommen war.

»Immer noch kein Hund?«, hatte er gefragt, während er den Gurt anlegte und losfuhr.

»Den holen wir jetzt«, hatte Lennart entschlossen entgegnet und ihm die neue Zieladresse genannt.

Es ging aus Göteborg hinaus und weiter auf die Bundesstraße 40 in Richtung Flughafen nach Landvetter, dem gleichnamigen Örtchen ein paar Kilometer davor. Was für ein Pech und was für ein blöder Mehraufwand. Bereits einen Tag nachdem Lennart Maria verkündet hatte, weder Mops noch Laden zu übernehmen, hatte es der Zufall gewollt, dass sie bei der Auslieferung einer (wahrscheinlich monströsen) Portion überbackener Polenta an eine soziale Einrichtung auf irgendwelchen Umwegen an diese hundesuchende Familie gelangt war – so genau hatte er ihr nicht mehr zugehört und war in Gedanken schon bei Bölthorn gewesen. Und zurück in Advokat Isakssons Zeitreisebüro.

Der Fahrer verließ die vierspurige Bundesstraße und nahm die Ausfahrt Landvetter, wo er sich in Richtung Öjersjö hielt, dem Örtchen, wo besagte Familie wohnte. Bölthorns »Adoptiv-Familie«. Lennart verzog den Mund.

Kurz hatte er daran gedacht, diesen eigenartigen Anwalt anzurufen, um ihm mitzuteilen, dass es heute leider doch nichts mehr werden würde. Aber er hatte beschlossen, das lieber nicht zu tun. Wahrscheinlich hätte Cornelius Isaksson sich das angehört und dann einfach wieder aufgelegt, weil die Bedingungen ja klar waren: Kam Lennart bis um eins und mit Mops, dann gab es die Schlüssel, ansonsten erst wieder Dienstag ab acht. Das hatten sie ja schon besprochen. Ein empathischer Gefühlsausbruch war von diesem Mann kaum zu erwarten. Er war Anwalt! Und speziell obendrein.

Das Taxi fuhr nun auf einer immer enger und unruhiger verlaufenden und komplett verschneiten Straße über einsames Land.

»Ist es noch weit?«, fragte Lennart.

Der Fahrer schüttelte den Kopf. »Nö, Öjersjö kommt gleich da vorne. Die Adresse kenne ich zwar nicht, aber zum einen ist das eher ein Nest, und zum anderen haben wir ja das hier.« Damit tippte er auf den kleinen Bildschirm, den er mittels Saugnapf an der Windschutzscheibe befestigt hatte. »Knapp zwei Kilometer, sagt mein Navi.«

Familie Jönsson wohnte in einem kleinen, etwas von der Straße zurückversetzten Häuschen mit spitz zulaufendem Giebel und einem kreisrunden Fenster unter dem Dachfirst. Es war so schwedisch, wie ein Haus nur sein konnte, und hätte das Titelblatt jedes einzelnen Touristenprospekts des Landes zieren können. Rote Fassade, weiße Sprossenfenster, ein paar Nebengebäude, eine Sonnenuhr im Vorgarten und neben dem Häuschen ein paar alte Bäume. Idyllisch.

Lennart stieg aus dem Taxi und bedeutete dem Fahrer, zu warten. Der nickte nur und machte es sich mit einer Zeitung gemütlich. Das konnte er auch, denn Lennarts letzte Prüfung des Taxameters hatte die erschreckende Summe von über siebzehnhundert Kronen ergeben; der Mann machte nicht das schlechteste Geschäft für einen Donnerstagmittag, da wartete man doch gerne.

Ein kleines Mädchen öffnete die Tür, vielleicht acht oder neun Jahre alt, große Kulleraugen, Sommersprossen, blonde Zöpfe, Stupsnase, Zahnlücke. Sie passte zum Haus, schoss es Lennart durch den Kopf. Die Klinke in der Hand grüßte es: »Hej.«

Was dann folgte war einfach ein Fiasko. Mit Engelszungen versuchte Lennart, Bölthorn von der Familie (Vater, Mutter, Zahnlücke) zurückzubekommen. Die Mops-Schenkung sei ein Missverständnis gewesen, der Hund Erbstück eines guten Freundes, und außerdem sei er, Bölthorn, verschroben, alt und eigenartig, und es sei keinesfalls gewährleistet, dass dieser stubenrein und nicht doch bissig sei. Doch keine Notlüge, kein Flehen und kein Betteln, nichts hatte geholfen. Schlimmer noch! Nicht nur, dass die Familie Bölthorn bereits zu Ehren des neusten Sprosses der königlichen Familie in Oscar Olof umgetauft hatte – Bölthorn, so hatte der Familienvater Lennart aufgeklärt, sei altnordisch und bedeute »Dorn des Verderbens«, was sich für einen putzigen Mops nicht schicke –, nein, das kleine blonde Mädchen beendete Lennarts engagierten und wortreichen Rückholversuch schließlich abrupt mit einem ausgewachsenen Tobsuchts-Heulkrampf (»Der Mann will uns unseren Oscar Olof wegnehmen!«), woraufhin der Vater Lennart mit der Polizei drohte, ihn lautstark des Grundstücks verwies und ihm die Haustür vor der Nase zuschlug.

»Zurück nach Göteborg zum Västra Hamngatan Nummer sechs«, wies Lennart den Fahrer knapp an, nachdem er wieder ins Taxi gestiegen war und kurz auf der Rückbank durchgeatmet hatte.

»Wieder kein Hund?«, erkundigte sich der Mann verwundert, ließ den Motor an und wendete.

»Der ist sozusagen gestorben.«

»Oh, das tut mir aber leid.«

»Mir auch.«

Im Radio dudelte der schlimmste Oldie der Welt: ›Live is life‹.

In jeder Hinsicht passend. Was für ein beschissener, was für ein niederschmetternder Tag.

Zu Hause angekommen, ging Lennart, gleich nachdem er dem Taxifahrer das Wochenende durch Begleichen einer Rechnung in Höhe von fast dreitausend Kronen versüßt hatte, zu Maria, um ihr die schlechte Nachricht zu überbringen. Sie hatte mittlerweile die gesamte Schuld auf sich genommen und machte sich bittere Vorwürfe, weil sie vor dieser einschneidenden Entscheidung nicht mit Lennart Rücksprache gehalten hatte. Alle Beschwichtigungen und Trostversuche halfen nichts. Sie weinte und konnte sich kaum beruhigen.

Maria hatte aus Frust- und Kummerbewältigung in der Zwischenzeit zusätzlich zum gedeckten Apfelkuchen, den

Lennart bei seinem ersten Besuch am Mittag schon gerochen hatte, auch noch zwei Test-Panettone gebacken – immerhin stand der zweite Advent kurz bevor. Einen klassischen, wie sie schluchzend erklärte, und einen mit Vanillepuddingfüllung. Ein ganz neues Rezept. Auch mit ein wenig Eierlikör. Den und einen riesigen Anteil vom Apfelkuchen packte sie Lennart ein, und er widersprach heute nicht.

Es mochte ebenfalls eine Übersprunghandlung sein wie Marias unkontrollierte Kuchenbackerei – aber Lennart wusste nichts Besseres mit sich und der Welt anzufangen, als seine Wohnung aufzuräumen. Wie ein Derwisch zog er die Bücher eins nach dem anderen aus dem Regal, staubte sie ab, stellte sie zurück (alle Buchrücken exakt bündig zur Regalbrettkante) und polierte seine alte verchromte Standlampe aus den Siebzigern, die er mal auf einem Trödelmarkt billig erstanden hatte. Er saugte, wischte, schoss mit Glasreiniger durch die gesamte Wohnung, bezog sein Bett neu, heftete Wikströms Demütigungsabfindungsvereinbarung zu den anderen Unterlagen, schmiss eine Maschine Buntwäsche an, brachte die gesamte Küche auf Hochglanz (er befestigte sogar eine locker gewordene Wischleiste neben dem Kühlschrank, wovor er sich seit gut einem halben Jahr drückte), und als er fertig wurde, war es bereits dunkel. Sein Telefon klingelte genau in dem Augenblick, als er den Staubsauger zurück in die Besenkammer geräumt hatte.

Er lief in den Flur, wo das Telefon stand, und nahm ab.
»Malmkvist.«
»Advokat Isaksson hier.«
»Oh.«
»Die Polizei hat die sterblichen Überreste von Herrn Bolmen freigegeben. Die Trauerfeier ist für Montag um zehn Uhr angesetzt. Kapelle am Östra kyrkogården im Nobelgatan. Anschließend ist die Beisetzung.«

Lennart schluckte. Buri Bolmens sterbliche Überreste? Also ein Eimerchen voller Asche und ein Stück Finger.

»Das ist nett, dass Sie mir das mitteilen.«

»Das ist nicht nett, das hat Herr Bolmen verfügt.«

Es knisterte in der Leitung.

»Trotzdem, gut zu wissen«, sagte Lennart. »Und dass ich heute nicht mehr gekommen bin – nun, das mit dem Hund ist etwas kompliziert ...«

Tut-tut-tuuut, tut-tut-tuuut, tut-tut-tuuut ...

Gegen acht am Abend stattete er Frederik in dessen unordentlichem und vollgestopftem Apartment den verabredeten Besuch ab. Es tat gut, zu reden. Am Ende wurden es einige Bier, sodass Lennart sich erst um kurz nach eins von seinem Freund verabschiedete. »Die Macht möge immer mit dir sein!«, hallte es noch der vorgerückten Stunde unangemessen laut durchs Treppenhaus, dann betrat Lennart den menschenleeren Kronhusgatan und machte sich zu Fuß auf den Heimweg.

Es hatte aufgehört zu schneien, dafür war es bitterkalt geworden. Der verharschte Schnee knirschte unter seinen Sohlen, und am pechschwarzen Himmel funkelten die Sterne in blauweißem Licht.

17. Kapitel

Emma Mårtensson zog sich die alte Decke bis unters Kinn. Es war kalt. Und einsam. Die Dunkelheit war schon vor Stunden heraufgezogen und hatte sich wie ein düsterer Vorhang über alles gelegt, was den Tag über gerade noch als dreckiges Mausgrau hatte bezeichnet werden können. Licht traute sie sich nicht anzumachen. Drei Kerzen. Nicht mehr. Niemand sollte wissen, dass sie hier war. Nur Gunnarsson wusste davon, aber der würde schweigen. Und wer sollte ihn auch schon fragen?

Sie lag eingehüllt in die Decke aus ihrem Auto auf dem alten Ohrensessel, die Beine auf dem alten Hocker abgelegt, und starrte gedankenverloren in den gemauerten Kamin. Hier war alles alt, feucht und muffig. Bis auf die Flammen.

Das ganze Haus hatte sie abgesucht nach irgendeinem Hinweis, irgendeinem Indiz, das ihre irrsinnige Theorie stützen würde. Irrsinnig, ja, so musste sie zugeben, so bezeichnete sogar sie selbst ihren Verdacht. Es gab keine Zauberei. Es gab keine Seelenwanderung, und es gab nichts und niemanden, der ewig jung bleiben oder sich von den Toten erheben konnte. Nur im Film. Im Kino. In schlechten Büchern.

Aber es gab Angst. Und die spürte sie, seit sie vor einigen Wochen diese im wahrsten Sinne des Wortes unglaubliche Entdeckung gemacht hatte. Zumindest war sie der festen Überzeugung, dass es eine unglaubliche Entdeckung war. Sie hatte es lange mit sich herumgetragen, sich diese Gedanken verboten, niemandem davon erzählt. Es konnte, durfte nicht wahr sein. Ihr eigener Großvater? Hatten ihn alle zu Unrecht verlacht?

Als sie Lennart Malmkvist auf der Firmenfeier bei der HIC kennengelernt hatte, war es ihr gewesen, als könne sie ihm trauen. Er war süß. Seltsam jungenhaft süß, und doch ein Mann. Und sexy. Emma griff sich die Tasse mit dem heißen Tee, umschloss sie mit beiden Händen und trank in kleinen Schlucken. Warum sie das gedacht hatte? Wie oft hatte sie sich in den letzten Tagen diese Frage gestellt. Sie wusste keine Antwort, außer vielleicht, dass es weibliche Intuition gewesen sein mochte und schlicht Anziehungskraft. Sie fühlte sich zu ihm hingezogen. Erkennt man als Frau nicht, ob man einem Mann trauen kann, bei wem man besser die Straßenseite wechselt und dahin läuft, wo es Laternen gibt, wo alles gut ausgeleuchtet ist, und bei wem man getrost seinen Weg fortsetzen kann? Eine wilde Nacht allein konnte nicht der Grund dafür sein, dass sie Lennart Malmkvist traute.

Sie stellte die Tasse zurück auf das wacklige Beistelltischchen neben dem Ohrensessel und zog sich die Decke, die heruntergerutscht war, wieder hinauf bis unters Kinn.

Vielleicht hatten schon viele Frauen genauso gedacht und nur aufgrund falscher Einschätzungen ein furchtbares Schicksal erlitten. Aber Lennart war definitiv anders. Außerdem befand sie sich nicht in einer unbeleuchteten Gasse und allein mit ihm.

Leider.

Ihr jetziger Weg erschien ihr nämlich noch weitaus dunkler als dieses Bild, und sie hätte sich gewünscht, er wäre in diesem Moment bei ihr, damit sie ihm endlich alles erzählen konnte. Alles. Er hätte sie vielleicht ausgelacht, das wäre das Schlimmste gewesen, das hätte passieren können. Aber es wäre nicht so einsam gewesen und nicht so kalt. Doch vielleicht hätte er auch aufgehört zu lachen, wenn sie ihm bewiesen hätte, was sie glaubte. Außerdem arbeitete Lennart doch des Öfteren mit diesem eigenbrötlerischen Nerd Frederik Sandberg zusammen. Als Mann eine Katastrophe, aber als Computerspezialist ein Genie. So redeten alle über ihn in der Firma. Und Sandberg hätte vielleicht mit seinen Künsten etwas im digitalen Dschungel entdeckt, ob im Web oder in den Datenbanken und Archiven der HIC AB, irgendetwas ...

Und dann hätte Lennart ihr vielleicht geglaubt.

Und weiter?

Fest stand, dass sie niemanden je von etwas überzeugen würde, was sie nicht belegen konnte, zumindest nicht, wenn es sich um dermaßen unglaubliche Dinge handelte.

Sich selbst war sie das genauso schuldig.

Sie wollte nicht das Gefühl haben, völlig verrückt zu sein.

Die Angst musste verschwinden.

Sie hätte ihre Medikamente nicht absetzen sollen.

Sie konnte ihr Versteck verlassen, das Haus abschließen, den Schlüssel wieder zu Gunnarsson hinüberbringen und zurück nach Göteborg fahren, wo sich ihre Mutter mit Sicherheit Sorgen machte. Oder zur Polizei. Und was, wenn die sie auch nicht beschützen konnte? Jemand hatte sie verfolgt in einem dunklen Kombi. Das hatte sie sich doch nicht eingebildet!

Nein! Keine Pillen mehr, keine Angst! Beweise! Und sie waren hier, im früheren Haus ihres Großvaters, das spürte Emma Mårtensson genauso, wie sie wusste, dass sie sich in Lennart Malmkvist nicht täuschte. Warum auch immer.

Sie schlug die Decke beiseite, schlüpfte in die zu großen und von kleinen Mäusezähnen leicht angefressenen Hausschuhe mit der Pelzverbrämung und stand auf.

Den Reißverschluss ihres Rollkragenpullis schloss sie geräuschvoll und energisch bis zum Hals und sah sich um. Wo nur, wo hatte er seine Sachen verborgen? Waren sie überhaupt hier? Sie mussten hier irgendwo sein! Was hatte sie übersehen?

Da klopfte es an der Haustür.

Emma Mårtensson zuckte zu Tode erschrocken zusammen und konnte nur mit Mühe einen Aufschrei unterdrücken, indem sie sich die Hand auf den Mund presste.

Sie erwartete keinen Besuch, schon gar nicht um diese Zeit, und Gunnarsson, das wusste sie, war nicht zu Hause.

18. Kapitel

War es nicht so, dass der Tod es leicht hatte? Er musste niemandem gefallen, seine Reputation war über die Jahrhunderte ohnehin schon ziemlich ramponiert. Er wusste sicher, dass es vollkommen gleich war, was er anstellte, da hatte er einen deutlichen Vorteil Gott und allen guten Geistern gegenüber, denn die hatten noch einen Ruf zu verlieren.

Er nicht.

Ob es nun das Sterben selbst war oder eine Beerdigung, er konnte tun und lassen, was er wollte. Die Hinterbliebenen, oder besser gesagt die Übriggebliebenen, würden darüber hinwegsehen, die Beschwerden gingen an die Gegenseite. Immer unter der Prämisse, dass man für den Toten etwas übriggehabt hatte, als er noch am Leben gewesen war.

Manchmal allerdings ging der Trauernde so weit, Banalitäten wie das Wetter am Tag der Beisetzung in die Waagschale der eigenen Gefühlswelt mit hinzueinlegen. Er konnte sich nicht dagegen wehren. Regnete es beispielsweise, so war es durchaus möglich, dass die Engel dem Verstorbenen Tränen nachweinten, so wie es die Verwandten behauptet hatten, damals, als Lennarts Großmutter überraschend verstarb; Lennart war noch ein kleiner Junge gewesen.

Gab es hingegen Sturm und Hagel, so passte das ebenfalls hervorragend zu dem traurigen Anlass, und schien gar die Sonne, dann konnte man sich wahlweise mit dem Unausweichlichen versöhnt zeigen oder sich auch durchaus verhöhnt fühlen, denn was für einen Grund gab es, dass an einem solchen Tag auch noch die Sonne schien?

Es sei denn, es war so dermaßen kalt wie heute an diesem Montag, stellte Lennart fest. Es strahlte hell, aber kraftlos von einem stahlblauen Himmel herab, der ihn für den Bruchteil einer Sekunde an Maja Tysjas Augenfarbe erinnerte.

Von den Regenrinnen der Häuser und den Ladenschildern hingen lange Eiszapfen. Die Menschen auf den Straßen stießen dicke weiße Wolken aus und hatten die Mützen tief in die Gesichter gezogen. Der Winter versprach streng zu werden. Wenn es bereits jetzt, Anfang Dezember, dermaßen frostig in Südschweden war, dann würden hier in wenigen Wochen vielleicht schon polare Zustände herrschen, wie vor ein paar Jahren, als das Thermometer tagelang unter minus fünfundzwanzig Grad gefallen war.

Eine gute Viertelstunde hatte Lennart gebraucht, um seinen Wagen von Schnee und Eis zu befreien. Das Einzige, das ihn dabei einigermaßen zufrieden gestimmt hatte, war die Tatsache, dass es sich bei seinem Auto glücklicherweise nicht um einen Firmenwagen handelte; nur die monatlichen Zuschüsse, die er von der HIC AB erhalten hatte, waren verloren, nicht aber sein Volvo. Wenigstens etwas.

Lennart fuhr schweigend durch Göteborg in Richtung des großen Friedhofs im Osten der Stadt, dem Östra kyrkogården. Und nicht einmal Maria auf dem Beifahrersitz, die normalerweise stets und ohne Unterlass etwas zu erzählen hatte, schien an diesem unerfreulichen Morgen nach Reden zumute zu sein. Sie trug einen dicken schwarzen Wintermantel, der sie noch voluminöser erscheinen ließ, und um Hals und Kopf hatte sie einen dunklen Schal geschlungen. Ihre Hände hielt sie dicht vor sich und knetete unentwegt in kleinen Bewegungen ihre Finger, ganz so, als stricke sie mit winzigen Nadeln einen unsichtbaren Trauerflor. Sie war zu beleibt für ein eingefallenes Gesicht, doch Lennart fand, dass ihre Augen heute tief und glanzlos in den Höhlen lagen, dass ihre Lippen dünn waren und ihre sonst so fröhlich glühenden Wangen dem Anlass entsprechend farblos und weniger erhaben.

Auch Lennart fühlte sich elend. Er hasste Beerdigungen, ganz gleich, wer zu Grabe getragen wurde. Aber es war eben nicht irgendwer, den man heute in einer schmucklosen Urne für immer in den gefrorenen Boden versenken würde. Es war Buri Bolmen! Die Gedanken über den Tod, die Lennart beim Enteisen seines Autos vorhin in den Sinn gekommen waren – nicht mehr als ein kläglicher Versuch, damit klarzukommen. Ach, was wünschte er sich, alles ungeschehen machen zu können, und wenn das nicht ginge (was leider relativ sicher war), dann wenigstens, dass sein schlechtes Gewissen und die Erinnerungen an die letzten sieben Tage mit zugeschüttet würden.

»Wir sind da«, brach Lennart das Schweigen im Auto und bog vom Nobelgatan auf den Friedhofsparkplatz ab. Marias Finger hielten inne. Sie sah auf und seufzte. Lennart suchte sich einen freien Stellplatz, löste einen Parkschein, dann führte er die untergehakte Maria durch die schmale Allee aus blattlosen, schneebedeckten Bäumen in Richtung Kapelle.

Plötzlich zuckte er zusammen.

Er hörte sie deutlich. Die Musik. Leierkastenmusik. Hektisch sah er sich um.

»Was ist?«, fragte Maria und blickte ihn aus dunklen Augen an.

Die Musik war verschwunden.

Lennart schüttelte hastig den Kopf. Eine Schweißperle rann ihm über die linke Schläfe. Seine Nerven lagen blank. Er sollte auf seine Mutter hören. Und auf Frederik. Zu viel war zu viel. Gleich nachher würde er sich um einen Therapeuten kümmern. Job weg, Zukunft weg, Mord, Beerdigung. Es dürfte Menschen geben, die wegen weniger zusammenbrachen. Und auf ewig bei jeder passenden und unpassenden Gelegenheit diese Musik im Kopf oder andere Erscheinungen zu haben, trübte doch erheblich seine ohnehin stark reduzierte Lebensqualität.

»Es ist nichts«, beruhigte er Maria. »Ich dachte, ich hätte etwas gehört, aber ich habe mich wohl getäuscht.«

»Was denn?«

»Musik, seltsame Musik«, meinte Lennart leise, mehr zu sich selbst, dann beschloss er: »Quatsch, kommen Sie, wir müssen weiter.«

»Musik kann Leben bedeuten«, flüsterte Maria, der weder im Treppenhaus noch anderswo etwas zu entgehen schien. »Oder den Tod.«

Die Feier wirkte trotz der überschaubaren Größe der Kapelle vollkommen deplatziert. Die Sitzreihen waren leer. Vorne, rechts und links des Altars mit der mittig aufgestellten und von leuchtenden Kerzen flankierten Urne standen zwei städtische Friedhofsangestellte in dunkelblauer Tracht stumm und mit ausdruckslosen Mienen. Sie hatten ihre goldumrandeten Mützen unter den jeweils linken Arm geklemmt und die weiß behandschuhten Hände vor dem Körper gefaltet. Dazwischen wartete der Pastor, die Bibel in der Hand, den Blick zum Eingang gewandt.

Obwohl es bereits kurz nach zehn war, machte der Mann keine Anstalten, mit der Messe zu beginnen. Wahrscheinlich hatte auch er selten so wenige Besucher bei einem Begräbnis, mutmaßte Lennart und hatte einen Kloß im Hals. Maria schien es ähnlich zu gehen. Leises Schniefen drang von ihr herüber. Lennart zögerte, schließlich ergriff er ihre Hand.

Vorne, zwischen den beiden riesigen Kerzen mit ihren sanft tanzenden Flammen, in diesem lächerlichen Gefäß mit Deckel, befanden sich also Buri Bolmens sterbliche Überreste. Was hatten die Männer im Krematorium gemacht? Hatten sie den Finger separat eingeäschert oder ihn einfach zur bereits angelieferten Asche dazugelegt? Sicherlich war das laut irgendeines Gesetzes nicht statthaft, und sie mussten ein Minifeuer eigens für die abgetrennte Gliedmaße entfachen. Lennarts Augen brannten. Es war kalt in der schlecht beleuchteten Kapelle, und es ging ein leichter Luftzug durchs Gebäude. Oder war die Tür geöffnet worden? Verhalten wandte er sich um. In der letzten Sitzreihe hatte soeben eine einzelne Frau Platz genommen, die Gesicht und Haare unter einem dunklen Kopftuch verbarg.

Gerade als er sich wieder nach vorne drehen wollte, öffnete sich die Tür noch einmal, und ein dicker Mann trat ein. Lennart hätte dieses Gesicht nicht zu sehen brauchen, um zu wissen, wer das war. Cornelius Isaksson wankte beim Laufen wie eine Boje in stürmischer See, und es machte den Eindruck, als würde jeder Schritt eine intensive Überlegung nach sich ziehen, wie und wohin der folgende zu setzen war. Überhaupt wirkte Isaksson, als sei er einer vergangenen Zeit entstiegen und würde nur auf einen Kurzbesuch in der Gegenwart vorbeischauen. Er trug nicht nur einen altmodischen, breitkrempigen Hut auf dem kugelrunden Kopf, der einen tiefen Schatten warf, sondern auch einen langen Mantel aus schwerem Stoff, darunter einen schwarzen Dreiteiler aus breitem Cord. Eine goldene Uhrenkette verschwand in einer aufgesetzten Tasche der Weste. Der Anwalt schien tatsächlich ein ganz besonderes Verhältnis zu seinem Mandanten gepflegt zu haben, dass er ihm die letzte Ehre erwies, und es erklärte auch, weshalb er am heutigen Montag seine Kanzlei geschlossen hatte.

Nun nahm Isaksson (der, so war sich Lennart gewiss, ihn ebenfalls erkannt haben musste, aber keine Anstalten machte, ihn zu grüßen) den Hut ab, hielt ihn sich vor die Brust, schritt weiter nach vorne bis zum Altar, verharrte eine ganze Weile unbeweglich, verbeugte sich schließlich tief vor Buri Bolmens Urne und nahm einige Reihen hinter Lennart Platz.

Als hätte der Pfarrer damit den letzten Gast auf einer kurzen imaginären Gästeliste abgehakt, ließ er die Trauerfeier mit dem ›Ave Maria‹ beginnen. Es war Marias ausdrücklicher Wunsch gewesen.

Sie schluchzte, ihr gedrungener Körper bebte leise.

Lennart versuchte, sich zu beherrschen.

Das war alles andere als leicht.

... auf diesen Fels hinsinken
Zum Schlaf, und uns dein Schutz bedeckt,
Wird weich der harte Fels uns dünken
Du lächelst, Rosendüfte wehen
In dieser dumpfen Felsenkluft.
O Mutter, höre Kindes Flehen,
O Jungfrau, eine Jungfrau ruft!
Ave Mari...

Plötzlich ertönte eine weitere Melodie. Laut und deutlich. Der sakrale Raum hatte leider eine bemerkenswert gute Akustik, und dieses Lied war in jeder Hinsicht maximal unpassend. ›Get Lucky‹ von Daft Punk. Lennart hatte den Klingelton seines Handys bereits vor einiger Zeit ändern wollen, auch wenn er in diesem Augenblick überlegte, ihn aufgrund seiner aktuellen Lebensumstände vielleicht doch besser zu lassen. So oder so, er hatte blöderweise vergessen, das Telefon vor Betreten der Kapelle stumm zu schalten.

Hektisch und mit glühendem Gesicht fummelte er es aus der Mantelinnentasche hervor, was den Song kurzzeitig noch lauter werden ließ. Erfreulicherweise störte das den Organisten kaum, denn das ›Ave Maria‹ kam von Band. Der machte daher einfach unbeirrt weiter.

Nicht so der Pfarrer.

Dieser hob den Blick aus seiner andächtig gesenkten Haltung und schaute unter einem Kopfschütteln vorwurfsvoll zu Lennart, den er schnell als Quelle dieser respektlosen Störung ausgemacht hatte.

Endlich gelang es Lennart, den Anruf wegzudrücken. Sicherheitshalber stellte er das Handy nun auf lautlos. Eine kurze Prüfung des Displays verriet eine ihm nicht bekannte Nummer. Emma? Später! Eilig steckte er das Telefon zurück in den Mantel und warf dem Pfarrer einen entschuldigenden Blick zu.

In getragener Gestik hob dieser nun an, von einem Leben zu erzählen, das er genauso wenig kannte wie Lennart. Selbst Maria, die Buri am nächsten gestanden hatte, hatte dem Pfarrer nicht mehr berichten können. Daher sprach dieser nun über Buri Bolmen als einem alten Mann (das stimmte definitiv), der in einem kleinen Örtchen unweit von Trollhättan geboren wurde (ebenfalls korrekt, zumindest offiziell), nach Göteborg gekommen war (auch das war unzweifelhaft), um seinen Traum zu verwirklichen. Hier war sich Lennart hingegen überhaupt nicht sicher. Buri war ein Träumer gewesen, das stand außer Frage, aber war *Bolmens Skämt- & Förtrollningsgrotta* wahrhaftig sein Traum gewesen, oder hatte er nicht doch etwas vollkommen anderes mit diesem Geschäft im Sinn gehabt, etwas, von dem niemand etwas ahnte? Ein Kronen-Multimillionär mit Ramschladen? Das klang nach wie vor nicht sonderlich überzeugend für Lennart.

Der Pfarrer predigte unterdessen weiter, wobei die Korrektheit der kontroversen Daten über Buri Bolmens Herkunft keine Rolle zu spielen schienen. Er umschiffte in seinem Nachruf Alter und Geburtstag des Verstorbenen einfach elegant. Wahrscheinlich hatte er, wie auch die Polizei, den offiziellen Informationen des staatlichen Zentralregisters ebenfalls keinen Glauben geschenkt und die dortigen Angaben für einen Fehler gehalten. Einhundertdreiundzwanzig Jahre waren schließlich selbst für schwedische Verhältnisse ein mehr als stattliches Alter.

»... und dann verschlug es ihn schließlich vor Jahren hierher in unsere Stadt, wo ihn jetzt ein furchtbares Schicksal ereilte«, sagte der Pfarrer, »der Tod durch einen schrecklichen Unfall. Unsere Herzen sind erfüllt von Trauer um diesen Verlust, um den Verlust eines Menschen, der allen als rüstiger, ja, fast jung gebliebener Mann bekannt war und der stets ein Lächeln für jedermann auf den Lippen hatte. Nun ist er bei Gott, der ihn heimholte, und zurück bei uns bleibt nur sein Andenken und die Frage nach dem Warum ...«

Ja, *»Tragischer Unfall in Scherzartikelladen«*, so hatte es in der Zeitung gestanden, dachte Lennart bei sich, während der Pfarrer weiterredete und ab und an berufsbedingt betroffen mit dem Kopf nickte. So lautete die offizielle Darstellung der Polizei, was Lennart allerdings nicht glaubte. Und Kommissar Nilsson und Eiskollegin Tysja glaubten das ebenso wenig, da war er sich sicher. Aber irgendetwas mussten sie ja sagen, damit es die Medien verbreiten konnten, die ihnen zusammen mit den Vorgesetzten bestimmt gehörig im Nacken saßen.

Kurz erschien ihm ein lächelnder Buri Bolmen. Lennart seufzte leise. Verflucht, warum hatte er den blöden Mops nicht übernommen? Und vielleicht war dieser Mops nur übergewichtig und gar nicht so blöd? Warum war er nur so karriereversessen gewesen und hatte nicht darauf gehört, was ihm sein Herz gesagt hatte? Und Buri! Er hatte es sich in seinem Brief an ihn doch gewünscht, ja beinahe vorab aus dem Jenseits gefleht, und er, Lennart Malmkvist, hatte es vergeigt. Er schämte und ärgerte sich, und während sein Blick langsam verschwamm, kaute er ratlos auf seiner Lippe herum. Nun war Bölthorn bei der mittelmäßig freundlichen Familie mit dem plärrenden Kind in der Nähe von Landvetter, hieß fortan Oscar Olof und würde wahrscheinlich dort bleiben, bis er platzte.

Ganz in Gedanken ergriff Lennart wieder Marias Hand und drückte sie, als wolle er sich bei ihr und Buri entschuldigen, doch die Last wurde er nicht los. Sie war mächtig und saß genüsslich grinsend auf seinen Schultern, wo sie sich so schwer machte, wie sie nur konnte. Ihm war elend zumute, und Marias Hand fühlte sich obendrein furchtbar kalt und blutleer an.

Als der Trauergottesdienst zu Ende war, erklang Giacomo Puccinis Requiem, gewiss ebenfalls ein Wunsch von Maria. Die beiden Friedhofsbediensteten, die sich während der rituellen Feierlichkeiten seitlich des Altars an den Rand der Kapelle zurückgezogen hatten, schritten nun zur Mitte hin, ergriffen rechts und links der Urne jeweils eine kleine Tragestange und hoben das runde Gefäß hoch – es war Zeit für Buri Bolmens letzte Reise. Sie folgten dem Pfarrer durch den Mittelgang, der nun an Lennart und Maria vorbeikam und sie durch ein unauffälliges Nicken aufforderte, sich dem Trauerzug anzuschließen.

Cornelius Isaksson folgte ebenfalls. Als die kleine Prozession an der Bank in der letzten Reihe vorbeikam, musste Lennart feststellen, dass diese so leer war wie der Rest der Kapelle. Die Frau von vorhin war nirgends zu sehen.

Seltsam. Er vermochte nicht zu sagen, was dieses plötzliche Gefühl in ihm erzeugte, aber er meinte, dieser Frau schon einmal begegnet zu sein.

Der Pfarrer öffnete die Tür. Schlagartig fiel gleißend helles Sonnenlicht in die Kapelle und auf den kurzen Trauerzug, der sich nun bedächtigen Schrittes durch die langen Grabreihen bewegte, hin zu der Stelle, wo Buri Bolmen seine letzte Ruhe finden sollte.

Nach der Beisetzung gingen Lennart und Maria durch die weitläufige Anlage, die in zwei großen Kreisen angelegt und über die Jahrzehnte nach und nach erweitert worden war, zurück zum Parkplatz. Lennart hatte Maria eben die Beifahrertür geöffnet, da knirschte eine Stimme hinter ihm: »Herr Malmkvist! Ich hätte nicht gedacht, Sie hier zu sehen.«

Cornelius Isaksson hatte ihn, wie schon in der Kapelle, auch am Urnengrab wie Luft behandelt und kein Wort mit ihm gewechselt. Nun war er herangekommen und stand dicht vor ihm.

»Wieso?«, wollte er wissen. »Sie haben mir doch Bescheid gegeben.«

»Kalkulation«, schnarrte der Anwalt.

»Kalkulation?«, fragte Lennart erstaunt.

»Haben Sie den Hund?«

Lennart schwieg. Maria seufzte, setzte sich ins Auto und schloss die Tür; das war wohl zu viel für sie.

»Nein. Er ist …«

»Das ist schlecht. Kein Hund …«

»… keine Schlüssel. Ich weiß, ich weiß«, ärgerte sich Lennart. Und wie zur Entschuldigung hängte er mit etwas ruhigerer Stimme an: »Ich kann es aber nicht ändern.«

»Kommenden Freitag ist Testamentseröffnung. Wenn Sie bis dahin das Tier nicht haben, gehen Sie leer aus, das wissen Sie?« Mit einem Mal schaute Isaksson ihm tief in die Augen, als wolle er Lennarts Seele sezieren. Der kugelrunde Kopf des Anwalts tauchte aus dem Kragen seines antiquierten Wintermantels auf wie der einer Schildkröte im Salatbeet. Als er mit seiner mentalen Obduktion geendet hatte, sagte er in dem ihm eigenen Ton aus verhärtetem Pragmatismus und verlorener Empathie: »Manchmal täuscht man sich. In Menschen und in Sachlagen.«

Damit drehte er sich um und schwankte grußlos davon, auf ein topgepflegtes Auto zu, das in den Sechzigern gut und gerne als Staatskarosse hätte dienen können. Ein uralter Mercedes, tiefschwarz, mit tadellosem, glänzendem Lack und viel Chrom.

Überrascht stellte Lennart fest, in den letzten Worten des Anwaltes eine Winzigkeit von Gefühlsregung wahrgenommen zu haben, nichts Greifbares, weit weniger als ein Raunen inmitten eines Sturmes. Und als hätte der Anwalt Lennarts Empfindung gespürt, hielt er plötzlich nochmals inne, drehte sich zu ihm um und bemerkte trocken wie raschelndes Herbstlaub: »Hatten Sie nicht vorhin einen Anruf erhalten? Das ist niemandem entgangen in der Kapelle. Einen schönen Tag wünsche ich noch.«

Kurz darauf saß Isaksson in der Limousine und startete den Motor, der wahrscheinlich bereits in der Sekunde mehr Sprit verbraucht hatte als Lennarts moderner Volvo auf der gesamten Fahrt vom Västra Hamngatan hierher, stieß bedächtig rückwärts aus der Parklücke und fuhr im Schritttempo über den Parkplatz, an dessen Ende er auf den Nobelgatan abbog und lautlos verschwand.

Lennart zögerte, zog aber schließlich doch sein Telefon aus dem Mantel und starrte aufs Display. Vier Anrufe in Abwesenheit. Immer dieselbe Nummer. Der- oder diejenige musste etwas Dringendes auf dem Herzen haben. Vielleicht war es tatsächlich Emma, und sie war wieder bei ihren Eltern oder bei einer Freundin? Er schaltete das Handy auf normale Lautstärke, dann rief er die Nummer zurück.

Es klingelte lange.

Irgendwann nahm jemand ab. »Um Himmels willen. Endlich!«

»Wer spricht da?«, fragte Lennart verwirrt. »Woher haben Sie meine Nummer?«

Es war nicht Emma Mårtenssons Stimme.

»Vom Taxiunternehmen. Es hat mich zig Telefonate gekostet, bis sie die rausgerückt haben, Mensch!«, kam es abgehetzt zurück. »Hier ist Jönsson, Jönsson aus Öjersjö.« Im Hintergrund waren die wütenden und verzweifelten Schreie einer Frau und das Weinen eines Mädchens zu hören. Dazwischen Geheule wie von einem Rudel überfressener Wölfe.

Langsam begriff Lennart, wen er da am Apparat hatte.

Herr Jönsson kam direkt zur Sache. »Wollen Sie dieses ... dieses Tier noch haben?« Er sprach das Wort *Tier* mit größtmöglichem Ekel aus, als würde ihm allein die verbale Artikulation Übelkeit verursachen.

»Den Mops?«, vergewisserte sich Lennart, der sein Glück kaum fassen konnte.

»Mops? Haha!« Herr Jönssons Lachen klang etwas irre und vollkommen verzweifelt. »Das ist kein Mops, das ist ein Monster! Ein Monstermops! Wenn Sie ihn nicht holen, dann setze ich ihn aus, oder ich hole meine Flinte, mache ihn nieder und verscharre ihn im Garten!«

»Ja, ja, ist gut«, versuchte Lennart, den Mann zu beruhigen (was ihm sehr schwerfiel, denn er selbst war ebenfalls vollkommen aufgeregt, wenngleich aus gegenteiligem Grund). »Natürlich will ich ihn. Was ist denn passiert?«

»Was für ein Glück!«, überging Jocke Jönsson Lennarts Frage lautstark im Überschwang und rief nochmal ins Haus hinein: »Er nimmt ihn! Er nimmt ihn!« Dann fragte er etwas leiser wieder an Lennart gerichtet: »Wann können Sie kommen?«

»Jetzt gleich, sagen wir in etwa einer Stunde?«

»Ja! Bitte! Länger halten wir es auch nicht aus.«

Er hatte aufgelegt, und Lennart war schwindelig. Es gab doch noch Zeichen und Wunder. Plötzlich schien alles wieder in greifbarer Nähe zu sein, und auf einmal passte sogar der Himmel zu diesem bis dahin wenig erbaulichen Tag.

Stahlblau und sonnig.

19. Kapitel

Maria war außer sich vor Freude. Sie konnte es kaum fassen, genauso wenig wie Lennart selbst. Sie fand sofort wieder zur alten Redseligkeit zurück und plapperte und erzählte dermaßen viel, dass Lennart die Innenbelüftung der Windschutzscheibe anschalten musste, weil diese vollkommen von italienischem Atem beschlagen war. Als er sie zu Hause absetzte, zählte sie noch beim Aussteigen eine komplette Menüfolge auf (von der Lennart gerade einmal die Hälfte verstand) und versprach, sich um ein wunderbares Essen zu kümmern, das man heute Abend zur Feier des Tages gemeinsam einnehmen könne. »*Otto, va bene?* – Acht Uhr, in Ordnung?«

Lennart schaute ihr nach, wie sie beschwingten Schrittes, mit pendelnder Handtasche und sicherlich mit erhöhtem Puls im Hauseingang verschwand.

Er spürte Hoffnung und Erleichterung, trat aufs Gas und fuhr aus der Stadt hinaus auf die Autobahn in Richtung Landvetter.

Als er eine gute Stunde später vor dem Anwesen der Jönssons in Öjersjö stoppte, hatte sich der Himmel leicht zugezogen, das zuvor strahlende Stahlblau verblasste mehr und mehr. Seichter Wolkendunst trieb aus Richtung Meer heran.

Die Haustür des idyllischen Schwedenmodellhäuschens sprang auf, noch bevor Lennart seinem Auto überhaupt entstiegen war. Anscheinend hatte die Familie sehnsüchtig hinter zurückgeschobenen Vorhängen und mit an die Fensterscheiben gepressten Gesichtern auf ihn gewartet, denn nun stürmte das Ehepaar Jönsson mit Sack und Pack (Sack und Pack von Bölthorn) zu ihm heraus.

Vater Jönsson zog mit hochrotem Kopf Bölthorn an der Leine hinter sich her. Dieser zeigte sich davon allerdings wenig beeindruckt und wirkte eher wie ein mit feuchtem Sand gefüllter Jutesack auf starren Stummelbeinchen, den man über eine Wiese zerrte, als wie ein Lebewesen.

Mutter Jönsson hatte sich für eine andere Gesichtsfarbe entschieden: kalkweiß. Sie folgte ihrem Mann mit einem Ausdruck völliger Apathie, hatte das Körbchen, zwei Näpfe (*Mops, sweet Mops*), Futter sowie eine Tüte in den kraftlosen Händen, in der wahrscheinlich weitere Hundehaltungsutensilien verstaut waren. Sie wirkte wie ein Vampir, dessen letzte Verköstigung bereits einige Zeit her war.

Lennart war am Grundstück angekommen und öffnete das Gartentor. Unvermittelt erschien die kleine Tochter der Jönssons in der Haustür und rief ihren Eltern nach: »Im Schlafzimmer hat er auch noch zwei Haufen gemacht! Iiiiih! Das stinkt!« Sie wirkte von allen dreien noch am gefasstesten.

»Hier! Nehmen Sie das Viech und schaffen Sie es weit, weit weg!«, sagte Herr Jönsson, der nun abgehetzt am geöffneten Gartentor angelangt war und Lennart die Leine hinhielt, als wolle er einen durch todbringende Bakterien kontaminierten Gegenstand loswerden.

Lennart nahm Bölthorn entgegen und blickte auf ihn hinab. Der setzte sich, kratzte sich teilnahmslos mit dem rechten Hinterlauf am Ohr, dann sah er zu Lennart auf. Frau Jönsson war mittlerweile auch angekommen, lief an ihrem Mann und Lennart vorbei zur geöffneten Heckklappe des

Autos, wo sie, ohne Lennart auch nur ansatzweise danach zu fragen, ihre gesamte Fracht in den Kofferraum warf.

»Was ist denn los?«, erkundigte sich Lennart verwundert, denn die Jönssons machten auf ihn eher den Eindruck, als hätten sie soeben mit Ach und Krach einen Bombenangriff überlebt, und nicht lediglich drei Tage mit einem dicken Hund verbracht.

»Das ist kein Tier, das ist eine Zerstörungs-, Fress- und Kackmaschine!«, stammelte Frau Jönsson und stellte sich neben ihren Mann, der sie behutsam in den Arm nahm. Er erklärte: »Sie wollen ihn? Nehmen Sie ihn und verschwinden Sie! Wir haben dieser Bestie zu fressen gegeben, ganz normal ... Doch er bekam nie genug und wollte immer nur noch mehr. Und noch mehr.«

»Wir dachten, er sei einsam, und deswegen haben wir nachgegeben«, sagte Frau Jönsson. »Aber das war ein Fehler.«

»Draußen hat er nichts gemacht!«, fuhr Jocke Jönsson auf. »Nichts! Nicht einen lächerlichen Haufen. Bei den Mengen, die er im Leib hatte, hätte er aber einen Berg so hoch wie der Kebnekaise scheißen müssen. Hat! Er! Aber! Nicht!«

»Wir dachten schon, er hätte eine Verstopfung, und wollten zum Tierarzt fahren ...«, schluchzte Frau Jönsson.

»Das war aber nicht nötig«, erläuterte Herr Jönsson mit sarkastischem Unterton, »denn er hat einfach unser Haus zu seiner Toilette gemacht, verstehen Sie? Überall. Und dann kackt der auch noch immer im Kreis! Reine Provokation!«

»Und er hat alles angefressen! Jedes Stuhlbein, jede Tür, alle Barbiepuppen von Annika, einfach alles, was er in die Fänge bekam ...«, ergänzte Frau Jönsson, »unsere Kleine ist so verstört, dass sie nie wieder einen Hund will!«, und ihr Ehemann schloss: »Alles hat angefangen einen Tag, nachdem Sie hier gewesen waren. Es ging das ganze Wochenende, und heute Morgen, so gegen zehn Uhr wurde es noch schlimmer!

Wir können sämtliche Teppiche in die Reinigung bringen, und die Böden müssen wir chemisch reinigen. Eine Katastrophe! Fahren Sie jetzt, fahren Sie, bevor ich mich vergesse und wirklich mein Gewehr hole oder das Mistvieh mit einem Spaten erschlage! Es war passend, ihn Bölthorn zu nennen – das ist wirklich der treffendste Name für dieses Ungeheuer!«

Lennart hatte sich die emotionalen Schilderungen schweigend angehört. Und er wusste, was sich heute Morgen um kurz nach zehn zugetragen hatte, wusste genau, wo er gesessen hatte. Zufall, oder was war das für ein seltsamer Mops? Er schaute wieder zu Bölthorn hinab. Der schaute zu Lennart auf.

»Gut, dann wollen wir mal, was?«, meinte er zu ihm und »Auf Wiedersehen« in Richtung der Jönssons. Er merkte aber, dass keiner der beiden Wert darauf legte, ihm die Hand zum Abschied zu geben.

»Leben Sie wohl«, wünschte Herr Jönsson tonlos. Er und seine Frau sahen regungslos dabei zu, wie Lennart Bölthorn auf die Rückbank hievte und schob (was nicht leicht war), wo er bereits vorsorglich eine alte Decke auf die Polster gelegt hatte. Sie sahen auch noch regungslos dabei zu, wie Lennart selbst einstieg, das Auto wendete, die Hand zum Abschied hob und die Straße entlangfuhr, die durch Öjersjö und hinaus Richtung Landvetter und Autobahn führte. Das letzte Mal, dass Lennart das Ehepaar Jönsson in seinem Leben sah, war in diesem Moment im Rückspiegel seines Volvos. Sie standen noch immer regungslos an derselben Stelle und blickten ihm nach. Anscheinend wollten sie ganz sichergehen, dass er auch wirklich verschwand und nicht mehr zurückkehrte.

Lennart besaß nun einen Mops, den er niemals hatte haben wollen, zumindest nicht in der Zeit vor Wikström. Hoffentlich war Bölthorn mehr als nur ein notwendiges Erbschaftsübel, und hoffentlich würde er in Lennarts Wohnung nicht das fortsetzen, was er bei den Jönssons begonnen hatte.

Lennart parkte den Wagen vor dem Viktor Rydbergsgatan 18, direkt vor Isakssons Spukhaus, und stieg aus. Tief sog er die frische Luft ein, in der bereits wieder die ersten Flocken tanzten, und öffnete die hintere Wagentür. Bölthorn war selbständig aus der liegenden Position in eine sitzende gelangt, schien zu begreifen, dass es nun hinausging, und ließ sich wie ein behaarter Geleeball von der Rückbank auf den Asphalt der Straße gleiten.

Jetzt saß er vor Lennart und machte einen zugegebenermaßen ziemlich braven Eindruck. Außerdem hatte er sich während der gesamten Fahrt von Öjersjö hierher persönlich und in Bezug auf seinen angeblich gereizten Verdauungstrakt vorbildlich verhalten. Nicht einmal eine einzige leise Flatulenz war dem Hund entfleucht. Lennart war heilfroh darüber.

Allerdings wirkte das Tier – und das wunderte Lennart doch sehr – regelrecht nachdenklich. Natürlich verleiteten seine Gesichtszüge durch Schattenwurf und Speckröllchen dazu, etwas hineinzuinterpretieren, was gar nicht da war (Traurigkeit, zum Beispiel), aber jetzt wirkte Bölthorn anders, in der Tat so, als sinniere er vor sich hin. Lennart schaute sich um, ob ein Auto vorbeikam – Bölthorn so kurz vor dem Ziel durch einen Verkehrsunfall zu verlieren wäre in doppelter Hinsicht ein tragischer Verlust –, dann krabbelte er auf die Rückbank und griff über deren Lehne in den Kofferraum, wo er die Hundeleine fand und herauszog. Als er die Wagentür zumachte und Bölthorn die Leine anlegen wollte, war dieser verschwunden.

Nein! Nicht schon wieder! Lennart blickte sich suchend um. Kein Bölthorn. Er lief ums Auto herum und wäre dabei beinahe auf dem vereisten Untergrund ausgerutscht, der langsam von einer tückischen Schicht aus Neuschnee bedeckt wurde. Dann hielt er inne und verstand die Welt nicht mehr.

Da saß Bölthorn.

Und zwar im überdachten Eingangsbereich von Advokat Cornelius Isaksson, direkt unter der »18« aus blank poliertem Messing, neben der Haustür. Er musste schon einmal hier gewesen sein. Oder mehrmals. Ungläubig warf Lennart die Hundeleine zurück ins Auto, schloss ab und ging durch den Vorgarten der Klinkervilla die Treppe hinauf zu Bölthorn.

Er sah den Mops an.

Der Mops sah Lennart an.

Lennart klingelte.

Und wartete.

Nichts rührte sich.

Er klingelte noch einmal, wartete wieder. Bölthorn röchelte kurz, seine Lefzen flatterten, ein kleiner Speichelfaden wurde gegen die majestätische Haustür von Advokat Isaksson geschleudert und blieb haften. Leichter Wind kam auf, Flocken wirbelten unter das Vordach.

Lennart blickte auf die Uhr. Dienstag ab acht, hatte der Anwalt mehr als einmal erklärt. Es war aber zwei Uhr nachmittags und Montag. Wer oder was warf Lennart eigentlich beständig und mit gehässigem Grinsen jeden auch nur erdenklichen Knüppel zwischen die Beine?

»Dann eben morgen wieder«, stöhnte Lennart und forderte Bölthorn auf: »Komm, wir gehen!« Doch den interessierte das nicht. Er starrte unentwegt auf das dunkelgrün gestrichene Holz der Tür und versuchte, diese anscheinend weiterhin kraft Gedanken zu öffnen oder den Anwalt herbeizuwünschen. Oder beides.

»Hast du nicht gehört? Und wenn du den ganzen Tag hier herumsitzt, Isaksson ist nicht da!«

Plötzlich wurde von innen ein Schlüssel im Schloss gedreht, dann öffnete sich die Tür eine Handbreit, und zwei stechende Augen erschienen, die in einem fleischigen, rotbackigen Gesicht saßen. »Was wollen Sie? Dienstag ab acht habe ich doch ...« Jetzt erst schien Isaksson den Hund an der Türschwelle zu seinen Füßen entdeckt zu haben. Kurz leuchteten seine Augen auf, der Flügelschlag eines Lächelns strich über sein Gesicht. Dann war dieser Anflug auch schon wieder vorbei. Wortlos sah er Lennart an, machte die Tür weiter auf, drehte sich um und verschwand schlurfend im Haus. Er trug Pantoffeln und einen Morgenrock.

Während Lennart noch darüber nachdachte, ob es eine Isaksson'sche Einladungsgeste war, die Haustür offen stehen zu lassen, oder eine Prüfung, bei deren Nichtbestehen einem eine saftige Klage wegen Hausfriedensbruch drohte, hatte Bölthorn seine Entscheidung bereits getroffen, erhob sich unter einem angestrengten Schnaufen und lief Advokat Isaksson hinterher.

Damit war auch geklärt, was Lennart machte, nämlich von innen die Tür zu. Er schritt in die Halle mit dem Treppenaufgang und dem riesigen bunten Fensterglasbild, von wo aus er den Anwalt auf der Galerie mit den unzähligen Gemälden im Obergeschoss eben noch aus seinem Sichtfeld verschwinden sah, während sich Bölthorn in dickleibiger Akrobatik gurgelnd Stufe für Stufe die hölzerne Treppe emporwuchtete und Isaksson weiter zu folgen schien. Lennart schloss sich diesem Vorhaben an und holte den mächtig röchelnden Mops ein, als dieser gerade die letzte Stufe erklommen hatte.

Zusammen mit Bölthorn betrat er das schummrige Büro des Anwalts. Der hatte bereits an seinem Schreibtisch Platz genommen, und es schien, als würde das gesamte Gemäuer aus Solidarität (oder auf Befehl) ebenfalls in einen Schlummer verfallen, sobald Isaksson ein Mittagsschläfchen abhielt.

Lediglich die Arbeitslampe warf mattes Licht durch ihren grünen Glasschirm, das wirkte wie eine kleine wache Insel. Lennart beschlich das Gefühl, Anwalt, schwebende Sekretärin und Gebäude waren über die Zeit zu einem unsichtbar verwobenen Gesamtorganismus verwachsen. Wahrscheinlich fror Isaksson, wenn zu Hause die Heizung ausfiel, selbst wenn er gar nicht zu Hause war (falls er bei seiner Leibesfülle überhaupt je fror).

»Ich bekomme eine Unterschrift von Ihnen. Hier und hier.« Isaksson deutete nacheinander auf den Fußbereich zweier Dokumente, die er Lennart hindrehte und ihm zuschob. Er legte einen Füllfederhalter daneben. Über den dünnen Metallrand seiner Nickelbrille, die er bis weit auf die Nasenspitze geschoben hatte, sah er Lennart an. Wie ein fleischiger Halbmond legte sich das Doppelkinn auf das Oberteil des Pyjamas, den Lennart nun unter dem Morgenrock entdeckte.

Er ergriff den Füller, stützte sich mit einer Hand am Tisch ab und fragte: »Was unterschreibe ich da?«

»Eine Empfangsquittung für zwei Paar Ladenschlüssel von *Bolmens Skämt- & Förtrollningsgrotta* im Västra Hamngatan Nummer sechs, Göteborg. Eine Ausführung für mich und eine für Sie.«

Lennart überflog den Text. Viel stand nicht darin. Ganz wie Isaksson angegeben hatte, war es lediglich eine Quittung mit Bezugnahme auf das noch zu verlesende Testament und ein Doppel derselben. Er zögerte nicht weiter, unterschrieb das Papier, schob Isaksson ein Dokument und den Füllfederhalter hin, faltete das andere Exemplar zusammen und steckte es sich in die Manteltasche. Wortlos öffnete Isaksson daraufhin seine Schreibtischschublade und kramte einen Schlüsselbund hervor, den er Lennart überreichte.

»Das sind sie also«, bemerkte er und hielt den Ring mit

den vier Schlüsseln ins schwache Licht der Schreibtischlampe. Daran befestigt war zudem ein Totenschädel, der einen Wikingerhelm mit Hörnern trug. Eine eher billige chinesische Fabrikware, schätzte Lennart. Er nahm die Schlüssel in Empfang.

»Und nun bitte ich Sie, mich zu verlassen. Ich möchte gerne meinen freien Tag weiter in Ruhe begehen«, forderte ihn der Anwalt unmissverständlich auf und deutete zur Tür. »Wäre der sympathische Hund nicht gewesen, hätte ich Sie ohnehin nicht empfangen.«

Wenige Minuten später stand Lennart Malmkvist neben Bölthorn im dichten Schneetreiben vor seinem Auto auf der Straße und atmete tief durch. In der Hand die Schlüssel zu seinem neuen Leben, von dem er in diesem Augenblick unmöglich ahnen konnte, welch verrückten Verlauf es noch nehmen sollte.

Obwohl, eigentlich hätte er es sich denken können ...

20. Kapitel

Als sie die Haustür wieder zugemacht hatte, war Emma erleichtert. Ihre Panik war verflogen. Doch ihre Angst blieb. Sie war ein Grundrauschen, ihr ständiger Begleiter, *Arousal* hatte es ihr Arzt genannt. Das *Arousal* war das einzig Beständige in ihrem auseinanderdriftenden Leben, wie ein unangenehmer Bekannter in einem fernen Land, mit dem man nur deswegen Zeit verbrachte, weil er der Einzige war, der dieselbe Sprache sprach, den man verstand.

Emma hockte mit der dicken Wolldecke, die ihr der Nachbar gebracht hatte, rücklings an der Tür, hielt sie fest umklammert und die Augen geschlossen. Er war früher als geplant zurückgekehrt.

Nun versuchte sie sich als Dompteuse ihres Atems; es gelang besser und besser. Die lauwarme Schüssel mit der Kohlsuppe hatte sie neben sich auf den Boden gestellt.

Er hatte ihr freundlich lächelnd und nach Bier riechend die Sachen hingehalten. »Hier, *Fröken* Mårtensson. Es ist kalt, die Heizung nicht die beste, und es soll doch niemand behaupten dürfen, der alte Gunnarsson würde die Gäste seines Ferienhauses erfrieren und verhungern lassen.«

»Danke«, hatte sie gesagt. Kein Wort mehr. Sie hatte ihn nicht einmal hineingebeten, einfach ein Lächeln versucht und dann die Tür zugemacht. Aber Unfreundlichkeit war im Moment ihr kleinstes Problem. Sie brauchte ihre Tabletten. Warum nur hatte sie die Packung nicht mitgenommen?

So konnte, nein, so wollte sie nicht weiterleben! Es war kein Leben. Ständig auf der Flucht. Doch wem sollte sie davon erzählen, wem konnte sie trauen? Instinktiv fiel ihr wieder nur Lennart Malmkvist ein. Warum? Sie konnte es sich selbst nicht erklären.

Sie öffnete die Augen, legte sich die Decke um und griff nach der Schüssel mit der Suppe.

Sie hatte mehr Hunger als Appetit, doch nicht genug, um ihre Übelkeit zu überwinden. Sie trug die Schüsseln in die Küche und legte Gunnarssons Decke ab. Das Gefäß mit dem Essen stellte sie auf die Küchenarbeitsplatte neben dem uralten Elektroherd, der über Jahre dermaßen liederlich gereinigt worden war, dass sich bereits eine Schicht aus immerwährendem Fett zwischen den Platten gebildet hatte.

Aber dann, ganz plötzlich, wie ein Blitz aus heiterem Himmel, fiel es ihr ein. Weshalb war sie nicht auf das Offensichtliche gekommen? Da könnte vielleicht etwas sein, wo sonst?

Aufgeregt eilte sie in den Durchgang und blickte suchend nach oben. Wo war er? Jedes Haus hatte einen Zugang. Und dann sah sie ihn. Kaum wahrnehmbar zeichneten sich die Umrisse der Tür zum Dachboden in den Paneelen ab. Sie zog den Stuhl heran, auf den sich ihr Großvater immer gesetzt hatte, um sich die Schuhe an- oder auszuziehen. Ein Bild dieses Mannes hatte sich tief in ihr Gedächtnis gebrannt – oder war es nur eine Einbildung? Wunschdenken eines vermessenen Bedürfnisses nach Geborgenheit, nach Heimat und Familie?

Emma stieg auf den wackligen Stuhl. Mit beiden Händen suchte sie den Riegel an der Zimmerdecke, bis sie das kalte Metall spürte. Sie drehte und zog. Mit einem hässlichen Geräusch schlug die Dachluke dermaßen überraschend auf, als habe sie seit Jahren nur auf diesen Augenblick gewartet.

Feuchte, eiskalte Luft fiel Emma entgegen, und mit ihr alte Zeitungsfetzen, Sägemehl, Staub, Mäusekot und Holzsplitter – der Dreck von fünf Jahrzehnten.

Erschrocken und angewidert sprang sie mit zusammengekniffenen Augen herab, hustete, fuhr sich wie wild durch die Haare und über die Kleidung – sie ekelte sich vor Mäusen und deren Hinterlassenschaften. Schließlich beruhigte sie sich und blickte in das gähnend schwarze Loch in der Decke, aus dem noch immer der Staub rieselte. Sie klappte die Leiter herab, zog sich den Ausschnitt ihres Pullovers über Mund und Nase und stieg mit einer Taschenlampe bewaffnet empor.

Zuerst schob sie sich nur so weit nach oben, dass sich ihr Kinn gerade auf der Höhe des Bodens befand. Emma leuchtete den stockfinsteren Raum rundum aus, indem sie sich auf der knarzenden und wenig vertrauenerweckenden Leiter vorsichtig drehte, um auch den letzten Winkel zu erkunden. Noch eine Stufe höher. Und noch eine.

Hier gab es nichts. Gar nichts. Schief liegende Dachpfannen, darunter ein Gewirr aus Latten, Sparren, Stütz- und Trägerbalken. Krumm, vernarbt, teils angefressen, teils mit alter Rinde überzogen, Holz, das aus Zeiten stammte, als man sich seinen Werkstoff noch beim Sägewerk von einem Mann mit sieben Fingern zuschneiden und sich keine massenproduzierten, standardisierten Baumaterialien anliefern ließ. In der Mitte des Raumes befand sich der aus Ziegeln gemauerte Kamin, der ins Wohnzimmer und in die Küche führte.

Der Raum atmete kalt, wirbelte Staub und Sägemehl auf. Das Dach war undicht und zugig. Und beklemmend.

Hier war nichts. Außer Vergangenheit.

Sie erschrak. Etwas Dunkles zischte an ihr vorüber. Sie folgte der Bewegung mit der Lampe. Nur eine Fledermaus oder ein Vogel, beruhigte sie sich, doch da war noch etwas gewesen. Emma richtete den Strahl der Taschenlampe wieder auf einen Bereich neben dem Kamin, über den sie soeben das Licht hatte huschen lassen. Dort war etwas am Boden. Holz, etwa so groß wie eine Tischtennisplatte, verborgen unter demselben Dreck, der auch den Rest des Bodens bedeckte.

Etwas wehrte sich in ihr. Etwas sagte: »Tu es nicht! Bleib, wo du bist! Bleib in deiner Welt!«, doch sie hörte nicht darauf. Zu stark war ihr Verlangen, etwas zu finden, das ihr vielleicht helfen konnte, zu beweisen, dass sie recht hatte mit ihren Vermutungen.

Sie überwand ihre Ängste und stieg mutig noch höher, kniete sich auf den Rand der Luke, beugte sich vor, leuchtete, spähte. Tatsächlich! Eine Bodenplatte. Sie stand halb auf und hielt in gebückter Haltung darauf zu. Plötzlich spürte sie einen dumpfen Schlag am Kopf. Sie schrie gellend auf. Die Taschenlampe entglitt ihr, prallte gegen einen Balken und ging aus. Unter einem zischenden Schmerzenslaut presste Emma eine Hand auf die pochende Stelle, die andere riss sie nach oben, um einen weiteren Angriff verzweifelt abzuwehren. Sie sank auf die Knie, flehte, ein rostiger Nagel bohrte sich ihr in den Schienbeinmuskel. Sie spürte es kaum.

Dann hatte das Schwarz des Dachbodens sie verschlungen.

21. Kapitel

Lennart parkte sein Auto zwei Querstraßen vom Västra Hamngatan entfernt. Mittlerweile herrschte dichtes Schneetreiben, und ein scharfer Nordwestwind fegte bissig vom Meer in die Stadt. Er hatte Mühe, den Weg zu erkennen, den er mit Bölthorn an der Leine zurücklegte: Die Schneekristalle stachen ihm wie eisige Nadeln ins Gesicht, und er musste den Kopf senken. Trotzdem kaufte er noch einen wunderbar bunten Strauß Blumen für Maria, die er ihr heute Abend als Gastgeschenk überreichen wollte – sie hatte es wirklich verdient. In seiner Küche stellte er sie ins Wasser.

Kurz darauf stand er auf der Straße vor dem Eingang von *Bolmens Skämt- & Förtrollningsgrotta*. Links die Hundeleine, an deren Ende der Mops festgemacht war (der sich wieder einmal auf den Allerwertesten gesetzt hatte, wohl um Energie zu sparen), die rechte Hand in der Manteltasche vergraben, wo er mit den Ladenschlüsseln spielte; deutlich spürte er Totenschädel und Wikingerhelm.

Worauf wartete er? Hatte er Angst? Oder wurde ihm mit einem Mal bewusst, wie sehr sein Leben sich bereits verändert hatte? Es hatte eine Wendung genommen, und an dieser Tatsache war nicht zu rütteln. Einen Schlüssel in ein Schloss stecken und ihn herumdrehen, das war leicht. Und es änderte auch nichts mehr, es war nur ein letzter symbolischer und unvermeidlicher Akt. Alles Bedeutsame war bereits geschehen.

Vielleicht sollte er doch noch einmal in die Stellenanzeigen schauen ...

Da erhob sich Bölthorn, schüttelte sich, machte einen Schritt vor, erklomm schnaufend die steinerne Stufe zum Ladeneingang, setzte sich wieder und starrte die Tür an, wobei er dichte, auffordernde Wolken hechelte und dann kurz und dunkel aufbellte. Es war das erste Mal überhaupt, dass Lennart das Tier hatte bellen hören. Ein sehr spezieller Klang. Voluminös, mehr vorwurfsvoll als aggressiv und mit einem leichten Gurgeln im Nachhall.

»Ja, ja, ist ja gut«, beschwichtigte Lennart und zerriss die Seite mit den Stellenangeboten im Geiste. »Stimmt! Wozu habe ich denn einen Schlüssel, wenn ich ihn nicht verwende? Gute Frage. Da hätte ich ihn auch nicht bei Advokat Muffelig holen müssen und dich erst recht nicht.«

Schon wieder. Er trat auf die Stufe neben den Hund. Nach nicht einmal einem halben Tag hatte er den unförmigen Mops schon wieder als Persönlichkeit gesehen, hatte mit ihm gesprochen. Lennart holte den Schlüsselbund aus der Tasche. Zwei identische Paare. Zwei große, zwei kleine Schlüssel. Er versuchte den großen, und der passte. Geschmeidig glitt er ins Schloss, das tatsächlich leichte Verfärbungen und Schmauchspuren wie von einer leichten Explosion zeigte, ganz wie Kommissar Nilsson es gesagt hatte. Lennart holte noch einmal tief Luft und öffnete, Bölthorn zwängte sich sofort durch die entstandene Lücke hinein, Lennart folgte.

Das dämonische Kichern erschreckte Lennart beinahe zu Tode. Erleichtert atmete er aus, als ihm einfiel, dass dies ja Buris alberne Türglocke war. Hinter ihm drückte der stählerne Arm des Türschließers die Ladentür wieder zu. Die Hexe lachte nochmals kurz auf, hörte sich jedoch ermattet an – ihre Batterie schien nicht mehr die frischeste zu sein –, dann herrschte Stille.

Totenstille.

Und da war er wieder. Dieser Geruch, dieser undefinierbare Geruch nach Keller, Dachboden und Jahrmarkt. Heute gesellte sich allerdings noch etwas anderes dazu: Erinnerungen.

Die Türglocke und dieser undefinierbare Geruch des lichtlosen Ladens, den dieser mit jeder Pore seiner Wandbehänge und der sonstigen Artikel, ja mit jedem Stück Nippes auszuatmen schien. All das war Buri Bolmen gewesen.

Und war es noch.

Lennart hörte sich seufzen.

Er zog den klammen Mantel aus, hängte ihn sich über den Arm und ließ Bölthorn von der Leine, der sofort zielstrebig zwischen den Reihen der überbordenden Regale in Richtung Werkstatt verschwand.

Sein Blick fiel auf die Kristallkugelkollektion im Schiffsplankenregal. Das vergehende Tageslicht und die Scheinwerfer der vorbeifahrenden Fahrzeuge wurden von den Kugeln reflektiert und blitzten als unwirkliche Bilder auf.

Er seufzte noch einmal.

Diesmal jedoch, weil er sich vorstellte, wie er in Kürze mit Verve und Engagement wildfremde Menschen davon würde überzeugen müssen, dass eine dieser Kristallkugeln (die mit Sicherheit nicht aus Kristall waren) für schlappe eintausendachthundert Kronen die richtige Wahl darstellte, weil mit ihr die Zukunft einfach fröhlicher und finanziell besser aussehen würde.

Was für ein Unfug!

Lennart schloss den Laden von innen ab und ließ den Schlüssel stecken. Licht anzuschalten wäre sicherlich eine gute Idee, um sich einen ersten Überblick zu verschaffen. Mit dem von Feuchte schweren Mantel über dem Arm schritt er behutsam durch die Gänge der bis zur Decke reichenden Regale, behutsam weil er einerseits Angst hatte, irgendetwas herunterzureißen – so voll waren die Regalböden, so weit ragten manche Artefakte in den Gang hinein –, behutsam aber auch, weil dieser Schritt in die immer trüber und dunkler werdende Umgebung von Buris Reich einem andächtigen Gang in die Vergangenheit gleichkam. Er erreichte den hinteren Teil des Geschäftes, der mit einem schweren, mittig geschlitzten Samtvorhang von der übrigen Ladenfläche abgetrennt war. Eine der beiden Vorhanghälften war zurückgeschoben.

Lennart betrat die Werkstatt, in der er nun gar nichts mehr sah, weil es beinahe so dunkel war wie in der Nacht. Eben wollte er schon sein Mobiltelefon als Taschenlampe gebrauchen, da entdeckte er tastend eine Revisionsklappe direkt neben dem Durchgang, eingelassen in die Wand. Er öffnete die dünne Blechtür und schaltete an, was er in die Finger bekam. Langsam wurde der Verkaufsraum in das rötlich flackernde Licht der flammenförmigen Effektglühbirnen getaucht und auch in der Werkstatt wurde es nach einigen Versuchen etwas heller – zwei Tischleuchten erstrahlten, und eine schmucklose Deckenlampe mit Plexiglasabdeckung mühte sich sekundenlang mit deutlich hörbaren Startversuchen, ihren beiden Röhren Leben einzuhauchen, bis diese endlich brannten; ein unterdimensioniertes und gefühlloses Kunstlicht fiel herab in den Raum.

Und was Lennart dort sah, ließ ihn betroffen innehalten und tief einatmen.

Auf dem Boden waren die Umrisse einer schlanken Person zu sehen, die sich in die schwarzen und weißen Bodenfliesen gebrannt hatten. Es brauchte keine Kreideumrisse wie im Fernsehen, um zu wissen, dass dies der Ort war, wo Buri Bolmen sein Leben ausgehaucht hatte. Hier hatte die Polizei seine zu Asche gewordenen Überreste gefunden und eingesammelt oder, besser gesagt, zusammengefegt. Bis auf den Finger. Doch richtig gerührt war Lennart von dem Anblick, der sich ihm jetzt bot: Exakt neben den in die Fliesen gebrannten Spuren hatte sich Bölthorn niedergelassen. Still, ganz still, er bewegte sich nicht, nur sein haariger Körper ging mit dem Atem etwas auf und ab.

Es sah aus, als wisse der Hund, was sich hier zugetragen hatte, als wisse er, dass die dunkle Form vor seinen Pfoten einmal sein Herrchen gewesen war. Es sah aus wie eine stille Andacht.

Lennart schluckte, verweilte einen Augenblick lang nachdenklich, doch dann beschloss er, alles näher in Augenschein zu nehmen.

Der Werktisch befand sich linker Hand an der Wand, wiederum links von ihm war die Tür, die in Buris Wohnung führte. Rechts von ihm ein mit Papieren und Dokumenten vollgepackter Schreibtisch, beide Tische zusammen bildeten ein »L« in der Ecke des Raumes. Es gab lediglich ein Fenster über dem Schreibtisch, das allerdings mit Decken zugehängt war, und Buri hatte obendrein ein Hängeregal (nicht ganz waagrecht) davor montiert. Illumination war Mangelware, und nur die Arbeitsleuchte an der Werkbank und die Tischlampe im Bürobereich spendeten einen hellen Lichtkreis.

Die Wände waren, ganz wie der Rest des Ladens, mit dunkelgrüner Streifentapete tapeziert und vollgestellt mit Regalen, in denen man kaum noch ein Mopshalsband hätte unterbringen können. Auf den Einlegeböden türmten sich mit feiner Handschrift etikettierte hölzerne Sortimentskästen, Kistchen, Schachteln und kleine Truhen. Lennart hatte sich also nicht geirrt, als er mutmaßte, Buri würde einen beträchtlichen Teil seiner Arbeitszeit mit dem Einsortieren von kleinteiligem Nippes verbringen.

Und dann war da dieses monströse, deckenhohe und gut vier Meter lange Aktenregal auf der rechten Seite. Das Wenige, das die Wände an Freifläche noch hergaben, war über und über mit gerahmten Bildchen und Fotos behängt, ganz so, als habe Buri vergessen, dass es auch andere Tapetenvariationen gab als »dunkelgrün gestreift«, die man in Schweden durchaus kaufen konnte, wenn einem ein Zimmer nicht gefiel.

Über der Werkbank hingen ebenfalls Bilder. Durchweg magische und mystische Motive, Illustrationen und Drucke, die in barocken Goldrahmen steckten. Darunter befand sich ein an die Wand gedübeltes Brett, worauf diverse Pappschachteln mit Schrauben und Kleinteilen gestapelt waren. Und Buris altes Transistorradio. Zögerlich, als wäre er kurz davor, etwas zu tun, das ihm eigentlich nicht zustand, beugte sich Lennart über die dunkle, vernarbte Arbeitsplatte der Bank und schaltete das Gerät ein. Es klackte, es knisterte, es rauschte, dann erklang beschwingter Jazz, der an diesem Ort sofort heimisch wirkte.

Allein Buri fehlte.

Lennart musste sich aus der Traurigkeit befreien, um den Rest des Ladens erkunden zu können. »He, Bölli! Wollen wir mal schauen, was es hier so zu entdecken gibt?«, fragte Lennart und war sich vollkommen bewusst, dass er ihn schon wieder personifizierte.

Bölthorn saß noch immer wie festgeklebt exakt an der Stelle, an der er sich vorhin niedergelassen hatte. Er hob den Kopf, sah Lennart mit großen Augen an, rührte sich aber nicht vom Fleck.

»Na gut, wie du willst, dann gehe ich eben alleine eine Runde.« Lennart zuckte demonstrativ mit den Schultern und ging aus der Werkstatt hinaus in den Verkaufsraum.

Die künstlichen Kitschbirnchen flimmerten. Rötliches Licht zuckte durch die Gänge, spielte mit Schatten. Draußen tobte mittlerweile ein ausgewachsener Schneesturm. Lennart konnte förmlich spüren, wie der Wind in Böen durch die Straßen fegte und gegen die Tür drückte, als begehre er ungeduldig Einlass. Aus der Werkstatt dudelte leise ein weiteres unbeschwertes Stück Jazzhistorie.

Lennart schritt bedächtig durch die Gänge. Mal erstaunt über so manchen Artikel in den Regalen, mal kopfschüttelnd über die Industrie, die so etwas überhaupt herstellte.

Von Zeit zu Zeit nahm er vorsichtig eines der Ausstellungsstücke in die Hand, hielt es hoch, drehte es in dem schwachen Licht, den die Raumbeleuchtung hergab. Obwohl Lennart schon oft in den Laden hineingeschaut hatte, konnte er noch immer nicht begreifen, wie man derart viel Zeug anhäufen und vor allem auf derart antiquierte Art und Weise verwalten konnte. Buri Bolmen hatte offenbar nicht einmal einen Computer besessen. Er musste alles manuell katalogisiert und darüber Buch geführt haben. Lennart waren die fehlende Technologie und die gut vier Dutzend Ordner mit den abgegriffenen und handbeschrifteten Rücken mit Kategorien wie »Einkauf/Händler«, »Importkontakte« oder »Scherzartikel A-D« im Aktenschrank in der Werkstatt durchaus nicht entgangen.

Wenn er diesen Laden profitabel führen wollte – und genau das hatte Lennart vor, wenn er sich schon dazu durchgerungen hatte –, dann würde er zunächst mit Frederiks Hilfe auf EDV umstellen und diesen auch gleich bitten, einen Onlineshop, wenigstens aber eine ansehnliche Website mit Profil, Kontakt und Öffnungszeiten zu programmieren. So wie es im Moment war, konnte es nicht bleiben.

Gleiches galt für die Schummerbeleuchtung, bei der nur ein Kunde mit Nachtsichtgerät eine reelle Möglichkeit hatte, sich von der Top-Produktpalette von *Bolmens Skämt- & Förtrollningsgrotta* zu überzeugen. Wahrscheinlich wäre es sogar ratsam, Letztere nach Prüfung und Kategorisierung den Marktverhältnissen anzupassen. *Der Wurm muss dem Fisch schmecken, nicht dem Angler!* Dies war der Wahlspruch seines Professors für Marketing an der Uni in Stockholm gewesen, und der Mann hatte recht! Zielgruppendefinition, Bedarfsanalyse, Sortimentsfokussierung und Verkaufskanaloptimierung waren die Gebote der Stunde. Ganz abgesehen von der internen Organisation, die, so machte es auf ihn den Eindruck, nicht einmal ansatzweise effizient war.

»So was hier zum Beispiel muss weg. Das gehört doch in die Tonne!«, sagte er laut zu sich selbst und zog eine alte, mit verrosteten Ziselierungen übersäte Metalldose von der Größe eines Kinderschuhkartons aus dem Regal. Er betrachtete sie von allen Seiten. »Was für ein Müll!« Damit ging er zurück in die Werkstatt, wo er die Dose auf den Arbeitstisch stellte, um sie eingehender zu betrachten, bevor er sie endgültig wegwerfen würde – vielleicht war sie allem Anschein zum Trotz wertvoll und antik, und Buri hatte sich irgendetwas dabei gedacht, sie aufzuheben.

Bölthorn saß noch immer am selben Fleck.

Lennart ging um den Hund und Buris traurigen Fliesenumriss herum und ließ sich im durchgesessenen Drehstuhl an der Werkbank quietschend nieder.

Im Radio gab Benny Goodman alles auf der Klarinette.

Draußen blies der Sturm.

Lennart untersuchte die Dose. Der Deckel war leicht nach außen gewölbt. Darauf befanden sich vier Wappen, die allem Anschein nach ins Blech gepresst worden waren. Nichts Wertvolles, keine massive Ware, einfach nur eine Blechdose und leider dermaßen vergammelt und verrostet, dass eine Aufarbeitung ihr Geld bestimmt nicht wert gewesen wäre. Auf der Vorderseite über dem Verschluss stand in alter Fraktur »*Berglunds goda smörkakor*« zu lesen. Die Schatulle hatte also irgendwann einmal bestes Buttergebäck einer Firma Berglund enthalten, und irgendjemand musste sie jahrzehntelang aufgehoben haben, um nach dem Verzehr des ursprünglichen Inhaltes aus nostalgischen, praktischen oder optischen Gründen fortan eigene Kekse dort einzulagern. Oder Schrauben oder Nägel oder Briefmarken, was auch immer.

Benny Goodman klang aus, dafür kündigte eine sanfte Frauenstimme im Radio die Drei-Uhr-Nachrichten an.

Lennart schüttelte die Keksdose.

Die marode Deckenbeleuchtung flackerte kurz auf. Dann leuchtete sie wieder störungsfrei.

Lennart betätigte den Verschluss. Der Deckel öffnete sich einen Spaltbreit, sodass er ihn aufklappen und hineinsehen konnte.

In der Dose befand sich wie erwartet nichts. Er drehte sie auf den Kopf, der Deckel hing an schiefen Scharnieren baumelnd herab, dann fuhr er mit den Fingern über die kalte Oberfläche des Behältnisses.

Es flackerte wieder.

Wenn auch nur ein Bruchteil aller dort draußen zusammengetragenen Artikel von der Güte dieser nutzlosen Keksdose war, dann würde Lennart sich einen ganzen Sperrmüllcontainer für die Entsorgung bestellen müssen.

Resigniert klappte er die Dose zu und warf sie in den Abfalleimer unter der Werkbank.

Plötzlich flackerte es stärker. An – aus – an – aus ... Immer kürzer wurden die Abstände, begleitet von einem elektrischen Surren und Knistern.

Lennart blickte an die Decke. Die Lampe hatte Buri wahrscheinlich auf demselben Flohmarkt gekauft wie die verranzte Keksdose.

Dann gefror Lennart das Blut in den Adern.

Eine Stimme ertönte aus dem Nichts. Es waren keine zusammenhängenden Worte, es klang abgehackt, zerrissen, und man konnte Störgeräusche hören.

Es kam nicht aus dem Radio. Dort verkündete man in diesem Augenblick und vollkommen unterbrechungsfrei die aktuellen Eishockeyergebnisse nebst Ligatabelle.

Die Neonröhre flackerte. Die Stimme klang wie durch einen elektronischen Stimmverzerrer gesprochen, und sie wurde von einem Kratzen ständig unterbrochen. Hohl, dumpf, weit weg. Und zwischen den Wörtern röchelte es dann und wann.

Lennart schnellte auf dem Drehstuhl zu Bölthorn herum, sah ihn an und krallte seine Hände in die harten Plastiklehnen. Es war schauderhaft!

Der untersetzte Mops verzog das Gesicht wie unter starken Schmerzen, und Lennart hätte schwören können, dass es aussah, als versuche er, krampfhaft zu sprechen, als mühte er sich unentwegt, menschliche Kommunikation aufzubauen. Doch aus seinem fettberingten Hundehals kamen nur gurgelnde Wortfetzen – waren es überhaupt *Wörter*? Oder war ihm übel, und er hatte vor, sich zu übergeben?

Die beiden Kiefer der platt gedrückten Mopsschnauze, aus der scheinbar unkontrolliert einzelne Drahthaare hervorragten, bewegten sich im Takt der Laute.

Die Neonröhre flackerte und flackerte.

Es war keine Stimme, aber es war auch kein Bellen, Knurren, Jaulen, Japsen, Hecheln, Heulen, Kläffen oder sonst irgendetwas, das ein Wesen dieser Art erzeugen konnte.

Das Licht, die Geräusche, dieser verdammte Laden, Buris Ascheumriss – Lennart lief der Schweiß in Strömen den Nacken hinab, und er hatte das Gefühl, in einen sich verengenden Tunnel zu stürzen.

Die Nachrichtenmoderatorin im Radio ließ das völlig kalt. Sie erhielt das Wort von ihrem Kollegen der Sportredaktion zurück und kam seelenruhig zur Wettervorhersage.

Lennarts blutleere Hände schmerzten, so sehr umklammerte er die Stuhllehnen. »Du kannst nicht sprechen!«, schrie er sich seinen Schreck von der Seele. »Kein Hund kann sprechen! Kein Mops kann sprechen! Du auch nicht!«

Die Neonröhre gab den Geist auf. Die Stimme (oder was auch immer das gewesen sein mochte) verschwand. Bölthorn zog noch einige geräuschlose Grimassen, dann entspannten sich seine Züge. Er schmatzte kurz, stand auf, drehte sich und legte sich einige Schritte weiter vors Aktenregal.

»Kein Mops kann sprechen!«, rief Lennart noch einmal. Sein Puls raste. Dann schwieg er. Und lauschte. Aufgeregt fuhr er sich durchs schweißnasse Haar. Plötzlich erstarrte er und stellte das Radio lauter. Was er da hörte, brachte ihn auf eine Idee, eine total irrsinnige zwar, aber immerhin eine Idee. Und wenn das nicht klappen sollte, dann wäre es wirklich Zeit für den Therapeuten – letzte Chance!

Er brauchte einen Zeugen. Er griff zum Telefon und rief Frederik an, der zum Glück zu Hause war.

»Hej, Frederik!«

»Lennart? *Hejsan!* Sag mal, was ist denn mit dir los? Du klingst ja, als wäre dir Darth Vader persönlich erschienen.«

Lennart atmete schnell und kurz. »Hast du Lust, mir zu helfen, herauszufinden, ob ich noch alle Tassen im Schrank habe?«

»Klar, klingt spannend, bin dabei. Was kann ich tun?«

»Ich hole dich mit dem Auto ab, und wir machen eine kurze Spritztour.«

»Wann?«

»Jetzt. Sofort. In zehn Minuten«

»Wohin?«

»Erzähle ich dir unterwegs.«

Eine Viertelstunde später klingelte Lennart im Kronhusgatan bei seinem Freund an der Tür und wartete mit laufendem Motor im Halteverbot. Der stürmische Wind tobte noch immer und peitschte die Flocken durch die Straßen.

»Hej, Lennart. Was für ein Sauwetter.« Frederik stieg ins Auto.

Lennart antwortete nicht, legte den Gang ein und gab Vollgas. Das Heck brach aus, fing sich, und Lennart beschleunigte, bis der Motor aufheulte.

»Sind wir auf der Flucht?«, erkundigte sich Frederik besorgt. »Wo fahren wir überhaupt hin?«

»Lysekil«, erklärte Lennart.

»Nach Lysekil? Das sind doch gut und gerne hundert Kilometer. Bei den Witterungsbedingungen brauchen wir dahin bestimmt mehr als zwei Stunden.«

»Genau«, sagte Lennart. »Deswegen müssen wir uns auch beeilen.«

»Du sprichst in Rätseln«, meinte Frederik, dann fuhr er erschrocken herum. »Gute Güte! Da ist ja ein Hund.«

»Das ist Bölthorn.«

»Wer?«

»Bölthorn. ›Dorn des Verderbens‹«, erläuterte Lennart.

»Verderben. Aha«, bemerkte Frederik, von der Gesamtsituation sichtlich wenig angetan. »Ein ... ein ausnehmend hübsches Tier. Das ist doch das Hündchen von Buri Bolmen, oder? Gehört er jetzt dir?«

Lennart bremste abrupt. Das ABS griff, er kurbelte am Lenkrad, dann bog er auf die Hauptstraße Richtung E6 ab und gab Gas. »Ja, meiner. Jetzt.« Wieder brach das Heck aus.

Frederik überprüfte hastig seinen Sicherheitsgurt und hielt sich mit der anderen Hand angespannt am Haltegriff über der Tür fest. »Sag mal, was ganz anderes. Hast du schon einen Therapeuten gefunden?«

»Nein. Ich war kurz davor«, antwortete Lennart, den Blick starr auf die Straße gerichtet, »aber ich will noch diesen einen ultimativen Test machen, dann rufe ich einen an. Versprochen.«

»Das ist gut«, stimmte ihm Frederik zu, »das ist sehr gut.« Nach einer kurzen Pause fügte er an: »Was machen wir denn in Lysekil?«

»Sage ich dir, wenn wir da sind. Wenn's klappt, wirst du eine Überraschung erleben, wenn nicht, bin ich halt verrückt.« Lennart lachte bitter.

»Ich bin gespannt«, sagte Frederik.

»Ich auch«, erwiderte Lennart und überholte ein anderes Auto. Schneematsch spritzte hoch und schlug krachend an den Unterboden seines Wagens.

Das Wetter hatte sich die gesamte Fahrt über von Kilometer zu Kilometer verschlechtert. Zwar zeigte die Temperaturanzeige des Wagens nun nicht mehr minus zwei an, wie noch bei der Abfahrt in Göteborg vor knapp zwei Stunden, sondern bereits ein Grad über null, aber der Niederschlag hatte zugenommen, sodass die Scheibenwischer ihre Mühe hatten, die niedergehenden Wassermassen beiseitezuschieben. Die schlechten Sichtverhältnisse und Lennarts Fahrstil ließen Frederik über eine weite Strecke schweigen, ganz so, als hätte er sich seinem Schicksal bereits ergeben.

»Wetterleuchten«, sagte er dann doch mit einem Mal und deutete durch die Windschutzscheibe nach vorne in den finsteren Spätnachmittag.

»Gut. Wir sind bald da«, erklärte Lennart, »es ist nicht mehr weit entfernt.«

Sie passierten Uddevalla, und nach einigen Kilometern erreichten sie die Ausfahrt Richtung Lysekil, die Lennart mit deutlich zu hohem Tempo nahm, sodass er beinahe untersteuernd in die Leitplanke gerauscht wäre. Die Straße führte über Land, immer weiter nach Westen. Zum Meer. Um sie herum war völlige Dunkelheit, Wälder, Regen, Nichts.

Am Horizont flackerte es, Wolken tauchten aus der Nacht auf, wurden zuckende Schattengestalten, vergingen wieder.

»Hörst du es?«, fragte Lennart plötzlich.

Frederik strengte sich an. »Was soll ich hören?«

»Na, das da!«

»Es donnert irgendwo«, stellte Frederik nüchtern fest. »Wetterleuchten ist nicht mehr als die Reflexion von Blitzen, wenn das Gewitter noch weit weg ist und der Donner deshalb nicht zu hören, und das bedeutet, wenn man näher kommt …«

»Sei still!« Lennart fuhr noch schneller.

Frederik schüttelte den Kopf und massierte sich nervös die Schläfen.

Nun war das Donnern deutlich zu hören.

»Ha!«, rief Lennart. »Wir sind nicht zu spät gekommen!« Im Kegel der Scheinwerfer tauchte ein Parkplatz am Waldrand auf, von wo aus man über eine weite Ebene schauen konnte, an deren Ende die Steilküste lag – und Lysekil.

»Zu spät für was?«, erkundigte sich Frederik.

»Gewitter! Wir sind nicht zu spät zum Gewitter gekommen.«

Lennart machte die Innenraumbeleuchtung an und sah in Frederiks skeptisches Gesicht. Der fragte: »Ein Gewitter? Und?«

»Wart's ab!« Lennart machte den Gurt los und drehte sich im Sitz zu Bölthorn um. »Los! Sag was! Lass mich jetzt nicht hängen!«

Bölthorn schaute erst zu Lennart, dann zu Frederik, dann wieder zu Lennart.

»Was machst du da?«, fragte Frederik. Seine Skepsis hatte

sich in ernsthafte Sorge gewandelt. »Lennart, ganz ehrlich, jetzt mal unter uns, ich weiß nicht, ob ich der Richtige bin, um dir zu helfen, ich ...«

»Sieh doch!«, rief Lennart außer sich. »Sieh doch, ich meine, hör doch, er spricht! Er spricht gleich!«

Bölthorn öffnete tatsächlich seine Schnauze, er hob offenbar an, etwas zu sagen. Er sah Lennart an, wirkte, als ließe er sich dies und das durch den Kopf gehen, als wäge er ab, was zu tun sei, und traf eine Entscheidung.

Es blitzte.

Es donnerte.

Bölthorn schloss seine Lefzen, schmatzte und legte sich unter einem Mopsröcheln auf die Hundedecke auf der Rückbank.

»Mann, Bölthorn!«, tobte Lennart. »Das kannst du echt nicht machen. Los, sag was! Bitte!« Seine Stimme klang verzweifelt.

Frederik legte seine Hand auf die Schulter seines Freundes. »Ich habe keine Ahnung, was das alles soll. Wir fahren in einem Höllentempo zwei Stunden zu einem Gewitter, und dann forderst du den Hund auf, mit dir zu reden?« Frederik tätschelte Lennarts Arm. »He, Mann, ich bin für dich da, ich helfe, wo ich kann, aber du musst zum Arzt, wirklich. Du hast es mir versprochen, nicht wahr?«

Kalt und hart prasselte der Eisregen auf das Autodach wie brandendes, höhnisches Gelächter.

Lennart starrte wortlos und leer durch die Windschutzscheibe ins Dunkel, das von zuckenden Blitzen erhellt wurde. Hatte er denn wirklich daran geglaubt? An so einen unfassbaren Schwachsinn? Nur weil man im Radio ein Wintergewitter vorhergesagt und er gemeint hatte, die zerstückelte Stimme dieses dicken Mopses zu hören, vorhin in der Werkstatt? Frederik hatte recht. Seine Mutter hatte recht. Wahrscheinlich hatte selbst Wikström recht. Er, Lennart Malmkvist, war ein Idiot und höchstwahrscheinlich nicht mehr ganz bei Trost. Es blitzte wieder.

»Das hast du doch versprochen, oder?«, bohrte Frederik nach.

Lennart nickte geistesabwesend. »Ja, habe ich«, flüsterte er.

»Gut«, sagte Frederik in einem beschwichtigenden Ton, ganz so, als habe er Angst, sein Freund könne bei der nächstbesten Gelegenheit ausrasten. »Wollen wir zurück?«

Wieder nickte Lennart. Es donnerte.

»Aber ich fahre«, bestimmte Frederik und machte seinen Gurt los. »Okay?« Er wartete Lennarts Antwort gar nicht erst ab, sondern stieg aus, schlug die Tür zu und eilte ums Auto herum.

Es blitzte.

Es donnerte.

Und Bölthorn sagte mit gut verständlicher Stimme (soweit man das von einer dumpf-gurgelnden Mopsstimme behaupten konnte): »Deine Idee war gar nicht schlecht, Lennart Malmkvist, aber erstens lasse ich mich nicht vorführen wie ein dressierter Zirkusköter, und zweitens solltest du die Keksdose wieder aus dem Abfall holen. Sie ist wichtiger, als du denkst.«

In diesem Moment riss Frederik die Fahrertür auf, und nur die kalte, feuchte Luft, die schlagartig in den Wagen strömte, verhinderte, dass Lennart bewusstlos wurde.

22. Kapitel

Der Schnee hatte sich in Regen verwandelt, doch nun, da es auf den Abend zuging, wurde der Regen wieder zu Schnee. Es schien beinahe so, als wisse nicht einmal der Himmel, was er eigentlich wollte. Frederik fuhr – diesmal in einem den Witterungsbedingungen angemessenen Tempo – auf die E6 in südlicher Richtung nach Göteborg. Er schwieg, wirkte nachdenklich. Bölthorn schlief. Lennart starrte in die Dunkelheit, folgte entgegenkommenden Scheinwerfern mit den Augen, bis sie vorbeigezogen waren. Er hatte seinen Kopf ans Fenster der Beifahrertür gelegt und spürte das dumpfe Summen des Wagens, das von der Scheibe auf seinen überforderten Schädel übertragen wurde.

Okay, dachte er bei sich, es gibt zwei Möglichkeiten. Entweder sein Wahnsinn war dermaßen weit fortgeschritten, dass er in dieser Phase des Krankheitsbildes eben deutlich wahrnehmbare Stimmen hörte (vielleicht würde demnächst jeder Hund mit ihm sprechen, dem er begegnete, vielleicht auch Gegenstände wie zum Beispiel seine Espressomaschine, die bestimmt eine Menge zu erzählen hatte). Oder aber – und das widersprach jeder biologisch-evolutionären und auch jeder auf geistiger Unversehrtheit beruhenden Regel – dieser adipöse Mops konnte *wirklich* sprechen. Das war höchst unwahrscheinlich, und doch wäre es Lennart die liebste Variante gewesen, denn es hätte bedeutet, dass er noch ganz dicht war.

Es war doch laut und deutlich gewesen, was der Hund gesagt hatte, laut und deutlich!

Lennart seufzte. Konnte man nicht alles irgendwie erklären, also nicht *man*, aber ein Psychiater oder ein Analytiker vielleicht, der eine versierte Anamnese durchführen und dann Lennarts Psyche in die kleinsten Teile zerlegen und wieder zusammensetzen würde? Dass der Hund nur bei Gewitter sprach, hatte vielleicht etwas mit der Kindheit zu tun und vielleicht mit seinen Eltern. Dass er überhaupt sprach, eventuell etwas mit Sexualität, und der Leierkastenmann war die Vision eines tief ausgeprägten Wunsches nach Befreiung von einer Schuld, derer sich Lennart nicht bewusst war. Es hatte doch alles immer mit Vater, Mutter, Schuld und Sexualität zu tun. Irgendwie.

Allerdings, es gab auch ein Bauchgefühl, und das sagte Lennart, dass eine psychische Erkrankung zwar auf der Hand lag, doch deshalb noch lange nicht der Wahrheit entsprechen musste. Andererseits war aber vielleicht genau dieses Bauchgefühl ebenfalls Symptom eines sehr ausgeprägten Dachschadens. Und dennoch ... die Idee mit dem Gewitter war ein Ansatz. Und hatte dieser Hund, der nun seelenruhig im Fond des Autos auf seiner Hundedecke schnarchte – also nur mal angenommen, er könnte wirklich sprechen –, hatte dieser Hund nicht vorhin selbst gesagt, dass seine, Lennarts Idee gar nicht schlecht gewesen sei? Sollte man nicht da ansetzen? Wenn er schon nicht mehr alle Latten am Zaun hatte, warum sich dann nicht ausleben?

»Frederik?«

Der Angesprochene drehte den Kopf. »Was ist?«

»Was haben deiner Ansicht nach eine flackernde Neonröhre und ein Gewitter gemeinsam?«

Frederik blickte wieder nach vorne auf die Straße, überholte einen überlangen Sattelschlepper, der mit mächtigen

Baumstämmen beladen war, und zog wieder auf die rechte Spur. »Darüber habe ich mir noch nie Gedanken gemacht, aber ich würde ad hoc vermuten, Lichtimpulse, spontaner Spannungsaufbau und Spannungsabfall, vielleicht sogar Geräusche, die einem Donner ähneln – natürlich viel, viel schwächer«, relativierte er und hob gestikulierend eine Hand vom Lenkrad, »und ich würde meinen, dass auch ein elektromagnetisches Feld etwas ist, was beide Phänomene verbindet. Doch mal ganz abgesehen davon, dass es bei einer Leuchtstoffröhre meistens nur an einem defekten Starter liegt, wenn es flackert, dürften sich diese Effekte von der Dimension her zu einem Gewitter in etwa so verhalten wie ein Golfball zum Todesstern, wenn du verstehst, was ich meine.«

»Meinst du den Todesstern aus Episode II oder den aus Episode VI?«, fragte Lennart und legte den Kopf wieder an die Scheibe.

»Sehr schön! Dein Humor ist zurück«, entgegnete Frederik lächelnd. »Warum interessiert dich das?«

»Ach, nur so.« Lennart machte eine Pause. »Glaubst du, ich bin verrückt?«

Frederik schaltete das Fernlicht an und sofort wieder aus; die weiße Wand reflektierte einfach zu sehr, und man sah weniger als mit Abblend- und Nebellicht. Draußen flogen Schneeflocken dicht an dicht, das Auto pflügte wie durch eine ferne Galaxie mit Abermillionen von gleißend hellen Sternen, die kurz vor der Kollision mit der Windschutzscheibe lautlos über sie hinwegzischten. »Verrückt nicht, aber gestresst, würde ich meinen. Und jetzt auch noch dieser Laden ... hm ... ich weiß nicht, ob das nicht alles etwas viel ist.«

Ein Schild tauchte gespenstisch im Lichtkegel des Wagens auf, kündigte Kungälv an und rauschte auf Lennarts Seite vorbei. Am Horizont waren bereits die ersten Lichter der Stadt zu erkennen. »Wenn ich wüsste, was ich noch glauben kann und was nicht«, stellte Lennart leise fest, »dann wäre mir wohler.«

»Dein Zweifel ist meine Hoffnung«, resümierte Frederik. »Für mich klingst du nicht wirklich verrückt, zumindest nicht verrückter als sonst.« Er lachte kurz, dann wurde er wieder ernst. »Ich mache dir einen Vorschlag.«

Lennart hob den Kopf von der Scheibe und sah zu seinem Freund hinüber. »Der wäre?«

»Du hast mir versprochen, dass du jemanden aufsuchst, der sich mit so etwas auskennt.«

»Mit sprechenden Möpsen?«

»Mit mentalen Problemen. Wenn es dabei bleibt, dann werde ich dir etwas mitgeben, sobald wir bei mir angekommen sind.«

»Was?«

»Lass dich überraschen«, tat Frederik geheimnisvoll.

Lennart zuckte noch nicht restlos überzeugt mit den Schultern. »Okay. Dann lasse ich mich überraschen.« Einen Moment lang schwieg er, dann fragte er: »Warum tust du das? Ich meine, vorhin hast du eher gewirkt, als würdest du mich am liebsten selbst direkt in die Psychiatrie einweisen, und nun das?«

»Ich habe nachgedacht, und deine eigenen Zweifel gepaart mit deiner Überzeugung haben den Ausschlag gegeben. Glaub mir, es ist nicht leicht zu verkraften, wenn man seinem besten Freund dabei zusehen muss, wie er während eines Gewitters einen Mops anbrüllt und anfleht, er möge doch endlich sprechen. Aber dann habe ich das pragmatisch und analytisch, eben wissenschaftlich, betrachtet.«

Lennart hörte aufmerksam zu und begann, sich ein klein wenig wohler zu fühlen. Frederik mochte bisweilen ein Kindskopf sein, sein kristallklarer Verstand und seine Empathie mochten sich so manches Mal auf eigenartige Weise

Bahn brechen, aber er war einfach ein loyaler Mensch. Vielleicht war er sogar der loyalste Mensch, dem Lennart jemals begegnet war.

»Ziehen wir in Betracht, dass theoretisch erst einmal alles möglich sein kann«, fuhr Frederik mit seinen Ausführungen fort. »Ein plakatives Beispiel dafür ist die Vorstellung, dass ein in Scherben auf dem Boden liegendes Wasserglas von alleine auf den Tisch zurückspringt, von dem es gefallen ist, und sich dort wieder zusammensetzt. Es gibt kein physikalisches Gesetz, das diesem theoretischen Vorgang widerspräche.«

»Und die Energie, die dafür nötig wäre, um die Schwerkraft zu überwinden und das Glas wieder zusammenzuschweißen? Das ist doch unmöglich!«, entgegnete Lennart.

Frederik lachte. »Damit hast du die beiden wichtigsten Elemente dieses Gedankenexperiments bereits erwähnt. Energie und Unmöglichkeit. Unmöglich erscheint es dir nur deshalb, weil es noch nie passiert ist, besser gesagt, weil du glaubst, so ein Phänomen sei noch nie vorgekommen. Man braucht nur die richtigen Dosen an Energie, und dann wäre das machbar. Also theoretisch, wie gesagt. Ich könnte es dir in einem vereinfachten Modell sogar vorrechnen.«

»Danke, ich verzichte«, wiegelte Lennart ab.

»Tja, solange aber ein Modell nicht wissenschaftlich widerlegt wurde, ist es gültig.«

Lennart dachte einen Moment lang nach, dann sagte er: »Das würde allerdings bedeuten, dass die Geschichte mit dem Wasserglas nicht unmöglich ist, sondern nur extrem unwahrscheinlich.«

»Ganz genau!«, freute sich Frederik wie ein Lehrer, dessen problematischster Schüler endlich einen völlig banalen Zusammenhang begriffen und akzeptiert hatte. »Sofern etwas nach den Gesetzen der Physik und Mathematik *möglich* ist, geht es nur noch allein um die Wahrscheinlichkeit. Ist es unmöglich, dann ist die Wahrscheinlichkeit gleich null, und man muss sich keine weiteren Gedanken machen.«

Lennart schwieg erwartungsvoll.

»Und dann habe ich weitergedacht und mich gefragt, was wahrscheinlicher ist, der Vorfall mit dem kaputten Wasserglas, den ich eben zitiert habe, oder ...«

»Oder?«

»... oder ein sprechender Hund.«

Man konnte es drehen und wenden, wie man wollte. Beides erschien Lennart vollkommen unmöglich, aber wäre er gezwungen, zwischen den beiden Varianten zu wählen, dann würde er, so verrückt es sich auch anhörte, die Version mit dem sprechenden Hund nehmen.

Sie hatten Kungälv passiert, und die Nacht übernahm erneut das Regiment, verscheuchte die Lichter der kleinen Stadt.

»Unter dieser Prämisse muss man sich folgende Frage stellen«, ergriff Frederik wieder das Wort. »Wenn der Hund tatsächlich sprechen kann, also nur theoretisch, versteht sich, wie macht er das? Das meine ich rein physisch. Er hat keine Stimmbänder, seine Zunge ist prima gemacht, um Näpfe auszulecken, aber um Laute zu formen, denkbar ungünstig gewachsen. Dazu kommt, dass sein Gehirn nebst angeschlossenen Sinnesorganen bestimmt in der Lage ist, eine Wurst oder eine Spur auf weite Entfernung hin zu wittern, doch für etwas Komplexes wie Sprache reicht das definitiv nicht.«

»Du meinst, ein Mops ist dümmer als ein Papagei?«

»Nennen wir es mal linguistisch minderbegabt. Abgesehen davon plappert ein Papagei meistens auch nur einfache Sachen nach und formt keine sinnvollen, eigenen Sätze oder formuliert gar Gedanken.«

Bölthorn schmatzte auf der Rückbank und bettete sich müde und unter Mühen um, was er mit einem leisen Röcheln stimmungsvoll untermalte. Lennart sah verstört nach hinten. Dieses Tier dürfte in vielerlei Hinsicht minderbegabter sein als so manch andere Lebensform. Wieder an Frederik gerichtet sagte er: »Du meinst damit, der Mops *kann* nicht sprechen, tut es aber trotzdem.«

»Genau«, bestätigte Frederik, hakte aber nach: »Er ist dazu nicht in der Lage, wie schafft er es dennoch?«

Lennart dachte kurz nach. »Ein Wunder?«, beschloss er trocken.

Frederik nickte. »Ja, Wunder klingt gut, ist allerdings ein sehr unspezifischer Begriff. Wunder sind Dinge, die man für unerklärlich hält. Das hier kann man aber erklären. Zumindest theoretisch und in einem gewissen Graubereich.«

»Ach, wirklich?«, fragte Lennart perplex.

»Ich zähle mal auf, was mir einfällt, okay? Also. Möglichkeit Nummer eins: Der Hund könnte einen kleinen Lautsprecher und einen Empfänger am Halsband tragen. Er ist darauf dressiert, seine Lefzen zu bewegen, als würde er selbst die Worte formen, die du hörst. In Wahrheit steht aber jemand irgendwo, beobachtet dich und freut sich kichernd darüber, dass du an dir zweifelst und das glaubst.«

»Blödsinn! Wer sollte so etwas tun und wie?«

»Das ist im Moment unerheblich. Wie gesagt, ich zähle nur alle theoretischen Möglichkeiten auf, so abstrus sie auch klingen mögen.«

»Okay, okay. Weiter«, forderte Lennart ihn auf.

»Möglichkeit Nummer zwei: Der Hund könnte ein Roboter sein. Die Japaner sind schon sehr weit damit. Vielleicht ist er ein ziemlich überzeugender Prototyp kurz vor der Marktreife?«

Er war noch nie an der Steckdose, aber schon oft draußen, wo er viele Haufen gemacht hat, zumindest wenn ich auf Marias bildhafte Schilderungen oder das Gezeter der geplagten Jönssons aus Öjersjö vertraue, überlegte Lennart, wohl wissend, dass Frederik diese Variante vermutlich selbst nicht glaubte, sondern nur seine Theorie weiterspann.

Entsprechend fuhr dieser unbeirrt fort: »Möglichkeit Nummer drei wäre die Variante, die wir schon länger in Betracht ziehen, nämlich die, dass du den Verstand verloren hast.«

»Leider bis jetzt die wahrscheinlichste und gar kein Wunder«, bemerkte Lennart nüchtern.

»Aber es gibt noch eine«, legte Frederik mit getragener Stimme nach.

»Noch eine?«, wunderte sich Lennart. »Welche meinst du?«

»Vielleicht augenscheinlich die abstruseste von allen. Möglichkeit Nummer vier: die Macht.«

»Was für eine Macht?«

»Nicht irgendeine Macht, *die* Macht. Yedi-Ritter. Obi Wan Kenobi. Die Macht umgibt dich, sie durchströmt dich und so weiter.«

Lennart war sprachlos und fragte sich in diesem Moment, ob es nicht trotz seiner eigenen angeschlagenen Verfassung besser wäre, wenn er Frederik behutsam darum bitten würde, rechts ranzufahren, um wieder die Plätze zu tauschen.

»Wie bitte? Du als Physiker sprichst von der Macht aus ›Star Wars‹?«

»Richtig. Echte Macht. Aber es gibt keine Macht.«

Vielleicht bekäme man auch Rabatt, wenn man sich gleich zu zweit einweisen ließ, schoss es Lennart durch den Kopf. »Frederik, du überforderst mich. Was redest du denn da? Es gibt Macht, es gibt sie nicht? Was denn nun? Natürlich gibt es so etwas nicht!«

»Moment, Moment. Damit meine ich, dass *die Macht* auch nur ein anderer Begriff für das Wort *Wunder* ist, nur eben spezifischer, verstehst du? Andere würden das vielleicht als Hexerei oder Zauberei bezeichnen. Oder nennen wir es doch der Einfachheit halber *Magie*. Mit diesem Begriff bist du vielleicht vertrauter, weil du ihn schon seit Kindertagen kennst, außerdem passt das besser zu deinem neuen beruflichen Umfeld. Doch ganz gleich, wie wir solche Phänomene bezeichnen, fest steht, es handelt sich dabei um Dinge, die wir nicht beziehungsweise noch nicht erklären, deren Existenz wir aber dennoch nicht leugnen können. Fest steht auch, dass ebendiese den Grundlagen der Physik unterliegen müssen, sonst könnten nämlich auch sie in unserem Universum nicht als Kräfte wirken, verstehst du? Und vergiss nicht, dass es Dunkle Materie gibt und Dunkle Energie. Auch wenn dunkel hier für unsichtbar und nicht für böse oder so etwas steht, denn man kann beides weder sehen noch messen. Nur am Einfluss dieser beiden physikalischen Größen auf andere Körper hat man sie überhaupt erst entdeckt. Was, wenn Magie auch so etwas ist?«

Lennart ließ Frederiks lange Rede sacken. Er hatte die Gabe, komplexe Sachverhalte so aufzubereiten, dass man sich wenigstens so fühlte, als habe man sie verstanden. »Du hältst also die Magie-Erklärung für die wahrscheinlichste?«

»Nein, mitnichten!«, widersprach Frederik. »Die wahrscheinlichste ist nach meinem Dafürhalten immer noch diejenige, dass du eine schwere psychische Störung hast. Also theoretisch, meine ich.«

»Danke, das macht mir Mut.«

Frederik verringerte die Geschwindigkeit und fuhr in einen Kreisel ein, den sie an der zweiten Ausfahrt in Richtung Göteborg wieder verließen. Ein Verkehrsschild am Straßenrand versprach die Heimkehr in nur achtzehn Kilometern.

»Nimm's nicht persönlich«, griff Frederik das Gespräch

wieder auf. »Es geht schlicht darum, alle Möglichkeiten sukzessive auszuschließen, um zur Wahrheit zu gelangen. Diese wissenschaftliche Methodik nennt man Falsifikation.«

»Du meinst also, ich sollte den Hund zu Hause zuerst auf Sender, Verkabelung und synthetische Bestandteile hin untersuchen, bevor ich darüber nachdenke, einen Therapeuten zu kontaktieren?«

»Klar. Man kann nie wissen«, bestätigte Frederik unbekümmert, als spreche er vom Normalsten der Welt. »Erst danach können diese Möglichkeiten ausgeschlossen werden. Und dann kümmerst du dich um die beiden anderen.«

»Magie und Psychiatrie?«

»Korrekt.«

»Schön, für die Überprüfung der Psychiatrie-Variante gibt es Ärzte, aber wie soll ich das deiner Ansicht nach mit der Magie anstellen? Mithilfe deiner Überraschung?«

»Das käme auf einen Versuch an. Das Beste wäre natürlich, wenn du jemanden kennen würdest, der zaubern kann«, scherzte Frederik. »Der könnte dir dabei bestimmt helfen.«

Lennart war nur bedingt nach Lachen zumute.

Nach einer halben Stunde parkte Frederik vor seiner Wohnung im Kronhusgatan und bat Lennart, zu warten. Dieser stieg aus, setzte sich ans Steuer und tat, wie ihm geheißen. Er fühlte sich seltsam, haltlos. Bölthorn schlief immer noch. Er war nicht einmal aufgewacht, als Frederik die Tür zugeschlagen hatte. Dieser Hund hatte die Ruhe weg. Er war einfach eine beneidenswerte Kreatur. Zumindest in dieser Hinsicht.

Einige Minuten später war der Volvo bereits mit einer Schicht Neuschnee bedeckt, die Nacht wurde noch dunkler und leiser. Durch das Seitenfenster sah Lennart kurz darauf, wie Frederik mit einem Karton in den Händen aus der Haustür trat. Er öffnete die Beifahrertür, drückte sie mit dem Bein ganz auf und stellte seine Last auf dem Sitz ab. »So, hier ist meine Überraschung.«

»Was ist das?«

»Eine Gewittermaschine zur Falsifikation von Möglichkeit Nummer vier, der Existenz von Magie. Zumindest in diesem besonderen Mopsfall.«

Einzelne Flocken flogen von einem seichten Wind getragen ins Wageninnere.

»Eine Gewittermaschine?«, vergewisserte sich Lennart ungläubig.

»Korrekt. Wenn du sie auspackst und anschaltest, wirst du sehen, was ich meine.«

Lennart klappte eine Seite der ineinander verschränkten Deckel des Kartons hoch und lugte ins Innere, konnte aber nichts erkennen.

»Du willst mir weismachen, dass du zufällig eine Gewittermaschine im Haus hast?«

»Nein, nein«, lachte Frederik, »der ursprüngliche Zweck dieses Geräts ist ein anderer, aber wenn deine Annahme stimmt, dass der Hund nur bei Gewitter spricht, dann solltest du damit prüfen können, ob du falsch liegst oder nicht.«

Lennart hatte noch immer seine Hand auf dem Karton liegen. »Einverstanden. Es ist ein völlig bescheuerter Test, aber ich werde es versuchen.«

»Nicht bescheuert, sondern Empirie«, widersprach Frederik. »Und nur Mut, mein Lieber. Selbst wenn sich die Stimmen in deinem Kopf als pathologisch herausstellen sollten, bleibe ich ja trotzdem dein Freund. Also, ich versuch's zumindest. In diesem Fall solltest du darüber nachdenken, ob es sich nicht mit einem sprechenden Hund leben lässt, ob er nun realiter existiert oder nur in deiner Phantasie. Sag mir auf jeden Fall Bescheid, wie es gelaufen ist.«

»Mach ich«, sagte Lennart nicht gerade mit der kraftvollsten Stimme, »ich melde mich.«

»Gut!«, freute sich Frederik. »Möge der Mops mit dir sein. *Hej då.*« Er warf die Tür zu und winkte Lennart noch nach, als dieser schon den Kronhusgatan in Richtung Västra Hamngatan hinunterfuhr.

Es war bereits halb acht, als Lennart sich auf dem quietschenden Drehstuhl vor Buri Bolmens Arbeitsbank niederließ und den Stecker von Frederiks Gewittermaschine in eine der freien Steckdosen über der Tischplatte steckte. In einer halben Stunde stand das Abendessen mit Maria auf dem Plan, zu dem sie anlässlich Bölthorns Wiederkehr in die Familie geladen hatte. Sie hatte ein umfängliches Menü angekündigt, und Lennart ahnte, wie er sich danach fühlen würde.

Doch im Moment spürte er nichts als Anspannung.

Bölthorn saß neben ihm auf dem Boden. Er wirkte interessiert. Er war Lennart nicht von der Seite gewichen, als dieser den sperrigen Pappkubus mit einer Kantenlänge von gut fünfzig Zentimetern hierhergetragen hatte. Kurz nur hatte er unterwegs sein Geschäft gemacht, dann hatte er wieder zu ihm aufgeschlossen und war weiter auf dicken kurzen Beinchen dicht neben ihm hergelaufen.

Lennart blickte zu ihm hinab. Was dachte er? Dachte er überhaupt? Lennart wandte sich Frederiks Gewittermaschine zu.

Es war eine Plasmalampe, eine dieser Glaskugeln von etwa dreißig Zentimeter Durchmesser, die auf einem schwarzglänzenden Sockel thronte. Im Kugelinneren ragte ein daumendicker Stab nach oben, dessen ebenfalls kugelförmiges Ende sich exakt in der Mitte des Behältnisses befand. Lennart kannte das Prinzip, zumindest ungefähr. Die gesamte Glaskugel war mit einem Edelgas gefüllt, und durch den

Stab floss Strom mit einer Spannung von vielen tausend Volt, welcher sich dann in unzähligen Lichtbögen an der Kugelinnenseite entlud. Oder so ähnlich. Jedenfalls ein physikalisches Faszinosum und eigentlich ein alter Hut, da es schon im vorherigen Jahrhundert begeistert hatte.

Er hielt den Atem an und schaltete die Lampe ein.

Sofort ertönte ein leises Summen. Von der Mitte der Kugel flossen dunkelblau-violette Elektronenströme in blitzähnlichen Bewegungen an den Kugelrand, wo sie bei ihrem Auftreffen ein kaum wahrnehmbares Knistern und einen etwas helleren Hof erzeugten, der über die Glasoberfläche waberte. Es war ein uraltes Schauspiel, aber deswegen nicht minder beeindruckend.

Wieder sah Lennart zu Bölthorn hinab. »Und? Verspürt der Herr nun Lust und Laune, mit mir zu sprechen?«, fragte er. Es sollte lässig und amüsiert klingen, doch Lennart merkte selbst, wie viel ungläubige Unsicherheit in seinen Worten lag.

Bölthorn hob den Kopf. »Ich bin überrascht«, sagte er. »Auf diesen Gedanken ist nicht einmal Buri gekommen. Respekt! Auch wenn meine Stimme nicht ganz so kraftvoll klingt wie bei einem echten Gewitter. Für das Gegurgel, Geröchel und Gegluckse kann ich nichts, das liegt an meiner wenig attraktiven Mopshülle.«

Lennarts Herz pumpte wie von Sinnen Blut durch viel zu enge Adern. Kalter Schweiß rann ihm den Nacken hinab. »Du ... du ... du sprichst ja wirklich!«

Bölthorn blickte gelangweilt, und Lennart meinte zu sehen, wie er die Mopsaugen leicht verdrehte.

»Bin ... bin ich verrückt?«, wollte Lennart wissen und versuchte gleichzeitig, in seinem Gehirn nachzuforschen, ob sich etwas verändert hatte. Wenn man Halluzinationen aufsaß, wie fühlte sich das an? War etwas anders? Brannte es eventuell in einem Winkel des Kopfes, spürte man Augendruck oder sonst ein Symptom? Hatte man Ohrensausen, Nervenzucken? Lennart war bisher noch nie verrückt gewesen und besaß daher keine Erfahrungen in dieser Hinsicht. Würde er dem Mops glauben, ganz gleich, was er behauptete? Die Aussagen des sprechenden Hundes konnten doch genauso gut Ausdruck seiner eigenen schizoiden Persönlichkeit sein!

Bölthorn gab ein resigniertes Mopsröcheln von sich. »Bei allen Göttern und guten Geistern, was soll ich denn noch machen, dass du mir glaubst?«

Lennart hatte sich instinktiv in den Stuhl gepresst und so weit in die Lehne gedrückt wie irgend möglich, nur um Abstand zwischen sich und dieses Wesen zu bringen, das seinen in die Irre schweifenden Sinnen entsprungen sein musste. »Ich weiß nicht«, antwortete er ehrlich. »Es ist jedenfalls auffällig, dass du nicht vor Dritten sprichst.«

»Das ist zwar nicht Teil meines Fluchs«, erklärte Bölthorn sachlich, »aber ich will kein Aufsehen erregen.«

»Ach, ein Fluch? Na klar«, entgegnete Lennart sarkastisch, »und nur bei Gewitter, nicht wahr? Ha, das hätte ich als Hirngespinst jetzt auch behauptet!« Er lachte kurz auf. Es klang verzweifelt und hysterisch. »Meine Psyche hat sich eine interessante Erklärungsstrategie zurechtgelegt, wie ich unbeirrt in meinem Wahn verharren kann. Ich müsste eigentlich stolz auf mich sein, so komplexe Selbstgespräche führen zu können.«

»Wenn du meinst«, sagte Bölthorn und machte eine Bewegung, die ein Mopsschulterzucken sein mochte.

Lange, sehr lange blickte er Lennart prüfend an, als versuche er, dessen Seele zu entkleiden und sein nacktes, tiefstes Inneres zu bewerten. »Ich bin mir nicht sicher, ob du schon so weit bist. Ich bin mir nicht einmal sicher, ob du jemals so weit sein wirst. Mein erster Eindruck von dir war, dass du einfach nicht belastbar bist. Das scheint sich bedauerlicherweise mehr und mehr zu bestätigen.«

»Kannst du nicht nachvollziehen, dass das alles etwas viel für mich ist?«, entrüstete sich Lennart. »Du verlangst von mir, dass ich akzeptiere, dass ein dicker Mops sprechen kann? Du verlangst von mir, dass ich so mir nichts, dir nichts ein neues Leben anfange, kurz nachdem mein altes sich in Wohlgefallen aufgelöst hat?«

»Abgesehen davon, dass ich mir diese Gestalt nicht ausgesucht habe«, knurrte Bölthorn, »solltest du nicht vergessen, dass ich ein Hund bin und beißen kann. Ich lasse mich ungern beleidigen. Und was dein Leben angeht, nun, du kannst dein Schicksal annehmen wie ein Mann, oder du kannst mit ihm hadern wie ein Jammerlappen, ändern wird es sich deswegen nicht. Da, wo ich herkomme, haben sie solche Kerle aus dem ... lassen wir das.« Einen kleinen Augenblick hatte Lennart gemeint, Trauer in Bölthorns Stimme zu hören.

»Du möchtest mir nun auch noch weismachen, du seist in Wirklichkeit kein Mops?«, fragte er.

»Natürlich nicht. Es gibt keine sprechenden Möpse! Was für eine bizarre Vorstellung gegen jede Vernunft!«

»Wer oder was bist du dann?«

»Das tut nichts zur Sache. Dass du dich endlich einmal entscheiden musst, hingegen schon. Begreifst du denn nicht, dass dein Weg vorbestimmt ist und dass es an dir liegt, wie du ihn gehst? Denke an Buris Worte in seinem Brief! Ich bin da, um dir zu helfen, Lennart. Buri hat versucht, dir klarzumachen, dass du wichtig bist, auch wenn du erst herausfinden musst, wie wichtig. Aber das Entscheidende waren die drei Dinge zwischen seinen Zeilen, die er dir abverlangt, drei einfache Dinge, die einen Helden seit jeher ausmachen: Mut, Entschlossenheit und Vertrauen.«

Lennart war näher gekommen, hatte die Ellbogen auf den

Knien abgestützt und bestaunte vom Drehstuhl aus den vor ihm hockenden Hund. Selbst wenn er nur reine Imagination wäre (woran Lennart, wie er sich erschreckenderweise eingestehen musste, mehr und mehr zu zweifeln begann), waren seine Worte weise, und Lennart fühlte, wie sie ihn berührten.

Bölthorn leckte sich mit der Zunge über die Lefzen und verzog die Schnauze, beinahe mutete es verächtlich an. »Du bist diesen einfachen Anforderungen bisher allerdings nicht gerecht geworden«, fuhr er gurgelnd fort. »Du hast dich nicht gerade mit Ruhm bekleckert. Du hast mich weggegeben, und du wolltest das Erbe nicht antreten, obwohl dich Buri darum gebeten hat und obwohl ich dir gesagt habe, dass wir es ihm schuldig sind, seinen Mörder zu finden. Lennart Malmkvist, dein einfacher und bequemer Weg ohne Widerstände ist vorbei, ob du es willst oder nicht, und an deiner Stelle würde ich mich gut auf das vorbereiten, was auf dich zukommt.«

»Was ist das? Was kommt denn auf mich zu?«, wollte Lennart aufgeregt wissen.

»Haben wir nicht eine Verabredung mit Maria?«, fragte Bölthorn unvermittelt und nickte in Richtung der antiken Wanduhr, die über der Tür hing.

Es war fünf vor acht.

»Mist! Stimmt!«, entfuhr es Lennart. »Und ich muss auch noch die Blumen aus meiner Wohnung holen.« Dann wandte er sich wieder dem Mops zu, der sich bereits erhoben hatte und ungeniert gähnte. »Erzählst du es mir später?«

Bölthorn sah Lennart stirnrunzelnd an (eigentlich legte er das ganze Gesicht in Falten). »Ist das eine Entscheidung?«

»Für was?«

»Für Vertrauen.«

Kurz zögerte Lennart. Die Gedanken rasten weiterhin in

seinem Kopf herum, aber allem Anschein nach bereiteten sie sich darauf vor, zur Ruhe zu kommen; es fühlte sich nicht mehr verwirrt und chaotisch an, sondern nur noch aufgewühlt und unstrukturiert. »In Ordnung«, stimmte Lennart zu, und ein kleines Lächeln huschte über das Mopsgesicht.

»Das ist wenigstens ein Anfang. Morgen früh werde ich damit beginnen, dich in die magische Welt einzuführen.«

»Magie? Hier, in diesem Geschäft?«

»Natürlich«, sagte Bölthorn, »hier und überall. Ich werde dir die Augen öffnen, darauf kannst du dich verlassen. Und du wirst dich wundern. Ob dir das immer gefallen wird, wage ich zu bezweifeln, aber es muss sein. Wir haben einen langen, gefährlichen Weg vor uns. Vor allem du.« Damit wandte er sich zum Gehen, hielt dann aber erneut inne und drehte sich zu dem noch immer um Fassung ringenden Lennart um. »Zwei Dinge noch.«

Lennart blickte fragend in Richtung des wulstigen Hinterteils, das sich ihm darbot, und des nicht minder wulstigen Kopfes mit kleinen hängenden Ohren und platt gedrückter Schnauze.

»Wie ich schon vorhin im Auto sagte: Hol die alte Keksdose aus dem Müll. Wenn du erstmal erfährst, was es mit ihr auf sich hat, wirst du dich schämen, sie jemals so achtlos dort hineinverfrachtet zu haben.«

Lennart zog widerspruchslos den Abfalleimer unter dem Tisch hervor, griff nach besagter Keksdose und stellte sie sorgsam mitten auf die Arbeitsplatte. Sie sah noch immer aus, als wäre sie keinen Pfifferling wert. »Und zweitens?«

»Ich wollte dir nur mitteilen, dass ich ein großer Liebhaber von Fleisch bin. Wenn also später das eine oder andere Stück rein zufällig unter dem Esstisch landen sollte ... nun ja, deinem Ansehen bei mir würde das sicher nicht schaden.«

Er sah noch, wie sich das dicke Mopshinterteil durch die schweren Vorhänge aus der Werkstatt schob, dann war Bölthorn verschwunden.

Lennart rieb sich die Augen, schüttelte fassungslos den Kopf, dann schaltete er Frederiks Gewittermaschine aus und folgte dem ganz und gar nicht linguistisch minderbegabten Hund hinaus in den dunklen Verkaufsraum und weiter zur Ladentür.

Als Maria die Tür öffnete und Bölthorn erblickte, bekam sie feuchte Augen, und als sie dann auch noch die Blumen sah, kullerte ihr geradewegs eine Träne die Wange hinab. Sie nahm den Strauß entgegen, roch entzückt daran und eilte in die Küche, wo sie eine Vase aus den vollgestopften Schränken hervorzauberte und den Strauß hineinstellte.

»*Che bello, che bello!*«, sagte sie immerfort. »Wie schön, wie schön!« Sie platzierte den farbenfrohen Strauß mitten auf dem Tisch, den sie (nach Lennarts Dafürhalten beinahe übertrieben) festlich eingedeckt hatte. Es war sein erster richtiger Besuch in ihrer Wohnung. Er hatte ihr schon das eine oder andere Mal etwas hineingetragen, aber weiter als bis zu der ausgehängten Küchentür – die stehe im Keller, nehme doch nur Platz weg, und das Essen rieche man sowieso immer, hatte sie einmal zu Lennart gesagt, als er sie darauf angesprochen hatte – war er noch nie gekommen.

In der Küche herrschte geordnetes Chaos. Alles stand voll mit Schneidbrettern, Töpfen, Schälchen, Gewürzen und anderen Zutaten, und natürlich drang unwiderstehlicher Duft von vielerlei Gerichten heraus. Vielleicht hätte Maria heute, weil Besuch da war, die Tür ausnahmsweise doch einmal zugemacht, aber das ging nicht. Die stand ja im Keller. Also schob sie ihn sanft, aber bestimmt von der Stätte ihres Wirkens weg und hinein in die gute Stube, wo sich der Anblick ein klein wenig geordneter gestaltete und Bölthorn es sich bereits neben dem Tisch bequem gemacht hatte. Sie öffnete eine Flasche Prosecco, schenkte zwei Gläser ein und prostete Lennart zu, dann verschwand sie wieder in der Küche, um die Vorspeise vorzubereiten.

Lennart nippte am Schaumwein, der seinen Mund mit einer fruchtigen Note erfüllte, und sah sich unter Bölthorns prüfendem Blick um. Er verstand, weshalb Buri und Maria ein perfektes Paar abgegeben hätten. Ihre Wohnung war ein Setzkasten aus Abertausenden von Kleinigkeiten. Der einzige Unterschied zwischen diesem Wohnzimmer und *Bolmens Skämt- & Förtrollningsgrotta* war, dass es hier mehr Bilder als Nippes gab und nichts zum Verkauf stand. Ansonsten schätzte er, dass der Quotient aus freier Fläche (inklusive Wandflächen) und bedecktem Grund in etwa dem von Buris Laden entsprach.

Fotos, Bilder und Bildchen, Vasen und Väschen, Bücher und eine beachtliche Vinylplattensammlung machten diesen Raum zu einem gedanklichen Erlebnispark. Die optischen Impressionen an den Wänden, darunter zig Fotografien ein und desselben italienischen Dorfes, so schien es, der Duft nach Zitrone und Thymian aus der Küche, untermalt von Rossinis ›Der Barbier von Sevilla‹ (der sich einen erbitterten Dezibelkampf mit der Abzugshaube lieferte) – das alles versetzte einen ins wohlige Träumen von Sonne, Sommer und blühenden Landschaften.

»*Ecco l'antipasto!*«, rief Maria, als sie mit zwei vorgewärmten Tellern im Wohnzimmer auftauchte, vor deren Hitze sie ihre Hände mit bunt gemusterten Geschirrtüchern schützte. »*Spaghetti al limone con salmone affumicato dalla Svezia* – Zitronenspaghetti mit schwedischem Räucherlachs. Dazu ein Sauvignon Blanc aus dem Friaul.«

Maria holte den Wein, kam ohne Schürze zurück, schenkte ein und stellte Bölthorn eine übertrieben mit Fressen gefüllte Terracottaschüssel auf den Boden.

Lennart besah sich die Riesenportion Pasta, auf der kleine Zitronenfilets mit rotem Pfeffer und Dillspitzen neben hauchfein geschnittenen Räucherlachsstreifen angerichtet waren. Er trank den Prosecco aus und nahm einen Schluck vom Weißwein. Himmlisch!

»*Buon appetito!*«

»*Smaklig måltid!*«, erwiderte Lennart und tauchte seine Gabel in die perfekt al dente gekochten Nudeln, die von einer zarten Schicht erwärmter Butter umhüllt waren. Er hatte wirklich Hunger.

Das änderte sich schnell.

Minestra maritata – Gemüsesüppchen.

Fegatelli alla toscana con finocchi al forno – Leberspießchen vom Grill mit Lorbeer, Knoblauch, Salbei, dazu gratinierter Fenchel und frisches Ciabatta.

Quaglie al risotto con fagioli all'uccelletto – Ofenwachteln mit Reis und dicken weißen Speckbohnen in Tomatensud.

Sorbetto al limone – Hausgemachtes Zitronensorbet (zusammen mit den Zitronen des Vorgerichtes bildete es eine geschmackliche Klammer um Haupt- und Zwischengänge, erläuterte Maria und lächelte; zu diesem Zeitpunkt war Lennart schon gar nicht mehr danach).

Panettone, Grappa, Espresso.

Bölthorn röchelte laut.

Lennart stöhnte leise.

Er war kaum noch in der Lage zu atmen, geschweige denn, klar zu denken, so dermaßen pappsatt war er. Er öffnete den obersten Knopf seines Hemdes und tupfte sich den Schweiß von der Stirn. Mehr als zwei geschlagene Stunden hatten sie gegessen, getrunken, diverse Arien gehört und vor allem geredet. Über Buri, über Bölthorn (der stets aufmerksam zuzuhören schien), über Lennart, über Hadding, Emma Mårtensson, Frederik, über Buris Anwalt, Advokat Cornelius Isaksson, über Lennarts Eltern.

Als sich Lennart schließlich um Viertel nach elf von Maria Calvino loseiste und sich um gefühlte zehn Kilo schwerer zusammen mit Bölthorn die Treppe zu seiner Wohnung hinaufschleppte, fiel ihm auf, dass er selten in seinem Leben so viel gegessen hatte, aber auch, dass er selten in seinem Leben einem Menschen so viel über sich erzählt hatte. Von Maria hingegen wusste er noch immer nicht mehr als vorher. Hatte er vergessen, zu fragen? Sie hatte wie immer bedeutend mehr geredet als er, aber erfahren hatte er nichts.

Weit nach Mitternacht wälzte Lennart sich in seinem Bett und tat sich aus vielerlei Gründen schwer damit, einzuschlafen. Marias Essen war, wie nicht anders zu erwarten, geschmacklich ganz wunderbar gewesen, hatte sich jedoch mengenmäßig eher an der Versorgung einer ausgehungerten Horde Wikinger orientiert und nicht eines einzelnen neuzeitlichen Besuchers.

Lennart hatte im Laufe des Abends sicherlich ein gutes Pfund Lebensmittel unter den Tisch fallen lassen, doch das fiel bei den Massen an Speisen nur wenig ins Gewicht.

Dieser Umstand gepaart mit Marias italienisch-mütterlicher Art, Gästen auch gegen ihren ausdrücklichen Willen ständig nachzulegen, hatte dazu geführt, dass Lennart wieder einmal viel mehr gegessen hatte, als es seinem Magen guttat. Bei Maria war man satt, wenn sie es erlaubte, nicht, wenn einem übel war.

Lennart starrte ins Dunkel seines Schlafzimmers. Und zweifelte. Doch dann kamen ihm Bölthorns Worte in den Sinn: Mut, Entschlossenheit und Vertrauen.

Vielleicht sollte Lennart es tatsächlich damit probieren?

Als Erstes musste er allerdings jemand anderem vertrauen. Sich selbst nämlich.

Er tastete auf dem Nachttisch nach seinem Handy und tippte eine Nachricht:

Hej, Frederik. Bin nicht verrückt! Wollte ich nur noch gesagt haben. Danke für alles & Gute Nacht, L.

Als hätte er sich damit in irgendeiner Weise befreit, machte er die Augen zu und schaffte es, binnen kurzer Zeit einzuschlummern. Und noch während er tiefer und tiefer in den Schlaf sank, spürte er etwas Wunderbares in sich aufblühen, etwas, das er zuerst gar nicht hätte beschreiben können, etwas, das schon lange Zeit verschollen schien.

Doch dann erinnerte er sich.

Es war ein Gefühl, ein lange vergessenes Gefühl – ja, er lächelte im Schlaf, er konnte es spüren. Wann hatte er Derartiges das letzte Mal empfunden? Als Kind, als er das erste Mal mit seinem Vater zum Fischen in die Schären hinausfuhr, als ihm die kühle Gischt der See ins Gesicht spritzte und er lachte und lachte, als er noch unverwundbar war, weil er noch keine Wunden gekannt hatte. Oder war es gewesen, als er nach dem Abitur alleine seine Trekkingtour durch Norwegen zu den Lofoten und noch weiter nach Norden machte? Alleine. Sechs Wochen. Nur er. Ihm hatte die Welt gehört!

Er erkannte: Mut, Entschlossenheit und Vertrauen. Ja, das war es wirklich!

Dann umhüllte ihn die warme Dunkelheit, ganz sanft, als würde ihn jemand, in den er unsterblich verliebt war, schützend in die Arme nehmen und nie wieder loslassen.

23. Kapitel

Lennart hatte wunderbar geschlafen. Er fühlte sich so erholt und ausgeruht wie schon lange nicht mehr, und die frische Luft, die ihm die Morgenrunde mit Bölthorn eingebracht hatte, hatte ihm ebenfalls nicht geschadet. Im Gegenteil. Den Mops im Gefolge verließ er gegen kurz nach zehn das Haus, ging hinüber zu seinem Geschäft, welches einmal Buris gewesen war, und schloss die Tür auf.

Er war aufgeregt. Was würde ihn erwarten?

Die Hexe kicherte schadenfroh, und dieses Mal mit Grund. Lennart traf fast der Schlag. Fassungslos starrte er in den total verwüsteten Laden.

»Verflucht! Was ist denn hier passiert? Mist, verdammter!«

Rasch eilte er hinein, ging zu den vordersten Regalen, aus deren Fächern unzählige Artikel herausgerissen worden waren. Kreuz und quer lagen Bücher, Kugeln, Kleinartikel, Phiolen und alles, was sich sonst noch darin befunden hatte, auf dem Boden. Es knirschte unter seinen Füßen. Scherben. Dann hielt er inne.

Er lauschte. Der Laden war still und verlassen, wenigstens wirkte es so.

Er hatte doch den Hund, fiel ihm ein. Sprechend oder nicht, Bölthorns Gehör musste weit besser sein als sein eigenes.

»Hörst du was? Ist noch jemand hier?«, flüsterte er dem Mops zu.

Bölthorn sah Lennart an, ging an ihm vorbei und stellte die Ohren auf. Langsam bewegte er seinen Kopf von rechts nach links und wieder zurück, wie ein mit Fell überzogenes Radar. Dann ging er durch das Chaos hindurch nach hinten zur Werkstatt. Lennart folgte ihm, darauf bedacht, so wenige Geräusche wie irgend möglich zu verursachen, was bei den Mengen an Kleinteilen auf dem Boden beinahe ein Ding der Unmöglichkeit darstellte.

Feines Knirschen, leises Knacken, sanftes Klingeln, Bersten, Brechen. Hoffentlich hatten Möpse eine ordentliche Hornhaut an den Pfoten, dachte Lennart bei sich. Doch Bölthorn hatte ganz offensichtlich andere Sorgen.

Der nämlich blieb stehen, drehte sich um. Sein Blick war so vorwurfsvoll, wie der Blick eines konzentrierten und durch äußere Umstände gestörten Mopses auf der Pirsch nur sein konnte. Lennart zuckte entschuldigend die Achseln, woraufhin Bölthorn sich wieder nach vorne wandte und weiter bis zum Samtvorhang der Werkstatt schritt.

Vorsichtig schob Lennart diesen zur Seite, tastete nach dem Schalter und machte das Licht an. Die Neonröhre begann zu flackern und erhellte das Durcheinander effektvoll. Bölthorn schlüpfte hindurch und stakste über Berge von heruntergerissenen und zerfledderten Aktenordnern, achtlos umhergeworfenen Werkzeugen und Unmengen von nicht identifizierbaren Kleinteilen, die aus den teilweise zerborstenen Sortimentskästen geschleudert worden waren, nach hinten. Lennart folgte ihm.

Hier hatte jemand getobt, es sah noch schlimmer aus als vorne im Laden. Sogar die ominöse Metallkekskose hatte der Täter zur Seite gefegt. Sie lag nun mit einer deutlich sichtbaren Beule am Rand des Tisches, der Deckel war aufgesprungen. Einzig Frederiks Plasmalampe auf der Werkbank schien der Täter lediglich umgestoßen, zum Glück aber nicht aus Wut oder anderen niederen Beweggründen in der Gegend herumgeschleudert zu haben. Hoffentlich funktionierte sie noch …

Lennart drehte den Regler.

Sie war intakt. Violette Blitze tanzten über die Kugelinnenseite.

Und sofort plapperte Bölthorn los. Sichtlich aufgeregt und richtiggehend wütend. »Wer war das?«, schnaubte er, und seine Stimme klang wie das Röcheln einer sprudelnden Quelle aus den Tiefen einer feuchten Höhle. Nur gedämpfter. »Wer tut so etwas? Bei allen Elfen, Zwergen, Geistern und was weiß ich. So eine Schweinerei!«

»Ist noch jemand hier?«, fragte Lennart Bölthorn.

»Nein.«

»Und da drin?«

Lennart deutete vorsichtig auf die Tür neben der Werkbank, die in Buris Wohnung führte.

»Nein. Ich würde ihn riechen und hören. Der Täter ist weg. Aber ich kenne diesen Geruch.«

»Du kennst ihn? Wer war es?«

Bölthorn schüttelte den Kopf. »Nein. Kein Gesicht, ich habe kein Gesicht vor Augen, aber irgendwann habe ich diesen Geruch schon einmal wahrgenommen. Vielleicht fällt es mir noch ein. Spätestens wenn ich wieder auf ihn treffe, weiß ich es.«

Lennart hatte eigentlich vorgehabt, Buris Wohnbereich unter anderen, würdevolleren Umständen das erste Mal zu betreten. Immerhin waren hier die privaten Räume des alten Mannes gewesen, und da einfach hineinzugehen und sich umzusehen hatte ihm widerstrebt.

Folglich betrat er die Wohnung mit gemischten Gefühlen. Aufgewühlt war er, es war immerhin ein Tatort, zurückhaltend, denn es war ein bis dahin unbekannter und intimer

Teil von Buri Bolmens Leben. Doch aus demselben Grund war er auch ein klein wenig neugierig.

Buri Bolmen hatte für seinen Laden gelebt, stellte Lennart fest, als er den übersichtlichen Privatbereich durch das fortlaufende Chaos betrat. Auch hier überall Gegenstände auf dem Boden. Bücher, Fotos, Krimskrams. Die Kissen des kleinen Zweisitzers waren mit einem Messer aufgeschlitzt worden. Der Füllstoff lag überall verteilt und bedeckte einen Gutteil des kleinen Wohnschlafkochbereichs. Es gab offenbar nur dieses eine kleine Zimmer, das ebenso schummerig war wie die Werkstatt. Früher, vor langen Jahren, musste es ebenfalls als reguläre Verkaufsfläche gedient haben, bevor hier Wände eingezogen und die ursprünglichen Schaufenster zugemauert worden waren. Über weit oben liegende, kleine Lichteinlässe fiel schwaches Tageslicht herein. Es sah eher aus wie ein Versteck und nicht wie ein Wohnbereich, fand Lennart, und ihm wurde schwer ums Herz.

Weiter hinten ein Einbaukleiderschrank. Daneben eine Kochecke mit einem kleinen Tisch und zwei Stühlen. Neben dieser winzigen Küche (wenn man das überhaupt so nennen durfte) stand die Tür zum Bad offen. Eine Nasszelle mit Toilette, Waschbecken, Dusche. Zweckmäßig. Auf dem Fliesenboden lagen Seifenspender, eine Flasche mit Duschgel, Buris Zahnbürste. Die Handtuchhalter waren verbogen, die Handtücher lagen ebenfalls am Boden, der gläserne Zahnputzbecher war zerbrochen.

Auffällig war, dass alle, wirklich alle Bücher aus dem einzigen Regal gerissen und sogar aufgeschlagen worden waren. Bölthorn bestätigte Lennarts Eindruck, als sie wieder zurück in der Werkstatt waren. Der Hund konnte offenbar nur sprechen, wenn er sich, abhängig von der Dimension eines elektromagnetischen Feldes, in der Nähe desselben aufhielt. Frederik hätte mit Sicherheit die passende Formel zu diesem

Problem gewusst. Lennart nahm sich vor, ihn später einmal darauf anzusprechen.

Bölthorn meinte resigniert und mit einer Stimme, in der wenig Hoffnung lag: »Er hat das Dunkle Pergament gesucht. Und ich befürchte, er hat es auch gefunden. Wie ist das möglich? Es war geschützt. Was für ein Unglück!«

Lennart bückte sich und schob behutsam ein paar Sachen zur Seite, die auf dem Boden vor der Werkbank verstreut lagen, dann setzte er sich auf den Drehstuhl. »Er? Pergament? Wer und welches Pergament?«, fragte er Bölthorn verwirrt.

Der mahlte mit den Kiefern, runzelte die Mopsschnauze, zog die Lefzen hoch. Er dachte nach, haderte sichtlich. Schließlich sagte er: »In Ordnung, Lennart Malmkvist. Ich wollte dir das alles erst sehr viel später sagen, wenn du bereit gewesen wärst. Aber besondere Umstände erfordern besondere Maßnahmen. Ich denke, es ist an der Zeit, dass ich dir eine Geschichte erzähle, wenigstens das, was ich darüber weiß.«

»Ich halte das für eine prima Idee«, erwiderte Lennart und setzte hinzu, »ein Schritt in die richtige Richtung. Aber wofür bereit?«

24. Kapitel

Als Emma erwachte, tat es viel weniger weh, als sie befürchtet hatte. Das dumpfe Pochen in ihrem Schädel war fast unangenehmer als die Stelle, wo der kalte Stahl in ihre Brust gedrungen war. Sie würde sterben. Hier und jetzt. Auf dem Boden liegend vor dem durchgesessenen Sofa ihres Großvaters, den sie lange vor ihr zu verheimlichen versucht hatten. Dass sie überhaupt noch einmal erwachte – es war sinnlos.

Sie bemerkte, dass die Haustür offen stand. Über ihr die braun getäfelte Holzdecke.

Es war kalt. Eiskalt. Das Einzige, das sie an Wärme spürte, lief ihr aus den Lippen. In ihrem Mund schmeckte sie Metall. Mit jedem rasselnden Atemzug schien sie ein Stück ihrer Seele zu verlieren. Und einen Grad Körpertemperatur.

War es würdelos, dergestalt zu enden? Bewegungsunfähig und so, wie man sie hierhergeschleppt und einfach hier abgelegt hatte? Nein, es war unwichtig. Weit weniger wichtig als die Bilder, die vor ihrem inneren Auge vorbeizogen.

Vergangenheit ohne Anfang und Ende, ohne bestimmten Zeitpunkt mischte sich mit Dingen, die sie vor kurzem erst erlebt hatte. Weshalb war sie auf den Dachboden gegangen? Weshalb war sie überhaupt hierhergekommen? Vorwürfe waren nutzlos. Niemand hatte sie niedergeschlagen, gegen einen Dachbalken war sie gestoßen, das war alles gewesen! Was für eine Ironie! Als sie aus ihrer kurzen Ohnmacht wieder zu sich kam, war sie zu dieser Holzplatte gegangen. Ein altes, zerfressenes Stück Holz, vielleicht einen mal zwei Meter groß. Hatte Großvater es hochgeschafft? Warum?

Ihr Großvater hatte nie wirklich existiert, er bestand aus feinen Farbkörnchen auf altem Fotopapier, aus dieser Super-8-Filmrolle und aus ein paar Briefen, alles aus dem Koffer. Er hatte nie existiert. Doch dann war er plötzlich erwacht. Vor kurzem erst. Unmöglich! Und doch ...

Was war mit ihren Eltern geschehen? Und mit ihrer Großmutter? Alle tot! Sie hatte nicht mehr an den Unfall geglaubt, seit Anna-Fried und Gustav Mårtensson ihr die Wahrheit erzählt hatten. Und was war mit dem Großvater geschehen? Er sei gestorben, sagte man, aber war er wirklich tot? Sollte sie so irren? Aber wen interessierte das jetzt noch ...

Ihre Eltern waren nicht ihre Eltern, sie war nicht ihr Kind. Adoptiert. Wochenlang hatte sie kaum gesprochen. Nein, sie hatte sie nie gehasst. Danach nicht, und davor schon gar nicht. Wofür und warum? Wahrscheinlich hatte sie sie immer geliebt. Sie waren stets gut zu ihr gewesen, und was hätten sie tun sollen? Wann war der richtige Augenblick, so etwas Fundamentales zu verkünden? Es war derselbe Augenblick, den man für passend erachtete, sich eine unheilbare Krankheit zuzuziehen.

Emma atmete flach, es fiel ihr schwer. Sie hatte das Gefühl, einen feuchten Schwamm in der Lunge zu haben. Kaum Luft, kaum Leben.

Unter der Platte auf dem Dachboden hatte sie tatsächlich etwas gefunden. Sie hatte gewusst, dass irgendetwas hier war – von Anfang an! Ein altes Pergament, gut verpackt in Plastikfolie und zusätzlich geschützt durch eine Rolle aus festem Leder. Es war unversehrt, allerdings stockfleckig und nicht zu entziffern. Aber das ergab doch alles keinen Sinn. Warum ein Pergament? Sollte sie für ein Stück Tierhaut sterben? Warum hatte man es ihr nicht einfach geraubt, wenn es denn tatsächlich kostbar war? Doch es musste für irgendjemanden kostbar sein, sonst hätte Großvater es nicht so sorgfältig versteckt.

Und dann diese eigenartigen Zeichen auf der Platte. Kaum zu erkennen. Blitze, Kreuze, Schwerter, Symbole, zusammen in einem Kreis – was bedeutete das? Sie würde es nicht mehr erfahren, nicht in diesem kurzen Rest Leben.

Draußen Stimmen. Leise, an- und abschwellend, verzerrt. Kam noch jemand? Kam jemand, um ihr den Rest zu geben, den Gnadenstoß, so wie man es vor Hunderten von Jahren mit Delinquenten getan hatte?

Als sie mit dem Pergament im Wohnzimmer saß und es eingehend betrachtete, hatte es wieder geklopft. Gunnarsson, so war ihre Vermutung gewesen. Emma hatte die Tür geöffnet, fest entschlossen, dieses Mal freundlicher zu dem alten Mann zu sein, doch dann war ihr das Buch aus der Hand gefallen. Sie hatte vor Schreck geschrien.

»Sie? Wie haben Sie mich gefunden?«, waren ihre letzten Worte gewesen, dann der Schmerz in der Brust. Es ging so schnell, es war geplant gewesen. Der schlimmste Feind war der Freund, von dem man es am wenigsten erwartete.

Man musste sie hierhergeschleift haben, mitten in den Raum. Wo war das Pergament? War es verschwunden? In der Hand spürte Emma nichts als kalten Schweiß.

Die Stimmen wurden lauter. Draußen blitzte es in vielen Farben. Lärm, Wind, irgendetwas jaulte und pfiff. Kam näher. Stille. Schläge. Schritte. Die Blitze blieben.

Engel, Feen und Elfen, nur eine Täuschung ihres sterbenden Geistes? Irrlichter … überall. Ihre Mutter, die Eltern, sie lächeln, greifen nach ihr. Zu Hause. Endlich!

Sie atmete aus.

Dann war der Schmerz vergangen.

Emma Mårtenssons Herz hatte aufgehört zu schlagen.

25. Kapitel

»Gibt es viele Menschen, die zaubern können?«, wollte Lennart wissen.

»Alle Menschen können zaubern«, erwiderte Bölthorn knapp.

Lennart beugte sich ungläubig vor. »Wie bitte? Jeder kann zaubern, willst du mir weismachen? Das ist doch lächerlich! Dann würde doch kein Mensch mehr arbeiten gehen!«

Bölthorn rollte mit den Augen und schüttelte resigniert den Kopf, dass seine Lefzen nur so schlabberten. »Jeder Mensch kann laufen, aber nur die wenigsten schaffen zehn Kilometer am Stück, geschweige denn einen Marathon in zwei Stunden, so musst du das sehen. Du hast eine Vorstellung von Magie wie aus einem drittklassigen Schundroman. Dummkopf! Magie selbst ist, bis auf wenige Ausnahmen, unsichtbar. Nur ihre Auswirkung erkennt man, verstehst du?«

Lennart verstand nicht.

»Es geht nicht immer um fliegende Kugelblitze, Zauberstäbe, Besen, auf denen man reiten kann, oder sonst einen Hokuspokus. Alle diese Dinge sind zwar möglich, aber eine Frage der Begabung und des Fleißes«, fügte er an. Dann verfiel er in einen professoralen Ton. »Magie ist unsichtbar, ihre Wirkung nicht. Nimm die Liebe. Welche Kraft wohnt ihr inne? Welche Macht? Im Guten wie im Schlechten, bis hin zur völligen Vernichtung. Wer nicht lieben oder hassen kann, ist kein Wesen, er ist eine Lebensform. Das macht das

Leben nicht weniger respektabel, aber es ist doch ein gewaltiger Unterschied.«

Lennart war nachdenklich geworden. Bölthorns Worte klangen nicht nach Ungereimtheit oder wirrer Theologie, sie klangen wahr. Nein, schlimmer noch, sie fühlten sich wahr an!

»Was ist los?«, fragte Bölthorn. »Hat es dir die Sprache verschlagen?«

»Ich glaube, ich bin fähig zu hassen, wenn auch nicht geübt ... Aber kann ich auch lieben?«

Bölthorn zuckte mit den Achseln (jedenfalls sah es so aus: sein Kopf verschwand kurzzeitig eine Handbreit zwischen den Schultern). »Magie zu praktizieren kann man lernen, sofern man eine Grundbegabung mitbringt, und wenn Liebe Zauberei ist, dann ... nun, den Rest kannst du dir ja selbst zusammenreimen.« Er räusperte sich (es klang, als würde man mit einer Drahtbürste heftig über einen halb aufgepumpten Fußball kratzen). »Genug der Exkursion. Hör lieber zu, was ich zu erzählen habe, sonst wirst du nie begreifen, wer du bist und was um dich herum geschieht. Und vor allem nicht, welche Bedrohung uns bevorsteht.«

Bölthorn holte tief Luft und begann, die Geschichte zu erzählen. »Schon seit allen Zeiten tobt ein unsichtbarer Kampf zwischen Gut und Böse, zwischen Licht und Schatten, der sich manches Mal in der Geschichte durch auffällige Ereignisse Bahn gebrochen hat, die man nur anders deuten müsste, um die Wahrheit zu erkennen. Diese will man aber nicht sehen, weil sie nicht existieren darf in einer Welt ohne Magie. Mancher Krieg, mancher Despot, manches Vorkommnis in der menschlichen Historie – wer weiß schon, wie oft das Böse seine Finger im Spiel hatte?

Das Böse hat viele Namen und Gesichter und bemächtigte sich immer wieder einzelner Menschen, deren Seele es aus ihren Körpern vertrieb und von ihnen Besitz ergriff, so wie es Dämonen seit jeher zu tun pflegen. Einer dieser bemitleidenswerten Menschen war Olav Tryggvason, erster christlicher König der Norweger. Erst überzeugter Christ und guter Mensch, wandelte sich dieser Herrscher zum grausamen Eiferer, der keine Gnade zeigte, nachdem das Böse ihn befallen hatte. Mehr und mehr hing er dem dunklen Glauben an, sodass man ihn irgendwann Olav Krähenbein nannte. Aber seine Überheblichkeit, sein Zorn, das Böse wurde ihm zum Verhängnis. So wurde Olav Krähenbein schließlich am neunten September im Jahre tausend christlicher Zeitrechnung in der Schlacht von Svold in den Gewässern der Ostsee vernichtend geschlagen und er selbst dabei getötet. Wenigstens dachte man das. Doch Krähenbein entkam als Geist seiner wahren Gestalt, indem er von Bord seines Schiffes ins Meer sprang, noch bevor man seiner habhaft werden konnte. So kam es, dass vier mächtige Zauberer einen Bund gegen ihn schlossen, um zu verhindern, dass dieser Schatten jemals wiederkehren und sich eines Menschen bedienen würde, um von neuem zu Macht zu gelangen.

Mit einer List lockten sie ihn des Nachts aus dem Meer. Sie ließen Elír, eine junge Feenprinzessin, ein Ritual abhalten, das ihn herbeirief und ihn glauben machte, die junge Frau mit dem goldenen Haar sei leichte Beute für Krähenbeins hungrige schwarze Seele, die sich nach einem neuen Körper sehnte.

Als er auftauchte, fingen sie seinen Geist mit ihren vereinten Kräften in einem steinernen Amulett, und Krähenbeins Magie verbannten sie in vier Dunkle Pergamente, die sie aus der Haut eines schwarzen Wolfes in aller Eile angefertigt hatten, die man auch *vargúlfskinn* nannte.

Bedauerlicherweise gelang es Olav Krähenbein unter letzter Aufbietung all seiner Kräfte, die Feenprinzessin aus

Rache für ihre Täuschung mit einem ewigen Fluch zu belegen, doch dann zerbrachen die Zauberer das Amulett in zwei Teile, und um Krähenbein war es geschehen.«

»Das ist doch bloß eine Sage, wie es in der nordischen Mythologie viele gibt«, behauptete Lennart unsicher.

»Keine Sage. Die Wahrheit«, widersprach Bölthorn und soff einen Schluck Wasser aus dem Napf, den Lennart ihm hingestellt hatte.

»Zauberer, Krähenbein und eine Fee?«

»So ist es.«

»Ist die Geschichte zu Ende?«

»Nein.« Bölthorn schüttelte den Kopf. Wasser troff von seinen Lefzen. »Nachdem die vier Zauberer das vollbracht hatten, reisten zwei von ihnen viele Tage und Nächte über den Sund und über Land in ein nördlich gelegenes Gebiet, wo sie die eine Hälfte des Amuletts in einem vergessenen Wald zwölf Fuß tief vergruben. Die anderen beiden reisten in die entgegengesetzte Richtung, ebenfalls weit, weit weg, zu einer Höhle an der wilden Küste der Baltischen See. Dort trotzten sie dem harten und teilweise gefrorenen Boden viele Fuß Kies und Erde ab. Als sie fertig waren, legten sie die andere Amuletthälfte in das Loch und schütteten es zu. Nachdem das getan war, trafen sich alle vier auf halbem Wege wieder und schworen sich, ihren Teil von Krähenbeins zerrissener magischer Macht, der in je einem der Dunklen Pergamente gefangen war, zu bewachen, und wenn es ihr Leben kosten würde. Sie gingen in vier Himmelsrichtungen davon, mit der festen Absicht, sich nie wiederzusehen und damit ihren Teil des Schwurs zu erfüllen. Seit diesem Tag nannten sie sich *Die vier Wächter der Dunklen Pergamente*.«

Es piepste und vibrierte. Lennart, der noch immer gebannt seinen Blick auf Bölthorn gerichtet hatte, schrak auf und brauchte einige Sekunden, um zu begreifen, dass es kein summender Zauber war, der soeben in ihn gefahren war, sondern lediglich eine eingehende Nachricht. Er zog sein Mobiltelefon aus der Hosentasche.

Obi Wan: hej, Lennart. ich komme nachher mal im laden vorbei, wenns recht ist. bist du da? mdmmds, frederik.

Lennart dachte an das Chaos, das durch den Einbruch entstanden war, und schrieb: Gerne, aber erst später. Viel zu tun …

Er steckte das Handy zurück und sah Bölthorn an. »Frederik«, erklärte er.

»Der mit der Gewitterlampe?«, erkundigte sich der Mops und legte den Kopf schief.

»Genau der«, antwortete Lennart, dann überlegte er einen Moment und fragte schließlich: »Was ist mit der Polizei?« Er deutete rundum, wo noch immer eine Unmenge von Akten, Büchern, allerlei Kleinteilen und Werkzeugen in der Werkstatt verstreut war. »Soll ich sie rufen?«

»Nun, sie haben bei Buris Tod versagt, und sie werden wieder versagen. Glaubst du, sie werden jemals herausfinden, wer das hier war? Was meinst du, weshalb ich dir das alles erzähle?« Bölthorn schnaubte, seine Lefzen flatterten.

Lennart lächelte mit einem Anflug von Unsicherheit. »Alles, was recht ist. Du bist ein sprechender Mops. In Ordnung, akzeptiere ich. Magie existiert, ist so etwas wie Liebesenergie, nur stärker, aber unsichtbar oder so. Wegen mir. Buri war alt, verschroben, geheimnisvoll, hatte dubiose Geldquellen, auch das nehme ich als gegeben hin. Doch dass du mir jetzt weismachen willst, es gebe irgendeinen ominösen dunklen Kerl aus grauer Vorzeit, der nach Macht strebt und beliebig in Feenprinzessinnen oder Menschen fahren kann, was er momentan nur deshalb nicht auf die Reihe bekommt, weil ihn vier Zauberer mittels vier Dunkler Pergamente, besser gesagt mittels vier Teilen einer Wolfshaut, wenn ich das richtig verstanden habe, durch einen Bann im Zaum halten, ist ein wenig viel verlangt, findest du nicht? Das ist eine nette Gruselgeschichte, und vielleicht taugt sie sogar für einen anständigen Fantasyfilm, aber du glaubst doch nicht ernsthaft, dass ich dir das abkaufe, oder etwa doch?«

Bölthorn schüttelte leise den Kopf. »Lennart, Lennart, du meinst, das alles wäre eine Traumwelt, die ich mir ausgedacht habe, dabei bist du es, der seit seiner Geburt in einer Traumwelt lebt. Du solltest mir endlich vertrauen. Alles, was ich dir gesagt habe, ist wahr.«

»Unfug! Woher willst du das wissen?«

Bölthorn schwieg einen Moment lang, dann sagte er: »Ich weiß es so genau, weil ich ... weil Buri dabei war, als Olav Krähenbein gebannt wurde. Und er hat es mir erzählt.«

»Buri ... er war dabei?« Lennart lachte schrill auf. Dann stammelte er: »Das ... das ist unmöglich!«

»Selbstredend ist das unmöglich«, gab Bölthorn entnervt zurück. »Und ich kann auch nicht sprechen, und die Sonne dreht sich um die Erde, die übrigens eine Scheibe ist.« Er röchelte verächtlich, um dann weiter zu erklären: »Lennart Malmkvist, du solltest wissen, dass Olav Krähenbein zurück ist. Jemand hat ihn aus dem Amulett befreit, und nun sucht er die Dunklen Pergamente, um seine Macht wiederzuerlangen. Buri hat genau das vorhergesagt. Und ich befürchte, dass er recht damit hatte und dass Olav Krähenbein unlängst einen großen Schritt weitergekommen ist, denn wenigstens eines der Dunklen Pergamente dürfte ihm in die Hände gefallen sein.«

Lennart fühlte sich, als wäre er aus Versehen beim Blutspenden eingenickt und erst zwei Liter später wieder erwacht. »Wie kommst du darauf?«, hörte er sich fragen.

»Buri Bolmen war einer der vier Wächter, und sein Teil

des Dunklen Pergaments, das er seit über tausend Jahren in seiner Obhut hatte, ist beim Einbruch in deinen Laden verschwunden. Darauf schwöre ich Stein und Bein.«

26. Kapitel

Sechs Stunden hatte Lennart aufgeräumt. Sechs Stunden hatte er damit verbracht, beschädigte Artikel auszusortieren und in einer großen Kiste für den Müll zu sammeln. Die anderen räumte er wieder in die Regale zurück, woraus sich zwei Vorteile ergaben. Zum einen lichtete sich das Angebot von *Bolmens Skämt- & Förtrollningsgrotta* (zumindest ein klein wenig), und zum anderen bekam er zwangsläufig einen detaillierteren Überblick über seine zukünftige Produktpalette nebst aktuellem Lagerbestand.

Bölthorn hatte Lennart erklärt, dass er darauf bedacht sein solle, keine Gegenstände von »magischer Relevanz« (was immer das wieder heißen mochte) zu entsorgen, und half ihm daher.

Immer wenn Lennart einen herabgefallenen Artikel in die Hand nahm – es waren wirklich die seltsamsten Dinge, die man sich nur vorstellen konnte – und dieser Gegenstand zum Zaubern geeignet war oder sein könnte, kläffte der Mops, sofern er sich in Reichweite des Feldes der Plasmalampe befand: »Magisch!« oder »Vielleicht magisch!« Ansonsten bellte er nur kurz, ohne etwas zu sagen, und nickte dabei auffordernd.

Er hatte zuvor weiter erklärt, selbst auch nicht jeden erdenklichen magischen Gegenstand erkennen zu können. Im Zweifel sei es daher klüger, einen Artikel zu viel aufzubewahren, als sich hinterher zu ärgern, möglicherweise mächtiges Magiepotenzial der Göteborger Müllabfuhr überstellt zu haben.

Daraufhin wurde Lennart vorsichtiger und stellte die allermeisten Artikel sorgsam ins Regal zurück.

Das eine oder andere Mal holte er sogar etwas aus der Abfallkiste wieder hervor. So der Fall bei einer Hornbrille hässlichsten Designs (die nach ihrem Sturz aus dem Regal aus ihrem ebenso hässlichen Plastiketui gehüpft war und nun auch noch ein gesprungenes Glas hatte), von der Bölthorn steif und fest behauptete, dass es sich mitnichten um ein defektes Kassengestell handelte, sondern vielmehr um eine Zauberbrille, die ihrem Träger dank einer zusätzlichen Zauberformel eine Art fotografisches Gedächtnis verlieh: Ganz gleich, was man las, man vergaß es nie wieder.

Auch die Farben, Pinsel und sonstigen Bestandteile eines unauffälligen Kindermalsets sammelte Lennart auf Bölthorns energische Anordnung hin wieder zusammen und packte sie zurück in den verknickten Karton mit dem verblichenen Aufdruck. Bölthorn meinte, mit diesem augenscheinlich harmlosen Spielzeug könne der talentierte Magier »lebende Porträts« erschaffen. Was immer das hieß, es klang unterhaltsam und war einen Versuch wert, befand Lennart insgeheim.

Auch versuchte er auf Bölthorns Geheiß immer, wenn er einen möglicherweise magischen Gegenstand in der Hand hielt, bewusst dessen Magie zu erspüren – im Laufe der Zeit machte er das bei nahezu jedem Artikel, nur um ganz sicherzugehen. Anfangs fühlte er nichts außer Material und Oberflächenbeschaffenheit: Plastik, Metall, Holz, Papier, Gummi, Pappe, Glas und so weiter. Doch irgendwann schien es ihm so, als wäre da mehr. Ein Sog, ein Druck, ein Kribbeln, Wärme oder Kälte, ein Geschmack, ohne es in den Mund genommen zu haben, sauer wie Holunder oder süß wie Schattenmorellen. Mal kam ein Windhauch auf, mal wurden Lennarts Haarspitzen schlagartig feucht wie von unsichtbarem Morgentau.

Und als Lennart eine kleine Skulptur mit den drei Affen der buddhistischen Lehre in die Hand nahm – nicht hören, nicht sehen, nicht sprechen –, da überkam ihn sogar ein Gefühl, als habe er soeben vor einem großen Publikum die Pointe eines sehr einfachen Witzes vermasselt, gemischt mit einem kaum wahrnehmbaren Aroma von Nelkenöl tief hinten in seinem Rachen. Äußerst merkwürdig.

Alles nur Empfindungen, die dermaßen schwach waren, dass man sie mit Leichtigkeit auch anders hätte erklären können, doch Bölthorn bemerkte (übrigens das erste Mal mit einem marginalen Anflug von Stolz, den er nicht gänzlich verbergen konnte): »Lennart Malmkvist, du bist nicht besonders begabt, muss ich wiederholt feststellen, aber das ist immerhin ein Anfang. *Wuff!*«

Wahrscheinlich dauerte es deshalb so lange, bis Lennart den Verkaufsbereich einigermaßen auf Vordermann gebracht hatte. Dann erst wandte er sich wieder der Werkstatt zu, die zwar bedeutend kleiner war als der vordere Teil des Ladens, aber dafür eine noch höhere Chaosdichte aufwies. Lennart nutzte das Aufräumen nicht nur, um die Akten wieder alphabetisch ins Wandregal zu stellen, sondern auch, um sich einen Überblick zu verschaffen.

Als er bereits den größten Teil der Ordner wieder an ihren ursprünglichen Platz gebracht hatte, bemerkte Bölthorn unvermittelt und mit bitterem Anklang: »Ich habe es geahnt, doch nun ist es Gewissheit.« Er mahlte mit den Kiefern, als habe er den Daumen eines Todfeindes in den kurzen Mopsfängen und wolle diesen leiden lassen, so gut es ihm mit seinen kleinen gelben Zähnchen möglich war.

Lennart wandte sich um, den leeren Sammelordner mit

der Aufschrift »Prospekte Scherzartikel I + II« in der Hand. »Was hast du gewusst?«

»Buris Dunkles Pergament. Es war in jenem Ordner versteckt, den du gerade in der Hand hältst. Jetzt ist es fort. Der Dieb hat es mitgenommen.«

»Hier drin?«, hakte Lennart erstaunt nach und hielt den leeren Sammelordner vor sich in die Höhe. »Das ist wirklich nicht gerade ein ausgeklügeltes und innovatives Geheimversteck, oder?«

Bölthorn ging darauf nicht ein, er schien angestrengt nachzudenken (was er halblaut tat und dabei sein Gesicht zusammenknüllte wie eine schlecht gelaunte Felldecke): »Hm, bei genauerer Betrachtung kann *er* es aber nicht geholt haben. Es muss ein Mensch gewesen sein.«

»Warum?«, wollte Lennart wissen. »Wie kommst du darauf?«

»Nun, den Wächtern war klar, dass sie es Krähenbein so schwer wie nur irgend möglich machen mussten, falls er jemals wieder auftauchen sollte, damit er die vier Dunklen Pergamente nie würde zusammenbringen und zur Haut des schwarzen Wolfes würde wieder vereinen können. Daher hatten sie einen Schutzzauber heraufbeschworen, den sie einem eigens erschaffenen Symbol zuwiesen, dem *Schutzmandala der Wächter*. Befindet sich ein Dunkles Pergament im Einflussbereich dieses Mandalas, bleibt es für Krähenbein und seine Helfershelfer unsichtbar. Er könnte es nur dann finden, wenn er es tatsächlich mit eigenen Augen erblicken würde. Es genügte also, das Pergament in einem solchen Versteck zu verbergen, solange es sich im Einflussbereich des Mandalas befand.«

»Wie nah muss sich das Pergament an diesem Zeichen befinden?«, fragte Lennart.

»Es geht nicht um die Entfernung. Du könntest das Mandala auf den Boden einer verborgenen Krypta unter der *Storkyrkan* in Stockholm malen und eines der Dunklen Pergamente in die Kirchturmspitze legen, Krähenbein würde es nicht merken. Doch würdest du es auch nur eine Handbreit neben der Kirche vergraben, wäre es nicht mehr sicher. Er würde es bereits über weite Entfernungen spüren. Das Mandala schützt das Gebäude, in dessen Mauern sich das Pergament befindet.«

»Aber wäre es nicht einfacher, man würde das Schutzmandala gleich aufs Pergament malen?«, fragte Lennart. »Dann könnte man es verstecken, wo auch immer man wollte – es wäre stets unsichtbar.«

Bölthorn lächelte verschmitzt. »Nicht dumm, aber so funktioniert das nicht. Das Schutzmandala muss mit einem Gebäude verbunden sein, das die Schutzenergie direkt aus der Erde bezieht. Verstehst du? Malst du es hingegen auf eine Truhe, ein Tuch oder das Buch selbst, ist es wirkungslos. Guck nicht so, ich habe mir das nicht ausgedacht. Der Apfel fällt vom Baum nach unten, und das Mandala funktioniert eben nur auf diese Weise. Komm mit, ich will dir etwas zeigen.« Bölthorn schob sich durch den Vorhang, und sein pummeliges Hinterteil verschwand im Verkaufsraum. Lennart blickte den leeren Aktenordner in seiner Hand ratlos an, ließ ihn sinken und stellte ihn ins Regal.

»Sieh nach oben«, forderte Bölthorn ihn auf, kaum dass Lennart zu ihm getreten war. Er legte den Kopf in den Nacken und starrte an die Decke. Das flimmernde rote Licht der Kerzenbirnchen machte es schwer, etwas zu erkennen. Lennart sah nur eine gewöhnliche Zimmerdecke. Gut, es baumelten darüber hinaus dieselben Gegenstände herab, die Lennart an diesem Ort schon immer mehr oder weniger bewusst wahrgenommen hatte: Kunststofffledermäuse, Flugbesen, Drachen- und Luftschiffmodelle und derlei Krempel, sowie natürlich dieses riesige, verbeulte Messingteleskop, das ganz hinten in der Ecke hing.

»Was soll ich sehen?«, fragte er.

»Schau genau hin«, forderte Bölthorn ihn nochmals auf.

Lennart strengte sich an, und tatsächlich, da war etwas! Irgendwie schien sich die Farbe an manchen Stellen minimal von der Grundfarbe zu unterscheiden, als hätte jemand die Decke gestrichen und danach mit derselben Farbe irgendwelche Muster hineingemalt. Die Muster waren nur unter bestimmten Lichtverhältnissen und aus einem bestimmten Winkel heraus sichtbar; blickte man direkt auf die Decke, blieben sie nahezu verborgen.

Genauso war es hier.

Lennart mühte sich, bewegte sich, behielt die Decke und die zuerst wahllos und sinnlos erscheinenden Striche und Tupfen im Blick, so lange, bis diese sich mehr und mehr zu einem Bild verdichteten. Etwas Großes ergab sich daraus. Lennart folgte den pinselbreiten Linien, musste sich drehen und wenden, auf- und abgehen – das Symbol erstreckte sich über die gesamte Ausdehnung des Raumes, die Sicht unterbrochen durch die deckenhohen Regale. »Ein Kreis«, mutmaßte Lennart, »eine Kreisfigur mit vielen kleinen Symbolen.«

»Was du hier siehst, ist besagtes Schutzmandala der Wächter der Dunklen Pergamente«, erklärte Bölthorn mit leiser (er war recht weit von der Plasmalampe entfernt), aber durchaus getragener Stimme.

Lennart konnte seinen Blick nicht von der Decke abwenden. Wieder ging er vor und zurück, machte eine Seitwärtsbewegung und beschirmte die Augen. »Es ist noch immer kaum zu erkennen, aber so verrückt es klingen mag, ich glaube, so ein ähnliches Zeichen schon einmal gesehen zu haben.«

Bölthorn kläffte ein röchelndes Lachen. »Das ist ausgeschlossen, zumal du es ja nicht einmal in seiner Vollkommenheit erkennst! Vielleicht hast du irgendwo ein Phantasiesymbol auf einem Jahrmarkt gesehen.«

»Ich weiß nicht ... ich glaube, es war woanders ...«

»Lennart, nur die Wächter der Dunklen Pergamente kennen dieses Mandala – und ihre Gehilfen, die Adlati.«

»Könnte es jemand hier entdeckt, erkannt und deswegen geschlussfolgert haben, dass sich eines der Pergamente in diesen Räumen befinden muss? Ein Kunde von Buri vielleicht oder jemand anders, der irgendwann einmal hier gewesen ist?«

»Das halte ich für sehr unwahrscheinlich«, widersprach Bölthorn, machte dabei aber ein Gesicht, als sei er auf diesen Gedanken noch gar nicht gekommen.

»Möglich wäre es aber?«

»Möglich wäre es«, stimmte Bölthorn grummelnd zu. »Es gibt einen Geheimbund von Möchtegernmagiern namens ›Tryggvasons Erben‹. Nur Stümper, die keine Ahnung von der Wahrheit oder wirklicher Zauberei haben, doch sie haben sich in den Kopf gesetzt, Krähenbein wiederzuerwecken, obwohl sie nicht einmal ansatzweise ahnen, wie heiß und verzehrend das Feuer ist, mit dem sie da spielen.«

»Tryggvasons Erben? Geheimbund? Möchtegernmagier? Es sind also Menschen?«, wollte Lennart wissen.

»Ja«, erklärte Bölthorn. »Menschen. Dumme Menschen. Aber das macht sie nicht weniger gefährlich. Es gibt diesen Geheimbund, seit die Alchemie in Mode war, eine Zeit, in der die Menschheit der Wahrheit näher war, als sie es sich erträumen konnte. Doch glücklicherweise hat die sogenannte Aufklärung dafür gesorgt, dass die meisten Alchemisten als Scharlatane abgetan wurden. Der verbliebene Rest ging in die Medizin und hat die Alchemie früher oder später an den Nagel gehängt. Dennoch, die Vergangenheit hat gezeigt, dass die Männer und Frauen, die dem Geheimbund von Tryggvasons Erben angehören, dazu bereit sind, über Leichen zu gehen, um an die Dunklen Pergamente und die Amuletthälften zu gelangen.«

»Und einer von diesen Spinnern könnte hier gewesen sein, glaubst du?«

»Theoretisch ja, aber woher hätten sie davon wissen sollen? Jeder hält diesen Ort hier für einen Laden, in dem man unsinniges Zeug kaufen kann – genau wie du es noch bis vor kurzem getan hast, falls du dich erinnerst. Wo würde man wahre Magie weniger vermuten als in einem Laden, der behauptet, er verkaufe sie? Buri Bolmen war ein kluger Mann, er hat das Geschäft mit Bedacht gegründet.«

»Mag sein«, wandte Lennart ein, »allerdings läuft eben nicht alles immer nach Plan. Das sieht man daran, dass selbst ich inzwischen von den Dunklen Pergamenten, der Geschichte von Krähenbein und vom Schutzmandala der Wächter weiß. Ebenfalls eine Art Regelverstoß und so nicht geplant, oder?«

»Nein«, widersprach Bölthorn und sah Lennart tief in die Augen. »Wie ich bereits sagte, nur die Wächter der Dunklen Pergamente und ihre Adlati kennen das Geheimnis.«

Es dauerte einige Sekunden, bis Lennart begriff, was Bölthorn da eben behauptet hatte. Fassungslos blickte er auf den zu seinen Füßen stehenden Mops. »Willst du damit sagen, *ich* sei jetzt einer der Wächter? Das ist doch Irrsinn! Ich habe ja nicht einmal mehr etwas zu bewachen, weil das Pergament weg ist.«

»Ja«, gestand Bölthorn ernsthaft besorgt ein, »ich gebe dir recht. Das verschwundene Pergament und dein unzureichender Kenntnisstand sind in der Tat ein großes Problem. Auch dein unsteter Charakter mit seinen häufigen Stimmungsschwankungen ist eher eine Hürde denn eine Hilfe. Und doch steht diese Aufgabe nun dir zu, wer sonst sollte sie übernehmen? Wie sagt man doch gleich? In der Not frisst man die Wurst auch ohne Brot. Die Welt hat keine Wahl.«

»Danke, sehr schmeichelhaft«, entgegnete Lennart und verschränkte die Arme vor der Brust. »Und du bist demzufolge mein Adlatus?«

Bölthorn kratzte sich mit dem Hinterlauf am Kopf. Als er geendet hatte, sagte er: »Ja.«

»Aha. Und? Was sind denn so die Aufgaben eines Adlatus? Gibt es dafür auch eine historisch belegte Jobdescription?«

»Flankieren, beschützen, heilen, helfen, unterstützen, bewachen, eben alles, was dem Wächter im Rahmen seiner Aufgabenerfüllung dienlich ist.«

»Und wenn ich etwas möchte, sagen wir, die Tageszeitung?«

Bölthorn verzog die Lefze. Es sah nicht schön aus. »Es gibt einen gehörigen Unterschied zwischen Adlatus und Kalfaktor. Ich bin zwar ein Mops, aber deshalb noch lange kein Haushund oder dumm. Nein, das gehört nicht dazu. Auch Pantoffeln bringen nicht oder Autoschlüssel suchen. Und an Stöckchen, die ich aus einem See holen soll, brauchst du nicht einmal zu denken!«

»Es sei denn, das ist für meine Aufgabenerfüllung als Wächter der Dunklen Pergamente wichtig?«

»Ja«, räumte Bölthorn grimmig ein.

»Und wer entscheidet das?«

Die Mopsschnauze hatte sich schon halb geöffnet, um eine höchstwahrscheinlich angemessene Antwort zu geben, da hielt Bölthorn plötzlich inne und fuhr herum. »Still! Es kommt jemand.«

Einige Herzschläge später klopfte es an der Ladentür.

»Das wird Frederik sein«, mutmaßte Lennart.

Bölthorn spitzte die Ohren, hob seine flach gedrückte Nase und machte grunzend-röchelnde Geräusche, als er die Luft einsog. Schließlich sah er Lennart an und sagte: »Das glaube ich eher nicht.«

27. Kapitel

In selben Moment als Lennart die Tür aufgeschlossen hatte und sah, wer ihm da einen Besuch abstattete, zuckte er zusammen, versuchte aber, sich nichts anmerken zu lassen.

»Sie?«

»Überraschung«, begrüßte ihn Kommissarin Maya Tysja so trocken und kalt wie Pulverschnee. »Ich darf eintreten?«

Leise rieselten vereinzelte Flocken vom Himmel, die im Schein der Straßenlaternen auftauchten und wieder verschwanden. Es glitzerte frostig im Dunkel des angebrochenen Abends, ein Stadtbus fuhr vorbei.

Lennart machte die Tür weiter auf. »Sicher.«

»Unterhaltsame Türglocke«, kommentierte sie tonlos die kichernde Hexe und weiter: »Sie räumen Ihren neuen Laden auf?« Sie sah sich um. »Was für ein Glück. So eine Immobilie ist Gold wert in diesen Tagen, nicht wahr?«

»Sie wissen also schon vom Testament?«

Tysja lachte auf. Etwa nur so kurz, wie ein Eiswürfel in einem leeren Longdrinkglas nachhallte, aber immerhin lange genug, um bei Lennart den Anschein von Amüsement zu erwecken. Unter gewissen Umständen schien diese Frau (an der Lennart bisher nicht einmal einen Hauch von Empathie entdeckt hatte) sogar ausgelassen sein zu können. Dieser Eindruck relativierte sich jedoch rasch, als sie zischte: »Denken Sie, ich sei Verkehrspolizistin?«

»Was wollen Sie? Wo ist Kommissar Nilsson?«

Sie sah Lennart an. Ihre Augen strahlten türkisblau, obwohl es in dem Laden so düster war. Das Haar hatte sie streng zu einem Pferdeschwanz zurückgebunden, darin fand sich eine silberne Haarspange mit kleinen Steinchen, die glitzerten wie die Schneeflocken im Schein der Straßenlaternen. Tysja war schön und kalt, kalt und schön, eine Eisprinzessin. »Er ist im Moment mit einem anderen Fall befasst. Auch deswegen bin ich hier«, antwortete sie, und fast meinte Lennart, es knacken zu hören, als laufe er über einen zugefrorenen See, dessen Eisdecke jederzeit nachgeben konnte.

Bölthorn war näher gekommen und hatte sich so dicht neben Lennart auf den Boden plumpsen lassen, dass er mit seinem ausladenden Mopshintern beinahe auf dessen Schuhen saß. Tysja beachtete ihn nicht weiter. Ein Seitenblick nur, ein Zucken ihrer Mundwinkel. Das musste als Begrüßung reichen.

»Was für ein Fall, und was hat das mit mir zu tun?«, hakte Lennart nach.

»Der Fall Emma Mårtensson.«

»Was ist mit Emma?«

»Nun, sie ist nicht länger verschwunden. Sie ist wieder aufgetaucht.«

»Oh, schön!«, freute sich Lennart. »Wo war sie denn? Geht es ihr gut?«

»Nein. Man hat Emma Mårtensson in einem Ferienhaus in der Nähe von Skaftet, einem kleinen Ort an der Ostküste, gefunden, und zwar klinisch tot.«

»*Was?*« Lennarts Stimme überschlug sich, sein Herz raste, er konnte nicht glauben, was er da eben gehört hatte. Klinisch tot? »Um Himmels willen, was ist denn passiert?«

»Jemand hat versucht, sie zu ermorden.«

»Ein Mordversuch? Das ist ja furchtbar! Aber wer …? Nun reden Sie schon!«

Kommissarin Tysja ließ Lennart nicht aus den Augen, schien ihn zu scannen, Schicht für Schicht, Bewegung für Bewegung, Reaktion für Reaktion. »Ich würde sagen, Frau Mårtensson hatte Glück im Unglück. Der Nachbar hat sie gefunden, und das nur, weil er ihr ein Pfund Kaffee und etwas Milch bringen wollte. Er hat umgehend die Polizei und den Notarzt verständigt, der Frau Mårtensson noch vor Ort wiederbeleben konnte. Es war buchstäblich in letzter Sekunde. Herzstillstand. Man hat sie sofort mit dem Helikopter in die Klinik nach Oskarshamn geflogen. Sie befindet sich im künstlichen Koma. Es sieht nicht gut aus, sie hat viel Blut verloren, aber sie hat eine reelle Chance, zu überleben. So zwanzig-achtzig, sagte mir der Arzt. Interessant wird es allerdings erst, wenn sie uns sagen kann, wer ihr das angetan hat, was meinen Sie? Ob sie den Angreifer gesehen oder sogar erkannt hat?«

Maja Tysja machte eine theatralische Geste, als würde sie angestrengt nachdenken. »Immerhin«, fuhr sie fort, »hat er ihr von vorne mit einem spitzen Gegenstand die Lunge punktiert.« Die Kommissarin machte eine kurze stechende Bewegung in Richtung Lennarts Brust, dann verzog sie den Mund zu einem Lächeln – Mona Lisa im Kühlhaus.

»Oder *sie*«, bemerkte Lennart wenig begeistert von diesem offensichtlichen Verdacht.

Für einen winzigen Moment verlor die sonst so kontrollierte Kommissarin die Fassung und schaute überfordert aus ihrem hellgrauen Rollkragenpullover.

»Vielleicht war es ja eine Täter*in* und kein Täter«, präzisierte Lennart.

Das kaum sichtbare, distanzierte Mona-Lisa-Lächeln kehrte auf Tysjas Gesicht zurück. »Klar«, sagte sie, »das kann man natürlich nicht ausschließen. Wo waren Sie eigentlich gestern Nachmittag?«

»Das meinen Sie nicht im Ernst, oder?«

»Sehe ich aus, als sei ich hier, um Witze zu erzählen?«, fragte sie. Ihre Augen funkelten gefährlich.

Bölthorn knurrte leise und schob seinen Hintern auf Lennarts Schuhspitzen.

»Ist schon gut«, sagte Lennart in seine Richtung, dann an Tysja gewandt: »Jedenfalls nicht in Skaftet, falls Sie das meinen. Ich bin mit einem Freund und meinem Hund nach Lysekil gefahren.«

»Wie heißt Ihr Freund, und was wollten Sie in Lysekil?«

»Wenn ich wieder einmal grundlos von Ihnen verdächtigt werde, dann brechen wir das hier jetzt ab«, brauste Lennart ungehalten auf.

Tysja sah auf. »Sicher. Das wäre Ihr gutes Recht. Aber Sie werden ja nicht verdächtigt. Noch nicht zumindest. Allerdings, wenn Sie mich rauswerfen, macht das weder einen guten Eindruck, noch würden Sie erfahren, was wir über Herrn Bolmens Geldquelle herausgefunden haben. Interessiert?«

»Schießen Sie los.«

»Erst Sie.«

»Mein Freund heißt Frederik Sandberg und wohnt im Kronhusgatan, hier um die Ecke. Und wir sind nach Lysekil gefahren wegen eines Gewitters«, erklärte Lennart wahrheitsgemäß.

Die Kommissarin hatte ihren Notizblock aus der Tasche gezogen und schrieb etwas hinein. »Wegen eines Gewitters?«, vergewisserte sie sich ungläubig.

»Ja, ich mag Gewitter. Das ist doch nicht verboten, oder?« Bölthorn grunzte.

»Nein. Nicht verboten. Nur seltsam«, stellte die Kommissarin nüchtern fest. »Aber jeder hat ja so seine Hobbys. Wir werden Herrn Sandberg fragen, ob er das bestätigen kann. Reine Formsache.«

»Natürlich«, sagte Lennart. »Jetzt Sie.«

Kurz huschte ein Lächeln über das Gesicht von Maja Tysja. »Wir haben festgestellt, dass Buri Bolmen unter falschem Namen und teilweise über einen Mittelsmann bei diversen nationalen und sogar internationalen Auktionshäusern Antiquitäten im großen Stil veräußert hat.«

»Antiquitäten?«, vergewisserte sich Lennart.

»Ja«, bestätigte Tysja. »Antiquitäten mit hohem Seltenheits- und einem dementsprechenden Geldwert. Alle aus der Zeit« – sie blätterte einige Seiten in ihrem Notizbuch zurück – »aus der Zeit des achtzehnten Jahrhunderts. Er hat über die Jahre mehrere Millionen Kronen damit gemacht. Erstaunlich, nicht wahr? Wissen Sie etwas darüber oder woher er die Sachen gehabt haben könnte? Hier im Laden befanden sich zum Zeitpunkt der Durchsuchung nämlich keinerlei wertvolle Artefakte.«

Lennart schüttelte den Kopf. »Nein. Keine Ahnung, wirklich. Hier gibt es nichts außer ... na, Sie sehen ja selbst.«

Kommissarin Tysja klappte das Notizbuch zu und steckte es in ihren Mantel zurück. »In Ordnung, das wär's dann für den Moment.« Damit ging sie zur Tür.

Lennart folgte ihr und hielt ihr die Tür auf.

Die Hexe kicherte.

Kalter Wind blies in den Laden hinein. Lennart fröstelte.

Draußen auf der Stufe drehte sich Maja Tysja nochmals um und hielt ihm zu seiner Überraschung die Hand hin, die er zögerlich ergriff. »Wissen Sie, Herr Malmkvist«, hob sie an, ihre Stimme war verändert, nicht mehr so fern. Eine Enttarnung, dachte Lennart, wie bei Europa, dem Eismond des Jupiters, unter dessen kilometerdicker und scheinbar undurchdringlicher, makelloser Kruste tief im Kern das Magma brodelte. »Wären Sie nicht bei Herrn Bolmens Trauerfeier erschienen, hätte ich vermutet, Sie seien bestenfalls ein

Erbschleicher und stecken tiefer in der ganzen Sache, als Sie uns weismachen wollten.«

»Sie waren das? Sie waren die Frau mit dem Kopftuch?« Lennart kam aus dem Staunen nicht mehr heraus, als ihm klar wurde, wen er da einige Reihen hinter sich in der Kapelle gesehen hatte. Aus Kriminalfilmen glaubte er zu wissen, dass die Polizei aus ermittlungsstrategischen Gründen manchmal bei Beerdigungen von Mordopfern (und seien es nur mutmaßliche) auftauchte, um die trauernde Gemeinde zu inspizieren, aber dass er selbst einmal zum Objekt einer solchen Inspektion werden würde, hätte er nicht gedacht.

Tysja lächelte in vielsagender Überlegenheit. »Tja, man kann sich vielleicht manchmal seinen Fall aussuchen, doch niemals seine Zeugen und Verdächtigen. Unter anderen Umständen hätte ich gerne herausgefunden, ob ich Sie auch auf anderem Gebiet so leicht verunsichern kann, was denken Sie?«

Plötzlich spürte Lennart Maja Tysjas feuchte Lippen auf den seinen. Zunge. Heiß und kalt, Magma und Eis. Atem, warmer Atem mit einem Hauch von Lavendel. »Irgendwann ist das alles hier vorüber«, flüsterte sie und ging. Erst als sie zwischen den Lichtern der Stadt im Västra Hamngatan verschwand, bemerkte Lennart die Visitenkarte auf dem Boden. Er hob sie auf. Auf der Rückseite fand sich eine mit Kugelschreiber notierte Mobilnummer.

»*Hejsan!*«, rief es von links.

Lennart erschrak. »Frederik!« Rasch steckte er die Visitenkarte weg.

»Ja, sorry, ich hab's nicht früher geschafft!«, entschuldigte sich Frederik. »Die Heizung war bei uns im ganzen Haus ausgefallen. Vermieter, Nachbarn, Handwerker, Warten, unkoordiniertes Vorgehen und so weiter. Na, du kennst das ja.«

Er machte eine Pause und deutete in die Richtung, in der Maja Tysja gerade verschwunden war. »Wer war das? Neue Bekanntschaft?« Er zwinkerte Lennart zu. »Nett.«

»Das war bloß die Kommissarin, die für den Fall Buri Bolmen mitverantwortlich ist, also ich meine natürlich für die Ermittlungen«, erklärte Lennart, ging mit Frederik in den Laden und schloss die Tür hinter sich ab. Auf weitere Überraschungsbesuche konnte er heute verzichten.

»Verstehe. Und was wollte sie?«, erkundigte sich Frederik, während er, sichtlich erfreut über Bölthorns wedelnden Anblick, in die Hocke ging und den Mops mit beiden Händen einer intensiven Streichelmassage unterzog. Der legte sich sofort unter grunzenden Dankeshymnen vor Frederik auf den Rücken.

»Mir unter anderem mitteilen, dass auf Emma Mårtensson ein Mordanschlag verübt worden ist, den sie nur knapp überlebt hat«, erklärte Lennart.

Die Mopsmassage wurde unterbrochen. »Wie bitte? *Die* Emma Mårtensson von der HIC?«

»Genau die.« Lennart hatte Frederik seinerzeit nicht allzu viel erzählt. Er wusste nicht, dass zwischen ihm und Emma etwas gewesen war, nur dass Lennart sie mehr als flüchtig kannte und sie offenbar ein Auge auf ihn geworfen hatte. Und auch wenn Lennart Frederik vorbehaltlos vertraute, so wollte er es dabei belassen, es tat nichts zur Sache und blieb Emmas und sein Geheimnis.

»Unfassbar«, meinte Frederik. »So etwas sieht man im Fernsehen oder liest davon im Web, aber wenn man jemanden persönlich kennt, dem so etwas passiert ist ... Weiß man mehr?«

Lennart schüttelte den Kopf. »Nur dass man sie in einem Ferienhaus an der Ostküste mit einem Messer oder so angegriffen und niedergestochen hat. Sie liegt im künstlichen

Koma. Dabei hatte sie noch Glück: Wäre der Notarzt auch nur ein paar Minuten später gekommen ...«

»Oh, Mann«, fasste Frederik das soeben Gehörte treffend zusammen und nahm die Mopsmassage wieder auf, wenngleich auch etwas weniger intensiv.

»Das kannst du laut sagen. Die Kommissarin wollte mein Alibi.«

»Dein Alibi? Glauben die etwa, dass du ...?«, entrüstete sich Frederik und unterbrach die Mopsmassage erneut.

»Reine Formsache, sagte sie. Kann sein, dass sie dich auch fragt, wo du gestern Nachmittag warst«, gestand Lennart.

»Ach, du hast ihr gesagt, dass wir zusammen in Lysekil gewesen sind, um ein Gewitter zu beobachten? Kein Problem, die soll ruhig kommen. Das entspricht der Wahrheit, und es ist auch nichts Verbotenes daran. Die Sache mit Bölthorn lasse ich aber weg, falls sie fragt. Klingt irgendwie verrückt.«

»Gute Idee«, pflichtete Lennart ihm bei. »Aber das ist leider noch nicht alles«, hob er von neuem an.

»Was denn noch?«, fragte Frederik. Wieder Massagestopp. Bölthorn wurde das zu blöd. Er wälzte sich mit Schwung auf den Bauch (beim zweiten Anlauf klappte es), stand auf, schüttelte sich, ging ein paar Schritte scheinbar ziellos in eine Richtung, drehte sich ein paarmal um sich selbst und ließ sich wieder hinplumpsen, den Blick auf Frederik und Lennart gerichtet.

»Hier wurde eingebrochen«, sagte Lennart.

»Was sagst du? Eingebrochen? Hier?« Er sah sich um wie Maja Tysja vor wenigen Minuten. »Wann?«

»Gestern Nacht oder heute früh«

»Und was haben sie mitgehen lassen?«

Lennart schielte zu Bölthorn hinüber. Der erwiderte seinen Blick, schüttelte ganz vorsichtig den Kopf, dann legte er ihn wieder auf die Vorderpfoten ab.

»So wie es aussieht, nichts«, antwortete Lennart, »aber mit Gewissheit kann ich es auch noch nicht sagen, ich habe doch keine Ahnung, was vorher alles da gewesen ist, bei dem ganzen Zeug hier. Fest steht jedenfalls, der oder die Einbrecher haben irgendetwas gesucht. Geld war es nicht, die Kasse ist zwar leer, das konnten sie allerdings nicht wissen. Sie haben nicht einmal versucht, sie aufzubrechen. Du kannst dir nicht vorstellen, wie es hier noch vor ein paar Stunden ausgesehen hat.«

»Befremdlich das alles«, meinte Frederik. »Und was sagt die Polizei dazu?«

»Nichts.«

»Wie, nichts?«

»Ich habe es ihr nicht erzählt.«

»Wie, du hast es nicht erzählt? Willst du keine Anzeige erstatten?«

»Nein.«

»Aber warum denn nicht?«

»Ich habe meine Gründe.«

Eine Zeit lang stand Frederik rat- und bewegungslos vor seinem Freund. Schließlich zuckte er mit den Achseln und sagte: »Du musst es ja wissen.«

»Danke.«

»Wofür?«

»Für dein Verständnis, und dass du nicht weiter nachfragst«, antwortete Lennart und legte Frederik die Hand auf die Schulter.

Der hielt sich im Gegenzug die eigene Hand vor Mund und Nase und atmete langsam und geräuschvoll ein und aus, als habe er eine Maske auf. Dann sagte er getragen und mit gekünstelt tiefer Stimme: »Lennart, ich bin dein Freund, nicht dein Vater.«

Sie beschlossen spontan, eine Pizza essen zu gehen (was Maria niemals erfahren durfte). Auch wenn Lennart wusste, dass noch eine Menge Aufräumarbeit in der Werkstatt auf ihn wartete sowie eine verrostete Keksdose, deren Geheimnis noch zu ergründen war – sofern es überhaupt eines gab –, und ein sprechender Mops, der noch lange nicht alles erzählt hatte, was es zu erzählen gab, so war die temporäre Lösung aller Probleme manchmal einfach eine Pizza mit einem guten Freund.

Kurz hatte Lennart darüber nachgedacht, ob sie nicht doch ins *Le Président* im Lilla Kyrkogatan gehen sollten (nichts gegen italienische Küche, aber ein *Coq au vin* war definitiv auch nicht zu verachten), doch zum einen hätte er wahrscheinlich zu oft an Emma Mårtenssons trauriges Schicksal gedacht – auch wenn Emma zu ihrer letzten Verabredung nicht einmal dort erschienen war –, und zum anderen wusste er, dass Frederik, zumindest was Essen anging, eher einfach gestrickt war.

Dazu kam, dass man in Frederiks Lieblingsrestaurant im Zentrum Göteborgs, ganz in der Nähe seiner Wohnung, Hunde mitbringen durfte, etwas, das man im *Le Président* mit Sicherheit nicht duldete, und Bölthorn heute hier zurückzulassen kam für Lennart nicht infrage. Er musste sich eingestehen, dass sich ein neuartiges Gefühl von Teamgeist in ihm zu entwickeln begann.

Er gab Bölthorn noch etwas zu fressen (darüber musste er mit ihm bei Gelegenheit unbedingt sprechen. Trockenfutter mochte gesund sein, aber immer dasselbe, tagein, tagaus? Wurde das einem Mops gerecht, der weit mehr war als ein Mops?), und dann, so gegen sieben, machte er sich mit ihm und Frederik gemeinsam auf den Weg ins *Il Vesuvio*, wo sie trotz der widrigen Umstände des bisherigen Tagesverlaufs tatsächlich einen entspannten Abend verbrachten.

Es gab eine Menge zu besprechen. Lennart hatte sich überlegt, den Laden nicht umzubenennen. *Bolmens Skämt- & Förtrollningsgrotta*, sollte *Bolmens Skämt- & Förtrollningsgrotta* bleiben, im Angedenken an Buri und um eine eventuelle Stammkundschaft, sei sie auch noch so klein (Lennart schätzte sie auf fünf bis sieben Personen), bei der Stange zu halten. Frederik bot an, eine Website für das Geschäft zu entwickeln, ein Marketinginstrument, das der wunderliche und anachronistische Buri natürlich nicht besessen hatte; er hatte ja nicht einmal über eine E-Mail-Adresse verfügt. Später, nach der Eröffnung, könne man die Site mit Leichtigkeit um einen Onlineshop erweitern, erklärte Frederik mit einer wegwerfenden Handbewegung und bestellte sich ein zweites Bier.

Dass Frederik die Programmierung der Internetpräsenz übernehmen wollte, kam Lennart gelegen, denn davon hatte er nicht genug Ahnung. Er hatte geplant, den Laden möglichst früh im neuen Jahr wiederzueröffnen, gleich im Januar, und dazu auch eine kleine Feier zu veranstalten, Bekannte, die lokale Presse und selbstredend seine Eltern dazu einzuladen. Ein Datum konnte er noch nicht nennen. Wie auch? Zuerst galt es, sich weiter einen Überblick zu verschaffen, und wenn er an den Haufen herausgerissener Aktenordner und das zuckende Neonlicht in der Werkstatt dachte, ahnte er, was er sich da vorgenommen hatte.

Außerdem brauchte er Zeit. Zeit, um all das zu verdauen und einzuordnen, was Bölthorn ihm vorhin im Schein der Plasmalampe so beiläufig erzählt hatte wie eine Gutenachtgeschichte mit Gruselfaktor. Zauberer, dunkle Mächte, nebst dazugehöriger Dunkler Pergamente, Amuletthälften, verfluchte Prinzessinnen, schützende Mandalas, Olav Krähenbein und Scherzartikel. Wie passte all das zusammen? Und was hatte Emma Mårtensson damit zu tun? Maja Tysja als

Person, als Frau, blendete er gleich ganz aus. Ihr Verhalten war dermaßen eigenartig und unvorhersehbar, dass es Lennart nur noch mehr verwirrt hätte, auch sie noch in diesem Wust an wirren Gedanken unterzubringen. Vielmehr musste er sich auf die Fakten konzentrieren, die sie erzählt hatte.

Nachdem sie fertig gegessen hatten (Frederik: elf Zwölftel einer Pizza *Quattro Stagioni*, Lennart: elf Zwölftel einer Pizza *Vesuvio* mit Parmaschinken, gerösteten Pinienkernen, frischem Rucola und Parmesan, Bölthorn: je ein Zwölftel einer Pizza *Quattro Stagioni* beziehungsweise *Vesuvio*, heimlich serviert unter dem Tisch), kam Lennart doch noch einmal auf Emma zu sprechen. Er schilderte Frederik im Detail das, was er von der Polizei erfahren hatte, und auch durch Emmas Anrufe bei ihm.

Frederik nippte dann und wann am Bier, hörte ansonsten aber aufmerksam zu. Als Lennart geendet hatte, strich er sich übers Kinn. »Du machst nun doch keinen Termin, nicht wahr?«

»Was für einen Termin?«, fragte Lennart verwirrt.

»Na ja, beim Therapeuten, meine ich.«

Am Nebentisch drehte sich eine Frau mit wilden Locken zu ihnen um. Lennart senkte die Stimme. »Warum fragst du mich das?«

»Es stand einfach zuerst auf meiner gedanklichen Themenliste. Ich wollte es nur wissen. Das Gewitterexperiment hat also ein belastbares Ergebnis hervorgebracht. Prima. Dann ist ja gut. Kein Therapeut also. Endgültig beschlossen. Okay. Abgehakt. Keine weiteren Fragen.«

Lennart sah seinen Freund verwundert an. Es war weder dessen ›Star Wars‹-Manie noch der doch recht individuelle Sinn für Inneneinrichtung, sondern eher Frederiks Andersartigkeit in absolut alltäglichen Dingen, an die er sich wohl niemals gewöhnen würde und mit der er ihn immer wieder überraschte. »*Wie* denkst du eigentlich?«, wollte Lennart wissen.

»Schlicht der Reihe nach«, erklärte Frederik sachlich und in einem Ton, als hätte man ihn gefragt, ob man sich seine Jacke erst nach dem Anziehen zuknöpfen solle oder schon vorher. »Nächstes Thema: Emma Mårtensson. Ja, das ist in der Tat seltsam. Dieser geheimnisvolle Anruf, die Verabredung mit dir, zu der sie nie erschienen ist, dann Funkstille, der Hilferuf und jetzt das. Seltsam, seltsam ...«

Lennart schielte kurz zu dem wilden Lockenkopf, der allerdings aktuell nicht lauschte, sondern sich wieder seinem Teller und der sich darauf befindlichen Schar nach Knoblauch duftender Garnelen zugewandt hatte. Er senkte trotzdem die Stimme und beugte sich zu Frederik hinüber.

»Emma hat damals betont, dass bei der HIC AB angeblich etwas nicht stimmte und dass sogar Harald Hadding da mit drin hängen würde, was auch immer das zu bedeuten hat.«

»Und was das ist, hat sie nicht genauer spezifiziert?«

»Mit keinem Sterbenswörtchen. Das hat mich die Polizei auch gefragt, aber wie ich schon sagte, sie tat sehr geheimnisvoll und behauptete, verfolgt zu werden.«

»Vielleicht macht die HIC AB krank. Die eine fühlt sich verfolgt, der andere spricht mit Möpsen«, meinte Frederik wie beiläufig, grinste aber dabei.

»Sehr witzig«, kommentierte Lennart.

Bölthorn schnaufte ungehalten unter dem Tisch.

»Ja, ja, schon gut. Ich konnte es mir nicht verkneifen«, entschuldigte sich Frederik. »War nicht so gemeint.« Dann wurde er wieder ernst und sprach leise weiter. »Spaß beiseite. Was hältst du davon, wenn ich mich mal bei der HIC über Emma erkundige, ich meine, so bei deren Server, Personalwesen und so weiter, du verstehst? Und dann gibt es bestimmt noch andere Datenquellen, die mir freundlicherweise Auskunft erteilen würden. Was denkst du?« Er setzte einen verschwörerischen Blick auf.

Lennart zögerte. »Ich denke, dass das sehr interessant sein könnte. Vielleicht erfahren wir etwas, das die Polizei nicht so leicht in Erfahrung bringt. Aber das ist nicht ohne, was du da vorhast. Wenn die das mitkriegen, kommst du in Teufels Küche.«

»Keine Sorge«, entgegnete Frederik und zwinkerte Lennart zu. »Die entdecken mich nicht. Die haben zwar ihr Sicherheitssystem erst Mitte des Jahres umgestellt, aber rate mal, wer sie dabei beraten hat.« Dabei zeigte er mit dem Daumen auf sich selbst. »Hähä!«

Lennart nickte. »Okay, aber versprich mir, dass du wirklich vorsichtig bist.«

Frederik lachte. »Die werden nicht auf mich kommen. Außerdem reizt mich so etwas. Es ist eine spannende Herausforderung.«

»Vor allem ist es eine total illegale Herausforderung.«

»Mordversuche und Ladeneinbrüche sind schlimmere Vergehen«, rechtfertigte sich Frederik.

»Dafür, dass du Logiker bist, klingt das für mich nicht sehr logisch, aber unrecht hast du damit natürlich nicht«, gestand Lennart ein.

Es war Viertel nach zehn, als Lennart die Rechnung im *Il Vesuvio* orderte, zehn nach halb elf, als er sich von Frederik vor dessen Haustür im Kronhusgatan verabschiedete, und zehn vor elf, als er beschloss, dass ein sprechender Mops und eine verrostete Keksdose im Augenblick weit wichtiger waren als die Elf-Uhr-Nachrichten auf der Couch.

In dem Moment, in dem im Fernsehen der Nachrichtensprecher der ›Västnytt‹ für gewöhnlich seine allabendliche Begrüßung an die Fernsehzuschauer richtete, saß Lennart bereits vor dem Arbeitstisch in der Werkstatt. Neben ihm eine violette Blitze erzeugende Plasmalampe. Vor ihm eine alte, mit verrosteten Ornamenten übersäte Metalldose von der Größe eines Kinderschuhkartons, der unlängst noch eine Minderung ihres ohnehin kaum vorhandenen Wertes durch eine ordentliche Beule unterhalb des Deckels widerfahren war.

Lennart tastete mit beiden Händen vorsichtig über die Unebenheiten der kalten Metalloberfläche. Er fühlte Muster, Wiederholungen, Erhebungen, den Rand aus fein ziselierten Efeu- und Weinranken, in der Mitte die vier Wappen. Am hinteren Rand zwei Scharniere, wovon eines beschädigt war, vorne das einfache Schloss ohne Schlüssel. Den brauchte man auch nicht, denn die Keksdose hatte zudem einen mechanischen Verschluss, der sich durch leichten Druck auf einen kleinen Knopf von der Größe einer halben Erbse öffnen ließ. *Schnapp!*

Behutsam öffnete Lennart den Deckel und sah in das Behältnis. Nichts. Nicht einmal alte Kekskrümel, die Dose war vollkommen leer.

»Was soll ich tun?«, fragte Lennart.

»Was siehst du?«, wollte Bölthorn wissen und reckte seine eingedrückte Mopsschnauze schnüffelnd an die Armlehnen von Lennarts Stuhl, als könnte er mit seiner Größe und aus dieser Position heraus auch nur irgendetwas erkennen.

Lennart schaltete die Arbeitsleuchte an und bog den Lampenarm weit zu sich. Falls die Keksdose ein Geheimnis hatte, behielt sie es für sich. Sie blieb leer. Sowohl der Boden und die Innenwände als auch die Innenseite des leicht nach außen gewölbten Deckels waren schwarz gestrichen, mit einer Substanz, die weniger wie Farbe, sondern eher wie Pech oder Bitumen wirkte. Sie klebte ein wenig.

Lennart schaltete die Lampe wieder aus. »Nichts, ich erkenne gar nichts.«

»Buri hat immer mit dem Orakel gesprochen«, erklärte Bölthorn und setzte sich.

»Buri hat was?«

»Die Keksdose ist ein Orakel. Du musst mit ihm sprechen, anders ergibt ein Orakel keinen Sinn.«

Lennart hatte keine Lust mehr, daran zu zweifeln, was Bölthorn sagte. »Aha. Ein Orakel. Und wie sprechen? Was soll ich denn sagen? Ich habe noch nie mit einem Orakel geredet. So vielleicht …«

Lennart lehnte sich mit dem Gesicht über die sperrangelweit geöffnete Keksdose und sagte: »Guten Abend. Lennart Malmkvist hier von der Erde, ist jemand da? Hallo?«

Er drehte den Kopf so, dass sein rechtes Ohr in die Öffnung ragte. Keine Antwort.

»Hallo, ist jemand da? Geschätztes Orakel, ich würde gerne … äh … eine Weissagung erhalten.«

Stille.

»Reimen. Du musst in Reimen sprechen, sonst antwortet es nicht«, sagte Bölthorn.

Nun wurde es Lennart doch zu bunt. »Bölthorn, hör zu. Veralbern kann ich mich alleine. Das ist doch Unfug! Was redest du denn da? Schlimm genug, dass ich versuche, mit einer gammligen Keksdose ins Gespräch zu kommen, aber dann auch noch in Versform?«

»Buri hat immer in Reimen mit ihm gesprochen.«

»Mit *ihm*? Es wohnt demnach ein kleiner Mann in dieser Kiste?«

Bölthorn schnaufte. »Nein, Lennart. In dieser Kiste wohnt natürlich niemand. Sie stellt nur die Verbindung zum Orakel dar, eine Art Raum-Zeit-Portal.«

»So natürlich ist das nicht«, widersprach Lennart in Anbetracht der Erfahrungen, die er in letzter Zeit gemacht hatte.

»Gut«, gestand Bölthorn ein, »zugegeben, es könnte durchaus auch ein Gnom in dieser Kiste wohnen. Gnome gibt es selbstverständlich, aber es wohnt keiner darin.«

»Es gibt Gnome?«, fragte Lennart erheitert. Zwei Gläser italienischer Rotwein zur Pizza und ein Grappa danach ließen vieles mit einem Mal weniger bedrohlich, ja beinahe amüsant erscheinen.

»Sprich in Reimen!«

»Wie soll ich ... verdammt ... in Ordnung ...« Lennart dachte angestrengt nach, dann hob er erfreut den Zeigefinger, als sei ihm ein genialer Einfall gekommen. Er versenkte das Gesicht in der Kiste. »Sag mir, wer da drinnen ist, auch wenn du ein Orakel bist.« Er hob seinen Kopf aus der Keksdose und sah Bölthorn Beifall heischend an. Der schüttelte nur den Kopf.

»Was ist? Das war ein Reim«, verteidigte Lennart seine Worte.

»Ja, voll von unschätzbarer Poesie«, spöttelte Bölthorn.

»Es hieß nicht, reime anspruchsvoll, sondern nur, dass ich reimen soll.«

»Ja, ja, ist gut«, wiegelte Bölthorn ab. »Weiter!«

Lennart überlegte wieder einen Moment, dann sprach er ins Dunkel der Keksdose: »Mit festem Willen sitz ich hier, darum, Orakel, sprich mit mir!«

Lennart lauschte, verengte die Augen zu Schlitzen, um gegebenenfalls auch nur die kleinste Minimalregung im Keksdosendunkel wahrnehmen zu können. Ja, er prüfte sogar mit seinem Geruchssinn, ob dem Inneren des Behältnisses nicht eine Brise Magie entstieg, so wie er sie wahrgenommen hatte, als er den Laden aufräumte. Man musste bei Zauberei auf alles gefasst sein.

Aber.
Es geschah.
Nichts.
Absolut nichts.
Es war und blieb eine Keksdose.
Eine dunkle, alte, vergammelte Keksdose.

Lennart zuckte mit den Achseln und wandte sich Bölthorn zu, der ebenfalls ratlos aus der Fellwäsche schaute. »Und? Was mache ich falsch?«

»Ich weiß es auch nicht«, gab dieser zu. »Wenn Buri mit dem Orakel gesprochen hat, dann tat er es stets bei Nacht und ausschließlich in Reimen. Sie haben sich vielleicht besser angehört als deine, aber ich kann nicht behaupten, dass er eine bestimmte Versform gewählt hätte. Er muss zusätzlich ein Ritual vollzogen haben. Buri hat mich immer aus dem Raum geschickt, wenn er das Orakel befragt hat.«

»Du hast ihn belauscht.«

»Ich war eben neugierig«, gestand Bölthorn.

»Hm«, dachte Lennart laut, »wenn das Orakel wichtig für mich wäre, dann hätte er mir doch einen Hinweis hinterlassen.«

»Vielleicht hat er das, und du siehst ihn nur nicht?«

»Auch möglich«, pflichtete er Bölthorn resigniert bei. »Aber weißt du was? Ich bin mittlerweile echt müde. Es war ein langer und ziemlich anstrengender Tag, und ich glaube nicht, dass ich heute Abend das Geheimnis lüften werde. Lass uns schlafen gehen und uns morgen die frischen Gehirne weiter zermartern.«

»Du solltest nicht so schnell aufgeben«, widersprach Bölthorn vehement.

Lennart klappte die sprachlose Keksdose zu und stand vom Drehstuhl auf. »Ich gebe nicht auf, ich optimiere lediglich meine Kräfte. Es ist schon ziemlich spät, und ich muss morgen auch noch diesen Saustall hier aufräumen.« Dabei deutete Lennart auf die auf dem Werkstattboden liegenden Ordner und Kleinteile. »Oder kannst du mir dabei helfen?«

Bölthorn knautschte die platte Mopsschnauze. »Wie du siehst, besitze ich keine Hände mehr, sondern nur noch Pfoten, ich kann also wenig dazu beitragen. Dennoch meine ich, dass du ...«

Klack.

Lennart hatte die Plasmalampe ausgeschaltet, und schlagartig verstummte Bölthorn, der noch einige unhörbare Wörter lang sein Maul bewegte. Er sah aus wie ein Redner am Pult, dem man einfach das Mikrofon abgestellt hatte und der einen Moment brauchte, um das zu realisieren. So ähnlich war es ja auch.

Lennart lächelte. »Komm. Ich bin wirklich kaputt. Wir machen morgen weiter. Kriegst auch noch ein Stück Wurst, okay?«

Bölthorns verärgertes Gesicht zeigte einen Anflug von Einverständnis. Kurz verzog er nochmals die Lefzen, dann machte er eine auffordernde Kopfbewegung in Richtung Werkstattausgang und quetschte sich mopsröchelnd durch den Vorhang.

28. Kapitel

Am nächsten Morgen, direkt nach der Gassirunde und der Mopsfütterung, begab sich Lennart zusammen mit Bölthorn in die Werkstatt, die er gestern Nacht müde und ohne eine Antwort der ominösen Orakelkeksdose verlassen hatte.

Bis zum Nachmittag waren alle Kleinteile einsortiert, die Schachteln und Kistchen gefüllt, und alle Ordner standen wieder im Regal. Alle bis auf den einen. Ihn hatte Lennart neben die Keksdose und die surrende Plasmalampe auf die Werkbank gelegt; es galt, das Orakel zu vorgerückter Stunde danach zu befragen. Vielleicht ging von dem Ordner irgendeine Magie aus, die das Orakel spüren könnte.

Die Dämmerung kündigte sich bereits an. Durch die verklebten Schaufenster von *Bolmens Skämt- & Förtrollningsgrotta* strömte das bezaubernde Licht der blauen Stunde. Den ganzen Tag über hatte es nicht geschneit. Es war bitterkalt, aber schön, fast als habe sich der Himmel von Dunstschleier und Wolken befreit, um nach all dem Niederschlag der vergangenen Tage endlich wieder einmal richtig durchatmen zu können. Vielleicht hatte sich auch die Sonne beschwert.

Bölthorn kam zu Lennart an die Werkbank, wo dieser soeben in dem Drehstuhl Platz genommen hatte, um einen Schluck Wasser zu trinken und sich ein wenig von der ganzen Buckelei auszuruhen. Mit einem bedeutungsschwangeren Mopsgesicht fragte Bölthorn: »Bist du bereit für ein wenig Magie?«

Lennart setzte die Flasche ab. »Klar!«

Bölthorn zog eine mitleidige Grimasse. »Lennart Malmkvist, mach dir keine allzu großen Hoffnungen. Glaub nicht, dass du heute Blei in Gold oder jemanden in einen Frosch verwandeln wirst. Wir können froh sein, wenn du es schaffst, einen kleinen Bewegungszauber hinzubekommen oder eine mickrige *Glœdamȳ*. Aber selbst das wäre ... Wir wollen sehen, wie begabt du wirklich bist, und ob Buri recht gehabt hat. Komm mit.«

Wie immer verschwand Bölthorns ausladendes Hinterteil mit der mopsuntypisch ungeringelten, aber deswegen keinen Fingerbreit längeren Schwänzchen zwischen den beiden Hälften des schweren Vorhangs.

»*Glœdamȳ?*«, rief Lennart ihm hinterher.

»Frei übersetzt: Glühmücke. So nennen die Praktizierenden scherzhaft ein sehr, sehr kleines, meist verunglücktes Irrlicht«, kam es durch den Vorhang zurück. »Kommst du nun, oder willst du lieber weiter dahocken und dumme Fragen stellen?«

Das ließ sich Lennart nicht zweimal sagen. Schraubte die Wasserflasche zu und lief Bölthorn hinterher.

»Hier«, sagte Bölthorn. Er stand vor einem der vielen Regale in der hintersten Ecke des Ladens und deutete mit der rechten Pfote ins unterste Fach.

Lennart ging in die Hocke. »Das hier?«, fragte er und zog einen schwarzen Karton hervor, der aussah wie die Verpackung eines Gesellschaftsspiels. War er aber nicht. »»Der kleine Zauberlehrling«, las Lennart halblaut vor, als er sich wieder erhoben hatte und den etwas lädierten Pappkarton in die spärliche und rötlich flackernde Beleuchtung hielt. »Für Zauberer und solche, die es werden wollen. Von neun bis neunundneunzig Jahre«, las er weiter.

»Geht auch noch mit tausend Jahren«, bemerkte Bölthorn

trocken. »Aber das kann man ja wohl schlecht draufschreiben.«

Auf dem Karton sah man einen fröhlich grinsenden Jungen, gezeichnet im Stile von Disney's ›Peter Pan‹ aus den 1950er-Jahren, nur dass dieser hier einen albernen blauen Hut in Kegelform mit großen gelben Sternen trug und in der Hand einen Zauberstab hielt. Die Ecken der Verpackung waren abgestoßen, teilweise waren aufgerissene Stellen großflächig mit Klebefilm verarztet worden, damit das ganze Ding nicht auseinanderfiel.

»Was soll das sein?«, fragte Lennart.

»Na, das hast du doch eben vorgelesen«, antwortete Bölthorn verständnislos.

»Aber das ist ein Kinderspiel«, wehrte sich Lennart.

»Nein, ist es nicht. Es ist die allerbeste Tarnung, wenn man draufschreibt, was es enthält, weil jeder Mensch genauso reagiert wie du. Außer natürlich, es handelt sich um einen Eingeweihten. Nimm es mit in die Werkstatt, dann muss ich nicht so brüllen. Auch wenn meine Stimme bei dir in Zimmerlautstärke ankommt, so fällt mir das Reden doch erheblich leichter, wenn wir uns näher an dieser wunderlichen Kugellampe befinden. Los, komm!«

Sie gingen zurück in die Werkstatt, wo Lennart Keksdose und Plasmalampe beiseiteschob, die Tischleuchte anschaltete und den Karton vor sich auf die Arbeitsfläche stellte.

»Wir werden mit den Grundlagen beginnen müssen. Du weißt ja gar nichts. Mach ihn auf«, wies ihn Bölthorn an.

Doch Lennart drehte sich zu ihm um. »Darf ich dich etwas fragen?«

»Deswegen bin ich hier«, gab Bölthorn zurück und blickte sein Gegenüber auffordernd an.

»Woher weißt du das alles? Kannst du auch zaubern?«

Mit einem Mal erkannte Lennart etwas, das er bei Bölthorn noch nie wahrgenommen hatte. Mochten seine bernsteinfarbenen Augen auch schief im Gesicht sitzen und optisch ungünstig weit auseinanderstehen, so bargen sie eine traurige, verletzte Seele, und er sah auch, dass Bölthorns wahres Wesen so weit von einem Hund entfernt war wie ein Seeadler von einer Stubenfliege (was das Desinteresse an Lobeshymnen auf Vorzüge des Mopscharakters untermauerte). Bölthorn war gefangen in einem fleischigen Gefängnis, das spürte Lennart. Kleine Fellwogen schoben sich über seine Stirn, er blinzelte langsam. Wessen Tränen waren es? Konnten Möpse weinen?

Bölthorn fasste sich schnell wieder. »Ich kann nicht zaubern. Nicht mehr. Das ist Teil meiner Bestrafung und meines Fluchs.«

»Was für ein Fluch?«

»Mach den Karton auf, Lennart Malmkvist. Du solltest dich schnell mit der Magie anfreunden. Wir haben weniger Zeit, als du vielleicht denkst.«

Lennart nickte und hob kurz entschlossen den Deckel ab. Er holte ein daumendickes Büchlein hervor, das dieselbe Optik aufwies wie der Karton: das ›Zauberbuch für Anfänger‹. Darunter, in einem abgegriffenen und verknickten Plastikeinsatz, waren diverse Utensilien verstaut. Im Prinzip exakt das, was Lennart erwartet hatte, hätte ihn jemand nach dem möglichen Inhalt eines Spielzeugzauberkastens gefragt. Ein Zauberkartenspiel mit witzigen Illustrationen (schätzungsweise gezinkt), ein Zaubertuch (schätzungsweise für das spontane Erzeugen von Blumensträußen und weißen Tauben), ein Zauberbecher (schätzungsweise mit doppeltem Boden, um Flüssigkeiten aller Art verschwinden zu lassen), ein Trickmesser (schätzungsweise mit einziehbarer Plastikklinge zum Erschrecken der Kindergeburtstagsgäste), drei Zauberschachteln unterschiedlicher Größe (keine Ahnung, wofür die gut sein könnten), ein Sammelsurium von sonstigen Zauberartikeln (schätzungsweise für sonstige Zaubertricks) und natürlich der obligatorische Zauberstab (schätzungsweise zum Zaubern).

Mit spitzen Fingern holte Lennart jedoch zuerst den schwarzen Zauberhut mit den goldenen Sternen heraus. Er rollte die Pappe zum Kegel zusammen wie eine Eistüte und verschränkte die Papierzungen an den Enden. Dann setzte er sich, um ein möglichst würdevolles Gesicht bemüht, die für ihn viel zu kleine Kopfbedeckung auf und spannte sich den ausgeleierten Haltegummi unters Kinn.

»Was machst du da?«, fragte Bölthorn vollkommen fassungslos.

»Ich dachte, das sei kein Spiel«, erklärte Lennart verunsichert. »Glaub nicht, dass es mir leichtfällt, diesen albernen ...«

»Bei Odin, zieh dieses Ding ab«, stöhnte Bölthorn. »Das brauchst du nicht. Nicht alles in diesem Kasten ist magisch.«

Lennart beeilte sich, den Hut abzunehmen, und stellte ihn auf die Werkbank. »Was ist denn magisch? Der hier?« Er hielt den Zauberstab in die Höhe und machte kreisende Bewegungen.

»Ja, der schon. Leg ihn hin, das ist ausnahmsweise kein Spielzeug!«, befahl Bölthorn mit strenger Mopsstimme. »Später, wenn du besser geworden bist, brauchst du keinen Zauberstab mehr, aber das kann Jahre dauern, und am Anfang ist er ein Muss!«

In dem Augenblick, als er das ausgesprochen hatte, versuchte Lennart, seine gesamte Sensorik auf den schwarzen Plastikstab, den er noch immer in der Hand hielt, zu fokussieren. Und wirklich! Da war etwas! Es war wie vorhin beim Aufräumen, als er Gegenstände in der Hand hatte, die Bölthorn als magisch bezeichnet hatte. Dieses Gefühl war unbestimmt, auf eine befremdliche Art und Weise spürte er ein kleines Potenzial von Energie und Kraft, als sei der Stab statisch aufgeladen.

Ehrfürchtig platzierte Lennart den Stab von der Dicke und etwa der doppelten Länge eines Kugelschreibers wieder in der vorgesehenen Aussparung im Plastikeinsatz des Zauberkastens.

»Es gibt nur zwei Dinge in diesem Kasten, die relevant sind, um Magie zu praktizieren«, erläuterte Bölthorn. »Den Stab und das Buch. Der Rest ist Tarnung, wertloser Quatsch, der vielleicht dazu taugen würde, ein Kinderherz zu verzaubern, aber nicht, um wirklich etwas auszurichten.« Er machte zwei Schritte zu Lennart hin und setzte sich. »Doch bevor wir es mit dir versuchen, muss ich dir noch ein paar Dinge erklären.«

Lennart drehte den Stuhl interessiert zu Bölthorn.

»Als Erstes solltest du wissen, dass das, was wir hier tun, kein Späßchen ist. Es ist vielmehr bitterernst. Ein Handwerk mit Verantwortung. Man kann viel Unheil damit anrichten. Dazu braucht es natürlich Wissen und Können, doch auch wenn du davon noch meilenweit entfernt bist – denk nur an eine Gewehrkugel. So klein und doch so tödlich! Du siehst, auch mit kleinen Dingen kann man einiges anrichten, wenn ein ungeübter Finger im falschen Moment den Abzug betätigt. Dann solltest du noch wissen, dass ich dir nur die einfachsten Praktiken und Grundformen der Magie zeigen kann. Nur Theorie, leider. Ich hoffe dabei auf deine Begabung. Du wirst aber viel mehr lernen müssen, und das kannst du nur bei jemandem, der selbst Praktizierender ist, ein Meister seines Fachs, das werde ich dir nicht vermitteln können.«

Lennart runzelte die Stirn. »Was bedeutet das?«

»Du musst in die Lehre.«

»Zauberlehrling?«

»Ja.«

»Wie bei Harry Potter?«

»So ähnlich, nur dass es für dich nicht so amüsant sein wird, die Lehre zu durchlaufen, und ein schickes Schloss wie Hogwarts wird es wohl auch nicht werden.«

»Wohin muss ich gehen und wann?«

»Ich weiß nicht, wohin, aber ich weiß, wen wir fragen können. Und wann das sein wird, hängt davon ab, wie schnell du die Grundlagen verstehst. Und genau darauf solltest du dich nun konzentrieren. Schlag das Buch auf.«

Lennart tat, wie ihm geheißen, noch etwas benommen von den eben gehörten Neuigkeiten. »Welches Kapitel?«

»Das Inhaltsverzeichnis.«

Lennart blätterte zwei Seiten weiter. »Kapitel 1 – Abrakadabra, Kartentricks. Kapitel 2 – Simsalabim, Gegenstände verschwinden lassen mit Zauberzylindern und -schachteln. Kapitel 3 – Hokuspokus-Fidibus! Noch besser mit dem Zaubermesser. Kapitel 4 – Lirum, larum, Löffelstiel …«

»Vergiss das alles! Sei still und hör mir genau zu«, fiel Bölthorn ihm ins Wort. »Leg den Zauberstab genau in die Mitte des Buches. Dann blase von Nord nach Süd, von Ost nach West, von Süd nach Nord und von West nach Ost über die Seiten.«

»Pusten?«, vergewisserte sich Lennart ungläubig.

»Ja. Es muss nicht fest sein, nur wie der Luftzug eines undichten Fensters an einem windigen Tag. Aber du darfst nur einmal einatmen, das ist wichtig, sonst funktioniert es nicht.«

»Wo ist Norden?«, überlegte Lennart laut.

»Der Göta älv liegt nördlich von dir«, sagte Bölthorn.

Lennart legte den Zauberstab in den Falz und nahm das Buch vorsichtig von der Werkbank, sehr vorsichtig. War es bis vor wenigen Augenblicken lediglich eine Kinderspielanleitung gewesen, so hatte es sich nun in einen potenziell magischen Gegenstand verwandelt. Allein das war schon Magie! Wenigstens fühlte es sich so an.

Mit beiden Händen hielt er es horizontal auf Höhe seiner Lippen. »Kann irgendetwas passieren, ich meine …?«

»Nervös?«, fragte Bölthorn mit spöttischem Unterton, der mit einer Prise Genuss gewürzt war. »Der selbstbewusste junge Mann, dem bis vor kurzem noch alles zuflog und der rassebedingt untersetzte Hunde als ›Wursti‹ titulierte, ist nervös?«

»Ich hab's nicht so gemeint«, versuchte Lennart, sich zu verteidigen. Es klang selbst in seinen Ohren nicht sonderlich überzeugend.

»Doch. Hast du«, widersprach Bölthorn. Dann wurde seine Stimme versöhnlich. »Aber das spielt jetzt keine Rolle mehr, Lennart Malmkvist. Du bist ein anderer geworden, und deine Demut und dein Respekt vor mir und der Magie zeugen davon, dass du vielleicht doch kein so schlechter Mensch bist.« Bölthorn räusperte sich. »Genug davon! Puste jetzt und hab keine Angst. Nur ein Atemzug darf es sein, denk daran. Und sieh genau hin, es wird dir gefallen.«

Behutsam hob Lennart das Buch wieder zum Mund. Der Plastikzauberstab lag noch an Ort und Stelle, im Wellental der vergilbten und nach feuchtem Keller riechenden Druckseiten. Von Nord nach Süd, dachte Lennart, drehte den Text auf den Kopf und richtete das Buch in die Richtung aus, wo er den Göta älv vermutete, der nicht einmal fünf Gehminuten von hier vorbeizog.

Er holte tief Luft und ließ seinen Atem sanft über das Buch streichen.

Atem anhalten.

Von Ost nach West. Er drehte sich auf seinem Drehstuhl mit dem Buch in den Händen um neunzig Grad im Uhrzeigersinn. Wieder ausatmen.

Von Süd nach Nord. Nochmals dasselbe.
Und dann.
Von West nach Ost.
Lennarts Lungen waren beinahe leer. Mit letzter Kraft ließ er seinen Atem übers Papier streichen.
Eine Sekunde verstrich, dann zwei, dann drei.
Plötzlich geschah etwas vollkommen Irrationales.
Das ganze Buch erzitterte, so leicht, als würde in weiter Ferne ein Zug vorbeifahren, aber doch deutlich spürbar. Eine an Intensität zunehmende Aura umgab es, die im Takt von Lennarts Herz (zumindest kam es ihm so vor) an- und abschwoll, die Seiten erfasste, die Zeilen umspülte wie eine Brandung aus flüssigem Licht, die nun auch die Buchstaben ergriff. Zeichen um Zeichen legte sich die goldene Lava um die Druckerschwärze und löste sie schließlich vom Papier, hob sie sanft in die Höhe, drehte sie, wirbelte sie, verschob sie, bewegte sie von einer Stelle der Seite auf eine andere.
Alte Wörter vergingen, neue formten sich; Absätze, Überschriften, Fußnoten. Buchstaben, die der neue Text nicht benötigte, spülte die lavagleiche Aura in feine Tropfen eingeschlossen aus dem Buch. Sie tropften wie Kondenswasser hinab auf Lennarts Hose, seine Hände, auf den Stuhl und auf den Boden. Fasziniert sah er einem ›S‹ dabei zu, wie es vom unteren Rand des Inhaltsverzeichnisses abrutschte und über seine Finger kullerte. Es fühlte sich weder heiß noch kalt an, oder konnte er das nur nicht exakt bestimmen? Es schien sich in einem völlig neuen Aggregatzustand zu befinden. Leuchtender Eiskristall oder glühender Funke – das ›S‹ rann seinen Handrücken entlang, rollte gegen den Saum seines Ärmels, hüpfte wie vor Freude in die Höhe und sprang in hohem Bogen Bölthorn zwischen die Augen, wo es zerplatzte und in einem feinen Nebel verdampfte.

Bölthorn schüttelte sich irritiert. Selbst für ihn musste das eigenwillige ›S‹ völlig überraschend gekommen sein.

Lennart kam aus dem Staunen ohnehin nicht mehr heraus. Mit einem Mal war nämlich der neue Text geschaffen. Die Aura verblasste, bis sie schließlich ganz verschwand. Vorsichtig drehte Lennart das Buch so, dass er die neuen Zeilen lesen konnte, und überflog andächtig, was dort entstanden war. Nicht nur, dass die Schriftart sich komplett verändert hatte – vorher war die Buchseite in einer für die Sechzigerjahre typischen dezenten Typographie gehalten gewesen, nun prahlte sie mit wuchtigen Buchstaben mit verschwenderischen Serifen –, nein, auch das gesamte Verzeichnis verwies jetzt auf vollkommen andere Inhalte, die vorher nicht dagestanden hatten.

Prǫlǫg
Eīnę Eīnfȳhrūng fȳr ūnd Māhnūng ān
ðęn jūngęn Zāūbęrlęhrlīng
Erstęs Kāþītęl
Vǫn ðęr Māgīę, Dīngę zū bęwęgęn
Zwęītęs Kāþītęl
Vǫn Irrlīchtęrn ūnd Blītzęn

Insgesamt zehn Kapitel waren angegeben. Lennart blickte auf. Er hatte verstanden, wie man den Inhalt des Buches geschützt hatte. Wer nicht wusste, welches Ritual man durchführen musste, oder wer nicht im Besitz des augenscheinlich schäbigen Plastikzauberstabes war, würde nie und nimmer fertigbringen, was er eben geschafft hatte.

»Ich habe gezaubert«, stellte er beeindruckt fest. Seine Hände zitterten noch ein wenig.

»Das hast du«, bestätigte Bölthorn. »Dieses Buch wird in den nächsten Jahren dein Begleiter sein. Du musst es durcharbeiten. Die ersten beiden Kapitel mit mir, sofern ich es fertigbringe, dir die nötigen Fähigkeiten zu vermitteln, und die restlichen«, er schmatzte kurz, »nun, wie schon gesagt, da müssen wir wohl jemanden für dich finden.«

»Ich habe eben gezaubert«, wiederholte Lennart.

Plötzlich summte sein Handy.

Lennart erschrak so sehr, dass ihm das Zauberbuch aus der Hand rutschte und auf den Boden fiel, wo es zuklappte. Der Zauberstab war herausgefallen und rollte ans vordere Tischbein.

»Mist!«, rief er und bückte sich nach beidem. Er schlug das Buch auf und starrte fassungslos hinein. »Das gibt's doch nicht«, stammelte er. »Wo ist der Text hin?« Aufgeregt blätterte er in dem Buch herum, doch es hatte sich wieder in die Anleitung aus den Fünfzigerjahren verwandelt.

Bölthorn rollte mit den Mopsaugen (und das wirkte äußerst eindrucksvoll bei den Augen!). »Das ist normal«, erklärte er. »Sobald man es zuklappt oder den Stab entfernt, verwandelt es sich schlagartig zurück. Reine Vorsichtsmaßnahme. Ein schlauer Zauber. Ist nicht schlimm. Nun weißt du ja, wie es funktioniert.«

Erleichtert legte Lennart das Zauberbuch auf die Werkbank. »Ich dachte schon, ich hätte es kaputtgemacht«, gestand er.

»Mach dir darüber keine Gedanken. Die Magie von Gegenständen zu vernichten ist eine hohe Kunst für den fortgeschrittenen Zauberer. Das Buch hingegen kannst du natürlich schon zerstören, so wie jedes andere Buch auch. Etwas Achtsamkeit ist also durchaus geboten.«

Lennart holte sein Handy aus der Hosentasche.

Obi Wan: hejsan! hab versucht dich zu erreichen. wir können ja später oder morgen telefonieren. infos über unsere freundin e. herauszukriegen ist alles andere als leicht. da scheint jemand ungewöhnlich viel arbeit investiert zu haben das zu erschweren. aber warum? cheers frederik.

Wenn Lennart auf diese und viele andere Fragen eine Antwort gehabt hätte, dann wäre ihm auch wohler zumute gewesen. Doch jetzt hatte er ja einen Zauberlehrlingskasten und ein Orakel, das ihm heute Nacht hoffentlich das eine oder andere würde erklären können.

Er schaltete das Handy aus und steckte es weg. Dann legte er den Zauberstab ins geöffnete Buch und warf Bölthorn einen fragenden Blick zu.

»Was ist? Worauf wartest du?«, fragte dieser.

Daraufhin hielt Lennart sich das Buch wieder an den Mund, richtete sich im Drehstuhl wieder zum Göta älv hin aus, atmete so tief ein, wie er konnte, und blies von Nord nach Süd über die Seiten ...

29. Kapitel

Ergebnis des ersten Zauberlehrlingstages: Ernüchterung auf der ganzen Linie. Weder war es Lennart gelungen, auch nur den einfachsten Bewegungszauber (erstes Kapitel des Zauberbuches für Anfänger) hinzubekommen, noch hatte er das Keksdosenorakel zum Sprechen gebracht. Es war wie verhext. Bölthorn riet ihm, den Spielkasten mit nach oben in die Wohnung zu nehmen und das Buch in Ruhe zu studieren. Er solle nicht verzagen, manche bräuchten mehrere Tage, allein um das Buch sichtbar zu machen. Von daher sei er überzeugt, dass Lennart tatsächlich eine gewisse Grundbegabung mitbringe. Allerdings betonte Bölthorn das Wörtchen *gewisse* auf eine Art und mit dermaßen gespitzten Lefzen, dass Lennart sofort klar war: Darauf brauchte er sich nichts einzubilden. »Ungeduld ist immer ein schlechter Ratgeber, Lennart«, fuhr Bölthorn schulmeisterhaft fort, »und bei Magie erst recht!«

Bis weit nach Mitternacht hatte Lennart übermüdet, aber konzentriert in der Werkstatt gehockt, um das Orakel zum Sprechen zu bringen – Bölthorn war zwischenzeitlich sogar kurz eingenickt, worüber sich Lennart beschwert hatte und ihn weckte. Weiterhelfen konnte er ihm allerdings auch nicht. Er wiederholte stoisch und schlaftrunken, dass er nie dabei gewesen sei, wenn Buri das Orakel bemüht habe. Buri habe ihn ja stets der Werkstatt verwiesen oder ihn sogar in die Privaträume gesperrt. Das klang in Lennarts Ohren durchaus glaubwürdig, änderte jedoch nichts an seiner mittlerweile eingetretenen Frustration. Und was hatte er nicht alles versucht. Reime, bessere Reime, Deckel auf, Deckel zu, Keksdose festhalten beim Reimen, Keksdose loslassen beim Reimen, ansehen, wegsehen, Licht an, Licht aus – alles vergebens.

Die alte Werkstattuhr zeigte müde auf zwei Uhr und siebenunddreißig Minuten, als Lennart den Orakelkeksdosendeckel endgültig (und zugegebenermaßen etwas unsanft) zuklappte, die Kiste zurückschob und mit dem Zauberlehrlingskasten unter dem Arm und dem schlaftrunkenen Bölthorn im Schlepptau den Laden verließ, um direkt in sein Bett zu fallen. Für heute hatte er sich genug mit Magie und deren eigenwilligen Auswüchsen in dicklicher Hunde- und verbeulter Keksdosenform beschäftigt.

Am Donnerstagmorgen riss ihn eine ungeduldige Klingel aus dem Schlaf. Er benötigte einige Sekunden, um den Blick auf das Display des Weckers zu fokussieren und die Botschaft zu entziffern: zwölf Minuten nach sieben. Sein Gehirn kam nur träge in Schwung, dann wusste er es. Der Schlüsseldienst! Verdammte Axt! Er sprang aus dem Bett, musste sich aufgrund einer Schwindelattacke kurz daran festhalten, dann eilte er (so gut es seine noch im Halbschlaf befindlichen Beine zuließen) in den Flur zur Gegensprechanlage.

Bölthorn im Körbchen neben der Küchentür bewegte sich keinen Millimeter. Er öffnete lediglich ein Auge, das nicht besser aussah, als Lennart sich fühlte, dann schloss er es wieder und schlief seelenruhig weiter wie damals im Traum mit dem grausigen Leierkastenmann.

Lennart vertrieb die Gedanken an den dürren Finsterling und sein morbides Gedudel und machte dem nicht ganz so fröhlich klingenden Angestellten des Schlüsseldienstes über die Gegensprechanlage eindringlich klar, dass er den Termin natürlich nicht vergessen habe und selbstredend in wenigen Augenblicken unten am Laden sein werde. Lennart hatte den Termin, den er gestern noch telefonisch vereinbart hatte, komplett verdrängt. Oder vielleicht war dieser auch einfach in einen unbewussten Teil seines Gedächtnisses gerutscht, weil in seinem Kopf kein Speicherplatz mehr frei gewesen war zwischen all dem Zauberzeug.

Er hielt es für äußerst sinnvoll, etwas Geld für neue Schlösser und Schlüssel zu investieren, denn der Einbrecher war ohne jede Gewalteinwirkung in *Bolmens Skämt- & Förtrollningsgrotta* hineingelangt, was nur zwei Optionen offenließ: Entweder er war mithilfe von Magie eingedrungen, dann würde allerdings auch das beste Sicherheitssystem aus Stahl und Technik nichts nützen, sondern eher ein Wunderbann oder ein Schutzzauber, falls es so etwas gab (bestimmt gab es so etwas). Oder aber der Täter besaß schlicht einen Nach- oder Zweitschlüssel, mit dem er in den Laden gelangt war. Wenigstens die zweite der beiden Möglichkeiten konnte Lennart mit der Investition von etwa dreitausendfünfhundert Kronen zukünftig ausschließen, und das war ihm die Sache wert, vermittelte eine neue Schließanlage doch zumindest einen kleinen Sicherheitsgewinn in dem nicht von Zauberei erfüllten Teil seines Lebens.

Er wusch sich das Gesicht mit eiskaltem Wasser, versuchte, seine eigenwillige Bettfrisur wenigstens ein klein wenig zu richten, zog sich hastig an, schnappte sich Schlüssel und Jacke und stürmte in Hausschuhen die Treppe hinunter.

Eine Stunde später besaß er einen neuen Satz Schlüssel und die Barquittung des Handwerkers. Er probierte die Schließanlage nochmals aus, war zufrieden und ging nach oben in seine Wohnung zurück, wo Bölthorn mittlerweile erwacht war und in der Küche neben einem der ›Mops sweet Mops‹-Näpfe stand und ihn auffordernd ansah. Lennart füllte Wasser nach, stellte ihm das Gefäß hin, betrachtete den sich mit

Flüssigkeit füllenden Mopskörper einen Moment lang und beschloss dann, dass es nicht zwingend ein Fehler gewesen war, die Plasmalampe nicht auch noch mit hierherzubringen. Ein Tag ohne Bölthorns seltsam schnurrende Stimme (das musste an der Plasmalampe und deren vergleichsweise schwachem elektromagnetischem Feld liegen, denn bei Gewitter klang er erheblich besser) war vielleicht ganz erholsam und der Konzentration förderlich. Es gab viel zu lernen.

Lennart machte sich einen Cappuccino, holte den Zauberlehrlingskasten an den Küchentisch und führte seine am gestrigen Tag begonnenen Übungen fort, nachdem er die Rollos in der Küche so gestellt hatte, dass ihn dabei niemand sehen konnte. Auch wenn seine Wohnung im obersten Stock lag – in einer Welt, in der Keksdosen orakelten und Möpse sprachen, konnte man nie wissen.

Die Verwandlung des Buches klappte reibungslos. Beinahe gewöhnte sich Lennart langsam an den beeindruckenden Effekt der literarischen Metamorphose, auch wenn er so manchem kecken Buchstaben im goldenen Tropfen noch immer fasziniert bei seinem Tanz zusah.

Er las die Einführung für und Mahnung an den jungen Zauberlehrling nochmals konzentriert durch, stellte dieser gut zwanzig Seiten lange Prolog doch die Schilderung der existenziellen Magiegrundlagen auf Metaebene dar (so gewählt wenigstens hatte sich Bölthorn gestern Nacht noch ausgedrückt, kurz bevor Lennart hundemüde ins Bett gefallen war).

Magie sei innere, stille Kunst, hieß es da, keine äußere. Daher würde man auch einen echten Praktizierenden niemals eine Zauberformel laut aussprechen hören. Also *Hokuspokus* denken, nicht sagen, schlussfolgerte Lennart, behielt das aber für sich. Er konnte sich schon vorstellen, was für einen zerknautschten Blick von Resignation und Hoffnungslosigkeit ihm Bölthorn zugeworfen hätte. Als Anfänger musste er aber auf solche Simplifizierungen zurückgreifen.

Aber es traf die Sache doch recht gut, meinte Lennart insgeheim und las weiter. Müsse der junge Zauberlehrling noch jeden Spruch kennen und sich jedes Mal aufs Neue bewusst machen, so sei der fortgeschrittene Magier in der Lage, denselben Zauber mit noch mehr Kraft auszuführen, obwohl er ihn nur kurz bedenke. Der Meister hingegen brauche nicht einmal mehr das, so das Buch weiter. Er könne denselben Zauber mit gigantischer Kraft ausüben, nur weil er sich darüber im Klaren war, dass er es könne. Zauber und Zauberer seien eins geworden. Doch, so warnte das Buch eindringlich, man solle sich nicht einbilden, dies in Monaten oder ein oder zwei Jährchen zu lernen, dazu bedürfe es vielmehr Dekaden oder gar Jahrhunderte.

Letztlich hatte Bölthorn nicht zu viel versprochen. Hier wurde Magie als Konzept gelehrt, ja beinahe als Wissenschaft und nicht als Handwerk, wie man es als nicht Praktizierender, also Normalsterblicher annehmen würde. Es ging also nicht darum, mit einem Zauberstab herumzufuchteln und irgendwelche auswendig gelernten Zaubersprüche herunterzuleiern, sondern darum, durch Übung und Praxis stufenweise Magie in sich einzulassen. Angewandte Magie sei nur das Vehikel für die wahre Magie und geübte Formen der Magie nur dazu da, um sie durch Perfektion von sich selbst zu befreien und schließlich aufzulösen. Aha!

Lennart rauchte der Kopf. Er überflog die letzten der kleingedruckten Seiten nur noch, dann schlug er das erste Praxiskapitel auf.

Von der Magie, Dinge zu bewegen.

Klang vielversprechend. Etwas zu bewegen konnte unmöglich schaden.

Man solle mit etwas Kleinem beginnen, stand da in der

Einleitung. Nicht, weil größere Dinge prinzipiell schwerer zu bewegen seien, sondern weil es einem leichter falle. Irgendwie klang das widersprüchlich, doch Lennart suchte nach einem passenden, kleinen Gegenstand. Es hätte ihm große Freude bereitet, Bölthorn mitsamt Napf anzuheben und in den Flur zu bewegen, einfach so, weil er es konnte. Aber dieser hätte sich sicher verboten, als Versuchsmops Verwendung zu finden, und außerdem war er im Vergleich zum Kaffeelöffel, auf den Lennarts Wahl letztlich fiel, um einiges schwerer.

Lennarts Bemühungen, irgendeine Form von Bewegung auszulösen, scheiterten kläglich. Hatte er anfangs noch mit einer gewissen Hochnäsigkeit gedacht, er könne den kleinen Kaffeelöffel seines Cappuccinos ohne Hände mal eben so in die Luft werfen – immerhin besaß er doch ein Zauberbuch, und außerdem hatte Buri Bolmen ihn für begabt gehalten! –, so machte sich nach einer halben Stunde Ernüchterung breit. Eine weitere halbe Stunde später hätte es ihm bereits genügt, das blöde Ding wenigstens kurz zum Wackeln zu bringen, nur ein ganz klein wenig. Aber nichts. Vollkommen ungerührt lag der Kaffeelöffel noch immer auf der mit eingetrockneten Milchschaumresten befleckten Kaffeeuntertasse.

Bölthorn sah natürlich, was da vor sich ging, und konnte sich vorstellen, welcher Frust sich in seinem Zauberlehrling breitmachte. Um die Mittagszeit herum stand er vom Küchenfußboden auf und ging durch den Flur zur Wohnungstür. Erst durch sein Kläffen bemerkte Lennart, dass eine Gassirunde anstand.

Nun gut, wenn er schon keinen albernen Kaffeelöffel zu bewegen imstande war, dann vielleicht wenigstens sich selbst. Widerwillig zog er sich an und ging eine ausgedehnte Runde mit Bölthorn: den Västra Hamngatan hinunter bis über den schmalen Nebenarm des Göta älv, der Lennarts Stadtteil einschloss wie ein Burggraben, und hinüber in den Kungsparken, wo Lennart mit dem verhältnismäßig ausgelassenen Mops über eine Stunde spazieren ging.

Außer dass er ihn einmal gegen die massiven Avancen einer Golden-Retriever-Hündin verteidigen musste, deren Herrchen es mit der Leinenpflicht ebenso lax nahm wie Lennart selbst, passierte während der ausgedehnten Runde nichts von Bedeutung. Wenigstens äußerlich. Lennarts Gedanken hingegen kreisten vom ersten Schritt an um den Zauberlehrlingskasten, die Weisheiten, die das Buch verkündete, und natürlich die Unmöglichkeit, einen Kaffeelöffel bewegen zu können, ohne ihn zu berühren oder frustriert gegen den Tisch zu treten, auf dem die Tasse stand.

blāðrā lāfā rīðā vāgā vāþþā!

So hieß die Zauberformel, die man sich denken sollte. Derlei Sprüche zu verwenden, wurde im Magikerfachjargon, wie Bölthorn ausführte, als *œsīęręn* bezeichnet – beruhend auf dem uralten nordischen Wort *œsā*, frei übersetzt: »etwas in starke Bewegung versetzen« – das wenigstens klang prinzipiell einleuchtend. Die Anwendungsbeschreibung allerdings ließ etwas zu wünschen übrig, wie Lennart feststellte. Möglichst intensiv solle man also *œsīęręn*, wurde im Buch behauptet, aber mehr fühlen als aussprechen müsse man die Formel, sie verinnerlichen und konzentriert und doch unverkrampft fließen lassen. Dazu das Bild des zu bewegenden Gegenstandes vor dem geistigen Auge und den Blick auf selbigen gerichtet – daraus sollte einer schlau werden!

Wieder zu Hause angekommen, gab es Trockenfutter für Bölthorn (Lennart hatte immer noch nicht gefragt, ob das auf Dauer nicht langweilig sei), ein Glas Saft für Lennart, und dann ging es zurück an den Tisch.

Etwas hatte sich verändert.

Lennart hatte ganz offenbar seine Verkrampfung im Kungsparken gelassen und sich ein wenig mehr Offenheit mitgebracht, die dort, in der mit einer dünnen Schneeschicht überzogenen Umgebung, für jeden gratis zur Verfügung stand.

Lennart, der das Kinderzauberbuch durch das Pusteritual mit Plastikzauberstab wieder in seine wahre Gestalt verwandelt hatte, las noch einmal die Einführung durch, studierte aufs Genaueste jeden Satz und jeden Paragraphen und versuchte, sich in die leise Kunst, die dort in wohlfeilen Worten und opulenter Schrift verheißungsvoll niedergeschrieben stand, hineinzufinden.

Mehr und mehr versank er in dieser Lehre, ließ zu, dass sie von ihm Besitz ergriff – vom Solar Plexus her, vom Zentrum –, als hätte er soeben in der Dämmerung dieses frostigen Dezembertages auf einem Göteborger Weihnachtsmarkt einen heißen Glögg getrunken, dessen Wirkung sich nun in ihm ausbreitete.

Und dann geschah es.

Die Hitze hatte seine Fingerspitzen erreicht, die zu glühen schienen, wie von unsichtbarer Energie geladen, und er sprach in Gedanken:

blāðrā lāfā rīðā vāgā vāþþā!

Vollkommen überraschend sprang der Löffel von der Untertasse, schoss an Lennarts Kopf vorbei und schlug hinter ihm gegen die Wandfliesen über dem Spülbecken. Im Buch war auch die Rede von einem Zielort gewesen, den man magisch als *þlāxā* bezeichnete – vielleicht sollte er daran noch feilen.

Es wäre zu unangenehm, einen Kaffeelöffel zwar mit Magie zu bewegen, ihn aber dann im Auge stecken zu haben.

Bölthorn kletterte aus seinem Körbchen und kam so schnell in die Küche gelaufen, wie es ihm nur möglich war. Er musste die Auswirkungen des Zauberspruchs gehört haben, das Klirren des herabfallenden Metallobjektes. Mit erstaunten, weit aufgerissenen Mopsaugen blickte er Lennart an, der seinerseits nicht weniger baff war und noch immer fassungslos auf den leicht verbogenen Kaffeelöffel starrte, den er mittels Magie in die Spüle befördert hatte. »Das gibt's doch nicht!«, schien Bölthorn sagen zu wollen. Dann lächelte er erfreut und nickte anerkennend, obwohl er es noch immer nicht ganz zu glauben schien.

Auch Lennart tat sich schwer damit, dann aber wurde ihm mit einem Mal klar, dass er soeben tatsächlich seinen ersten echten Zauber praktiziert hatte.

Er übte weiter. Und weiter. Mal gelang es ihm, den Löffel zu bewegen, mal nicht. Ab und an rutschte er nur eine Mopspfotenbreite über den Küchentisch, dann wieder erhob er sich und flog quer durch den Raum. Lennart stellte allerdings fest, dass die Macht der von ihm praktizierten Magie mit zunehmender Müdigkeit abnahm, diese sich also proportional zu seiner Konzentration und seiner körperlichen Verfassung verhielt.

»Das ist vollkommen normal«, beruhigte ihn Bölthorn später. Ein geübter Magier sei zwar in der Lage, diese Schwäche mit Erfahrung und Fingerspitzengefühl wettzumachen, doch es zaubere sich stets besser mit wachem Geist als mit schläfrigem.

Am frühen Nachmittag hatte Lennart Bölthorn geschnappt und war nach einem weiteren Gassi-Ausflug in den Kungsparken mit ihm in die Werkstatt des Ladens gegangen.

Magie mochte überall funktionieren, aber hier in Buris Geschäft war einfach die bessere Übungsumgebung, irgendwie authentischer. Ganz abgesehen davon konnte Lennart durch die Plasmalampe Bölthorns Stimme wieder hören, und ein paar Hilfestellungen schienen durchaus ratsam – Lennart hatte die drohende Möglichkeit eines im Auge steckenden Kaffeelöffels nicht vergessen.

Und so begleitete Bölthorn in seiner ganz eigenen didaktischen Art Lennarts Bemühungen, Sicherheit im Bewegen von Gegenständen aller Art zu erlangen. Schrauben, Muttern, Bücher, Sortimentskästen, Aktenordner – horizontal, vertikal, kreuz und quer. *Rumms. Boing. Holterdiepolter.*

So einiges ging zu Bruch – »Wo gehobelt wird ...«, meinte Bölthorn beiläufig.

Und obwohl sie gezielte und von Bölthorn verordnete Pausen einhielten, spürte Lennart nicht nur, dass man in erholtem Zustand besser zaubern konnte, nein, Magie selbst schien massiv zu ermüden. Bölthorn bestätigte das. Jeder einzelne Zauber sei von der geistigen Anstrengung her in etwa mit einer Klassenarbeit in Mathematik oder einer universitären Klausur über das Kirchenrecht des Mittelalters vergleichbar. Man könne sich also vorstellen, wie man sich fühle, wenn man ein Dutzend oder noch mehr solcher Prüfungen am Stück absolviert habe.

Als es Abend wurde, kam Lennart nicht umhin, das zu bestätigen. Er fühlte sich wie nach einem Halbmarathon, nur dass zusätzlich sein Großhirn mit Gelatine gefüllt zu sein schien. Er konnte nicht mehr. Er saß völlig erschöpft in der Werkstatt auf dem Lehnstuhl, die Ellbogen auf den Knien abgestützt, den Kopf auf den Händen abgelegt.

»Genug für heute«, beschloss Bölthorn. »Du hast erstaunliche Fortschritte gemacht, und du solltest es nicht übertreiben.«

»Mir ist, als hätte ich einen Muskelkater, aber nicht in den Oberschenkeln vom Laufen, sondern im Oberstübchen vom Œsīẹrẹn«, stellte Lennart fest.

»Hm, das trifft es ganz gut«, pflichtete Bölthorn ihm bei. »Daher, Schluss jetzt!«

»Ja, ich glaube, du hast recht.« Lennart nickte zustimmend. Er blickte dem Mops ins zerknautschte Gesicht. »Morgen ist übrigens Testamentseröffnung bei Advokat Isaksson.«

»Ich weiß.«

»Es fühlt sich eigenartig an. Irgendwie falsch.«

»Warum?«

»Weil ich mit Buri Bolmens Erbe umgehe, als wären es meine Sachen, aber das alles gehört mir doch gar nicht.«

»Buri hat es so gewollt, sonst wäre es nicht passiert«, sagte Bölthorn.

»Was meinst du?«

Die violetten Plasmablitze knisterten leise in der Glaskugel, während in einer unangemessenen Leichtigkeit von einem Punkt zum anderen tanzten.

»Ich vermute, Buri hat alles vorhergesehen – sein Schicksal, dem er nicht entkommen konnte und mit dem er sich arrangiert hatte, lange bevor du oder ich es ahnten.«

»Du meinst, er wusste, was geschehen würde, und hat es zugelassen?«, wunderte sich Lennart.

Bölthorn zuckte mit den Schultern, wodurch sich sein Nackenspeck zusammenschob. »Er hat nie darüber gesprochen, aber ich habe gespürt, dass etwas Einschneidendes bevorstand. Was kommen muss, wird auch geschehen, hat Buri stets gesagt, und ich weiß nun, dass das stimmt. Er war still und schwermütig gewesen in letzter Zeit.«

»Was hat sich zugetragen, an dem Abend, als Buri ...«

Bölthorn machte ein trauriges Gesicht. Seine Lider waren auf Halbmast und bedeckten die Mopsaugen fast zur Gänze.

»Diese Gestalt, die ich auf dem Video bei der Polizei gesehen habe, war das der Mörder?«, flüsterte Lennart und blickte sich besorgt um, als könne der Bote des Übels bereits irgendwo im Raum stehen.

»Ich weiß es wirklich nicht«, sagte Bölthorn. »Hast du von ihm geträumt?«

»Ja, mehrmals, und es war alles andere als angenehm«, gestand Lennart. »Aber ich weiß nicht, ob es ein und dieselbe Person war, in der Aufzeichnung bei der Polizei und in meinen Träumen.«

»Derlei Wesen sind äußerst wandelbar«, sagte Bölthorn. Dann hängte er leise an: »Ich habe auch von ihm geträumt.«

»Du hast auch von ihm geträumt?«, wiederholte Lennart erstaunt. »Du bist ein Tier, und Tiere …«, dann fiel ihm ein, dass weder dieser Mops ein Hund noch dieser Hund ein Mops war, und er korrigierte sich sofort: »Vergiss es.«

Bölthorn ging erst gar nicht darauf ein. »Die Polizei hat mich am Morgen aus Buris Wohnung gelassen.« Er nickte in Richtung der Tür, die neben Lennart in der Wand eingelassen war und hinter der sich die ehemaligen Privaträume von Buri Bolmen befanden. »Deine neue Freundin hat mich befreit.«

»Maria hat mir davon erzählt. Und übrigens: Maja Tysja ist nicht meine neue Freundin!«, wehrte Lennart ab.

»Du musst wissen, was du tust«, merkte Bölthorn an. »Aber ich wäre an deiner Stelle mit der Wahl meiner Damen etwas vorsichtiger. Ich traue ihr nicht, auch wenn sie sich mir gegenüber tadellos verhalten hat.«

»Sie ist von der Polizei«, sagte Lennart. »Da gibt es nichts zu misstrauen. Auch wenn sie etwas, sagen wir mal, spröde ist – sie macht nur ihren Job.«

»Gehört Küssen auch dazu?«

»Such du dir eine Möpsin und halte dich aus meinem Liebesleben raus«, erwiderte Lennart unfreundlicher, als er es beabsichtigt hatte.

»Selbstverständlich«, entgegnete Bölthorn ein wenig unterkühlt, beinahe als wäre er eifersüchtig. »Nur wenn sich dein Liebesleben zwischen dich und deine Aufgaben stellt, dann werde ich dich daran erinnern, was wichtig ist und was nicht. Auch das ist die Aufgabe eines Adlatus.«

»Von mir aus«, sagte Lennart, dem nicht wirklich nach streiten zumute war. Dennoch musste er eine Grenze ziehen, und mit wem er sich einließ, ging diesen Mops nun wirklich nichts an. So eine Geschichte würde sich ohnehin schnell von selbst erledigen, sobald er wieder seine Liebesallergie bekam.

»An diesem Abend«, nahm Bölthorn das eigentliche Gesprächsthema wieder auf, »hat sich Buri merkwürdig verhalten. Er war still, noch stiller als sonst, hat viel gegrübelt und mit dem Orakel eine lange Sitzung abgehalten. Danach haben wir zusammen gegessen, hier in der Werkstatt. Er gab mir einen riesigen Rinderknochen mit mächtig viel Fleisch, etwas, das ich normalerweise außer zu besonderen Anlässen wie Sonnenwenden oder derlei Festen nie bekommen habe. Nun«, erzählte Bölthorn mit gedämpfter Stimme weiter, »dass dieser Abend ein besonderer Anlass war, habe ich erst erfahren, als es bereits zu spät war, und hätte ich gewusst, um welchen Anlass es sich handelte, ich hätte keinen Bissen heruntergekommen. Buri selbst hat sich sein Lieblingsessen gemacht, eine doppelte Portion.«

Lennart sah Bölthorn fragend an. »Ich dachte, Maria hat immer für ihn gekocht, und er selbst konnte gar nicht ...«

»Dosenravioli Diavolo mit Tütenparmesan«, sagte Bölthorn.

»Ravioli aus der Dose? Willst du damit sagen, dass man ihm ein Stockwerk höher die tausend köstlichsten Gerichte

Italiens zubereitete, und seine Leibspeise waren Ravioli aus der Dose?«

»Verrate es ihr bitte nicht«, bat Bölthorn, »du würdest ihr das Herz ein zweites Mal brechen.«

»Natürlich verrate ich ihr das nicht«, versprach Lennart. Er dachte einen Moment nach. »Du sagst also, Buri hat dir einen Festtagsschmaus gemacht und für sich selbst eine ... *Henkersmahlzeit?*«

»Es scheint so«, bestätigte Bölthorn. »Nach dem Essen sind wir eine Runde spazieren gegangen, und als ich zurückkam, hat Buri mich umarmt und mich in seine Wohnung gesperrt. Dann habe ich gehört, wie er seinen Lieblingssender anstellte.«

»Jazz?«

Bölthorn nickte. »Sehr laut. Dadurch habe ich natürlich leisere Geräusche kaum noch wahrnehmen können – Mopsohren sind erstaunlich gute Lauschinstrumente, auch wenn sie nicht unbedingt danach aussehen. Einer der wenigen kleinen Vorteile dieses verwachsenen Körpers. Ich hockte also hinter der Tür«, erzählte Bölthorn weiter, »und versuchte, durch den Klangbrei von Klarinetten, Saxophonen, Gitarren und wilden Schlagzeugsoli nachzuvollziehen, was sich draußen zutrug. Ich hörte Schritte, ich hörte Rufe, sie schienen aus dem Laden zu kommen. Wieder Schritte, hier in der Werkstatt. Ich hörte einen fluchenden Schmerzensschrei, im selben Moment Singsang – es war nicht die Musik, es war Magie, ich konnte es hören und fühlen, große Macht. Und zum Schluss der Blitz, der selbst unter den Türspalt hindurch sein grelles Licht schickte. Und dann war Totenstille, selbst das Radio war verstummt. Mehr weiß ich nicht. Es war furchtbar.«

In diesem Augenblick wusste Lennart, dass Möpse Tränen weinen konnten, auch wenn Bölthorn sich Mühe gab, das durch heftiges Pfotenwischen vor ihm zu verbergen.

»Es ist schrecklich«, sagte er leise. »Das tut mir wirklich so leid.«

»Immer wenn du an deinem Weg zweifelst, führe dir das vor Augen, und du wirst wieder Kraft bekommen.«

»Meinst du, es war der Leierkastenmann?«

»Vielleicht«, antwortete Bölthorn. »Nur falls er es war, hast du einen sehr starken Gegner, vor dem du dich in Acht nehmen musst. Bis du dich ihm stellen kannst, musst du mehr können, als einen Kaffeelöffel von der Tasse in die Spüle zu bewegen, glaub mir.«

»Wer ist er?«, wollte Lennart wissen.

»Ein Schattenwesen. Gnadenlos, rücksichtslos.«

»Hat er Buri Bolmens Dunkles Pergament?«

Bölthorn nickte mit ernster Mine. »Gut möglich. Daran habe ich auch schon gedacht. Vielleicht will er es gar nicht für sich behalten, sondern tauscht es gegen etwas, das er noch mehr begehrt.«

»Wie können wir es ihm wieder abjagen?«, fragte Lennart.

»Indem du weiter übst und indem wir uns Hilfe besorgen.«

»Von wem?«

»Du musst unbedingt herausfinden, wie man mit dem Orakel spricht. Vielleicht verrät es dir etwas darüber.«

»Das hat bisher nicht unbedingt gut funktioniert«, widersprach Lennart müde und streckte sich gähnend.

»Ich weiß. Es muss aber einen Weg geben ...« Bölthorn schlug sich mit der Pfote vor die Stirn. »Dass ich nicht früher darauf gekommen bin! Wann ist der Termin bei Isaksson morgen, sagst du?«

»Um neun.«

»In Ordnung. Dann tun wir jetzt das, was wir vor einer halben Stunde schon tun wollten, und gehen nach oben. Ich denke, wir sollten ein wenig fernsehen, vielleicht läuft ein guter Film«, schlug Bölthorn vor. »Außerdem habe ich Hunger.«

»Du hast recht. Ich habe auch Hunger. Gehen wir.« Damit stand Lennart auf und schaltete die Plasmalampe aus.

30. Kapitel

Bölthorns Idee, den Abend früh enden zu lassen, war gut gewesen. Lennart fühlte sich am nächsten Morgen ausgeruht, war er doch noch vor Mitternacht ins Bett gegangen (sonst hätte er zu dieser Zeit bestimmt ermattet und ratlos vor der gähnend leeren Keksdose gesessen) und hatte sich vorher mit Bölthorn zusammen nur noch einen US-amerikanischen Krimiklassiker mit Clint Eastwood angesehen und dabei eine Portion von Marias frisch zubereiteten Involtini mit Parmaschinken, Auberginen und getrockneten Tomaten in einer Basilikumsoße gegessen. Maria hatte ihn zufällig (was sonst?) im Treppenhaus abgepasst.

Die Freude über Bölthorn war riesengroß; dementsprechend war auch Lennarts Essensportion ausgefallen (eigentlich waren es mengenmäßig nämlich eher zweieinhalb). Im Gegenzug hatte er ihr angeboten, sie am folgenden Morgen wieder mitzunehmen, denn auch Maria war ein Schreiben von Advokat Isaksson zugegangen. Buri Bolmen schien ihr ebenfalls etwas vermacht zu haben, was Lennart nicht überraschte.

Cornelius Isaksson sah aus wie immer – ein Relikt aus einem anderen Jahrhundert. Heute trug er ein Hemd mit hohem Kragen, der blendend weiß aus seinem grün glänzenden Dreiteiler herauslugte und dermaßen gestärkt wirkte, dass sein Kopf problemlos auch ohne Hals gehalten hätte. Ein großer goldener Ring zierte seine linke Hand, und eine Uhrkette aus demselben Edelmetall verschwand in seiner Westentasche.

Maria sah Isakssons Haus heute zum ersten Mal und war sichtlich beeindruckt. Immer wieder blickte sie sich um, wie ein staunendes Kind im Spukschloss.

Schon als Isakssons wundersame Sekretärin ihnen unten geöffnet hatte, hatte Marias Kinnlade den Widerstand gegen die Gravitation kurz aufgegeben. Spätestens jedoch als sie durch die hohe Halle mit den riesigen Glasornamenten gingen, war ihr klar geworden, dass dies hier alles andere war als der Besuch bei einem gewöhnlichem Anwalt.

Die Sekretärin hatte sie schwebend hinaufbegleitet und zur Sitzgruppe geführt, dann war sie verschwunden und nicht mehr aufgetaucht. Isaksson hatte vom Ende des dunklen Ganges Maria und Lennart zu sich herübergewinkt und beide in sein Büro gebeten.

Dort standen schon Kaffee, Tee, Wasser und sogar Whisky bereit (ein sündhaft teurer Single-Malt, wie Lennart durch einen prüfenden Blick erkannte). Hatte die Sekretärin dies zuvor arrangiert? Lennart blickte sich um. Er hatte Maria eines voraus: Hätte die Sekretärin kopfüber an der Decke gehangen und aus dieser Position frische Kanelbullar zum Kaffee serviert, hätte er zwar sicherlich gestaunt, aber dass er deshalb schreiend davongelaufen wäre, konnte er sich kaum vorstellen. Sprechende Möpse, orakelnde Keksdosen, leierkastenspielende Schattenwesen, die Dunkle Pergamente stibitzen – da wäre so etwas eher eine unterhaltsame Abwechslung gewesen.

Die Sekretärin ließ sich jedoch nicht mehr blicken. Stattdessen begann Advokat Cornelius Isaksson mit der Verlesung des Testamentes von Buri Bolmen, nachdem er sich davon überzeugt hatte, dass alle Erben anwesend waren: Maria und Lennart. Bölthorn, so verlange es das Testament, erläuterte

Cornelius Isaksson, sei als Zeuge bestellt, und auch wenn ein Hund diese Funktion in aller Regel nicht erfüllen könne und dieser Passus daher einerseits als höchst eigenartig zu bewerten und andererseits gemäß schwedischem Recht anfechtbar sei, hoffe er, dass dies trotzdem von den Erben akzeptiert werde und man im gegenseitigen Einvernehmen jetzt und immerdar auf eine Anfechtung zu verzichten bereit sei.

Das ließ er sich quittieren.

Ordnung musste sein.

Maria unterschrieb.

Lennart unterschrieb.

Bölthorn nickte zustimmend (was niemand außer Lennart sah.)

Als das Testament verlesen worden war, war Maria um eine Million Kronen und einen riesigen alten Kochtopf reicher. Mit dem Geld, so ließ Buri der schluchzenden Maria Calvino ausrichten, könne sie selbstredend machen, was immer sie wolle, ob nun eine schöne Reise oder Spenden an wohltätige Vereine oder beides oder anderes, das bliebe vollkommen ihr überlassen. Den Topf aber solle sie in Ehren halten. Er stamme von seiner Großmutter und in ihm würde nie etwas anbrennen, ganz gleich, was man auch darin koche, es sei denn, man *wolle* es.

Maria war so mit Schluchzen beschäftigt, dass sie die Botschaft nicht verstand, doch wahrscheinlich hätte sie sie auch ohne Schluchzen nicht begriffen. Lennart schon. Natürlich würde nichts darin anbrennen, außer Maria beabsichtigte es. Klarer Fall! Von wegen Großmutter! Der närrische Buri hatte Maria doch tatsächlich einen magischen Gegenstand geschenkt! Der Topf war ein Zaubertopf.

Lennart erhielt nun offiziell das Ladengeschäft mit Kontovollmacht (immerhin waren noch gut dreiundzwanzigtausend Kronen auf dem Girokonto), willigte offiziell ein, Bölthorn zu übernehmen, und unterzeichnete ganz offiziell auch die anderen ihm bekannten Bedingungen, womit er allerdings auch die drohenden Konsequenzen anerkannte, sollte er sich nicht daran halten.

Er musste den Laden ein Jahr weiterführen, er musste Bölthorn ein Jahr lang behalten. Nichts, was er nicht mittlerweile ohnehin schon vorhatte, aber jetzt war es schriftlich fixiert und von ihm unterschrieben worden. Die Tinte war noch nicht trocken (Isaksson hatte ihm selbstverständlich einen Füllfederhalter gereicht, aber auch ein Gänsekiel und Löschsand hätten Lennart nicht verwundert), da händigte Advokat Isaksson, dem inzwischen ein sanfter Teppich aus taufeinen Schweißperlen auf der geröteten Stirn lag, Lennart noch einen kleinen Karton aus.

»Was ist das?«, erkundigte der sich.

»Ein kleiner Karton«, schnarrte Isaksson.

»Und was befindet sich darin?«

»Beweise, welche die Polizei für ihre Untersuchungen beschlagnahmt hatte und die nun wieder freigegeben wurden. Sie gehören Ihnen, Herr Malmkvist, da sie Bestandteil des Ladengeschäftes und damit der Ihnen zustehenden Erbmasse sind. Es handelt sich um persönliche Gegenstände. Haben Sie sonst noch Fragen?«

Nein, Lennart hatte keine Fragen mehr, zumindest keine, die Advokat Isaksson hätte beantworten können.

Der kleine, untersetzte Mann erhob sich, verabschiedete sich von Maria mit einem tiefen und ernst gemeinten Blick der Anteilnahme und einem angedeuteten Handkuss (was sie kurz in Entzückung versetzte), von Bölthorn mit einem Kopftätscheln und von Lennart mit einem festen Händedruck nebst strengem Blick. »Machen Sie Ihre Sache besser gut, Herr Malmkvist«, gab er ihm mit auf den Weg. Es klang wie eine leise gekrähte Drohung und erinnerte Lennart schmerzhaft an Wikströms Aufforderung kurz vor der völlig in die Hose gegangenen Präsentation bei der Data-Mining Group – hoffentlich lief es dieses Mal besser.

Zurück im Laden stellte Lennart den Karton auf die Werkbank und öffnete ihn. Darin befand sich ein Fotoalbum. Es trug den in goldgeprägter und kindlich anmutender Schreibschrift gehaltenen Titel *It's magic!*, um den herum Sterne in verschiedenen Größen angebracht waren. Darunter etwas lieblos und von an Ästhetik desinteressierter Hand mit Edding geschrieben: *Zauberartikel/aktuelle Auswahl.*

Allem Anschein nach ein selbst gestalteter Katalog. Neugierig klappte Lennart das Album auf. Tatsache! Bilder von Artikeln aus Buris Laden. Er blätterte weiter. Produktfotos, nichts weiter, alles Polaroids (das passte zu Buri!), je zwei auf einer Seite. Einige erkannte Lennart wieder – er hatte sie früher schon gesehen oder aber spätestens beim Aufräumen nach dem Einbruch in den Fingern gehabt. Wahrscheinlich hatte die Polizei gehofft, darin Abbildungen von verdächtigen Orten oder Personen vorzufinden, potenzielles Diebesgut oder Hinweise auf einen möglichen Täter, eine Hoffnung, die sich aber nach kurzer Sichtung in Luft aufgelöst haben dürfte. Denn es war ja nichts aus dem Laden entwendet worden (zumindest nicht offiziell), und Menschen waren auf den Bildern überhaupt nicht zu sehen. Kaum hatte Lennart die Plasmalampe angeschaltet, da stupste ihn Bölthorn auch schon ungeduldig an.

»Nimm eines der Fotos heraus! Irgendeins!«

Lennart bog die obere linke Ecke eines der Bilder nach vorne. Es wehrte sich, wollte auf dem Papier bleiben. »Ich werde es kaputtmachen. Sie sind festgeklebt.«

»Mach schon!«

Lennart kam der Aufforderung nach, trennte das Polaroid

vorsichtig von der Albumseite und betrachtete es eingehend. Es war schon älter, die Farben wirkten blass. Es zeigte eine kleine Phiole, die mit einer klaren Flüssigkeit gefüllt und von einem Korken verschlossen war. Das Etikett versprach und kündigte an: *Vergiss!*

»Dreh es um«, forderte Bölthorn.

»Sieh an«, bemerkte Lennart in einer Mischung aus Überraschung und Freude, denn er erkannte, was das zu bedeuten haben musste. Auf der Rückseite des Fotos stand in winziger Handschrift eine Art Verfahrensanweisung, wie man diesen Zaubertrunk zu brauen und anzuwenden hatte.

»Buri hat alles Magische abgelichtet und in dieses Buch geklebt. Die Sammlung hat er zum Schutz als Fotoalbum getarnt«, erläuterte Bölthorn vom Boden aus.

»Schlau von ihm«, sagte Lennart anerkennend. »Die Polizei hat sich bestimmt etwas anderes davon versprochen, sonst hätte sie es nicht mitgenommen.«

»Die Polizei ist blind und dumm«, meinte Bölthorn abfällig, »wenigstens was Magie angeht. Zum Glück. Wenn du die Einführung aus dem Zauberkasten durchgearbeitet hast, weißt du jetzt, was als Nächstes auf dich zukommt.« Er nickte in Richtung des Albums.

»Wie? Ich soll das komplette Album auswendig lernen?«

»Das ist deine Entscheidung. Alles wirst du nicht brauchen. Zum Beispiel weiß ich, dass Buri irgendwo ein kleines Buch hat, das er *Relaxikon* nannte. Wenn du darin liest, entspannst du mehr und mehr, ganz gleich, was dir widerfahren ist. Du vergisst alle Sorgen. Harmlos, aber wer weiß, vielleicht erweist sich auch das irgendwann als nützlich. Auch so etwas ist also in diesem Album verewigt.«

»In diesem zauberhaften Entspannungsbuch hätte ich mal nach meiner Kündigung und dem Gespräch mit Wikström schmökern sollen«, grummelte Lennart halblaut.

»Dann gibt es Dinge, die so furchtbar und mächtig sind, dass du von ihnen wissen *musst*, auch wenn du sie hoffentlich nie anwenden wirst. Zum Beispiel gibt es einen Schleifstein, mit dem du Glas zu Linsen schleifen kannst, und alles, was du durch sie betrachtest, zerfällt unweigerlich zu Staub. Es gibt Mörser, die zur Herstellung von Pulvern verwendet werden, die, in der richtigen Mondphase in die Luft geworfen, einen *Barghest* herbeirufen, einen todbringenden Dämonenhund. Das würde mir überhaupt nicht gefallen«, erklärte Bölthorn.

»Dämonenhund klingt auch für mich nicht gut«, pflichtete Lennart ihm bei.

»Je mehr du weißt, desto besser«, schloss Bölthorn.

»Und was ist das?«, fragte Lennart. Er hielt ein kleines Plastiktütchen in der Hand, worin sich ein Gegenstand befand, der trotz seines geringen Gewichtes aus Metall zu sein schien. Es hatte sich ebenfalls in dem Karton befunden.

Bölthorn lächelte. »Das könnte der Schlüssel zum Orakel sein. Wenigstens ist es einen Versuch wert.«

Lennart öffnete das Tütchen und holte den Gegenstand heraus. »Ein Ring?« Dünne rostbraune Flecken waren auf der glänzenden Oberfläche des Schmuckstücks zu sehen. Doch es war kein Rost. Es war getrocknetes Blut. »Es ist Buris Ring, jetzt erkenne ich ihn wieder. Er muss ihn an dem Finger getragen haben ...«

»... den man ihm abgetrennt hat«, vervollständigte Bölthorn den Satz mit düsterer Mopsstimme. »Richtig. Nicht schön, aber die schmerzvolle Wahrheit. Schau, was auf dem Ring steht und was er darstellt.«

Lennart hielt den Ring ins Licht und betrachtete ihn genauer. Auf der Innenseite war etwas eingraviert. *Berglunds goda smörkakor* – Berglunds gute Butterkekse. Dasselbe, was auch auf der Keksdose stand. Und dann fiel ihm auf, dass der ganze Ring aussah wie ein Spritzgebäck mit einem Loch in der Mitte, und obenauf, dort wo bei wertvollem Schmuck zumeist ein Edelstein thronte, war in billiger Ausführung ein Bröckchen halb transparentes Glas aufgeklebt worden, das wohl an einen Kandiskristall erinnern sollte. »Das ist ein Werbegeschenk der Keksfirma!«, entfuhr es Lennart.

»Gab's wohl zur Keksdose dazu«, mutmaßte Bölthorn.

»Und dieses Ding soll uns helfen, mit dem Orakel zu sprechen?«

»Da kommt jemand!«, sagte Bölthorn mit einem Mal, sprang auf (mehr oder weniger), stand regungslos und blickte mit gespitzten Ohren in Richtung Vorhang.

Es klopfte.

»Wer kann das sein?«, fragte Lennart, erhob sich vom Stuhl und lief nach vorne.

Draußen stand jemand und presste seine Nase an die undurchsichtige Scheibe der Eingangstür. »Hej, Frederik!«, begrüßte Lennart seinen Freund erfreut, als er die Tür öffnete und erkannte, wer ihn da besuchte.

Frederik trat ein und fragte: »Wann machst du denn endlich diese blöde Folie von den Scheiben? Man sieht überhaupt nichts. So wirst du nie etwas verkaufen. Und diese Türglocke …«

»Ja, ja, das mag zwar alles stimmen, aber noch ist der Laden nicht geöffnet«, entgegnete Lennart und schloss die Tür.

»So könnten die Passanten aber schon einmal …«, hob Frederik von neuem an – unterbrach sich dann jedoch plötzlich, machte ein albernes Gesicht und ging sofort in die Hocke, als er Bölthorn erblickte. Das schien ein richtiges Begrüßungsritual zwischen den beiden zu werden. Auch Bölthorn hielt sich an die unausgesprochenen Abläufe dieser Zeremonie. Er wedelte, wie es sich gehörte, beschleunigte seine Schritte (sein Wanst schwang energisch unter ihm hin und her) und lächelte röchelnd, wie nur Möpse röchelnd lächeln können.«»Mensch, Bölthorn, du alter Racker!«, rief Frederik und empfing ihn wild tätschelnd und streichelnd.

Kurz darauf stand er wieder vor Lennart, während sich Bölthorn neben die beiden legte. »Wo waren wir stehen geblieben? Ach so, ja, die Schaufenster.«

»Ich mache im kommenden Jahr auf, und so lange lasse ich das so, wie es ist. Ich will nicht, dass man hereinsehen kann, während ich hier vielleicht umräume oder dekoriere«, erklärte Lennart. Oder während ich mit Kaffeelöffeln um mich zaubere oder mit Keksdosen oder Möpsen ein Schwätzchen halte, vervollständigte er in Gedanken den Satz.

»Na gut, das sehe ich ein«, sagte Frederik. »Aber deswegen bin ich ja ohnehin nicht gekommen.«

»Sondern?«

»Wegen Emma Mårtensson. Ich habe etwas herausgefunden. Da stimmt wirklich etwas nicht. Alles sehr eigenartig, was sie betrifft.«

Bölthorn spitzte unbemerkt die Ohren, und Lennart fragte: »Was genau meinst du?«

Frederik holte einen Zettel aus der Tasche und faltete ihn auseinander. »Also. Punkt eins, die Daten bei der HIC, ich sag mal so«, er senkte verschwörerisch die Stimme, »also die Daten ... Ich habe ja schon viele Datenbanken erlebt, aber das war trotz meiner Systemkenntnisse eine echte Herausforderung.«

Mit *erlebt* meinte Frederik gehackt, das war Lennart vollkommen klar. »Verschlüsselt und Firewall?«, wollte er wissen.

»Ja, sowieso.« Frederik winkte ab. »Was ich meine, ist, dass alle sonstigen Personaldaten in einem bestimmten Bereich gespeichert waren, den man relativ leicht, sagen wir mal, einsehen konnte. Nur Emmas Daten waren dort nicht zu finden. Ich habe bald eineinhalb Tage gebraucht, allein um zu verstehen, wo sie abgelegt und wie sie gesichert waren.«

»Sie waren woanders gespeichert?«, vergewisserte sich Lennart.

Frederik nickte. »Glaub mir, ich habe genauso überrascht geschaut, als ich ihre Personalakte dort entdeckt habe. Ich frage mich, was Hadding mit Emma zu tun beziehungsweise was er mit ihren Daten vorhat. Niemand legt ohne Hintergedanken Akten in einen beinahe unüberwindbaren Safe.«

»Was steht denn drin?«

»Belangloses Zeug. Das Übliche«, berichtete Frederik. »Kopien ihrer Abschlüsse, persönliche Daten, Zwischenberichte und Zeugnisse, ein paar Statements von Wikström.« Frederik grinste. »Der Typ ist echt ein Idiot. Hinterfotzig, sexistisch, und seine Rechtschreibung ist auch miserabel.« Dann wurde sein Gesicht wieder ernst. »Also eigentlich nichts Besonderes. Außer diesen seltsamen Dokumenten, die Hadding selbst verfasst zu haben scheint.«

»Harald Hadding?«, wunderte sich Lennart. »Der mächtige Hadding schreibt eigenhändig Dossiers über eine einfache Angestellte aus der Rechtsabteilung?«

»Sieht so aus. Aber das ist noch nicht alles.«

Lennart schaute Frederik fragend an.

»Sieh mal.« Er holte einen weiteren Ausdruck aus der Tasche und hielt ihn Lennart vor die Nase. »Kannst du mir sagen, was das soll?«

»Zahlen? Eine Seite voller Zahlen?« Lennart drehte und wendete das Blatt hin und her.

»Ein Code, da bin ich mir sicher. Es sind immer drei- und vierstellige Zahlen, getrennt durch ein Komma. Ich kenne noch einen Kerl von der Uni, der Kryptologe ist, vielleicht kann er etwas dazu sagen. Ich könnte ihn bei Gelegenheit fragen. Soll ich?«

»Ja, mach das ruhig. Vielleicht ist es auch nur irgendein Quatsch«, sagte Lennart.

»Möglich ist alles«, entgegnete Frederik. »Aber würde man Quatsch mit so einem Aufwand schützen? Ich glaube kaum. Und es ist ja nicht nur eine Seite, es sind Dutzende! Aber egal, was es bedeutet, wir werden das jetzt nicht lösen können, das braucht Zeit.« Er faltete den Ausdruck mit den Zahlenreihen wieder zusammen und steckte ihn ein. Dann wandte er sich erneut dem ersten Dokument zu. »Das ist die Adresse von Emmas Eltern. Sie wohnen hier in Göteborg.«

»Woher hast du die?«

»Och, nur ein klein wenig Recherche. Gewusst, wo, und gewusst, wie, würde ich sagen.« Er grinste. »Es gibt immerhin ein paar hundert Mårtenssons hier in der Stadt und der näheren Umgebung.«

»Warum bist du eigentlich kein Polizist geworden?«, fragte Lennart voller Anerkennung und nahm die Notiz entgegen. Das hatte sein Freund wirklich hervorragend gemacht und obendrein viel Mühe darin investiert.

»Schlechte Arbeitszeiten, schlechte Bezahlung«, gab Frederik zurück. »Kennst mich doch, lieber spät aufstehen und Jobs, die fordern, aber gut genug bezahlt sind. Werde ich bei der schwedischen Polizei wohl so nicht finden, oder?«

»Eher nicht«, stimmte Lennart zu und ließ den Zettel mit Frederiks Ergebnissen in seiner Hosentasche verschwinden. Er machte eine kleine Pause, als ihm unvermittelt Bölthorns Worte in den Sinn kamen. *Die Polizei ist blind und dumm, wenigstens was Magie angeht*. Dann sagte er: »Trotzdem könnten die jemanden wie dich gut gebrauchen. Die behaupten doch tatsächlich nach wie vor, Buri Bolmens Todesursache sei ein Unfall gewesen.« Er schüttelte den Kopf.

»Ein Unfall?« Frederiks Stimme klang so, als hätte ihm sein Hausarzt gegen Kopfschmerzen die Einnahme von lebenden Nacktschnecken verordnet.

»Ja, das meinen die tatsächlich ernst«, bestätigte Lennart, »und das, obwohl ja nachweislich jemand im Laden war.«

»Diese Videoaufzeichnung, von der du erzählt hast, mit dem seltsamen schwarzen Umhangtypen?«

»Genau die.«

»Na ja«, Frederik zog den Reißverschluss seiner Jacke zu, »ich werde mich jetzt mal wieder auf den Weg machen. Hoffentlich nützen dir die Informationen über Emma Mårtensson irgendetwas. Sehen wir uns die Tage? Morgen Abend ist ›Star Wars‹-Nacht im *Gamla Filmstaden*.« Frederik machte ein verzücktes Gesicht wie ein Kind kurz vor der Bescherung im Kerzenschein des Weihnachtsbaumes. »Die ersten drei in einer Nacht, sozusagen die Ur-Filme, digital *remastered* und in Dolby Surround. Ein achtstündiger Traum. Alles inklusive Hotdogs und Getränken, und jeder kriegt noch ein Yoda-T-Shirt obendrauf«, schwärmte er weiter. »Komm doch mit.«

Lennart musste lächeln. »Nett von dir. Aber abgesehen davon, dass Jedis & Co. nicht ganz so mein Ding sind, muss ich schauen, wie weit ich hier komme.«

»Du musst ab und zu auch mal aus dem Laden raus«, diagnostizierte Frederik, »sonst hörst du bald noch was ganz anderes als Möpse sprechen.« Er zwinkerte Bölthorn zu.

»Ja, ja, du hast ja recht. Nächstes Mal bin ich dabei, okay? Und danke nochmal für deinen Einsatz.«

»Ehrensache«, verabschiedete sich Frederik. »Möge die Macht mit dir sein. *Hej då*, Lennart und Bölthorn. Macht's gut!«

Lennart schloss Frederik die Eingangstür auf, verabschiedete sich von ihm mit einem festen Händedruck und sah ihm nach, bis er auf dem Västra Hamngatan in Richtung Göta älv verschwunden war. Vielleicht wäre ein Kinobesuch wirklich keine so schlechte Idee gewesen, auch wenn ›Star Wars‹

nicht unbedingt sein Lieblingsgenre darstellte. Er konnte sich kaum daran erinnern, wann er das letzte Mal einen Film gesehen hatte.

Doch zunächst musste er etwas erledigen, was keinen Aufschub duldete. Er war jemandem etwas schuldig. Und wenn zutraf, was er vermutete, dann würde sich vielleicht auch der Fall um Buri Bolmen verändern und er dessen Mörder näher kommen.

31. Kapitel

Anna-Fried und Gustav Mårtensson wohnten in einem kleinen Häuschen in Kållered, einem etwa zehn Kilometer südlich von Göteborg gelegenen Vorort.

Alle Häuser in diesem Sträßchen waren älteren Baujahrs und sahen aus, als seien sie längst abbezahlt worden, auch wenn ihre Besitzer wahrscheinlich bei der Schwedischen Eisenbahn oder auf dem Straßenverkehrsamt arbeiteten und keine Reichtümer nach Hause brachten (wenn sie nicht schon längst pensioniert waren). Jeder der zumeist einstöckigen Bauten glich auf triste Weise dem anderen, unterschied sich lediglich in Fassade, Farbe, Dachziegeln und Gartenzaun, doch nicht in der langweiligen, ja beinahe traurigen Mutlosigkeit der Gestaltung.

Lennart stoppte vor der Nummer 34 und stieg aus. Er beschloss, Bölthorn mitzunehmen. Sollten die Mårtenssons ein ähnliches Allergieleiden wie Maria haben oder prinzipiell keine Hunde mögen, konnte er ihn ja nötigenfalls wieder zum Wagen zurückschicken. Das Gartentor war nicht verschlossen. Auf dem braun-grünen Rasen lagen einige Schneereste, den Weg säumten Rosenkugeln mit blinden Flecken und an der Haustür standen zwei Betonpflanzkübel mit Stechpalmen, welche mit Lichterketten behängt waren, die jedoch nicht brannten.

Die Klingel war ein Dreiklang, der Taster schwergängig. Näher kommende Schritte, dann öffnete sich die Tür, und eine vollschlanke Frau in den Sechzigern öffnete mit einem traurigen Blick, der dem Besucher mitteilte, dass es, ganz gleich, welche Botschaft er auch überbrachte, kaum noch etwas gab, das die aktuelle Situation verschlechtern konnte.

»Ja bitte?« Ihre Stimme hatte keine Kraft, etwas zu verbergen. Sie klang dünn und flach, ausgeweint, trocken wie Mohnstaub.

Lennart räusperte sich. »Hej, Frau Mårtensson. Mein Name ist Lennart Malmkvist, und ich bin hier wegen Emma.« Den Namen der Tochter hatte er so vorsichtig ausgesprochen, wie es ihm möglich war.

Die Frau sah wie durch ihn hindurch, ohne dass Lennart auch nur im Entferntesten sagen konnte, was sie dachte. Dachte sie überhaupt etwas, oder atmete sie bereits nur noch?

»Emma ist im Krankenhaus. Es geht ihr nicht gut. Man kann sie nicht besuchen. Es ist ernst. Die Ärzte sagen aber, sie hätte gute Chancen. Gehen Sie bitte. Auf Wiedersehen.« Wie oft war sie wohl gefragt worden, nachdem es in der Zeitung gestanden hatte und alle es wussten. Anrufe, verstohlene Blicke im Supermarkt, auf der Post. Nachbarn, Kollegen, Freunde, Bekannte. Jeder wusste es, einige sagten etwas. Frau Mårtensson musste sich in einer gewissen Übung diese Sätze zurechtgelegt haben wie einen Reflex.

Alle Emma betreffenden Informationen waren gesagt. Doch Lennart hatte das, was er eben gehört hatte, längst von Maja Tysja erfahren. Er wollte mehr wissen, mehr und ganz andere Dinge. Aber während er diese Frau betrachtete, war er sich nicht mehr sicher, ob es überhaupt eine gute Idee gewesen war, hierherzukommen. »Ich bin ein Freund von Emma und ein ehemaliger Kollege bei der HIC AB«, versuchte er sein Glück. »Ich wollte Sie etwas über Ihre Tochter fragen.«

»Gehen Sie. Bitte.« Ihre Stimme brach. Anna-Fried Mårtensson ging ins Haus zurück und war schon im Begriff, die Tür zuzumachen, da hatte Bölthorn seinen Auftritt. Er machte einen Schritt vor, tat so, als wäre er ein Mops, stellte sich in die Tür, setzte sich, schaute Emmas Mutter an und begann lauthals zu winseln. Beziehungsweise leise zu jaulen. Das war Ansichtssache. Fest stand nur, dass es zum Gotterbarmen traurig klang und die ältere Dame sofort innehielt.

»Er hat Emma geliebt«, flunkerte Lennart. »Also, Tiere sind schon ganz besondere Geschöpfe. Sie spüren Emotionen, da kann mir einer sagen, was er will. Wahrscheinlich vermisst er sie und spürt Ihren Schmerz.« Er schämte sich ein wenig, doch ihm war partout nichts Besseres eingefallen in dieser Situation, und so richtig gelogen war das ja nicht (Bölthorn wusste natürlich, wie der Frau zumute war). Es war höchstens ein wenig dick aufgetragen. Aber, rechtfertigte Lennart es vor seinem anklopfenden schlechten Gewissen, es ging ja vor allem darum, etwas mehr über die gesamte Geschichte herauszufinden, was letztlich mit Sicherheit auch Frau Mårtensson interessieren und zugute kommen würde.

Diese sah jetzt mit dem liebenswertesten Blick, den ihre traurigen Augen zuließen, auf Bölthorn hinab und lächelte schwach. Sie öffnete die Tür wieder etwas weiter.

»Was sagten Sie? Sie seien ein Freund von Emma und ein ehemaliger Kollege?«, nahm sie das Gespräch wieder auf. »Wie kann ich Ihnen weiterhelfen?« Es wirkte, als sei sie aus einem tiefen Dämmerzustand erwacht.

Bölthorn war der Kracher! Das gab eine saftige Belohnung, schwor sich Lennart und streichelte den Mops kurz und kommentarlos, bevor er Frau Mårtensson antwortete. »Ja, das bin ich, ehemaliger Kollege und«, Lennart zögerte kurz, »Freund. Doch obwohl ich Emma nahestand und durch die Polizei schon früh erfahren habe, was in Skaftet passiert ist, verstehe ich noch immer nicht, was sie dort wollte.«

»Durch die Polizei?«, wunderte sich Emmas Mutter.

»Sie müssen wissen, dass ein guter Bekannter von mir vor einiger Zeit ... nun, er ist ums Leben gekommen. Und die Beamten, die diesen Fall untersucht haben, sind auch mit dem von Emma befasst«, erklärte Lennart.

»Oh«, sagte Frau Mårtensson, »ein Bekannter von Ihnen. Mein Beileid.«

»Danke.«

Nun öffnete sie die Tür ganz. »Wollen Sie nicht hereinkommen? Ich koche uns einen Kaffee.«

»Ich möchte Ihnen wirklich keine Umstände machen.«

»Das tun Sie nicht. Wer einen solchen Mops hat, kann kein böser Mensch sein. Kommen Sie nur, und bringen Sie ihn ruhig mit herein. Wir hatten früher auch einen Hund. Allerdings einen Schäferhund. Wie heißt er denn?«

»Bölthorn.«

»Wie?«

»Bölthorn.«

»Ein seltsamer Name«, meinte Frau Mårtensson.

»Ja, ich weiß. Es war nicht meine Idee. Ich habe ihn von dem Bekannten geerbt, der ...«

»Ach Gott, ich verstehe. Wie nett von Ihnen. Andere hätten ihn verkauft oder verschenkt.«

Bölthorn warf Lennart einen vielsagenden Blick zu.

»So etwas kam für mich natürlich nicht infrage«, beteuerte Lennart, woraufhin Bölthorn kopfschüttelnd Frau Mårtensson ins Haus nachlief.

Beige war die dominierende Farbe. Sofa, Gardinen, Tapeten, Teppiche, alles war beige oder hatte einen Beigeanteil. Es passte zum Bäckvägen in Kållered.

Emmas Mutter bat Lennart in die kleine Wohnküche, wo

er am Tisch Platz nahm. Sie füllte den Wasserkocher und fragte: »Also, was wollen Sie wissen?«

»Emma liegt in Oskarshamn, nicht wahr?«, begann Lennart.

Frau Mårtensson stellte den Wasserkocher auf den Untersatz und schaltete ihn ein. »Ja. Aber Sie werden nicht mit ihr sprechen können. Sie befindet sich noch immer im künstlichen Koma.«

»Was sagen denn die Ärzte?«

Der Wasserkocher erwachte zum Leben, machte leise pfeifende Geräusche, und das Wasser begann, zaghaft zu brodeln. Frau Mårtensson kämpfte mit den Tränen. »Ach, die Ärzte. Ich habe vorhin erst mit der Klinik telefoniert. Sie sagen immer nur: ›Abwarten‹, ›Glück im Unglück‹ und ›außer Lebensgefahr‹. Mehr leider auch nicht.«

»Es hätte tatsächlich noch schlimmer kommen können«, merkte Lennart an und wusste, wie wenig tröstend das in Frau Mårtenssons Ohren klingen musste.

Diese zuckte wortlos mit den Achseln, holte zwei Tassen und ein Glas mit löslichem Kaffee aus dem Schrank. »Nehmen Sie Milch und Zucker?«

»Nur Milch. Danke.«

»Wie mein Mann.« Diese Information nutzte niemandem, aber vielleicht fühlte es sich für sie besser an als Schweigen.

Das Wasser kochte. Sie gab je zwei Teelöffel Instantkaffee in jede Tasse, goss auf, stellte alles zusammen mit einem Tetrapack fettreduzierter H-Milch aus dem Kühlschrank auf den Tisch und setzte sich zu Lennart.

Bölthorn schmiegte sich grunzend an ihr Bein. Sie legte ihre linke Hand auf seinen Kopf und kraulte ihn.

»Warum sind Sie hier, Herr Malmkvist?«

»Emma und ich waren befreundet, und wir hatten uns, kurz bevor sie verschwunden ist, verabredet, doch sie ist nie erschienen. Das Merkwürdige war, dass sie mir gesagt hat, sie schwebe in Gefahr«, gestand Lennart.

»Haben Sie das der Polizei erzählt?« Frau Mårtensson stand der Schreck ins Gesicht geschrieben.

»Natürlich. Ich habe es Kommissar Nilsson bei meiner Vernehmung mitgeteilt.«

»Man hat Sie verhört?«

»Nur als Zeugen. Wegen der Geschichte mit meinem Bekannten«, antwortete Lennart, »und da auch ich bei HIC beschäftigt gewesen bin und Emma kenne, haben sie mich bei der Gelegenheit auf sie angesprochen.«

»Sie hat sich bedroht gefühlt, sagen Sie?«

Lennart schenkte sich mehr Milch nach. Der Kaffee war verdammt heiß, und er hatte sich eben schon die Lippe verbrannt. »Ja.«

»Uns gegenüber hat sie das auch erwähnt, allerdings dachte ich, wir wären die Einzigen gewesen. Wir und die Polizei.«

Lennart schwieg. Er nippte am Kaffee. Besser.

»Hat sie auch gesagt, wer sie bedroht?«, hakte Emmas Mutter nach.

»Nein. Kein Wort. Ich glaube, sie wollte es mir mitteilen, doch dann brach die Leitung zusammen wegen des heftigen Gewitters. Sie erinnern sich sicher ...«

Frau Mårtensson nickte. »Wollen Sie Gebäck zum Kaffee?« Damit deutete sie auf eine Keksdose.

»Nein, danke.« Lennarts Bedarf an Keksen und Keksdosen war zurzeit irgendwie gedeckt, und Appetit verspürte er auch keinen. »Was hat Emma in einem Ferienhaus in Skaftet gemacht?«

»Es hat einmal ihrer Familie gehört. Vielleicht wollte sie ihre Wurzeln erforschen, ich weiß es auch nicht«, meinte Frau Mårtensson niedergeschlagen. »Ich habe darauf auch keine Antwort.«

»Ihrer Familie?«, fragte Lennart verwundert. »Das verstehe ich nicht.«

Frau Mårtensson holte tief Luft. »Das alles habe ich schon Kommissar Nilsson erzählt. Emma ist nicht unsere leibliche Tochter ... Ihr ganzes Leben ist ein einziges Fiasko, erst die Therapien und die Medikamente und jetzt noch dieser Mordanschlag.« Nun war es mit ihrer Beherrschung vorbei, und sie begann zu schluchzen. Dicke Tränen kullerten über ihre Wangen. Lennart ergriff die Hand der Frau, und unten drückte sich Bölthorn noch enger an ihr Bein. Langsam fasste sie sich wieder, zog ein Taschentuch hervor und schnäuzte sich. »Entschuldigen Sie, es ist nicht immer leicht.«

»Ich bitte Sie«, sagte Lennart.

»Emma ist eine Vollwaise«, fuhr sie fort. »Sogar ihre Großeltern sind früh gestorben. Sie wuchs hier bei uns auf. Wir haben sie adoptiert, als sie noch sehr klein war. Ich kann keine Kinder bekommen, wissen Sie.«

Lennart war betroffen. »Alle tot? Das ist ja grauenhaft.«

»Ja, alle und dazu noch kurz hintereinander. Furchtbar tragisch. Ihr Großvater verschwand im Frühjahr 1989 spurlos.«

»Was heißt spurlos?«

»Er ist zu besagtem Ferienhaus in der Nähe von Skaftet gefahren, kam dort aber nie an. Man fand sein Auto ganz in der Nähe, bei einer Höhle, er selbst jedoch wurde nie mehr gesehen. Bis heute nicht. Er war Hobbyarchäologe und sehr eigenbrötlerisch, und um seine Ehe war es auch nicht zum Besten bestellt, wie wir im Nachhinein erfahren haben. Die Polizei vermutete damals, dass er sich vielleicht in einem verzweigten Höhlensystem verlaufen und den Weg nach draußen nicht mehr gefunden hat. Oder er ist in einen Abgrund gestürzt. Niemand weiß es. Man hat gesucht und gesucht, aber die unterirdischen Gänge sind kilometerlang. Er wurde 1990 offiziell für tot erklärt.«

»Und Emmas biologische Eltern?«

Frau Mårtensson holte tief Luft. »Eine Tragödie. Nur einige Wochen nachdem der Großvater verschwand, hatten sie einen Autounfall. Emma war damals gerade einmal drei Jahre alt und zu dieser Zeit glücklicherweise bei der Großmutter untergebracht. Doch die – man könnte es beinahe schon als grotesk bezeichnen, wenn es nicht so furchtbar tragisch wäre – ist eine Woche nach dem Unfall der Eltern von der Leiter gestürzt, als sie in ihrem Garten Apfelbäume beschneiden wollte, und dabei ebenfalls tödlich verunglückt. Seit diesem Tage war Emma ganz alleine auf der Welt. Die Eltern waren viel im Ausland unterwegs gewesen und hatten kaum Freunde in Schweden. Verwandte gab es auch keine, zumindest keine, die Emma nahe genug standen und sie aufnehmen wollten. So kam sie in ein Heim und kurz darauf zu uns.«

Lennart dachte bei sich, wie ungerecht das Leben doch war. Er stritt sich mit seinem Vater jahrelang über eigentlich unbedeutende Dinge wie die Firmennachfolge und seine Berufswahl, und andere Leute hatten niemanden mehr, nicht eine Menschenseele. Er beschloss, mit dem Schicksal mal ein ernstes Wörtchen zu reden, sobald es ihm über den Weg liefe, und außerdem, dass er Weihnachten definitiv mit seinen Eltern feiern würde. »Das ist wirklich furchtbar und kaum zu glauben.« Er schüttelte fassungslos den Kopf.

Vor ein paar Jahren, als Emma einundzwanzig wurde, hatten sie ihr schließlich die Wahrheit gesagt. Das habe Emma natürlich sehr beschäftigt, aber sie habe es verwunden, schilderte Frau Mårtensson. »Seit kurzem war Emma wie verwandelt, gleich nachdem sie die Stelle bei der HIC AB angenommen hatte, ganz verändert«, erzählte sie weiter. »Immer schlimmer ist es geworden, sie hat regelrecht unter Verfolgungswahn gelitten, hat behauptet, ihre Eltern seien ermordet worden und sie wisse auch, von wem. Daraufhin ist sie zur Polizei gegangen und hat versucht, diese davon zu überzeugen, der Sache nachzugehen. Die ganze Familiengeschichte wollte sie nochmal aufrollen. Zuerst hat man sich verständnisvoll gezeigt, doch dann hat man ihr und uns mitgeteilt, dass es keinerlei logische Erklärung für Emmas Behauptungen gebe. Der Fall Mats Wallin sei ein für alle Mal abgeschlossen, und es wäre eventuell besser, wenn Emma sich in Behandlung begeben würde. Danach wurde alles richtig katastrophal, denn wenig später hat sie sogar behauptet, man wolle nun auch sie umbringen, und sie hat sich verfolgt gefühlt. Das war es wohl, was sie Ihnen mitteilen wollte. Sie hat es auch der Polizei gesagt, die allerdings wenig darauf gab, da Emma mittlerweile tatsächlich in Behandlung war, und wir ... wir haben ihr auch nicht geglaubt.« Ihre Augen glänzten, ihre Hand zitterte.

»Moment, Moment«, rief Lennart beschwichtigend und hoffte, durch seine Frage einen erneuten Tränenausbruch zu verhindern. »Das geht mir alles zu schnell. Emma hat sich also an die Polizei gewandt, okay. Aber wer ist Mats Wallin?«

»Tut mir leid, Herr Malmkvist«, entschuldigte sich Frau Mårtensson. »Sie haben vollkommen recht, das können Sie ja gar nicht wissen. Das war Emmas verschwundener Großvater.«

»Emmas Familienname ist demnach eigentlich Wallin?«, vergewisserte sich Lennart.

»Ja. Wir haben versucht, ihr ein normales Leben zu bereiten, und hielten es für besser, mit allem abzuschließen, um davon frei zu sein. So auch mit ihrem alten Familiennamen. Nach der Adoption hat sie unseren angenommen. Vielleicht war das ein Fehler. Vielleicht war das alles ein Fehler. Ich weiß es nicht, ich weiß gar nichts mehr ...« Frau Mårtenssons Augen wurden wieder feucht.

»Nein«, bestimmte Lennart, »Sie haben alles richtig gemacht, glauben Sie mir. Welche Wahl hatten Sie denn? Sie hätten ihr viel früher die Wahrheit sagen können, gut. Aber wäre das für ein Kind in Emmas Situation besser gewesen? Ich glaube kaum.«

Emmas Mutter tupfte sich mit dem Taschentuch die Tränen aus den Augen und steckte es wieder fort. Dann erzählte sie weiter.

»An ihrem einundzwanzigsten Geburtstag haben wir ihr nicht nur gesagt, wer sie wirklich ist, sondern haben ihr auch das Einzige übergeben, was von ihrer Familie übrig geblieben war. Einen alten Koffer mit einigen Habseligkeiten ihrer Eltern. Mein Mann und ich haben ihn zuvor nie geöffnet, weil wir das Gefühl hatten, das stünde uns nicht zu. Wir haben ihn stattdessen von dem Tag an, an dem Emma zu uns gekommen ist, auf dem Dachboden aufbewahrt. Viele Jahre lang. Aber was sich darin befand«, sie zuckte die Achseln, »ich habe keine Ahnung. Andenken vielleicht: Kleidung, Briefe und Fotografien. Ich weiß es wirklich nicht. Emma hat nie darüber gesprochen, und wir haben sie aus Respekt nie danach gefragt. Außer das eine Mal, als sie von der Polizei zurückkam. Denn der hatte sie vom Kofferinhalt berichtet. Doch uns gegenüber hat sie weiter geschwiegen.«

»Wo ist der Koffer jetzt? Meinen Sie, ich könnte einen Blick hineinwerfen?«, bat Lennart.

»Ihnen würde ich es sogar gestatten, Herr Malmkvist. Bei Ihnen habe ich das Gefühl, dass Sie ernsthaft besorgt sind und diese Rätsel lösen wollen. Ein Gefühl, das ich bei der Polizei nicht habe«, gestand sie. »Doch der Koffer ist leider verschwunden.«

»Verschwunden? Erst Emma und dann auch noch der Koffer?«, wunderte sich Lennart.

»Emma hat ihn mitgenommen, doch in dem Ferienhaus,

wo man sie gefunden hat, war er nicht. Ich habe Kommissar Nilsson und auch dessen Kollegin, diese ...«

»Maja Tysja?«, half Lennart.

»Ja, richtig, so hieß sie. Ich habe beide gefragt, er war weder in dem Ferienhaus noch in Emmas Wohnung in Göteborg.«

Lennart nickte leise. »Verstehe. Sehr eigenartig.«

Frau Mårtensson erhob sich. »Herr Malmkvist, sosehr ich Ihre Gesellschaft schätze und so ungern ich Sie und Ihren bezaubernden Mops hinausbitten möchte, aber ich würde mich jetzt gerne ein wenig hinlegen. Das hat mich alles doch ziemlich angestrengt. Außerdem kommt mein Mann bald vom Dienst nach Hause, und ich will ihm diese Fragen ersparen. Ihm geht das alles noch näher als mir, auch wenn er es nicht zugeben mag. Das verstehen Sie doch sicher, nicht wahr?«

»Selbstverständlich«, entgegnete Lennart. »Vielen Dank für den Kaffee und für die Zeit, die Sie sich genommen haben. Und für Ihr Vertrauen.«

Sie begleitete Lennart zur Tür. Dort bückte sie sich, streichelte Bölthorn zum Abschied und schenkte ihm ein schwaches Lächeln. Dann erhob sie sich. Ihr Händedruck fühlte sich an wie kalte, feuchte Watte, ihre Augen waren unendlich müde und trugen einen verschleierten Blick. »Passen Sie auf sich auf, Herr Malmkvist, irgendetwas geht hier nicht mit rechten Dingen zu.«

»Ich werde es versuchen. *Hej då*, Frau Mårtensson, und nochmals ganz herzlichen Dank für Ihre Zeit.« Lennart wandte sich zum Gehen, doch dann hielt er inne und drehte sich nochmals um. »Dieses Ferienhaus in Skaftet. Sagen Sie, wo liegt das?«

»Die Adresse ist Skullegården 2«, gab sie zurück. »Wenn Sie dorthin fahren, dann wenden Sie sich an Tjalve Gunnarsson, den Nachbarn, der es damals gekauft hat. Vielleicht lässt er Sie hinein. Er soll allerdings etwas eigenartig sein, soweit ich weiß.«

Die Tür schloss sich.

Lennart hatte nun bedauerlicherweise noch mehr Fragen als zuvor, und Bölthorn, dem er einen Seitenblick zuwarf, während sie zum frisch eingeschneiten Auto zurückstapften, schien es genauso zu gehen.

Unter Umständen gab es jetzt nur noch eine einzige Instanz, die wenigstens ein paar der Fragen beantworten konnte. So etwa gegen Mitternacht und sofern es denn dieses Mal endlich klappte …

32. Kapitel

Auf dem Nachhauseweg sprang Lennart in einen ICA-Supermarkt, um sich ein *Tunnbröd* mit Salat und Hühnerfleisch zu holen, eine dieser dünnen gefüllten Teigrollen – der Amerikaner nannte sie Wraps, doch es war in etwa dasselbe. Natürlich gab es sie in zig Varianten, sogar vegan, aber Lennarts Liebling war eindeutig Huhn mit Eisbergsalat und Tomaten sowie einer hellen, nach Curry schmeckenden Soße, deren Konsistenz ihm empfahl, besser nicht lange darüber nachzudenken, welche Ingredienzien hier Verwendung gefunden hatten. Egal, so etwas musste auch mal sein, und Hauptsache, es schmeckte und füllte den Magen.

Bei der Gelegenheit kaufte er noch ein paar Sachen ein, die unverzichtbar waren (Zahnpasta, Toastbrot, Milch, Spülmittel, Spaghetti und so weiter), und er entsann sich seines Schwures und ließ sich an der Fleischtheke die Belohnung für Bölthorn zurechtsägen. Wäre er nicht gewesen, Lennart hätte nie und nimmer Informationen über Emma aus Frau Mårtensson herausbekommen, da war er sich sicher.

Bölthorn war von seinem Geschenk in der Tat ziemlich angetan. Lennart sah ihm dabei zu, wie er auf dem Boden der Werkstatt einen regelrechten Kampf mit dem saftigen Knochen vollführte. Wie es sich für einen Karnivoren gehörte, verbiss er sich in Fleischfetzen und Sehnen, riss Stücke heraus, schluckte sie gierig, nur liederlich gekaut, knackte Kapseln und Knorpel, fraß, biss auf dem Knochen herum, als hätte er das Tier eben erst gerissen und Angst, es könne vielleicht doch noch davonlaufen. Wer oder was war er? Lennart dachte lange darüber nach.

Wenn Bölthorn sprach, war er kein Hund, ganz eindeutig. Er dachte wie ein Mensch, schwang Reden wie ein Mensch, schien sogar wie ein Mensch zu empfinden, ja er hatte sogar eine gehörige Portion feinsinnigen Humor. Dann wieder hockte er sich unbekümmert in aller Öffentlichkeit hin, um sein Geschäft zu verrichten, knusperte tagein, tagaus sein Trockenfutter (Lennart hatte ihn immer noch nicht danach gefragt ...), soff aus seinem Napf, dass ihm die Lefzen tropften, und schmatzte und pupste bisweilen im Körbchen derart ungeniert, dass Lennart sich schon sehr wundern musste.

Also: Wer oder was war er? Mal dies, mal das? Wurde er vom Hundewesen beherrscht, oder setzte sich das, was er eigentlich war, gegen den Mops durch? Vielleicht würde sich das ja irgendwann einmal klären.

Lennart drehte sich mit Schwung auf dem Lehnstuhl von dem fressenden Bölthorn weg zur Werkbank, griff sich die Anleitung des Zauberkastens und verwandelte sie ins Zauberbuch, um mit seinen Übungen fortzufahren.

Es klappte schon ein wenig besser. Er war auf Bölthorns Anraten beim Kaffeelöffel geblieben. Es sei unklar, so Bölthorn, inwieweit tote Gegenstände oder auch lebende Wesen die auf sie angewandte Magie als eine Art Restenergie speicherten. Sprich: Hatte man einen Kaffeelöffel schon des Öfteren durch den Raum fliegen lassen, könnte es durchaus sein, dass es von Mal zu Mal leichter wurde.

Und es schien tatsächlich so. Mittlerweile schaffte es Lennart, den Löffel in die von ihm beabsichtigte Richtung zu bugsieren oder aber die angepeilte Entfernung zu erreichen.

Statt völlig unkontrollierter nun also zumindest teilweise gesteuerte Zauberei. Immerhin.

»Nicht übel«, lobte Bölthorn, obwohl ihn Lennart mit dem Kaffeelöffel am Hinterteil getroffen hatte, »aber im Moment leider noch kaum verwertbar. Versuch etwas anderes. Wenn man zu lange ein und dasselbe übt, wird es am Ende nicht besser. Im Gegenteil. Das muss sich alles erst setzen. Lass uns nach einem Irrlicht schauen. Ich will sehen, wie dir das gelingt.«

Ein Irrlicht könne riesige Dimensionen annehmen, behauptete das Buch (was Bölthorn bestätigte, dabei bedeutungsvoll nickte und die linke Pfote mit imaginärem Zeigefinger hob). Eine Kugel, groß wie ein Wagenrad, könne ein solches Irrlicht werden und noch größer und dabei eine unglaubliche Kraft entfalten. Dann sei es jedoch langsam in seinen Bewegungen, eher träge wie ein Fass mit *Surströmming*, das eine Düne hinunterrollte. Allerdings seien auch die kleinen Irrlichter keinesfalls zu unterschätzen, ja noch nicht einmal die Winzlinge (die man, wenn sie aus Versehen gezaubert wurden, *Glœdamȳ*, also Glühmücke nannte). Diese nämlich könnten wichtige Dienste verrichten, wie etwa durch Schlüssellöcher hindurchfliegen, kleinste Hohlräume erleuchten oder aber aufgrund ihrer hohen Maximalgeschwindigkeit beachtliche Löcher in Gegenstände und Oberflächen reißen (auch in Menschen?).

So oder so, es schien nicht zu schaden, einen Irrlichtzauber im Repertoire zu haben, fand Lennart.

Wenn es denn mal klappen würde.

Eine geschlagene Stunde dauerte es.

Dann plötzlich, als sich Lennart von jeglichen Gedanken befreit hatte und in seinen Geist und Körper ließ, was er für innere Magie hielt, gelang es.

Na ja, so ein bisschen wenigstens.

An der Spitze des Plastikzauberstabes bildete sich eine Art Aura. Zuerst sah sie aus wie die Luft über einem heißen Blechdach – nur ein Flimmern, das die Wirklichkeit minimal verzerrte. Doch dann entstanden winzige Adern wie aus purer Energie, die sich in einem streichholzkopfgroßen Punkt direkt über der Stabspitze sammelten. Dort pulsierten sie ein paarmal, dann schwächte sich das Licht ab, schrumpfte auf etwa ein Drittel seiner Größe zusammen und fiel lustlos und ermattet vom Zauberstab hinunter auf die Arbeitsplatte, wo es verglühte wie der Funke einer Wunderkerze. Eine dünne Fahne aus Rauch stieg auf, bevor es sich in Wohlgefallen auflöste und vollends verschwand.

»Immerhin«, bemerkte Bölthorn anerkennend. »Das hat zwar mit Irrlicht noch nicht viel zu tun, aber es war ein Anfang.«

»Eine Glühmücke also?«, fragte Lennart.

»Auch das nicht. Eher eine kläglich glimmende Einsekundenfliege.«

»Ich habe schon wieder Hunger«, stellte Lennart verwundert fest, obwohl sein *Tunnbröd*-Mahl erst zwei Stunden her war. »Ich fühle mich wie unterzuckert.«

Bölthorn stand auf, schnappte sich seinen Knochen und ließ ihn vor Lennart auf den Teppich fallen. »Magie ist Energie und benötigt Energie, und Energie muss irgendwo herkommen. Wenn du zauberst, dann bist du die Quelle. Das solltest du nicht unterschätzen. Auch wenn dein Irrlicht nur ein erster Versuch war: Du dürftest dieselbe innere Kraft dafür aufgewendet haben wie ein etwas geübterer Zauberer für ein richtiges. Im Laufe der Zeit wirst du deine Anstrengungen optimieren, aber es wird dich immer etwas kosten.« Er legte sich wieder auf den Boden und knabberte am Knochen herum. »Ich würde dir ja etwas abgeben, aber ich befürchte, es trifft nicht ganz deinen Geschmack.«

»Guten Appetit«, entgegnete Lennart und schenkte seine Aufmerksamkeit wieder dem Zauberbuch.

Vier Irrlichtversuche später (eines hatte immerhin beinahe zehn Sekunden angehalten und war sogar hinüber zur Plasmalampe geflogen, wo es den tanzenden Strahlen gefolgt war, bevor es sich in nichts auflöste) war Lennart so hungrig, dass er beschloss, das Zaubern für heute sein zu lassen und sich etwas zu kochen. Er ging mit Bölthorn nach oben in seine Wohnung, setzte Nudelwasser auf und begann, Gemüse für eine Soße vorzubereiten.

Es war schon spät, als Lennart von seinem Handywecker geweckt wurde und sich müde die Augen rieb. Er war vor dem Fernseher eingeschlafen. Er schaltete das Klingeln aus, weckte Bölthorn, der in seinem knarzenden Körbchen lag, und begab sich mit ihm zusammen zurück in die Werkstatt.

Kurz darauf saß er vor der verbeulten Keksdose und grübelte. Was sollte er das Orakel fragen? Was war wichtig?

Emma fiel ihm ein, ja, er würde nach Emma fragen, dachte er bei sich, und nach dem verschwundenen Dunklen Pergament. Und nach seiner Liebesallergie. Und nach seinem größten Feind. Und nach dem Leierkastenmann. Und nach ... Wenn ein Orakel in einer Keksdose sein Dasein fristete (was irgendwie armselig wirkte), dann könnte es durchaus sein, dass man ihm immer nur eine einzige Frage stellen durfte. Nicht einmal drei, wie in jedem Kindermärchen. Oder aber man musste mit vollem Mund sprechen (in dem sich natürlich Kekse befanden). Dann fiel Lennarts Blick auf den billigen Werbegeschenkring neben der Keksdose.

»Was mache ich mit dem? Vorschläge?«, fragte er Bölthorn und zeigte dabei auf den Blechring.

Bölthorn zuckte die Achseln und dachte nach. »Zieh ihn doch an«, sagte er schließlich.

»Das klingt beinahe schon zu banal, aber durchaus plausibel.« Lennart schob sich den zu engen Ring von Buri Bolmen auf den kleinen Finger. Er atmete ein paarmal tief durch, dann klappte er den Keksdosendeckel auf.

Lennart zuckte zusammen.

Etwas war anders.

Es war, als rausche es tief in der Keksdose. Er schloss die Augen und horchte. Als würde er in diesem Moment sein Ohr über einen bodenlosen Brunnen oder an eine riesige Muschel halten, so hörte es sich an.

Er kam sich extrem albern vor, bei dem, was er jetzt sagte: »Oh, Orakel, ich rufe dich, hast du bitte ein Ohr für mich?«

Unglaublich! Er schlug die Augen wieder auf.

Nebel begann aus der Dose aufzusteigen wie in einem schlecht produzierten Horrorfilm. Er waberte über den Rand der Kiste, dichter und dichter, füllte sie aus, bis der Boden nicht mehr zu erkennen war. Und dann, inmitten der Schwaden, die sich bewegten, als seien es Wogen auf hoher See, begann ein bläuliches Licht zu leuchten. Ganz schwach, weit entfernt.

»Oh, Orakel, ich rufe dich, hast du bitte ein Ohr für mich?«, wiederholte Lennart und legte dabei ein wenig mehr Überzeugung und Inbrunst in seine Worte.

Augenblicklich schwoll das Licht an, und noch mehr Nebel quoll über die Ränder der Keksdose, aus der mit einem Mal eine Stimme ertönte. Dumpf und matt wie gebürstetes Aluminium, und doch hatte Lennart das Gefühl, als fülle sie den ganzen Raum aus.

Wer ist es, der mich ruft
In diesem Dunkel,
Die Stimme schwach,
Am Ring Karfunkel?

»Äh ... äh ... Ich bin's, und nur dass Ihr's wisst, man nennt mich Lennart Malmenkvist.«

Bölthorn sah Lennart entgeistert an. Der machte entschuldigende Gesten in seine Richtung; Lennart wusste selbst, dass es mit seiner Poesie nicht allzu weit her war. Doch der Zweck heiligte den Reim!

Dann sagt mir, Lennart Malmenkvist,
Wo mein Gefährte Buri ist!
Da Ihr an mich heut' Worte richtet,
Die obendrein noch schlecht gedichtet.

Stille.

Nur Nebel lief über den Rand des Behältnisses hinab auf den Tisch.

»Äh ... äh ...« Hektisch dachte Lennart nach. Ein Reim, ein Reim, ein Königreich für einen Reim ... Ein Kinderlied! »Buri ist von uns gegangen, dorthin, wo Mond und Sterne prangen«, sprudelte es aus ihm heraus. Auf *Himmel* war ihm außer dem Begriff für eine grünliche Pilzkultur und einem umgangssprachlichen Ausdruck für das männliche Geschlechtsorgan auf die Schnelle nichts eingefallen.

Das Orakel schwieg. Lange. Dann hörte man ein seltsames Geräusch aus der Keksdose, als würde sich jemand darin die Nase schnäuzen. Der Nebel pulsierte, floss. Die Stimme war leise geworden.

Mein Herz erfüllt mit Wut und Trauer,
Lange währte unser Band,
In aller Ewigkeiten Dauer,
Hat nur des wahren Freundes Seel' Bestand.

Wieder machte das Orakel eine Pause. Schließlich fragte es (es klang prüfend und scharf):

Nun sagt mir, wer Ihr wirklich seid,
Frei heraus, ohne Ranküne!
Für Lügen hab ich keine Zeit,
Stets wahres Wort spricht nur der Kühne.

Was reimte sich auf Erbschaft, Nachlass oder irgendeinen Begriff, mit dessen Hilfe Lennart der verstimmten Keksdose erklären konnte, wie sich das alles verhielt? Angestrengt dachte er nach, versuchte, sich in Erinnerung zu rufen, was er in seinem eigens zu diesem Zweck unlängst erworbenen Reimlexikon gelesen hatte. Doch es war lediglich ein Nachschlagewerk, kein Lehrbuch. Was reimte sich auf Weltuntergang, Krähenbein, Dunkles Pergament und Kapitalverbrechen? Vor allem, was reimte sich darauf und ergab gleichzeitig auch wirklich einen Sinn? Es war zum Verrücktwerden. Er hätte sich besser auf dieses Gespräch vorbereiten sollen, doch wer hätte auch schon ahnen können, dass es heute Nacht endlich klappen würde? Und selbst wenn: Hätte er dann wirklich bessere Reime zustande gebracht?

Wer nichts sagen will und schweigt,
Zwar immer bei der Wahrheit bleibt,
Doch hilft das Schweigen nicht,
Zu bringen in das Dunkel Licht.
Und wer sich dort verborgen hält,
Ist bald allein in seiner Welt.

Eine klare Aufforderung des Orakels an den davor sitzenden und krampfhaft nach Reimen ringenden Lennart. Inklusive

Drohung. Allein sein konnte man durchaus so interpretieren, dass das Orakel Lennart in Kürze verlassen würde, also ihm nicht mehr zur Verfügung stand.

»Äh … Erstaunt war ich fürbass, erhielt ich Buris Nachenlass«, begann er stammelnd. »Mit Laden, Mops und Dose, jedoch kein Hemd und keine Hose.« Oh Gott, war das schlecht! »Doch jetzt ich vor Euch hier sitze, da … äh …«

Nun schnitt das Orakel Lennart das Wort ab. Aus der Keksdose quoll der Rauch plötzlich stoßweise, als würde es am anderen Ende der Leitung mühsam den Atem kontrollieren. Das Orakel klang, als hätte es vor Grauen das Gesicht verzogen, angewidert von dieser unfassbar schlechten Reimqualität.

Fortan wenn Ihr in Versen sprecht,
Denkt vorher nach, ich bitt' Euch sehr,
Reimt nicht so schlecht.
Selbst ich weiß kaum zu sagen,
wie schwer's für mich ist, zu ertragen,
wenn des Ringes Träger ohne Gaben
versucht, sich an des Dichtens Kunst zu laben.

»Wie bitte?«, fragte Lennart.

Ja, ja, heut' soll es sein!
Frei heraus Euer Begehr,
nur fleh' ich, keine Reime mehr.

Das war entwürdigend. Aber auch entlastend. Lennart hatte das Orakel mit miserabelster Poesie und vollkommener Minderbegabung besiegt, zumindest für den Moment. »Gut«, flüsterte er und überlegte. Dann sagte er nur ein Wort: »Buri.«

Das Orakel brodelte, das blaue Licht pulsierte. Die Stimme klang kraftvoller und wie erleichtert, ja beinahe stolz.

> *Buris Schicksal zu kennen Ihr begehrt!*
> *Das gleichwohl meinen Zorne dämpft.*
> *Denn wen des Freundes Tod verzehrt,*
> *Mit Herzen um die Wahrheit kämpft.*
> *Ich traue Euch und will Euch sagen,*
> *weit mehr, als Ihr im Sinn bergt Fragen,*
> *Doch wisset: Auch ich seh' alles nicht,*
> *Trotzdem aus mir die Zukunft spricht.*

Nun wurde die Stimme des Orakels blechern-düster und ernst.

> *Den Mörder Ihr nicht finden werdet,*
> *Er findet Euch!*
> *So schützt Euch wohl,*
> *Mich deucht,*
> *Ihr seid gefährdet!*
> *Feind wird Freund,*
> *Und Freund wird Feind,*
> *Und wenn Ihr glaubt, am Ziel zu sein,*
> *Dann werdet Ihr erkennen,*
> *dass es nichts hilft, davonzurennen.*
> *Es liegt an Euch,*
> *Ob Ihr besteht*
> *Oder Buris ew'gem Pfad nachgeht.*
> *Es liegt an Euch,*
> *Ob Ihr seht,*
> *Wer als Erbe vor Euch steht.*
> *Es liegt an Euch,*
> *Ob in der schlimmsten Stunde Gunst,*

Ihr nutzen könnt, die neue Kunst.
Und so Ihr alles überlebt,
Was erst noch das Schicksal zeigt,
Ihr weiter nach der Wahrheit strebt,
Solang der Ring am Finger bleibt.
Dann vielleicht den vierten Teil
von Dunkelheit und Krähenbein,
Ihr erlangt zu aller Heil,
Aus der namens Jungfrau Schrein.
Doch werd' ich nun von dannen gehen,
möcht' Euch so bald nicht wiedersehen!
Besteht zuerst, was ich verkündet,
sonst alles in ein Unglück mündet.
Als einzig schwacher Trost mir bliebe,
Verschont wär' ich
Von Eurer Reime grausig' Hiebe.

Ein starker Wind strich durch die Werkstatt und wirbelte Staub auf. Der Nebel wurde von der Keksdose eingeatmet, konzentrierte sich darin. Lennart wollte noch etwas fragen. Zum Beispiel, was das alles zu bedeuten hatte, diese Weissagungen, aus denen keiner schlau werden konnte. Doch schon war jeglicher Nebel verschwunden, und – *Plopp!* – das blaue Licht war aus. Orakelfeierabend.

Resigniert und überfordert blickte Lennart in die leere Keksdose, die nun wieder nichts weiter war als genau das: eine leere Keksdose.

Er schloss den Deckel.

Nun gut. Positiv verbuchen konnte er, dass offenbar durchaus die Möglichkeit bestand, Buris Mörder zu finden, beziehungsweise, dass dieser Lennart fand (»Den Mörder Ihr nicht finden werdet, er findet Euch!«) – eine etwas beängstigende Vorstellung, die allerdings aufs Gleiche hinauslief. Sogar, das entwendete Dunkle Pergament wiederzubeschaffen schien nicht ausgeschlossen zu sein. So wenigstens deutete Lennart die im wahrsten Sinne des Wortes nebulöse Vorhersage vom »vierten Teil von Dunkelheit und Krähenbein«. Olav Krähenbein war auf der Suche nach vier Dunklen Pergamenten (sagte Bölthorn), und eines könnte Lennart zurückbekommen (sagte das Orakel). Damit konnte man leben.

Negativ allerdings klang in seinen Ohren, dass er in Gefahr sei – eine Weissagung, die mit Buri Bolmens Mörder in einem Atemzug genannt worden war. Er wurde also offenbar durch denselben Mörder bedroht, was irgendwie ein unschönes Gefühl in ihm hervorrief, insbesondere wenn er daran dachte, was der armen Emma widerfahren war.

Er brauchte nur weiter diesen Ring zu tragen (so war es doch gemeint, oder?), musste einen ominösen Erben identifizieren und eine namentliche Jungfrau finden, dann würde alles gut. Kleinigkeit!

»Man darf nicht alles wörtlich nehmen, was Orakel so weissagen«, erklärte Bölthorn in Lennarts Gedanken hinein, als ahne er, was in ihm vorging. Nur das leise, sonore Brummen der Plasmalampe war zu hören. »Der Sinn der Worte erschließt sich zumeist erst im Laufe der Zeit.«

»Nun, ich hoffe, dann ist es nicht zu spät. Ich möchte ungern erst erkennen, dass ein Mörder vor mir steht, wenn ich wie Emma bereits den Dolch in meiner Brust spüre«, entgegnete Lennart gequält.

»Dann bereite dich auf den Kampf vor und übe!«, riet Bölthorn. »Auch das hat das Orakel gesagt: Magie ist besagte ›neue Kunst‹.«

»Ja, das ist richtig«, stimmte Lennart ihm zu. »Und üben werde ich auch. Doch morgen fahren wir erst einmal an die Ostküste. Ich muss zwei Menschen einen Besuch abstatten.«

33. Kapitel

Es war, als stecke sie in einer gallertartigen Masse fest. Keine Luft, kein Sauerstoff, es war kein Atmen, nur das Ringen ihrer Lungen um Luft, einem äußeren Zwang ausgeliefert. Sich zu rühren unmöglich, nicht einmal die Lider, die Zunge, nichts, nur die Gedanken waren in zäher Bewegung, doch selbst diese bewacht von einem unsichtbaren grauen Männchen, das sie mit furchterregenden Fingern umschlossen hielt und permanente Angst verbreitete, das Gefühl, in jedem Moment einfach von ihm hinabgerissen zu werden in einen unendlichen Abgrund, der nicht zu sehen war, aber existierte, weil sie von ihm *wusste*. Bilder durchfluteten sie und der schwache Wille, endlich wieder die Augen zu öffnen, sich aus diesem bereits ewig währenden Albtraum zu befreien; allein, es fehlte ihr die Kraft. Der Wille? Vielleicht.

Sie erkannte diese Stimme, nein, kannte sie nur. Sie war angenehm. Sie war wie eine Verbindung zu etwas, das weit entfernt und lange zurücklag. Wie sinnlos war doch diese Erkenntnis in einem Zustand, in dem weder Zeit noch Raum eine Rolle spielten. Sie sah nichts. Ihr Herz schmerzte. Diese Stimme, dieser Mensch gab Kraft zurück. Den Willen? Sie mühte sich, sie rang um Befreiung, sie war müde. Zu müde. Sie gab auf. Später. Die Angst blieb, und das unsichtbare graue Männchen kicherte böse und allwissend.

Lange hatte Lennart zuerst mit sich und dann mit den Ärzten gerungen, um auf die Intensivstation der Klinik in Oskarshamn zu gelangen. Und hätte er nicht zufällig Frau Mårtensson getroffen, die zusammen mit ihrem Mann heute ebenfalls Emma besuchte, er hätte wohl unverrichteter Dinge weiterfahren müssen. Und nun? In grüner Besucherkleidung mit Haube und Atemschutz stand er vor diesem Bett, dessen technische Ausrüstung so übermächtig erschien, dass der Mensch darin scheinbar zur Nebensache wurde, und doch ging es nur um ihn.

Schläuche, Maschinen mit Displays und blinkenden Leuchtdioden, zwei transparente Plastikflaschen kopfüber in chromblitzenden Gestellen, die gnadenlos und zugleich lebenserhaltend alle zwei Sekunden Tropfen unbekannter Substanzen in Emmas Venen abgaben. Sie gehorchte der Beatmungsmaschine, die den Takt vorgab und den Tod aus diesem Zimmer fernhielt.

Fürs Erste.

»Ich werde den finden, der dafür verantwortlich ist«, sagte Lennart leise. Er war dieser Emma Mårtensson plötzlich so nah, dieser Frau, die er erst wenige Male gesehen hatte. Er hatte mit ihr geschlafen, hatte sie weggeschickt, so wie er es immer tat, wenn seine Haut zu jucken begann. Es war schließlich nicht seine Schuld! Nein, aber seine Verantwortung war es dennoch.

In seinem Herz kämpften in diesem Augenblick weder Liebe noch Hass, aber den Zorn spürte er überdeutlich, den Zorn auf die Ungerechtigkeit, ob von Menschen verursacht oder von Allergien. Es musste Mittel und Wege geben, dagegen vorzugehen.

»Bleib stark, Emma. Du hattest recht mit deinen Vermutungen. Mich wollte man auch für verrückt erklären, weil man es nicht besser wusste, und beinahe hätte ich es selbst geglaubt. Doch ich bin es nicht, und du bist es auch nicht. Komm zurück zu uns! Deine Eltern vermissen dich.« Eine Weile blieb er unentschlossen an ihrem Bett stehen, als könnte sie jede Sekunde auf seine Aufforderung reagieren und die Augen öffnen. Doch es passierte nichts. Lange Minuten vergingen. Bis er sich schließlich von ihr verabschiedete. »Ich muss jetzt gehen. *Hej då!*«

Er trat näher ans Bett zwischen all die Schläuche und Maschinen, beugte sich zu ihr hinab und küsste sie sanft, strich ihr über die Wange. Er würde wiederkommen, sobald er Zeit und dieses ganze Schlamassel sich etwas gelichtet hätte. Ja, er würde wiederkommen. Ein letzter Blick, dann verließ er diesen furchtbaren Ort, wo Leben und Tod miteinander um Menschenleben würfelten und die Ärzte nur mitleidig belächelten.

Nach zehn Kilometern fuhr Lennart auf einen Parkplatz mitten im Wald. Er konnte nichts mehr sehen und seine Tränen nicht länger zurückhalten. Bölthorn saß eine ganze Weile still auf der Rückbank des Autos, doch irgendwann stand er auf und stupste sein Herrchen mit nasskalter Mopsschnauze von hinten an. »He, komm, mein Freund!«, schien er sagen zu wollen. »Genug jetzt. Es gibt eine Zeit für Trauer und eine Zeit, um zu handeln. Beweine nicht die Toten, solange du die Lebenden noch retten kannst.«

Wenigstens meinte Lennart das zu verstehen. Er wischte sich mit dem Jackenärmel über die Augen und holte ein Taschentuch aus dem Handschuhfach hervor. Kurz darauf fuhr er wieder auf die E22, die Oskarshamn mit der Bundesstraße 40 bei Gunnebo verband, die Hauptroute zwischen West- und Ostküste. Es waren immerhin noch über fünfzig Kilometer bis Skaftet, dem Ort, wo sich die zweite Person befand, die er heute besuchen wollte.

Er konzentrierte sich auf die mit Schneematsch bedeckte Straße und beschleunigte.

Es begann zu schneien. Ganz leise und sanft. Kleine eisige Flocken. Das Außenthermometer von Lennarts Wagen zeigte minus sieben Grad und der Himmel keinerlei Konturen.

Es war bereits Viertel vor drei, als Lennart an einer Kreuzung den Pfeil mit der Aufschrift *Skaftet 21* erkannte. Er musste rechts abbiegen und verließ die breite Landstraße auf eine wesentlich schmalere. War die Strecke von Oskarshamn bis Gunnebo noch einigermaßen gut geräumt gewesen, so zeigte sich hier mittlerweile eine dünne, aber geschlossene Schneedecke, die nur vereinzelt von dunklen Reifenspuren durchzogen war.

Sein Navigationssystem dirigierte ihn zur gewünschten Adresse, Skullegården 2, dem ehemaligen Feriendomizil von Emmas Großvater, Mats Wallin. Über einen Kartendienst im Internet hatte Lennart heute Morgen noch recherchiert, dass das Haus von Tjalve Gunnarsson nicht weit entfernt stand und sich außer diesen beiden Häusern nichts weiter im Umkreis von zwei oder drei Kilometern befand. Nichts außer Wasser, Felsen und Bäumen.

Lennart bog von der schmalen Landstraße auf einen verschneiten Feldweg ab, an dessen Ende der Skullegården lag. Hinter ihm waren schon wieder die Lichter eines Fahrzeuges, das ihn bereits seit Gunnebo verfolgte – oder täuschte er sich? Ein dunkler Kombi. Der Wagen überholte ihn im immer dichter werdenden Schneefall und zog an ihm vorbei. Lennart atmete erleichtert aus. Er sah schon Gespenster.

Der Weg war holprig und vereist. Von Zeit zu Zeit rutschte Lennarts Auto zur Seite in eines der zahllosen Schlaglöcher, und es fühlte sich jedes Mal wieder so an, als würde jemand ihm einen Stoß versetzen. Im Rückspiegel sah Lennart, wie Bölthorn mit leicht genervtem Mopsgesicht auf der Sitzbank mal hoch und runter, mal nach rechts und links gerissen wurde (seine Ohren vollführten dabei zitternde Gegenbewegungen). Einmal machte er sogar einen Satz und konnte sich gerade noch auf den Pfoten halten. Er hätte jetzt bestimmt gerne etwas gesagt.

Zehn Minuten später rollte Lennart auf eine Lichtung und erblickte in etwa dreihundert Metern Entfernung am Waldrand ein kleines unbeleuchtetes Häuschen und ein Nebengebäude. Die heraufziehende Dämmerung legte sich bereits auf die Farben des Tages, und der anhaltende Schneefall machte die Sicht nicht besser.

»Ich glaube, wir sind da«, meinte Lennart und deutete auf ein noch weiter entfernt liegendes Haus. »Jetzt statten wir diesem Herrn Gunnarsson mal einen Besuch ab.« Bölthorn röchelte und schnaubte, dass die Lefzen flatterten, was Lennart als Zeichen der Zustimmung interpretierte, und wahrscheinlich war es auch Erleichterung darüber, dass dieses unsägliche Geruckel bald sein Ende fand.

Kurz darauf parkte Lennart neben der Zufahrt zu Gunnarssons Grundstück, stieg aus und machte sich mit Bölthorn durch den Schnee stapfend auf den Weg zum Haus.

Plötzlich spürte er etwas. Gefahr!

Bölthorn bellte beinahe zeitgleich.

»Hände hoch!«, rief es von der Seite, und die Äste einer Tanne teilten sich. Heraus trat ein Mann, der in der Hand ein Gewehr hielt, weshalb Lennart der recht unfreundlichen Aufforderung sofort nachkam. Auf dem Geländer der Veranda vor dem Haus standen einige Schüsseln, Eimer und Kübel – leider konnte er keine Kaffeelöffel entdecken. Es wäre einen magischen Versuch wert gewesen.

So galt es, die Situation diplomatisch zu lösen.

»Hej, mein Name ist Lennart Malmkvist und ich ...«

»Ist mir scheißegal!«, kam es zurück, während der Mann

näher trat, die Flinte starr auf Lennart gerichtet. »Und behalt deine Töle bei dir, sonst mache ich ein Loch in das fette Ding, kapiert?«

Lennart hob wieder die Hände empor und warf Bölthorn einen warnenden Blick zu. Der schien wenig amüsiert von dieser Beleidigung und der Gewaltandrohung zu sein.

Gunnarsson (es musste sich um ihn handeln, um wen sonst hier draußen) war bereits bis auf wenige Schritte an sie herangekommen, da entdeckte Lennart eine Schneeschaufel, die an einer Stütze des Vordaches angelehnt war. Löffel hin, Schwierigkeit her, dass musste doch klappen. Aber ohne Zauberstab? Egal! Er musste es wenigstens versuchen.

Allerdings war es schon etwas anderes, in freier Wildbahn zu praktizieren und nicht wie sonst in der Stille und Abgeschiedenheit von Buri Bolmens Werkstatt, wo Magie allgegenwärtig war. Und wo es nicht schneite und wo einen vor allem keine kleinen dünnen Männer mit nervösem Finger am Abzug großkalibriger Gewehre in Schach hielten.

So dauerte es einige Sekunden, bis Lennart es spürte, diesen Zustand der völligen Leere und zugleich der vollkommenen Anspannung und Achtsamkeit. Er spürte es vom Solar Plexus her, diese Hitze, die in ihm zu strömen begann, als hätte er auf einen Schlag um zwei Grad wärmeres Blut in seinen Adern. Bis hinauf in die Hand, in jeden einzelnen Finger.

Jetzt! Er dachte:

blāðrā lāfā rīðā vāgā vāþþā!

Dann öffnete er die Augen, machte eine winzige, aber blitzschnelle Bewegung mit der rechten Hand (hatten da soeben tatsächlich winzige Funken gesprüht?), und als hätte sie jemand mit einem Katapult abgeschossen, rauschte die Schneeschaufel Gunnarsson mit Schmackes an den Kopf.

Der schrie überrascht auf, taumelte, ließ vor Schreck das Gewehr mit der einen Hand los und fasste sich an die Fellmütze. Diese Chance ergriff Bölthorn, sprang überraschend behände auf Gunnarsson zu und biss ihm in die Hand, woraufhin dem Mann die Waffe gänzlich entglitt und vor Lennart in den Schnee fiel. Er hob sie auf.

Gunnarsson schien von Bölthorns Attacke dermaßen überrascht (und wahrscheinlich auch von der Wucht eines durch Wut beschleunigten Mopses), dass er nun tatsächlich selbst umfiel und versuchte, sich den sichtlich verstimmten Hund mit beiden Händen vom Leib zu halten.

»Nimm den Köter weg, verflucht!«, rief Gunnarsson.

»Kann ich nicht«, sagte Lennart seelenruhig. »Auf mich hört er nicht. Ich würde mich bei ihm entschuldigen, vielleicht lässt er Sie dann in Ruhe.«

»Entschuldigen? Bei einem dicken Mops? Ich denk nicht dran!«

Bölthorn ließ Gunnarssons Hand los und biss ihm dafür in die Hose, aus der er unter grimmigem Geknurre Stück um Stück herausriss, bis man Gunnarssons Knie erahnen konnte. Dann sprang er über den am Boden liegenden Mann, zwickte ihn als Täuschungsmanöver wieder in die Hand, sprang ein Stück weiter und riss ihm die Mütze vom Kopf, die er dann in völliger Raserei zerfetzte.

»Das wird er auch gleich mit Ihren Innereien machen, wenn Sie sich nicht entschuldigen«, prophezeite Lennart, der in der Zwischenzeit Spaß daran gefunden hatte, Gunnarssons Gesichtsfarbe dabei zuzuschauen, wie sie bleich und bleicher wurde.

Bölthorn warf die Überreste der Fellmütze, die nun aussah wie ein uralter Putzlumpen, mit einem geübten Kopfschnicken hinter sich in den Schnee, stellte sich breitbeinig auf und starrte Gunnarsson knurrend und bitterböse an.

»Ihre letzte Chance, schätze ich«, meinte Lennart teilnahmslos.

»Schon gut, schon gut!«, rief Gunnarsson ermattet und völlig außer Atem. »Ich ... ich ... entschuldige mich!«

»Wofür?«, erkundigte sich Lennart genüsslich.

»Dafür, dass ich diesen ... diesen ... wunderbaren Mops als fett bezeichnet und sonst vielleicht irgendwie beleidigt habe. Er ist edel, schön und ... und von großer Eleganz!«

Schlagartig entspannte sich Bölthorns Gesichtsausdruck, als sei überhaupt nichts geschehen. Er schüttelte sich, ging zu Lennart, setzte sich neben ihn in den Schnee und kratzte sich unelegant wie immer mit dem Hinterlauf am Ohr. Dann hechelte er dichte Wolken.

»Das gibt's doch nicht!«, stammelte Gunnarsson noch immer kalkweiß und richtete sie auf.

»Habe ich Ihnen doch gesagt«, belehrte Lennart ihn. »Nie Möpse beleidigen. Das ist nicht gut. Glauben Sie mir, ich spreche aus Erfahrung.«

»Ja, ist in Ordnung, merke ich mir«, versprach Gunnarsson hastig, stand ächzend auf und klopfte sich den Schnee von den Kleidern. Kurz bedachte er die auf dem Boden liegende Schneeschaufel eines ratlosen Blickes, dann fragte er Lennart: »Was wollen Sie?«

Lennart nahm wohlwollend zur Kenntnis, dass Herr Gunnarsson zum höflichen *Sie* übergegangen war. »Ich fange nochmal von vorne an. Ich heiße Lennart Malmkvist, und ich bin ein Freund von Emma Mårtensson. Ich soll Sie von ihrer Mutter grüßen.«

Gunnarsson blickte zu Bölthorn, dann zu Lennart. »Ein Freund von Emma? Warum sagen Sie das denn nicht gleich?«

»Das habe ich versucht«, erklärte Lennart.

»Ich bin etwas nervös seit der Sache mit dem armen Mädchen. Ich kannte sie schon als Kind. Sie hat doch schon so viel durchgemacht, und jetzt auch noch das!« Gunnarsson hatte zwei Gesichter, stellte Lennart fest. Oder nur eines, das unter Umständen so freundlich war, dass er es aus Selbstschutz oft mit einer hässlichen Maske bedecken musste.

»Die Waffe können Sie übrigens herunternehmen«, sagte er schmunzelnd. »Nur Platzpatronen.«

»Platzpatronen?«

»Ich ziele im Leben nicht mit scharfen Waffen auf Menschen«, entrüstete er sich. »Aber einen Schreck einjagen darf man unerwünschten Besuchern ja wohl noch!«

Lennart schüttelte lächelnd den Kopf und reichte Gunnarsson die Flinte. »Ich mache Ihnen einen Vorschlag. Sie bitten uns herein und erzählen uns ... äh, ich meine natürlich mir alles, was Sie über Emma, ihre Familie und das Haus ihres Großvaters wissen, und dafür spendiere ich ein wunderbares Abendessen. Was halten Sie davon? Ich habe nämlich rein zufällig eins dabei.«

Eine übertrieben große Essensmenge befand sich im Kofferraum. Maria hatte diese lapidar als »kleine Stärkung und ein Picknick für unterwegs« betitelt und einen kompletten Weidenkorb gefüllt, den man nun kaum noch anheben konnte (schätzungsweise hatte sie für Bölthorn als kleine Wegzehrung eine halbe Sau oder Ähnliches noch obendrauf gepackt).

Gunarssons Gattin war zur Kur. Wegen ihrer Hüft-OP, die sie vor kurzem in Oskarshamn gehabt habe, erzählte Tjalve Gunnarsson. Das sei sie schon eine ganze Weile, erklärte er weiter mit traurigem Blick. Entsprechend sah das Haus aus.

Doch das Aufgabengebiet Hausputz schien nicht Tjalve Gunnarssons einziges Problem zu sein. Als Lennart in Begleitung von Bölthorn vom Auto zurückkam und die Sachen, die Maria ihnen mitgegeben hatte, auf dem Küchentisch ausbreitete, gingen dem knorrigen Alten die Augen über. Gegrillte, mit Kräuterfrischkäse gefüllte Paprika, kleine Lammspieße, die in Limonenöl und Rosmarin mariniert waren, selbst gebackenes Ciabatta, Peperonata mit Mozzarella, ein toskanischer Brotsalat mit Basilikum aus eigener Zucht und gehobeltem Parmigiano (die Soße befand sich in einem separaten Behältnis mit handgeschriebener Gebrauchsanleitung, gemäß derer diese Speise frisch anzumachen und zeitnah zu verzehren sei). Eine halbe Pizza Margherita (hausgemacht, versteht sich), ein aluminiumfolienverkleideter Pappteller mit Affettato misto, bestehend aus allerlei Aufschnitt, sowie ein Schüsselchen Obstsalat mit gerösteten Pinienkernen an Honigdressing rundeten das Buffet ab. Für Bölthorn hatte sie ein gutes Dutzend ungewürzter Fleischbällchen dazugegeben.

Ganz abgesehen davon, dass Tjalve Gunnarsson den Großteil dieser Gerichte noch nicht einmal im Fernsehen gesehen haben dürfte, war er von der schieren Menge und farbenfrohen Präsentation begeistert.

»Sie können froh sein, so eine Frau zu haben«, staunte er neidisch. »Meine hat mir nur Unmengen von Kohlsuppe eingefroren.«

Bölthorn grinste hinter Gunnarssons Rücken und schnappte nach den Fleischbällchen, die Lennart ihm zuwarf.

Mit einem Blick auf die Uhr entgegnete Lennart der Einfachheit halber: »Oh ja, in der Tat, eine tolle Frau habe ich.« Die schief hängende Küchenuhr mit dem halbblinden Glas über der Tür zeigte bereits kurz nach vier. Draußen war es schon beinahe vollkommen finster geworden, und Lennart wollte heute noch die gut dreihundert Kilometer heim nach Göteborg fahren.

Gunnarsson lud sich relativ ungeniert den Teller voll, stellte zwei Flaschen Bier auf den Tisch und begann zu erzählen. Im Großen und Ganzen bestätigte er das, was Emmas Mutter bereits geschildert hatte. Er schaufelte sich erneut Speisen auf den Teller. Seine Lippen glänzten vor Fett, seine Augen voller Genuss – das Ergebnis mehrerer Wochen Kohlsuppe. Mats Wallin sei ein Eigenbrötler gewesen, fuhr er schmatzend fort und unterbrach seine Geschichte nur, wenn er sich mit dem Ärmel den Mund abwischte, um einen Schluck Bier aus der Flasche zu trinken. Er sei nett, aber ein Geheimniskrämer gewesen, hilfsbereit, aber verschlossen und so weiter und so fort.

Irgendwann, als Lennart der Meinung war, keiner der Anwesenden könne noch mehr von den Sachen in sich hineinstopfen, ohne zugleich einen Krankwagen für den baldigen Abtransport zu rufen, fragte er, ob er das Ferienhaus einmal von innen sehen könne.

Gunnarsson stand auf und holte eine Flasche ohne Etikett und zwei Wassergläser aus dem Küchenschrank. »Selbst gebrannt. Lecker«, meinte er, doch Lennart lehnte dankend ab. Daraufhin zuckte Gunnarsson nur mit den Achseln, stellte ein Glas zurück, schenkte sich dafür einen Doppelten ein und setzte sich wieder. Nachdem er den Schnaps geleert, sein angebrochenes Bier ausgetrunken (es war das vierte) und einen Rülpser abgelassen hatte, den er mehr schlecht als recht mit dem Handrücken vor dem Mund abzumildern versuchte, schaute er Lennart eindringlich an. Seine Augen waren nicht mehr genussvoll erfreut, sondern glasig von Alkohol und übermäßiger Essenszufuhr. Das schüttere Haar klebte ihm an der Stirn.

»Das Haus willst du sehen? Warum? Ach egal, komm, ichzeigsdir. Interessanter Ring übrigens, dendudaträgst. Issdas ein Keks mit Ssucker? Lustich!« Dann blickte er zu Bölthorn hinunter und tätschelte ihm den Kopf. »Jajaja, du bist tatsächlisch ein nettes Hündschen. Gut, dasch du misch ein wenich gebissen hast. Der alte Tjalve ist manchmal wirklich ein böser Tjalve, nicht wahr.« Hicks!

Bölthorn machte ein Gesicht, als würde man ihm lauwarmen Schokoladenpudding über den Kopf gießen. Aber er knurrte nicht und schnappte nicht; Gunnarsson genoss offenbar eine Art »einsichtiger Trinker-Welpenschutz«.

Dann sprach er wieder zu Lennart, der die Hand mit dem Orakelring intuitiv mit der anderen abdeckte. »Traurig, traurig das mit der kleinen Emma«, lallte Gunnarsson. »Schlimm und traurich. Werwardasnur, wermachsowas?«

»Keine Ahnung, aber vielleicht finden wir die Wahrheit ja im Haus«, lenkte Lennart das Gespräch nochmals darauf.

»In meinem Haus?«, wunderte sich Gunnarsson und deutete dabei in einer unkontrollierten und übertriebenen Geste auf sich selbst. »Na, wenn du meinscht.«

Mit diesen Worten erhob er sich wenig elegant, griff sich seine Jacke von der Stuhllehne und schaffte es tatsächlich, diese nach einigen Versuchen überzuziehen (einmal fand er das Loch des Ärmels nicht, einmal musste er sich am Türrahmen festhalten). Dann schnappte er sich eine Taschenlampe und sein Gewehr, das die ganze Zeit über griffbereit hinter ihm gestanden hatte. »Man kann ja nie wissen.« Er zwinkerte Lennart zu. »Gehen wir!«

34. Kapitel

Der Schneefall hatte nachgelassen, und zeitweise lugte sogar der Mond neugierig hinter zerfledderten Wolken hervor. Vielleicht war es diesem Umstand geschuldet, dass Lennart die Gestalt am Rande des Weges in gut hundert Metern Entfernung entdeckte. Zuerst dachte er, seine Augen spielten ihm im Wechselspiel von Licht und Schatten einen Streich, doch dann war er sicher, dass sich dort jemand an den Stamm einer Birke drückte.

»He!«, rief er. »Was machen Sie da?«

Bölthorn knurrte laut und entwickelte einen energischen Vorwärtsdrang. In Ermangelung einer mopsgerechten Bodenbeschaffenheit gab er allerdings bereits nach wenigen Tippelschritten auf. Er war bedauerlicherweise nicht imstande, bei wadenhohem Schnee eine Verfolgungsjagd aufzunehmen.

»Was?«, rief nun Gunnarsson seinerseits und verhedderte sich erfolgreich im Gurt seines übergeworfenen Gewehrs, das er sich soeben in ungelenken Bewegungen von der Schulter hatte nehmen wollen. Es fiel wieder einmal in den Schnee.

Lennart lief los. Durch das dichte, pulverisierte Weiß, in Richtung Gartentor, wo die große Birke wachte.

Eine Gestalt löste sich vom Stamm. Sie trug ein dunkles Gewand, einen Kapuzenumhang. Schwarz. Sie war groß. Einen kurzen Moment lang beobachtete sie wie erstarrt den auf sie zustürmenden Lennart.

Hinter Lennart brüllte Tjalve Gunnarsson: »Nimm das!«

Zwei brachiale, kurz aufeinanderfolgende Explosionen waren zu hören, die weit durch die Nacht hallten. Lennart zuckte zusammen und duckte sich instinktiv. Rechts neben ihm prasselte es im Unterholz. Gunnarsson hatte ihn dreist angelogen, und er hatte ihm auch noch geglaubt. Das war eindeutig Schrot! Darüber würde noch zu reden sein. Und zwar bei nächster Gelegenheit.

Als er wieder nach vorne blickte, war die Gestalt verschwunden.

Hinter Lennart erwachte ein zittriger Lichtkegel zum Leben und beleuchtete effektvoll, aber wenig hilfreich die Kronen der umstehenden Bäume. Gunnarsson mit seiner Taschenlampe.

Bölthorn kläffte und schob sich tapfer durch den Schnee.

Lennart eilte weiter, erreichte das Gartentor und trat hinaus auf den Weg. Da meinte er, in einiger Entfernung etwas zu sehen, doch er war unsicher; Konturen zerflossen in der Nacht. Schatten, Lichtfetzen, Reflexionen auf vereisten Pfützen, glitzernder Schnee. Der Mond duckte sich hinter eine Wolke. Dunkelheit. Es war, als hätte der Erdtrabant ein Bündnis mit dem Flüchtenden geschlossen.

Ein Auto wurde gestartet. Lennart rannte auf das Geräusch zu, rutschte weg, fing sich, rannte weiter. Anständig zaubern müsste man können. Aber eine Schneeschaufel durch die Nacht sausen zu lassen würde hier nicht genügen (abgesehen davon, dass keine zur Hand war). Der Wagen fuhr eilig an – ohne Licht, außer einem dunklen Rechteck in einiger Entfernung war von dem Auto nichts zu erkennen, vom Nummernschild ganz zu schweigen. Reifen drehten auf glattem Untergrund durch. Das aufheulende Motorengeräusch wurde leiser. Lennart verlangsamte seine Schritte, dachte kurz nach, dann lief er zu seinem Wagen zurück, den er vor Gunnarssons Haus abgestellt hatte, sprang hinein und ließ ihn an.

Den Typ würde er schon einholen, und wenn es Kratzer und Blechschäden kostete! Bereits nach wenigen Metern merkte er jedoch, dass irgendetwas nicht stimmte. Es steuerte sich, als sei das Fahrwerk so betrunken wie Gunnarsson; träge und verzögert, und die Reifen machten überdies Geräusche, als würde jemand mit Inbrunst ein ausgelassenes Schlauchboot massieren.

Das kam der Wahrheit leider relativ nahe.

Als Lennart die nur wenige Sekunden andauernde Verfolgung aufgegeben, gestoppt und sein Auto wieder verlassen hatte, sah er die Bescherung: Aus den Vorderrädern hatte jemand die Luft vollständig abgelassen, und der Kreis der Verdächtigen war nach den jüngsten Vorkommnissen äußerst überschaubar.

»Verflucht!«, schimpfte er und trat gegen den schlaffen Reifen.

»Was ist denn los?«, erkundigte sich Gunnarsson, der zusammen mit Bölthorn herangekommen war und Lennart ungeschickt ins Gesicht leuchtete.

Statt einer Antwort drückte Lennart zuerst die Taschenlampe weg, dann nahm er Gunnarsson erbost das Gewehr ab. »Sie sind wirklich verrückt!«, donnerte er los. »Spinnen Sie, hier in der Gegend rumzuballern? Sie hätten mich treffen können! Ich dachte, es sei keine scharfe Munition!«

»Öh, ja, das dachte ich auch«, gab sich Gunnarsson bedröppelt. »Ich hatte vergessen, in welcher Jackentasche ich welche Patronen ...«

Lennart stöhnte entnervt. Er hatte keine Lust, mit Gunnarsson darüber zu diskutieren, wie er eigentlich darauf kam, *überhaupt* diverse Munitionstypen in irgendwelchen Jackentaschen mit sich herumzuschleppen oder die Nachteile des mit sich Führens einer geladenen Schusswaffe in alkoholisiertem Zustand zu debattieren. Jedes Jahr starben in Schweden Unbeteiligte wie Spaziergänger und Blaubeerpflücker durch Schusswaffen besoffener Jäger – nun ahnte Lennart auch, wie es dazu kam.

»Was soll's. Ich lebe noch, und der Typ ist weg. Gehen wir zum Gästehaus, bevor die Polizei kommt«, fasste er sich.

»Die Polizei?«, fragte Gunnarsson überrascht und nur mäßig erfreut.

»Ja, natürlich«, entgegnete Lennart. »Sie kennen doch den Grundsatz: ›Der Täter kommt immer zum Tatort zurück‹, und vielleicht war das eben auch so.«

»Sie meinen, das war der Kerl, der die arme Emma ...«

»Gut möglich. Wer sonst würde hier nachts ums Haus schleichen?« Er griff zum Mobiltelefon und wählte den Notruf. Kurz schilderte er die Umstände, gab seinen Namen an und wo er sich befand. Die Frau am anderen Ende der Leitung versprach mit ernster Stimme, sofort jemanden vorbeizuschicken. Der Mordanschlag auf die junge Emma Mårtensson war in der Gegend ein Thema, das alle betroffen machte.

Allerdings bedeutete *sofort* bei diesen Witterungsbedingungen mindestens eine halbe bis Dreiviertelstunde Anfahrt. Die nächste Polizeistation dürfte sich in Gunnebo befinden, und zwischen dort und Skaftet lagen gut fünfundzwanzig Kilometer verschneite Landstraßen.

Lennart gab Gunnarsson die Waffe zurück. »Ich würde vorschlagen, wir vergessen die Schüsse. Aber Sie gehen dafür in Ihr Haus und bleiben da, bis die Polizei kommt. Verstauen Sie die Knarre zusammen mit den Patronen irgendwo, wo man sie nicht sieht, und räumen Sie die Flaschen weg. Das macht vermutlich einen besseren und glaubwürdigeren Eindruck, falls Beamte mit Ihnen reden wollen. Zähneputzen wäre übrigens auch nicht schlecht.«

Der alte Mann nickte und händigte ihm die Taschenlampe aus. »Der Schlüssel zum Gästehaus liegt unter der Fußmatte«, grummelte er noch, dann drehte er sich um und stapfte zurück.

Lennart ging hinüber zur Birke, wo sich die Gestalt mit dem Umhang versteckt gehalten hatte. Er hatte es Gunnarsson verschwiegen, aber selbstredend hatte er noch allzu gut die Aufnahmen der Überwachungskamera vor Buri Bolmens Laden in Erinnerung. Ein großer Mann mit dunklem Umhang, der sich behände und schnell bewegte. Der Leierkastenmann hingegen war ein Freund theatralischer Auftritte mit gefrorenem Regen und würde wahrscheinlich nicht mit dem Auto kommen, sondern in einer Kutsche mit davorgespannten fliegenden pechschwarzen Einhörnern. Oder so.

Also war das hier kein magischer Besuch gewesen. Oder doch? Er, Lennart, konnte schließlich auch zaubern (ein klein wenig zumindest) und benutzte zwecks Transport ein recht irdisches Fahrzeug namens Automobil. Möglicherweise waren die besenreitende Hexe und der durch die Lüfte schwebende Zauberer nur mediengemachte Klischees und romanerdachte Hirngespinste.

Die Spuren am Fuße der Birke jedenfalls wirkten äußerst unmagisch und waren keine Einbildung. Ob sie der Polizei weiterhelfen würden, wagte Lennart jedoch zu bezweifeln, denn es schneite immer noch, und er konnte darüber hinaus nicht einen einzigen Abdruck ausmachen, der nach seinem Dafürhalten verwertbar gewesen wäre. Aber zumindest waren sie der physische Beweis, dass der Kerl im schwarzen Kapuzengewand mit beiden Beinen fest auf dem Boden gestanden hatte. Schweben hätte keine Spuren hinterlassen.

Bölthorn schnüffelte im Schnee herum, hob den Kopf, sah Lennart an (kleine Mondspiegelung auf großem Mopsauge) und schnüffelte dann weiter, den Kopf tief gesenkt, die platte Nase wie ein Schneepflug im kalten Weiß vergraben. Endlich setzte er sich und schien nachzudenken. Wieder blickte er zu Lennart, legte den Kopf schief und nickte, als habe er einen Zusammenhang zwischen dem soeben Erschnüffelten und einem tief in seinen Erinnerungen abgelegten Geruchsprofil hergestellt. Wieder nickte er, diesmal, als sei er sich seiner Sache sicher.

Lennart machte einen Schritt auf ihn zu. »Weißt du, wer das war?«

Bölthorn schüttelte den Kopf. Ohrspitzen und Lefzen wackelten im Taschenlampenlicht.

»Aber du kennst den Geruch?«

Der Mops nickte.

»Du kennst den Geruch, kannst ihn aber nicht zuordnen?«, präzisierte Lennart seine Frage.

Wieder nickte Bölthorn.

»Okay, aber das hilft uns im Moment leider nicht weiter. Komm, wir gehen!«

Während sie durch den Schnee zu Gunnarssons Gästehaus liefen, überlegte Lennart, dass es doch eine technische Möglichkeit geben musste, ein Taschengewitter zu erzeugen, sozusagen »ein Miniunwetter *on demand*«. Es wäre mehr als nur hilfreich, wenn er sich mit Bölthorn fernab der heimischen Plasmalampe austauschen wollte oder musste. Ein klarer Auftrag für Frederik Sandberg!

Einen Hausschlüssel unter der Fußmatte zu verstecken war dermaßen antiquiert und ideenlos, dass es beinahe schon wieder ein perfektes Versteck darstellte. Lennart hob den Schlüssel auf, beleuchtete das Schloss und öffnete die Haustür.

Nur Skaftets besondere geographische Lage konnte den einzigen nachvollziehbaren Grund darstellen, so eine Bruchbude zu mieten. Es waren vermutlich die Fischgewässer, zwischen denen die weit verstreute Häuseransammlung, welche man kaum als Ort bezeichnen konnte, eingeklemmt war: Östlich von Skaftet lag der große Binnensee Toven und westlich das Baltische Meer. Doch das Ambiente der Inneneinrichtung ertrug man wirklich nur, wenn man täglich mindestens einen ein Meter langen Dorsch oder Hecht als Entschädigung fing, stellte Lennart fest, nachdem er das Licht angemacht hatte.

Dazu kam, dass man es hier in Skaftet mit der Tatortreinigung offensichtlich nicht ganz so genau nahm wie in Göteborg. Lennart stand inmitten einer dünnen, eingetrockneten Blutspur, die sich, stärker werdend, den Dielenboden entlangzog, um schließlich im Dunkel des angrenzenden Raumes zu verschwinden. Es war Emmas Blut, keine Frage. Selbst Bölthorn schien berührt von diesem Umstand, und folgte Lennart mit eingezogenem Schwanz durch den Flur ins Wohnzimmer, wo sie vor dem Sofa schließlich eine dunkelbraune Lache vorfanden. Lennart schluckte. Bölthorn auch.

Lennart sah sich um. Eine zeitlich überkommene und lieblose Innenausstattung. Bilder vom Flohmarkt (so wirkten sie wenigstens), nikotingelbe Gardinen, Holzdielen am Boden und an der Decke eine Holzvertäfelung, die Wände mit einer welligen Efeu-Ornament-Tapete beklebt, eine Vitrine, ein Röhrenfernseher, diverse Vasen, die sich nach Frühlingsblumen sehnten. Oder zumindest nach frischen Kunstblumen, die noch nicht völlig verblichen waren.

Er ging in die Küche. Derselbe Eindruck. In beiden Schlafzimmern ebenfalls, das Bad sauber, aber mit Schimmel in der Dusche und einem grau melierten PVC-Boden, der an verwaschene Cordhosen aus einer Altkleidersammlung erinnerte.

Was zur Hölle hatte Emma Mårtensson hier gewollt? Hatte sie sich nur versteckt? Wenn ja, warum und vor wem? Er schaltete das Licht in der Nasszelle aus und machte sich auf den Weg in Richtung Ausgang. Doch mitten im Flur hielt er inne. Fehlende Tatortreinigung hatte nicht nur Nachteile. Auf dem Boden lagen kleine, undefinierbare Dreckkrümel, Fusseln und altes Laubgerippe. Das waren frische Spuren. Lennart sah hoch und entdeckte die in die Decke eingelassene Luke zum Dachboden.

Sein Gefühl sagte ihm, dass dort oben eine Antwort auf ihn wartete.

Er holte den in der Ecke stehenden Stuhl und stieg darauf. Dann griff er nach dem Verschluss, öffnete die Klappe und zog die Leiter zu sich herunter. Sofort rieselten ihm Dreck und Staub ins Gesicht, kalte Luft fiel auf ihn herab wie ein körperloser Schwall Eiswasser.

Er warf Bölthorn einen Blick zu, dann setzte Lennart Malmkvist seinen Fuß auf die Leiter und stieg hinauf, die Taschenlampe in der Hand und bereit, ein Geheimnis zu lüften.

35. Kapitel

In völliger Dunkelheit und bei minus elf Grad, mit mittelmäßiger bis schlechter Sicht und Straßenverhältnissen, die jedem Fahrschüler Schweiß auf die Stirn getrieben hätten, ziemlich übermüdet und mit überhöhtem Tempo quer durch Schweden zu brettern, war eigentlich keine gute Idee. Doch Lennart war getrieben.

Es gab keinen konkreten Grund, so zu rasen, keinen dringenden Anlass, und doch hatte sich die Angst mit kleinen giftigen Zähnchen in seinem Nacken verbissen, die Angst, zu spät zu kommen. Zu spät wofür? Er wusste es nicht, trat aufs Gas, das Auto brach kurz aus.

Was er jedoch wusste, war, was er gesehen hatte, dort im Haus in Skaftet, dem Feriendomizil, welches vor langen Jahren Mats Wallin gehört hatte, dem Großvater von Emma Mårtensson. Als sich im Kegel seiner Taschenlampe das Gebilde auf der Bodenplatte zu erkennen gegeben hatte, die zwischen Dreck und Staub von Jahrzehnten auf dem Dachboden verborgen gewesen war. Sie war vor kurzem erst bewegt worden.

Ein sorgfältig und wie mit einem Lötkolben eingebrannter Kreis aus Blitzen, Kreuzen, Schwertern und weiteren undefinierbaren Symbolen hatte sich auf ihr gezeigt.

Es war dasselbe Zeichen wie bei ihm im Laden, in *Bolmens Skämt- & Förtrollningsgrotta*, Ton in Ton gemalt an die Zimmerdecke des Verkaufsraumes.

Das Schutzmandala der Wächter. Eindeutig. Woher hatte Wallin davon gewusst? Nur die Wächter kannten das Mandala, und die Wächter waren Zauberer.

Dieser Umstand allein hätte ihm bereits mehr als genug zu denken gegeben, doch als er schließlich auch noch die Vertiefung unter der Platte entdeckte, war ihm heiß und kalt geworden.

Sie hatte eine Größe von etwa zwanzig auf zehn Zentimeter – darin hätte man bequem etwas unterbringen können. Zum Beispiel ein altes Schriftstück.

Und dies ließ nur einen Schluss zu: Ob es Mats Wallin oder jemand anders gewesen war, an dieser Stelle hatte man noch bis vor kurzem etwas versteckt gehalten. Eines der Dunklen Pergamente von Olav Krähenbein. Eine andere Erklärung war möglich, aber kaum wahrscheinlich.

Das gab dem Anschlag auf Emma ein düsteres Motiv.

Das gab dem unbekannten Täter ein Ziel.

Das gab allerdings leider auch neue Rätsel auf.

War Wallin ein Wächter? War er es gewesen, oder lebte er noch? Hatte Emma recht und ihn nach all den Jahren gesehen, ihn irgendwo erkannt?

Oder war er ein Dieb, dem man seine Beute nun selbst abgenommen hatte? Oder hatte er selbst gar nichts davon gewusst, und jemand anderes hatte sein Haus als Lagerstätte und Versteck missbraucht?

Wenn Emmas Attentäter der Kapuzenmann gewesen war (was für Lennart außer Zweifel stand), warum war dieser dann zurückgekommen? Hatte er das Pergament doch nicht? Und wenn nein, wer hatte es dann?

Ganz gleich, wie die Antworten lauteten, fest stand: Wallins Dunkles Pergament war verschwunden, und das war überhaupt nicht gut, wenn man den uralten Geschichten Glauben schenkte.

Plötzlich krallte Lennart die Hände ans Lenkrad und drückte mit weit aufgerissenen Augen das Bremspedal bis zum Bodenblech durch. Das ratternde ABS tat alles, um den Wagen in der verschneiten Spur zu halten, bis er endlich unversehrt zum Stehen gekommen war.

Ein Elch mit riesigem Geweih stand ungerührt im Schein des Fernlichtes und blickte Lennart beinahe gelangweilt an. Lennart schaltete auf Abblendlicht und hupte mehrmals. Als er wieder aufblendete, war das langbeinige Tier im angrenzenden Wald verschwunden. Durch die Notbremsung aus dem Schlaf gerissen, war die negativ beschleunigte Masse des schlummernden Bölthorn unter einem äußerst befremdlich klingenden Grunzen zwischen Rückbank und Fahrersitz geflutscht, wo er sich mit seinem birnenförmigen Mopskörper unglücklich verklemmt hatte. Jetzt, da er sich mühevoll und mithilfe strampelnder Pfoten aus seiner Zwangslage befreit und die Rückbank wieder erklommen hatte, quittierte er Lennarts sorgenvollen Rückspiegelblick mit einem verärgerten Knurren und ungehalten blitzenden Augen.

»*Sorry!* Ich fahre ab sofort langsamer, okay?«, entschuldigte sich Lennart kleinlaut. Sein Puls war noch immer leicht erhöht. Er beschleunigte sanft und nahm sich gleichzeitig fest vor, die Durchschnittsgeschwindigkeit der weiteren Reise deutlich zu senken. Tot würde er überhaupt kein Rätsel mehr lösen, und er hatte schließlich die Verantwortung für Bölthorn. Und im Himmel würde er mit Sicherheit Marias Pasta vermissen. Während er in angemessenem Tempo die Landstraße entlangfuhr, grübelte er weiter.

Tjalve Gunnarsson hatte mit der ganzen Sache nichts zu tun. Davon war Lennart zweifelsfrei überzeugt. Dieser Typ war zugegebenermaßen verschroben, war Alkoholika in einer seiner Reaktionsfähigkeit und seinem Sozialverhalten nicht zuträglichen Menge zugetan und legte überdies trotz

Ehefrau (wenn die überhaupt wegen ihrer Hüfte zur Kur war und nicht wegen ihres Gatten) deutlich einsiedlerische Tendenzen an den Tag, aber zu einem Mord oder Mordversuch war er definitiv nicht fähig. Höchstens aus Versehen, weil er dann und wann Platzpatronen mit scharfer Munition verwechselte. Das konnte ja mal passieren. Auf Emma hingegen war in professioneller Manier ein Anschlag verübt worden. Das war nicht Gunnarssons zittrige Handschrift, dieses Verbrechen war geplant, skrupellos und zielgerichtet erfolgt.

Die herbeigerufene Polizei aus Gunnebo war auch dieser Ansicht gewesen. Das hatten die Beamten nicht gesagt, aber Lennart hatte es gespürt. Sie schienen Gunnarsson zu kennen und hätten ihn wohl eher der Schwarzbrennerei und steuerfreien Ferienhausvermietung verdächtigt, als ihn einer vorsätzlichen Gewalttat für fähig zu halten. Die beiden Beamten hatten die Aussagen von Gunnarsson und Lennart aufgenommen, hatten sich die Fuß- und Wagenspuren des Geflohenen angeschaut, waren diesbezüglich zu demselben Ergebnis wie Lennart gekommen (nämlich, dass weder die einen noch die anderen ermittlungstechnisch großartig verwertbar waren), hatten trotzdem ein paar Fotos gemacht, hatten sich erkundigt, ob außer Lennarts Reifen noch etwas oder jemand zu Schaden gekommen sei, und schließlich waren sie eine gute Stunde und eine Tasse Kaffee später wieder in ihren weiß-blauen Volvo gestiegen und ohne Blaulicht davongefahren.

Die ersten polizeilichen Ermittlungsergebnisse mochten vielleicht ernüchternd gewesen sein; Lennarts eigene mitnichten. Nachdem Gunnarsson Lennarts Reifen repariert hatte – aus einer Ecke seiner vollgestellten Scheune hatte er einen Kompressor und aus einer Keksdose (!) zwei passende Ventile hervorgekramt –, hatte er noch so ganz nebenbei erwähnt, wo genau Mats Wallins Auto damals gefunden worden war und wo sich die Höhle befand, von der auch Emmas Mutter berichtet hatte.

Lennart hatte sich daraufhin noch einen Kaffee aus Gunnarssons hässlicher Thermoskanne genommen – das Zeug schmeckte widerlich, machte aber höllisch wach! –, dann hatte er sich ins Auto gesetzt und war losgebraust. Gunnarsson hatte noch vom Gartentor aus gewinkt. Wahrscheinlich weil er heilfroh gewesen war, diesen Besuch endlich wieder los zu sein. Vielleicht aber auch, weil Lennart ihm die Reste von Marias gigantischem Picknick (natürlich war noch etwas übrig!) dagelassen hatte.

Als Lennart am Ende des befahrbaren Weges etwa zehn Kilometer südlich von Skaftet Halt machte und mit Bölthorn ausstieg, war es so kalt geworden, dass er ernsthaft darüber nachdachte, gleich wieder einzusteigen und den ganzen Quatsch sein zu lassen. Was dachte er zu finden? Er war müde und fror. Doch er nahm sich zusammen und zog sich die Kapuze seiner Daunenjacke über, den Reißverschluss bis unters Kinn hoch und die dicken Handschuhe an. Laut Gunnarssons Beschreibung hatte er noch einen Fußweg von knapp einem Kilometer vor sich; selbst im Sommer wäre der Pfad zur Höhle von Äskestock allenfalls mit einem Mountainbike oder einer Cross-Maschine zu bewältigen gewesen, keinesfalls mit einem Auto.

Es ging über Stock und Stein, durch verschneite Senken und über kleine Anhöhen, über zugefrorene Bäche und kleine Eisflächen. Fast eine halbe Stunde benötigten sie für die kurze Strecke, dann erhob sich rechts von ihnen ein auffälliger Hügel, der aussah wie ein mächtiger, in der Mitte auseinandergeplatzter Backenzahn. Oben spärlich mit knorrigen Bäumen und Gestrüpp bewachsen und zu ihren Füßen eingebettet ins Weiß des totenstillen Waldes, erhob sich die Felswand wie ein Monolith aus der Umgebung, zwanzig, vielleicht dreißig Meter hoch. Die Rückseite schien abgerundet zu sein, weniger schroff, doch die der Baltischen See zugewandte Front war eine zerklüftete Fläche grauen Felsgesteins mit Rissen, Vorsprüngen und Ablagerungen von vereistem Geröll. Wäre Lennart Wikinger gewesen, so kam er mit sich überein, hätte auch er diesen Ort als Kultplatz gewählt. Etwas Mystisches ging von ihm aus, das zugleich kraftvoll war und bedrohlich.

Lennart leuchtete mit Gunnarssons Taschenlampe hinauf auf das kleine Plateau, das sich in gut zehn Metern Höhe über ihnen befand. Er entdeckte ein gähnendes Loch, das ins Innere der Erde führte. Das musste der Zugang zur Höhle sein. Direkt vor Lennart waren Felsbrocken unterschiedlicher Größe angehäuft worden, die treppenförmig nach oben führten. Ob nun von Völkern vergangener Zeiten oder vom Schwedischen Amt für Denkmalschutz, konnte man nicht sagen. So oder so, das war für einen Mops nicht zu schaffen.

»Willst du mit? Dann muss ich dich tragen«, sagte Lennart zu Bölthorn.

Der schaute ihn an, dann die Felsformation, schließlich nickte er.

Lennart hoffte, niemand würde ihn sehen, und war das erste Mal an diesem Wintertag froh, dass es kalt, spät und vor allem dunkel war. Drei Gründe, die gegen eine Schar Besucher sprachen, die sich vielleicht aus geschichtlichem Interesse auf den Weg gemacht haben könnten, um ebenfalls die Höhle von Äskestock zu besuchen. Es musste einfach absolut lächerlich aussehen, wie ein erwachsener Mann einen verkrampften (und definitiv übergewichtigen) Mops mit einer Hand auf der eigenen Schulter balancierte, während er mit der anderen versuchte, zugleich den Weg auszuleuchten und den Aufstieg zu sichern. Vielleicht hätte er die Taschenlampe einfach Bölthorn ins Maul klemmen sollen, dann hätte er eine Art Stirnlampe gehabt und wenigstens eine Hand frei ...

Es waren lange und mühevolle Meter. Dazu kam, dass sich Bölthorns konturloser Körper durch diese Transportweise zwangsläufig sehr dicht an Lennarts Sinnesorganen befand, was ihn zusätzlich antrieb – der Mops müffelte ein wenig wie ein altes, klammes Brathähnchen.

Als Lennart nach anstrengenden und konzentrierten Minuten endlich oben angekommen war und Bölthorn vorsichtig von der Schulter nahm, musste er sich erst einmal kurz hinhocken, um etwas Atem zu schöpfen. Nach einer Weile erhob er sich wieder und richtete den Lichtkegel auf das etwa mannshohe Loch in der Felswand.

Neugierig trat er näher, und sogleich kam das Gefühl zurück, das er bereits am Fuße der Felsformation wahrzunehmen geglaubt hatte. Eine krude Mischung aus Bedrohung und Kraft. Dazu kam nun noch ein weiteres Element, das die ganze Angelegenheit emotional nicht wirklich verbesserte: Spuren von Magie.

Der Höhleneingang wurde zum Tunnel, verschluckte Lennart und Bölthorn, der ihm nacheilte. Feuchte Felsen glänzten grau und schwarz, der Boden war nur noch Geröll; knirschend hallten Lennarts Schritte in dem unendlichen Schlund. Und seltsam war, dass es bereits nach wenigen Metern wärmer wurde. Bald schon war der kleiner werdende Ausgang nicht mehr als ein faustgroßer Fleck aus Resten von dünnem Mondschein.

Nach einigen weiteren gestolperten Schritten stieß Lennart einen leisen Fluch aus. Bölthorn schloss zu ihm auf. »Da kommen wir nicht weiter«, kommentierte Lennart das massive Gitter aus rostigen Stäben, das sich ihnen nur wenige Meter entfernt trotzig in den Weg stellte. Er ging bis an die Absperrung heran und rüttelte an den Stäben, um sich eine nutzlose Bestätigung dessen einzuholen, was ihm ohnehin sofort klar gewesen war: Hier war Schluss mit der Höhlenwanderung! Zaubern müsste man können ...

Da fiel Lennart eine Hinweistafel am Rand des versperrten Eingangs auf. Im Format klein wie ein Stück Briefpapier und eng beschrieben, war sie kaum zu entziffern. Lennart hielt die Taschenlampe darauf und ging so nah heran, bis er lesen konnte, was man vor Jahren auf die mittlerweile verwitterte Tafel graviert hatte.

Und was er dort las, konnte er kaum fassen.

Die **Höhle von Äskestock** ist der Eingang zu einem unterirdischen Höhlensystem, das während der letzten großen Eiszeit entstand. Vermutlich wurde es seit Jahrtausenden von Menschen genutzt und gilt daher als ein bedeutender archäologischer Ort. Glaubt man den Sagen und Mythen um Olav I. Tryggvason, auch genannt Olav Krähenbein, so wurden hier zwischen 950 und etwa 1000 v. Chr. okkulte Riten betrieben und Schätze vergraben. Der Zugang wurde verschlossen, nachdem ein Hobbyarchäologe diesem Geheimnis in den kilometerlangen Gängen auf eigene Faust nachging. Er konnte trotz intensiver Suche durch die Behörden und Freiwillige bedauerlicherweise nicht mehr gefunden werden und gilt als verschollen. Der Zutritt ist Unbefugten seither untersagt.
Haddings kulturhistoriska stiftelse, Stockholm, 1990.

36. Kapitel

Das Orakel dachte nicht im Traum daran, noch einmal mit Lennart zu sprechen. Über eine verzweifelte Stunde hatte er vor der geöffneten Keksdose gesessen und die ihm bestmöglichen Reime erdacht. Es waren sogar welche darunter gewesen, für deren Qualität er sich nicht in Grund und Boden schämen musste – er hatte die leidgeprüfte Bitte des Orakels schließlich nicht vergessen.

Es hatte alles nichts genutzt.

Der Keksdosendeckel stand schief und sperrangelweit auf, Lennart hatte immer noch den Ring am Finger, er reimte, was das Zeug hielt, doch kein bläuliches Licht erschien, kein geheimnisvoller Nebel waberte über den Keksdosenrand, keine hohldumpfe Stimme ertönte aus den Weiten des Unbegreiflichen.

Kurz vor drei am Morgen gab Lennart total übermüdet und erschöpft auf, begab sich nach oben in seine Wohnung, wo er sich aufs Bett warf und sofort einschlief.

Es war bereits früher Nachmittag, als Lennart endlich wieder erwachte. Er hatte gut elf Stunden geschlafen, fühlte sich aber trotzdem, als habe er vor dem Schlafengehen noch ein Fass Met getrunken und sei danach von einem Trecker überrollt worden.

Leicht benommen und mindestens so ratlos wie am Vortag machte er sich einen Kaffee und rief Frederik an, um ihm von seinen neusten Erlebnissen zu berichteten. Es tat gut, seine Stimme zu hören – auch wenn sie von der vergangenen ›Star Wars‹-Nacht noch hörbar gezeichnet war. Frederik hörte schweigend zu und wusste sich auch keinen Reim darauf zu machen, was Hadding mit einer Kulturstiftung zu tun hatte, die eine Höhle verbarrikadieren ließ, in der ausgerechnet Emmas Großvater spurlos verschwunden war. »Ich sehe zu, was ich über diese Stiftung herausbekomme«, versprach er. »Im Internet steht nicht viel, sagst du?«

»Nein, leider«, antwortete Lennart. »Eine offizielle Seite und viel Blabla, aber nichts darüber, was die eigentlich wirklich machen. Nur dass unser Freund Harald Hadding diese Stiftung von seinem Vater übernommen hat«, bestätigte Lennart. »Ach, noch was«, fiel ihm plötzlich ein. »Meinst du, es gibt eine Möglichkeit, so eine Art mobiles Gewitter zu konstruieren? Wie deine Plasmalampe, nur tragbar oder so.«

»Mobiles Gewitter?«, fragte Frederik ungläubig nach. »Tragbare Plasmalampe? Spricht der Mops etwa wieder?«

»Nein, Quatsch!«, wiegelte Lennart hastig ab (dachte dabei allerdings: Schon, aber ich hör' ihn nicht!). »Ich kann nur so gut ... so gut nachdenken, während ich dieses interessante Naturphänomen beobachte«, log er. »Es wäre mir eine Art Denkhilfe für unterwegs, wenn du verstehst, was ich meine.«

»Geht so«, sagte Frederik. »Aber gut, ich schaue mal, ob mir dazu etwas einfällt. Mit deiner Website für den Laden habe ich übrigens schon angefangen. Ich melde mich, dann machen wir etwas aus, ich zeige dir meinen Entwurf, und danach gibt's Pizza, okay?«

»So machen wir's«, gab sich Lennart einverstanden. »*Hej då*, Frederik. Und danke für deine Hilfe.«

»Kein Thema. Grüß Bölthorn von mir. Bin gespannt, was er dazu meint.«

»Wie bitte?«, fragte Lennart verdattert.

»Nur ein Späßchen. Mach's gut!«
Nach dem Telefonat ging Lennart sein Gehirn lüften. Bölthorn musste ohnehin raus. Das passte. Zwar würde er den in die Jahre gekommenen Mopsrüden wohl kaum seine üblichen sieben Kilometer in Joggingbestzeit durch den Stadtpark hetzen können, aber die halbe Distanz sollte er unbeschadet überstehen. Lennart hatte ja nun gesehen, dass diesem unterschätzten Hund sehr wohl Energie und Kraft innewohnten, die dieser bei Bedarf zu mobilisieren wusste.

Es war kurz vor halb vier, als Lennart zurückkam, sich duschte, noch im Bademantel Bölthorn etwas Trockenfutter gab und sich selbst ein Sandwich zubereitete. Er setzte sich an den Küchentisch, biss in seinen Krabbensalattoast, trank einen Schluck Wasser und dachte nochmals intensiv über das Für und Wider seiner Entscheidung nach, die er während des Joggens gefällt hatte. Er überlegte, was genau er erzählen und was er weglassen sollte, doch er sah keine andere Möglichkeit, um an irgendwelche erhellenden Informationen zu kommen. Er fischte sowieso im Trüben, und vielleicht würden weitere anfangs scheinbar sinnlose Mosaiksteine am Ende Stück für Stück doch ein klares Bild ergeben, etwas, das ihn zu den gestohlenen Pergamenten und somit auch zu Buri Bolmens Mörder führen könnte.

Außerdem gab es noch einen triftigen Grund, anzurufen. Wenn der Mann gestern in Skaftet und Emmas Täter tatsächlich ein und derselbe waren, was hielt diesen Irren davon ab, die begonnene Tat zu Ende zu bringen und Emma zu ermorden? Je länger er darüber sinnierte, desto logischer erschien es Lennart, dass Emma Mårtensson noch immer in großer Gefahr schwebte. Das Bild dieser hilflosen jungen Frau mit ihren weichen, mädchenhaften Zügen ging ihm seit dem Besuch in der Klinik in Oskarshamn nicht mehr aus dem Kopf. Er würde es sich niemals verzeihen, wenn ihr etwas zustieße. Das war er ihr und ihrer Mutter schuldig, der er es versprochen hatte.

Schließlich griff Lennart zum Telefon.

»Polizei Göteborg.« Eine weibliche Stimme.

»Lennart Malmkvist, hej. Besteht die Möglichkeit, mit Kommissar Nilsson in Kontakt zu treten, heute, am Sonntag?«

»Wer spricht da? Können Sie bitte Ihren Namen wiederholen? Von wo aus rufen Sie an?« Die Stimme hatte Verhörcharakter.

»Lennart Malmkvist ist mein Name. Wohnhaft im Västra Hamngatan Nummer sechs, zweites Obergeschoss, Eingang rechts, wenn Sie es genau wissen möchten. Kommissar Nilsson war mit einem Mordfall hier im Haus betraut und kennt mich.«

»Worum geht es?«, fragte die Frau. Sie schrieb offenbar mit.

»Ich möchte einige Angaben zum Fall Emma Mårtensson machen. Kann ich ihn irgendwie erreichen?«

»Kommissar Nilsson hat heute frei. Versuchen Sie es am Montag wieder. Mobilnummern geben wir nicht preis. Soll ich etwas ausrichten?«

»Ja. Falls Sie ihn erreichen können, richten Sie ihm freundlicherweise aus, er möge mich doch bitte umgehend zurückrufen. Ich bin auf meinem Handy zu erreichen, die Nummer hat er«, sagte Lennart und verabschiedete sich.

Kurz überlegte er, dann kramte er die Nummer von Maja Tysja aus dem Portemonnaie, die sie ihm – zusammen mit dem überraschenden Kuss – in fein geschwungener Handschrift rückseitig auf ihrer Visitenkarte hinterlassen hatte.

Dieser Teilnehmer ist vorübergehend nicht erreichbar. Tut-tut-tut-tut ...

Lennart schrieb ihr eine SMS.

Bitte melden Sie sich bei mir. Es geht um Emma Mårtensson. Ist dringend. L. Malmkvist.

Er legte das Telefon beiseite, aß in Ruhe seinen Krabbentoast auf, blickte eine Zeit lang aus dem Küchenfenster in die schon wieder heraufziehende Dunkelheit, wünschte sich den Sommer zurück, wo es manchmal warm und bis weit nach Mitternacht hell war, dann zog er sich an und ging hinunter in seinen Laden.

37. Kapitel

Es war finster in *Bolmens Skämt- & Förtrollningsgrotta*. Regale und Artefakte waren dunkelgraue Formen, nicht mehr. Vom Schachbrett am Boden konnte man nur die weißen Fliesenquadrate undeutlich ausmachen, die sich zudem nach hinten in einer konturlosen Gleichförmigkeit verloren. Er mochte seine Heimat sehr, doch manchmal wünschte Lennart sich, in einem helleren Land zu leben, in dem es um diese Jahreszeit nicht bereits um kurz nach drei dunkel wurde.

Er ging hinüber in die Werkstatt und knipste das Licht an. Gerade wollte er auch die Plasmalampe anschalten (es gab ja ein paar Dinge mit einem gewissen Mops zu besprechen), da klopfte es an der Ladentür.

Bölthorn knurrte und trabte los.

Verwundert ging ihm Lennart hinterher, um nachzusehen, wer das wohl sein konnte. Besuch erwartete er keinen. Obwohl, dachte er bei sich, vielleicht war es ja Kommissar Nilsson, der seine Nachricht im Präsidium erhalten hatte und nun gleich vorbeigekommen war. Oder Maja Tysja.

Bölthorn hockte sich neben die Tür und knurrte weiter.

»He, Bölthorn, ist gut. Aus! Oder so«, wies Lennart ihn etwas verunsichert an. Wie ging man mit einem Hund um, der keiner war, dessen Auffassungsgabe weit über das Begreifen einfacher Imperative hinausging? Auch darüber wäre mit Bölthorn einmal zu sprechen.

Dieser verstummte.

Lennart drehte den Schlüssel im Schloss.

Bölthorn schnüffelte, hielt inne, dann kläffte er aufgeregt.

Als Lennart ihn ansah, blickte er in riesengroße, weit aufgerissene Mopsaugen. Bölthorn schien etwas sagen, ja ihn warnen zu wollen. Jetzt spürte Lennart auch, was Bölthorn meinte ... zu spät!

Die Tür wurde mit unglaublicher Wucht aufgestoßen, Lennart wurde an der Brust und im Gesicht wie von einem Fausthieb getroffen und fiel nach hinten um. Blut lief ihm aus der Nase, sein Kinn pochte. Als er aufblickte, erschrak er.

Vor ihm erhob sich ein großer Mann in einem schwarzen Umhang aus dickem Stoff, den Kopf mit einer Kapuze verhüllt, die keinen Quadratzentimeter seines Gesichtes preisgab und die Identität des Trägers vollkommen in ihrem Schatten verbarg. Mit der einen Hand schloss der Mann die Ladentür hinter sich ab, ohne Bölthorn und Lennart aus den Augen zu lassen, in der anderen hielt er eine Pistole mit Schalldämpfer. Keine Frage, das war der Typ, den er bei Gunnarsson in Skaftet gesehen hatte, und vermutlich auch derjenige, der versuchte hatte, Emma Mårtensson zu töten.

Wie zum Hohn kicherte die Hexe, als die Tür geschlossen wurde. Sie schien sich heute ganz besonders prächtig zu amüsieren, eine Gefühlsregung, die Lennart in diesem Moment so gar nicht teilen konnte.

Denn erschreckend war nicht nur die Pistole, erschreckend war vor allem die unerträgliche Ruhe und Professionalität, mit der sich der Angreifer bewegte. Seine Hand zitterte kein bisschen, sein Atem ging ruhig, ganz so, als würde er gerade etwas ganz Alltägliches tun und nicht mitten in Göteborg einen Laden überfallen und dessen Besitzer mit einer Schusswaffe bedrohen.

Diese Situation war lebensbedrohlich!

Mühsam und mit bewusst langsamen Bewegungen rappelte sich Lennart wieder hoch, wobei er sich die Hand auf Nase und Kinn presste.

Der Täter ließ ihn noch immer nicht aus den Augen. Er stand nur zwei Meter von ihm entfernt und zielte auf ihn, direkt aufs Herz. Auch Bölthorn schien den Ernst der Lage erfasst zu haben, denn er hockte sich hin und tat keinen Mucks.

»Wenn Sie Geld wollen«, sagte Lennart und hob die Arme, »dann sind Sie im falschen Geschäft. Banken und Juweliere finden Sie eher stadteinwärts.«

Zu allem Überfluss meldete sich nun auch noch sein Handy in der Werkstatt.

Der Mann deutete in die Richtung, aus der das situativ wieder einmal vollkommen unpassende ›Get Lucky‹ kam, und nickte auffordernd. Lennart verstand, drehte sich mit erhobenen Händen um und ging voraus, dem lauter werdenden Klingelton seines Telefons entgegen. Bölthorn folgte ihm. In der Werkstatt angekommen, zeigte der Mann plötzlich auf den Stuhl. Lennart kam der unmissverständlichen Aufforderung nach, Bölthorn machte neben ihm auf dem Boden Sitz. Das Lied hatte aufgehört.

»Was wollen Sie, verdammt?«, fragte Lennart. »Schauen Sie sich doch um! Glauben Sie, ich habe hier Gold versteckt? Hier gibt es nichts zu holen!«

»Doch, gibt es«, widersprach der Unbekannte und fauchte: »Wo sind die Pergamente?«

Lennart zuckte zusammen. Ihm wurde heiß und kalt. Daher wehte also der Wind. Aber woher wusste dieser Kerl überhaupt von den Pergamenten, woher, dass Buri und Wallin je eines besessen hatten? Kannte er die Verbindung zwischen den beiden? Wer war er? Und dann diese Stimme ... Lennart glaubte, sie zu kennen. Aber woher nur ...? Er fasste allen Mut zusammen und stellte sich dumm. »Was für Pergamente?«

Eiskalt hob der Mann die Pistole und schoss kommentarlos in die Plasmalampe, die mit einem dumpfen Knall implodierte. Splitter flogen umher. Lennart zog instinktiv den Kopf ein, doch ihm blieb kaum Zeit, denn mit einer kleinen kontrollierten Bewegung richtete der Mann nun die Pistole auf Bölthorn, der, sichtlich nervös, auf seinem Hintern hin- und herzurutschen begann.

»Wo sind die Pergamente?«, wiederholte er. Gleiche Tonlage, gleiche Teilnahmslosigkeit, gleiche Kälte. Größere Bedrohung.

Lennart spürte, wie sich Wut in ihm zusammenbraute und sich rund um seine innere Mitte sammelte. Seltsam. Er wusste nicht, ob das gut oder schlecht war, aber es fühlte sich merkwürdig an, ein wenig unkontrolliert. »Hören Sie«, erklärte er und konnte dabei eine gewisse Gereiztheit nicht aus seiner Stimme fernhalten, obwohl er sich redlich mühte, ruhig zu bleiben. »Ich weiß wirklich nicht, was für Pergamente Sie meinen, aber egal, welche das auch sein sollen, ich habe sie nicht, okay? Letztens wurde hier eingebrochen, und vielleicht hat man diese Pergamente gestohlen, wenn sie tatsächlich hier gewesen sein sollten.«

Der Mann verlor nun die Geduld. Er machte einen ungestümen Schritt auf Lennart zu und hielt ihm die Waffe vors Gesicht. »Der Geheimbund von Tryggvasons Erben wird dich lehren, ihn nicht anzulügen. Es geht um so viel, wie du armer Wurm es dir nicht einmal in deinen kühnsten Träumen vorstellen kannst. Ich war dabei, als sie die Amuletthälfte in Gudhem gefunden haben, diese armseligen Hobbyarchäologen, genauso wie Wallin auch dabei war. Dann hat er sie gestohlen. Aber er hat seinen Lohn erhalten. Alle, die sich gegen Olav Krähenbein wenden, werden ihren Lohn erhalten, so wie auch Wallins Enkelin ihren erhalten hat.«

»*Sie* haben versucht, Emma Mårtensson umzubringen,

und *Sie* waren das auch gestern bei Mats Wallins Haus!«, entfuhr es Lennart entgeistert.

Der Fremde lachte böse. »Schlaues Kerlchen. Du hast Wallins Pergament dort gesucht und nicht gefunden, nicht wahr?«

Lennart schwieg.

»Ha, du konntest es auch nicht finden, denn ich habe es Emma Mårtensson abgenommen. Dass sie überlebt hat, nun, das war Pech. Aber um dieses neugierige Miststück kümmern wir uns noch. Los und jetzt raus mit der Sprache. Zum allerletzten Mal. Wo ist das Pergament von Bolmen, wo ist das Pergament von Wallin?«

»Woher soll ich denn das wissen?«, fuhr Lennart wütend auf. »Ich habe Ihnen doch gesagt, dass hier eingebrochen wurde, und das Pergament von Wallin haben Sie sich selbst geholt.« In diesem Moment befürchtete Lennart, dass er es nicht nur mit einem zu allem bereiten Verbrecher, sondern obendrein mit einem Irren zu tun hatte, dem man mit logischer Argumentation wohl kaum beikommen konnte.

»Verkauf mich nicht für dumm!«, zischte der Fremde und zielte auf Bölthorn. »Bolmens hast du irgendwo versteckt, und das von Wallin hast du mir gestohlen!«

»Was? Ich? Sind Sie verrückt geworden? Wo, wie und wann soll ich denn dann Ihres gestohlen haben? Ich weiß ja nicht einmal, wo Buri Bolmens ist, geschweige denn, wo Sie Wallins aufbewahrt hatten!«, rief Lennart außer sich. »Wer zur Hölle sind Sie?«

Der Mann zögerte irritiert, schien nachzudenken. Lennarts ehrlicher Gefühlsausbruch ließ ihn offenbar zum ersten Mal überhaupt in Erwägung ziehen, dass sein Gegenüber vielleicht tatsächlich nichts wusste. Er senkte die Pistole und machte einen Schritt zurück, ließ aber Lennart und Bölthorn nicht aus den Augen. Dennoch wirkte es weit weniger entschlossen als noch vor wenigen Minuten, ja beinahe ratlos.

Und es wurde nicht besser, als mit einem Mal wie aus dem Nichts grausig dudelnde Töne zu hören waren. Anfangs schien es dem Mann nicht aufzufallen. Sie klangen, als kämen sie aus weiter Entfernung, von der Straße her, vom Västra Hamngatan. Doch dann wurden sie langsam lauter, deutlicher, verdichteten sich zu Musik, kamen näher und näher.

Lennart hingegen wusste sofort, was das war, nur nicht, ob er sich fürchten oder freuen sollte. Steckten die beiden Irren unter einer Decke?

Es war ein Leierkasten, der nun so deutlich zu hören war, als stehe der, der das Instrument mit skelettartigen Klauen bediente, bereits mitten im Verkaufsraum.

Das verwirrte den Mann mit der Waffe nun auch sichtlich. Er wurde nervös und fuchtelte mit seiner Pistole herum. »He, wer ist da?«, rief er und zielte dabei auf den Vorhang des Durchganges, dann wieder auf Lennart. »Was ist das für eine Scheiße hier? Willst du, dass ich dich fertigmache, oder was?«

Die Musik wurde lauter und lauter. Bald füllte sie den ganzen Raum aus. Es leierte grausig schief und krumm, pfeifende Töne, die in den Ohren schrien, dumpfe Flöten, die den Magen zum Vibrieren brachten. Eine furchtbare Melodie, die wie ein düsteres Omen klang.

Der Mann hielt sich ein Ohr zu und schoss gleichzeitig mehrmals panisch in den Vorhang.

Lennart schloss die Augen.

Gegner? Einer oder beide?

Tod oder Leben, was spielte das für eine Rolle?

Solar Plexus ordnen.

Ruhe. Anspannen. Konzentration bis zum Zerreißen.

blāðrā lāfā rīðā vāgā vāþþā!

Unvermittelt machte er die Augen auf, zeigte aufs Aktenregal, dann blitzschnell mit der rechten Hand auf den Mann mit dem Umhang – und ließ mit einem Mal alle Anspannung los, ließ der Energie ihren Lauf.

Sofort lösten sich alle Ordner mit Getöse aus dem Regal. Sie schossen heraus und donnerten auf den Mann im Umhang herab. Der zappelte herum, versuchte verzweifelt, sich mit den Armen vor Dutzenden von Schlägen zu schützen. Doch es prasselte auf ihn ein, Ordner um Ordner – auf Kopf, Hals, Brust, Beine, Arme und Unterleib. Schließlich traf ihn einer mit voller Wucht im Nacken, und er brach unter Stöhnen zusammen. Die Pistole flog ihm in hohem Bogen aus der Hand und landete direkt neben Lennart, vor der Tür zu Buri Bolmens ehemaliger Wohnung. Die Ordner begruben den Mann unter sich, er bewegte sich nicht mehr.

Der Leierkasten verstummte.

Bölthorn winselte leise.

Lennarts Herz raste wie nach einem Hundertmeterspurt.

Und dann ...

... war er plötzlich da.

Die fleischlosen Finger noch an der Kurbel seines Instrumentes, von dem schmelzender Schnee herabtropfte. Groß und hager, mit kaltem Antlitz, ohne Leben, ohne Mitgefühl und ebenfalls in einen zerschlissenen schwarzen Kapuzenumhang gehüllt. Lennart meinte zu spüren, dass es diesem Wesen nichts bedeutete, alles zu vernichten, was sich ihm in den Weg stellte.

Der Leierkastenmann schob seine Kapuze ein wenig zurück und betrachtete mit der abgrundtiefen Schwärze seiner seelenlosen Augen den vor ihm liegenden und von Aktenordnern begrabenen Mann. Dann verzog sich sein Gesicht zu einer Fratze, und etwas, das entfernt an ein Lachen erinnerte, quoll aus seinen vertrockneten Lippen.

»Gut gezaubert, Lennart Malmkvist. Für den Anfang gut«, bemerkte er. »Doch du solltest vorsichtiger sein.« Er starrte Lennart an.

Der rief: »Was willst du von mir? Verschwinde!«, und sprang vom Stuhl auf.

Der Leierkastenmann machte eine Handbewegung, so beiläufig und bedächtig, als würde er eine Fliege in Zeitlupe verscheuchen wollen. Augenblicklich wurde Lennart zurückgeworfen, prallte mit dem Rücken gegen die Lehne und mit dem ganzen Stuhl gegen die Werkbank. Bölthorn sprang erschrocken zur Seite.

Das Gesicht des Leierkastenmannes war plötzlich ganz nah, es streckte sich in einer physiologisch unerklärlichen Widerlichkeit vom dürren Körper weg und Lennart entgegen. »Versuche nicht, dich mit mir zu messen. Das kannst du nicht, und du wirst es niemals können!« Sein Atem war kalt und roch nach Teer. »Versuche es nicht, sonst geht es dir wie Buri Bolmen.«

»*Du* hast ihn auf dem Gewissen«, stammelte Lennart. »Mörder!«

»Ein Mörder, der bin ich wohl. Aber der alte Narr hat sich selbst auf dem Gewissen. Oh, sieh nur, du trägst seinen Ring. Haha. Ein Stück von ihm habe ich dagelassen, aus gutem Grund, nicht wahr?«

Plötzlich änderte sich sein Gesichtsausdruck, er richtete seine Kapuze und schnipste mit den Fingern. Kurz klang es, als seufze ein Sommerwind, dann zerplatzte ein gleißender Blitz mitten im Raum und blendete Lennart. Er hielt schützend die Hand vor die Augen und wandte den Blick ab, und als er wieder hinsah, war der Leierkastenmann mitsamt seinem kakophonischen Instrument verschwunden.

38. Kapitel

»Hallo? Ist hier jemand? Herr Malmkvist, sind Sie da?«

»Hier hinten!«, rief Lennart erleichtert. »In der Werkstatt!«

Ein paar Sekunden später erschien Maja Tysja im Durchgang und steckte den Kopf durch die beiden Vorhanghälften herein.

»Was ist denn hier los?«, rief sie, als sie erkannte, dass sich in den letzten Minuten diverse Vorfälle zugetragen haben mussten, die mit dem einen oder anderen schwedischen Gesetz unter Umständen nur schwer in Einklang zu bringen waren. Angespannt betrat sie die Werkstatt, wusste aber offenbar nicht so recht, auf wen oder was sie sich zuerst konzentrieren sollte.

Zu ihren Füßen lag jemand in einem schwarzen, mönchsähnlichen Kapuzengewand unter einem Berg von Aktenordnern begraben. Das musste erstmal befremdlich anmuten, genauso wie die Pistole mit Schalldämpfer auf dem Boden neben Lennart, daneben der dicke Mops, der sie hechelnd (und prüfend – aber das merkte sie vermutlich nicht) ansah.

Den Raum sondierend, bückte sie sich blitzschnell, hob die Pistole auf, sicherte sie routiniert und steckte sie in den Bund ihrer engen Jeans. »Ich wiederhole: Was ist hier los?« Sie kniff die Augen zusammen und fixierte Lennart mit ihrem Eisblick. Die verführerische Frau in ihr hatte heute frei.

»Jetzt ist zum Glück nichts mehr los«, gab Lennart zurück. »Der Typ da hat mich überfallen, hat etwas von einem Geheimbund gefaselt, hat rumgeballert wie ein Verrückter, hier in die Lampe und da in die Vorhänge, und dann ...« Ja. Genau. Was dann? Die Wahrheit konnte Lennart unmöglich erzählen. Am besten auch die Sache mit den Pergamenten weglassen. Gute Idee! Er würde ansonsten eventuell geraume Zeit in einer Institution mit vielen freundlichen Ärzten und vergitterten Fenstern verbringen. Zeugen gab es keine, also musste eine Notlüge her. »... dann hat ihn mein Hund Bölthorn tapfer erschreckt, und ich habe die Gunst der Stunde genutzt, und ihm die Waffe aus der Hand geschlagen und ihn ins Aktenregal geworfen. Und alle Akten sind ... na, Sie sehen ja selbst.«

Bölthorn blickte zu Lennart hoch und zwinkerte ihm unbemerkt zu.

»Ja, in der Tat, das sehe ich selbst.« Maja Tysja warf Lennart einen Blick zu, als hätte er ihr eben gestanden, dass er alle Ordner mittels Magie auf den Angreifer habe herabstürzen lassen. »Ein Geheimbund?«, erkundigte sie sich verwundert.

»Ja. Sie nennen sich Tryggvasons Erben«, bestätigte Lennart.

»Tryggvasons Erben? Was soll das denn sein? Kennen Sie den Kerl?«, fragte Maja Tysja und nickte in Richtung des am Boden liegenden Mannes.

Lennart schüttelte den Kopf. »Ich habe das komische Gefühl, ihn zu kennen, aber ... nein, nicht wirklich. Aber er hat zugegeben, den Mordanschlag auf Emma Mårtensson in dem Ferienhaus bei Skaftet begangen zu haben.«

Der Mann stöhnte leise und bewegte sich. Er schien langsam wieder zu sich zu kommen.

»Verstehe«, sagte Kommissarin Tysja. »Meinen Sie das Ferienhaus bei Skaftet, wo Sie gestern auch waren? Jetzt schauen Sie nicht so überrascht, glauben Sie, die Polizei sei dumm? Die Kollegen aus Gunnebo haben uns informiert. Und, haben Sie ihn dort gesehen? Sind Sie sich begegnet? Aber das klären wir später. Ich habe viele Fragen an Sie.« Sie kniete sich neben den Unbekannten und tastete ihn nach weiteren Waffen ab. »Können Sie mich hören? Tut Ihnen etwas weh? Haben Sie Schmerzen?«

Der Mann hustete und spuckte voller Verachtung aus.

»Aha. Keine Schmerzen. Schön. Freut mich«, entgegnete sie trocken. Die Beleidigung perlte an ihr ab wie Brackwasser an frisch imprägnierten Gummistiefeln.

Sie erhob sich und griff zum Handy. Noch während sie wählte, zog sie die beschlagnahmte Pistole wieder aus der Hose und erklärte: »Ich habe Ihre SMS gelesen. Sie hatten wirklich Glück, Malmkvist. Ich habe heute frei. Ich habe versucht, Sie zu erreichen, aber Sie sind nicht dran... Hej Kollege. Kommissarin Tysja hier. Mordkommission. Ich brauche Verstärkung. Bewaffneter Raubüberfall, Schusswechsel, Täter entwaffnet und offensichtlich nur leicht verletzt. Besser aber auch gleich die Spurensicherung und zur Sicherheit einen Krankenwagen mitschicken, und zwar in den Västra Hamngatan Nummer ...«, sie sah Lennart fragend an. Der hob einen Daumen und spreizte die fünf Finger der anderen Hand ab. »Nummer sechs«, fuhr sie fort. »Ja ... Västra Hamngatan. Nein, mir geht's gut, alles in Ordnung. Trotzdem etwas zack, zack, okay? Danke! *Hej då.*« Sie legte auf. »Wo war ich?«

»SMS«, half Lennart.

»Ah, ja. Ich hab sie gelesen und versucht, hier anzurufen, aber Sie haben nicht abgehoben. Dann bin ich hergefahren. Gut, dass die Tür nicht abgesperrt war.«

Blödsinn! Lennart hatte mit eigenen Augen gesehen, dass der Eindringling den Schlüssel im Schloss herumgedreht hatte. Folglich gab es nur eine Erklärung dafür, dass die Tür trotzdem offen gewesen war – den Leierkastenmann! Weshalb hatte er das getan? Für jemanden, der sich selbst durch Fingerschnippen verpuffen konnte, dürfte so etwas doch eher eine Zauberaufwärmübung darstellen, durch verschlossene Türen zu gehen. Es musste also mit Absicht geschehen sein. Aus dieser wenig sympathischen Erscheinung wurde er nicht schlau. So oder so, Lennart beschloss, dieses Thema aus gutem Grund (Klinik, Ärzte, Gitterstäbe und so weiter) besser komplett auszulassen. »Tut mir leid. Ich war gerade beschäftigt«, antwortete er daher lapidar und deutete auf den Mann am Boden.

Die Pistole in der Hand ging Maja Tysja in die Hocke, schob ein paar Ordner beiseite und befahl: »Umdrehen und hinsetzen und keine Faxen, sonst lernen Sie mich kennen – verstanden?«

Widerwillig drehte sich der Mann auf den Rücken und setzte sich auf.

Sie streifte ihm die Kapuze ab.

Dann fiel ihr die Kinnlade herunter. Sie sprang auf und machte einen Satz zurück.

Lennart ging es nicht besser. Er hatte gewusst, dass er die Stimme kannte und genauso war es wohl Bölthorn mit dem Geruch gegangen, den er bei Gunnarsson und hier an der Tür erschnüffelt hatte. Doch keiner von ihnen hätte mit *ihm* als Täter gerechnet, im Leben nicht. Entsprechend guckten sie alle drei nun mehr als überrascht aus der Wäsche (beziehungsweise dem Fell).

»Du?«, entfuhr es Maja Tysja mit einem Unterton, in dem unverkennbar Ekel und Abscheu lagen. »Das gibt's doch nicht!«

»Kommissar Nilsson?«, rief Lennart vollkommen perplex und schüttelte fassungslos den Kopf. »Sie? Aber ... aber, warum ...«

Maja Tysja fasste sich schnell. »Dann war der Einbruch bei

dir also auch nur ein Ablenkungsmanöver, oder was? Kollegenschwein!«

Diese Frau steckte Tatsachen weg wie gebrauchte Taschentücher. Und um Schimpfwörter war sie auch nicht gerade verlegen.

Nilsson verzog mürrisch das Gesicht, das erfreulicherweise mit vielen kleinen Schnittwunden und roten Schwellungen übersät war, wie Lennart feststellte. Das gönnte er ihm. »Was für ein Einbruch? Was ist passiert?«, erkundigte er sich bei Kommissarin Tysja.

»Unser gemeinsamer Freund hier hatte sich ein paar Tage freigenommen«, erklärte sie, »angeblich, weil er zu Hause in Ruhe über den Fall Emma Mårtensson nachdenken wollte. Tja, aber zu Hause war er während dieser Zeit nicht. Zufälligerweise hat uns seine Frau gestern angerufen, als sie vom Einkaufen zurückkam und gesehen hat, dass jemand die Wohnungstür aufgebrochen hat. Oder, besser gesagt, *aufgebrannt*. Ihr hat er erzählt, er sei im Dienst und müsse etwas ermitteln.«

»Zu der Zeit war er in Skaftet. Er ist mir nachgefahren. Aber sagen Sie, die Tür wurde *aufgebrannt*?«, vergewisserte sich Lennart. »Wie? Was soll das heißen?«

Draußen waren näher kommende Sirenen zu hören.

»Nun«, fuhr Kommissarin Tysja fort und packte Nilsson an der Kapuze, der sich in sein Schicksal ergeben hatte und mit gesenktem Kopf und hängenden Schultern im Raum stand, »das soll heißen, dass jemand mit einem Schweißbrenner oder etwas Ähnlichem, die Tür seiner Wohnung aus dem Rahmen gebrannt hat. Mehr kann und will ich Ihnen nicht verraten, aber vielleicht weiß ja mein sauberer Kollege hier mehr zu berichten, was Hendrik?« Damit stieß sie ihn unsanft in Richtung Durchgang und drückte ihm die Pistole tief ins Kreuz.

Das bezweifelte Lennart doch sehr. Eine aufgebrannte Tür klang weniger nach Schweißbrenner als nach aggressivem Magieeinsatz. Auch ein Verdacht, den man der Polizei unter Umständen nicht ganz so zwingend weitergeben musste. Eines stand allerdings nun fest: Nilsson hatte sich die Geschichte mit dem Einbruchsdiebstahl nicht ausgedacht. Wenn er also Emma Mårtensson Wallins Pergament abgenommen und es bei sich in der Wohnung versteckt hatte und dann bei ihm eingebrochen worden war, musste man es ihm wiederum ebenfalls gestohlen haben. Wahrscheinlich war es derselbe Täter, der in Buris Laden eingestiegen war und auch dieses Pergament an sich genommen hatte. Alles deutete leider darauf hin, dass es jemanden gab, der nun zwei der Dunklen Pergamente von Krähenbein in seinem Besitz hatte – kein wirklich beruhigender Gedanke.

Draußen hörte man inzwischen laut und deutlich die Sirenen, dann verstummten sie, Reifen quietschten, Türen wurden zugeschlagen. Die Hexe kicherte. Schritte im Laden. Rufe.

»Kommen Sie am besten gleich aufs Präsidium, Herr Malmkvist, sobald die Spurensicherung hier fertig ist. Vorher werde ich wahrscheinlich ohnehin keine Zeit haben, weil ich zu gerne einen kleinen Plausch mit einem alten Freund halten möchte. Ich habe zwar heute eigentlich frei, aber dafür lege ich doch gerne eine Sonderschicht ein.«

»Okay«, stimmte Lennart zu. »Hab danach nichts Besseres vor, außer vielleicht die Ordner hier wieder einzuräumen, worin ich mittlerweile ja schon einige Übung habe.«

Kurz schaute Tysja ihn verständnislos an, dann sagte sie: »Bei der Gelegenheit können Sie mir auch verraten, wie Sie es geschafft haben, ein an der Wand festgeschraubtes Regal so zum Wackeln zu bringen, dass alles rausfliegt. Komm, Hendrik, gehen wir. Wir haben eine lange Nacht vor uns.«

Damit schob sie ihren Kollegen unsanft zum Durchgang, wo in diesem Augenblick zwei Beamte mit gezogenen Waffen zwischen den Vorhanghälften auftauchten und Hendrik Nilsson mit demselben verstörten Gesichtsausdruck in Empfang nahmen, den wohl auch Lennart und Kommissarin Tysja vorhin gehabt hatten, als ihnen klar wurde, wer sich unter dem dunklen Umhang verbarg.

Lennart sah ihnen nach, bis der Stoff sie verschluckt hatte und die Beamten der Spurensicherung hereinkamen, die ihn und Bölthorn allerdings baten, ebenfalls den Raum zu verlassen.

Feind wird Freund,
Und Freund wird Feind.

So hatte es das Orakel geweissagt. Jetzt fragte sich nur, wer damit gemeint war. Nilsson? Der Leierkastenmann?

Wer sonst könnte gemeint sein?

39. Kapitel

»Na, träumen Sie?«

Lennart fuhr herum. Maja Tysja machte die Bürotür hinter sich zu, setzte sich an ihren Schreibtisch und legte eine schmucklose Kladde aus hellbrauner Pappe neben die Tastatur. Sie hatte schöne müde Augen, die Haare waren zum Pferdeschwanz gebunden.

»Ein wenig«, gestand Lennart.

Tysja loggte sich in ihren Computer ein.

»Heute wieder kein Verhörraum?«, wollte Lennart wissen.

»Nicht nötig, hoffe ich«, entgegnete die Kommissarin lächelnd. Dann konzentrierte sie sich auf den Bildschirm, wo sie etwas zu suchen schien und dabei auf einem Kugelschreiber herumkaute. Wenigstens etwas, das Nilsson hinterlassen hatte. »Haben Sie sich was überlegt?« Maja Tysja blickte Lennart an.

»Was meinen Sie?«

»Die Sache mit dem Regal. Ich kann es mir immer noch nicht erklären. Ich habe mit Kollegen gesprochen, und die sind auch ratlos. Wie können alle Aktenordner, und es waren bestimmt fünfzig oder mehr …«

»… fünfundachtzig«, präzisierte Lennart.

»… gut, fünfundachtzig, noch verwirrender. Also, wie können fünfundachtzig Aktenordner alle auf einmal in die Mitte des Raumes fliegen und einen Mann so verletzen und unter sich begraben, wie es Nilsson passiert ist?«

»Ich führe einen Scherz- und Zauberartikelladen und bin kein Physiker«, antwortete Lennart mit fester Stimme. Er hatte sich auf diese Frage vorbereitet, auch wenn er gehofft hatte, Maja Tysja hätte sie vergessen – was für eine irrige Annahme bei dieser Frau! »Mein Hund hat ihn angesprungen, ich habe ihn entwaffnet, und dann bin ich mit ihm ins Regal gekracht. Die Ordner müssen während unseres Kampfes herausgerissen worden sein, und irgendwann sind sie irgendwie ins Rutschen gekommen.«

»Irgendwie?«

»Ja, irgendwie, was weiß denn ich? Ich hatte andere Sorgen, zum Beispiel wollte ich nicht von einem Verrückten erschossen werden.«

Kommissarin Tysja nickte bedächtig. »Wissen Sie, was äußerst bedauerlich ist?«

»Nein.«

»Dass Ihr Hund nicht sprechen kann. Der muss das ja alles mit angesehen haben. Er wäre ein Topzeuge.«

Lennart schluckte. *Darauf* war er definitiv nicht vorbereitet gewesen. »Ja, sehr bedauerlich«, pflichtete er ihr beherrscht bei.

»Anderes Thema«, fuhr Maja Tysja fort. »Sagt Ihnen der Name Mats Wallin etwas?«

»Er war Emma Mårtenssons Großvater«, antwortete Lennart.

»Stimmt. Sie sind gut informiert. Woher wissen Sie das?«

»Von ihrer Mutter beziehungsweise Adoptivmutter«, korrigierte sich Lennart.

»Wann haben Sie mit ihr gesprochen?«

Lennart dachte kurz nach. »Vorgestern.«

Die Kommissarin tippte etwas in den Rechner, dann öffnete sie die mitgebrachte Kladde, holte eine verblichene Farbfotografie heraus und schob sie Lennart über den Tisch zu. »Erkennen Sie jemand auf diesem Bild? Schauen Sie genau hin und lassen Sie sich Zeit.«

Lennart nahm die Fotografie entgegen. Die Farben hatten sich im Lauf der Jahre verändert und eine Künstlichkeit angenommen, die eine ganz eigene Atmosphäre von Vergangenheit erzeugte. Die Aufnahme musste aus den Siebzigern oder Achtzigern stammen. Das Foto zeigte eine Gruppe von sieben Männern verschiedenen Alters, die vor einer Grube standen. Im Hintergrund dichter Wald, dazwischen technisches Gerät, das wie selbst gebaut aussah, Zelte, Sand- und Geröllhaufen. Aus einem ragte ein schief steckender Spaten empor. Offensichtlich eine Grabungsstätte mitten im Nirgendwo.

Diese Männer hatten folglich etwas gesucht und es wohl auch gefunden, denn sie waren eng zusammengerückt und lachten. Nur einer stand etwas abseits, es war ein Abstand von nicht einmal einer halben Armlänge, doch sein Gesicht sprach Bände. Er war der Einzige, der nicht glücklich und zufrieden schien. Zwar lächelte er so wie die anderen, aber es wirkte unecht. Er hatte seinen Kopf leicht gedreht und schielte nur halb in die Kamera. Seine Aufmerksamkeit galt tatsächlich etwas anderem, nämlich einer kleinen halbrunden Tonscherbe, die einer der anderen Männer vor sich hielt. Aber nicht eines der Gesichter kam Lennart bekannt vor.

Er schüttelte den Kopf. »Ich erkenne niemanden. Wer soll das sein?« Er wollte Kommissarin Tysja das Bild zurückgeben, doch sie berührte seine Hand (Mist! Das fühlte sich aufregend an. Wie unpassend!) und schob es ihm wieder hin.

»Sie kennen mindestens zwei Personen auf diesem Bild«, behauptete sie.

»Zwei?«, fragte Lennart erstaunt.

»Das hier ist besagter Mats Wallin, der Großvater von

Emma Mårtensson.« Dabei deutete sie ausgerechnet auf denjenigen, der etwas abseits stand.

Lennart sah sich das Bild genauer an, er hielt es ganz nah vor sich. Man konnte Wallins Züge nur erahnen. »Na ja, ich gebe zu, dass er ein Typ ist, den man gerne zu kennen glaubt. Er wirkt eher unauffällig. Aber nein, da muss ich passen.« Er sah hoch. »Und der andere, den ich angeblich kennen muss?«

Kommissarin Tysja lächelte eiskalt. »Der hier, das ist unser Freund Hendrik Nilsson. Stellen Sie sich vor. Er hat Wallin persönlich gekannt.«

»Sie nehmen mich auf den Arm«, sagte Lennart und schaute wieder aufs Foto. Tysjas schlanker Zeigefinger lag oberhalb eines Mannes, der breit in die Kamera grinste. »Da war er ja etwa in meinem Alter.«

»Nicht ganz. Nilsson muss damals bereits Mitte dreißig gewesen sein, auch wenn er hier jünger aussieht«, kommentierte Tysja.

Lennart warf einen letzten Blick auf Nilssons Gesicht, dann schaute er die Kommissarin an. »Und was bitte macht er auf einer Ausgrabung? Er war doch zu dieser Zeit bestimmt schon im Polizeidienst. War das ein Hobby von ihm? Das ist doch eine Ausgrabung, oder?«

»Ja, ist es. Er und auch sein Vater waren Mitglieder in diesem sogenannten Hobbyarchäologen-Verein, der sich übrigens wenig später aufgelöst hat. Wie die beiden dazu gekommen sind, das weiß ich nicht. Hendrik Nilssons Vater steht übrigens direkt neben ihm. Aber was viel bemerkenswerter ist: Lesen Sie mal, was hinten draufsteht.«

Lennart wendete das Foto. Auf der Rückseite war mit einem sympathischen und beinahe selbstironischen Unterton zu lesen: »*Die stolzen Mitglieder des Göteborger Hobbyarchäologen-Vereins vor ihrer Ausgrabungsstätte in Gudhem im*

August 1988, wo sie ein Amulettfragment von ca. 1000 n. Chr. gefunden haben.«

Lennart wurde schlagartig schwindelig. Kraftlos ließ er das Foto sinken. Das konnte nicht wahr sein! Sie hatten es gefunden! Diese Typen, die nicht einmal richtige Archäologen waren, hatten bei einer Ausgrabung vor fast dreißig Jahren in einem Ort namens Gudhem ein uraltes Amulettfragment gefunden.

Lennart hatte Bölthorns Geschichte nicht vergessen. Konnte das wirklich wahr sein? Hatten sie eine der Amuletthälften mit Olav Krähenbeins Seelenanteil ausgebuddelt? Wenn ja, dann verstand Lennart auch nur zu gut, warum Mats Wallin so ein Gesicht zog. Er wusste, um welchen bedeutenden Fund es sich handelte, und er hätte ihn gerne für sich allein gehabt. Jetzt wurde auch klar, was Nilsson vorhin gemeint hatte, als er behauptete, Wallin sei ein Dieb. Er hatte es sich einfach irgendwann geschnappt und war damit durchgebrannt, wahrscheinlich weil er mehr wusste als die anderen.

»Und wie meine Nachforschungen ergeben haben, war Nilssons Vater nicht nur Mitglied in diesem harmlosen Hobbyarchäologen-Verein, sondern tatsächlich auch bei diesem Geheimbund namens Tryggvasons Erben, von dem Sie mir erzählt haben«, fuhr die Kommissarin fort. »Viele Informationen über diese Leute gibt es nicht, was ich allerdings herausgefunden habe, sagt mir, dass die scheinbar alles andere als harmlos waren. Ihnen wurden in den vergangenen Jahrzehnten immer wieder diverse Delikte zur Last gelegt, aber zu einer Verurteilung ist es nie gekommen. Alles mehr als seltsam, aber so gesehen auch kein Wunder, wenn einer von denen, in diesem Fall unser gemeinsamer Freund Hendrik Nilsson, bei der Polizei arbeitet und sogar in eine Führungsposition gelangt ist.«

»Was für Delikte?«, wollte Lennart wissen.

Tysja lächelte. »Diverse«, dann wurde ihr Gesicht ernst. »Glauben Sie mir, es waren keine Lausbubenstreiche, um die es ging. Mehr kann ich dazu im Moment nicht sagen.«

Lennart nickte und betrachtete nochmals das Foto in seinen Händen. Nun wusste er auch, woran ihn Wallins Gesichtsausdruck erinnerte. Es war derselbe, den Gollum im ›Herrn der Ringe‹ hatte, wenn er wie besessen »Mein Schatz!« gurrte. Und wie das Ganze für den hutzeligen Gollum ausgegangen war, war ja allgemein geläufig.

»Was ist los?«, fragte Maja Tysja. »Haben Sie doch noch jemanden erkannt oder wissen etwas, das ich nicht weiß?«

»Nein, nein, alles bestens«, entgegnete Lennart und straffte die Schultern. »Es ist alles nur so furchtbar verwirrend, und man wird ja auch nicht täglich von jemandem mit einer Schusswaffe bedroht.«

Eine Sekunde lang verharrte Kommissarin Tysja ausdruckslos und blickte Lennart prüfend an, dann schaute sie etwas irritiert auf seinen Werbe-Keksring. Nun, der sah wirklich aus wie ein schäbiges Werbegeschenk, und jeder, dem er auffiel, musste seine Entdeckung sofort mit der Frage verknüpfen, weshalb ein erwachsener Mann so einen Kinderkram am Finger trug. Doch Tysja schwieg dazu, ja, ihre Züge entspannten sich sogar zu einem Lächeln.

»Schon gut. Sie haben ja recht. Ich denke, für heute ist es wirklich genug. Wenn Sie möchten, dann können Sie gehen. Ich würde nur darum bitten, dass Sie mir für die Protokollierung Ihrer Aussage in den kommenden Tagen zur Verfügung stehen.«

»Natürlich, wie immer«, versprach Lennart. »Aber mich würde noch interessieren, was Nilsson erzählt hat.«

»Nichts«, antwortete Maja Tysja. »Er ist nicht sonderlich kooperativ, und wie Sie sich vorstellen können, sind die üblichen Verhörmethoden bei ihm auch wirkungslos. Immerhin weiß er selbst, wie der Hase läuft. Er mag ein Verbrecher sein, aber ein guter Polizist war er auch. Schade um ihn.« Sie machte eine kurze Pause, dann fragte sie: »Sagen Sie, hat Emma Mårtenssons Adoptivmutter Ihnen gegenüber eigentlich jemals etwas von einem Koffer erwähnt?«

»Ja, hat sie. Angeblich befinden sich darin Erb- und Erinnerungsstücke von Emmas Familie. Warum?«

»Ich habe Frau Mårtensson vorhin wegen dieses Fotos angerufen«, erklärte die Kommissarin. »Sie kannte es nicht und hat vermutet, dass es aus ebendiesem Koffer stammen könnte. Aber sie hat ihn schon vor einigen Jahren an ihre Tochter übergeben, verschlossen, ohne zu wissen, was sich darin befand.« Lennart nickte, das wusste er alles schon. »Und Emma hat nie darüber mit ihr geredet. Aus unerfindlichen Gründen ist sie später aber irgendwann damit zu Nilsson gegangen, weil sie dachte, er würde ihr helfen. Armes Ding! Der Koffer ist seither wie vom Erdboden verschluckt. Er ist weder unter unseren Asservaten registriert noch ist er in Emma Mårtenssons oder in Nilssons Wohnung aufgefunden worden.« Maja Tysja legte den Kopf schief und schien in Lennarts Gesicht nach verwertbaren Reaktionen zu forschen.

»Frau Mårtensson hat mir dasselbe erzählt, allerdings war sie vorgestern noch im festen Glauben, Kommissar Nilsson wäre eine gute Adresse, um irgendwelche Geheimnisse zu besprechen. Tja, wir sind ihm wohl alle auf den Leim gegangen, wer hätte das von ihm gedacht«, antwortete Lennart. »Wussten Sie, dass Emma Mårtensson der festen Meinung war, man habe ihre Familie ermordet?«

Maja Tysja nickte. »Ja. Ihre Adoptivmutter hat mir auch davon berichtet, und Nilsson wusste es ebenfalls. Das Foto, das ich Ihnen eben gezeigt habe, haben die Kollegen übrigens bei ihm entdeckt. Er könnte den Koffer also durchaus eine Zeit lang bei sich zu Hause gehabt haben.« Sie hielt kurz inne, blickte Lennart fest an, dann fuhr sie fort: »Unsere Nachforschungen haben ergeben, dass der Einbruch bei ihm und seiner Frau erfolgt sein muss, als Sie sich in Skaftet aufgehalten haben. Gutes Alibi.«

»Alibis sind meine Stärke«, sagte Lennart, »und zwar meistens dann, wenn ich mit einer Sache nichts zu tun habe.«

»War er da? Ich meine, haben Sie Nilsson in Skaftet erkannt?«

Lennart schüttelte den Kopf. »Ich vermute, dass er es war, wer sollte es sonst gewesen sein, aber ich kann das nicht mit Gewissheit sagen. Es war dunkel, und der Mann trug einen Umhang. Das deutet zwar auf Nilsson hin, aber sein Gesicht oder das Kennzeichen seines Wagens konnte ich nicht erkennen, und Kombis gibt es ja wie Sand am Meer.«

»Schade«, meinte Maja Tysja und machte ein nachdenkliches Gesicht. »Das hätte ihn vom Kreis der Verdächtigen ausgeschlossen, zumindest was den Wohnungseinbruch angeht, und uns Arbeit erspart. Nun, auf jeden Fall ist er jetzt auch unser Hauptverdächtiger im Mordfall Buri Bolmen.«

»Also doch ein Mord?«

Tysja zuckte die Achseln. »Finden Sie nicht auch, dass es eine gewisse Ähnlichkeit zwischen Herrn Ex-Kommissar Nilsson und der Person auf dem Überwachungsvideo gibt?«

»Was wollen Sie damit sagen? Dass Nilsson darauf zu sehen ist? Der Mann, der mir das Video selbst gezeigt hat?«

»Ich will es zumindest nicht ausschließen. Die Qualität ist nicht brillant, aber der Umhang sieht seinem doch sehr ähnlich. Vielleicht hat er aber auch ein hieb- und stichfestes Alibi für diese Zeit, ich bezweifle das jedoch.«

Lennart biss sich auf die Zunge. Am liebsten hätte er Kommissarin Tysja von seinem Wissensvorsprung berichtet.

Er wusste, wer ab und zu außer Nilsson gerne solche Umhänge trug, und er wusste schlicht, wer Buri Bolmen ermordet hatte, er hatte ja ein Geständnis vom Täter erhalten.

Doch er gönnte Nilsson auch, dass sie ihn jetzt wegen eines Verbrechens durch die Mangel drehten – selbst wenn er es nicht begangen hatte. So etwas konnte man durchaus als ausgleichende Gerechtigkeit bezeichnen. Nilsson hatte zwar Buri Bolmen nicht auf dem Gewissen, aber einen Einbruch inklusive Vandalismus. Und obendrein hatte er diese Umhangmaskerade wohl ganz bewusst gewählt, um weitere Verbrechen dem Mann mit dem Umhang unterzuschieben, der auf dem Video zu sehen war. Er konnte ja nicht ahnen, um wen es sich da handelte und dass man sich mit dem besser nicht anlegte.

»Das Übelste an Nilsson war«, nahm Maja Tysja das Gespräch wieder auf und machte dabei ein Gesicht, das keinen Widerspruch duldete, »dass er Vertrauen missbraucht hat. Er hat Emma Mårtenssons Vertrauen missbraucht und das ihrer Adoptiveltern. Er hat Ihr Vertrauen missbraucht, als Sie sich ihm wegen Emma anvertraut haben – er konnte natürlich sofort zurückverfolgen, von wo aus das arme Mädchen angerufen hat. Außerdem hat er sich einen Nachschlüssel von Ihrem Laden machen lassen. Erschreckt Sie das nicht? Vielleicht war er schon vorher in Ihrem Geschäft, und Sie haben es gar nicht bemerkt.«

»Kann ich mir kaum vorstellen«, entgegnete Lennart achselzuckend und wusste es doch besser. Genau mit diesem Nachschlüssel hatte sich Nilsson wohl Zugang zu seinem Laden verschafft, um Buris Dunkles Pergament zu entwenden, das er letztendlich nicht fand.

»Und schauen Sie mal hier«. Sie reichte ihm ein gerahmtes Foto, das Lennart sofort wiedererkannte. Es war ihm schon bei seinem ersten Besuch hier aufgefallen: die Gruppe von einem halben Dutzend Männern im schwarzen Frack und mit schwarzer Melone, die eine Urkundenrolle hochhielten und sich mühten, würdevoll und unnahbar zu schauen. »Das hier scheinen ein paar Freunde unseres lieben Nilsson zu sein, die wir gerade überprüfen. Da stand dieses Bild mit den ›Mitgliedern seines Kulturvereins‹, wie er immer gesagt hat, jahrelang auf seinem Tisch, und niemanden hat es interessiert. Vielleicht stecken die auch mit drin, vielleicht ist das dieser Geheimbund, von dem Sie mir erzählt haben, aber das werden wir schon noch rausfinden.«

Möglich wäre auch, dass einer von ihnen Mats Wallins Pergament aus Nilssons Wohnung entwendet und die Tür mit Absicht aufgebrannt hat, damit es nach Zauberei aussah, überlegte Lennart. Es wäre in der Tat interessant, sich mit diesen Männern zu unterhalten.

»Sie sehen müde aus.« Maja Tysja erhob sich und lächelte – das häufte sich in letzter Zeit. Auch Lennart stand auf und folgte ihr zur Tür.

Er sah ihr in die Augen. »Sagen Sie, was war das letztens?«

»Was meinen Sie?«, tat sie unwissend.

»Der Kuss. Was sollte das?«

»Hat es Sie gestört?«

»Nein, im Gegenteil. Es hat mich nur sehr überrascht.«

»Die wenigsten Dinge sind so, wie sie uns auf den ersten Blick erscheinen, wussten Sie das, Herr Malmkvist?«

Blaue, blaue Augen, ihre Mundwinkel zuckten. Dann machte sie ihm die Bürotür vor der Nase zu, und Lennart kratzte sich am Handrücken, wo sich eine kleine rote Stelle zeigte.

40. Kapitel

Als Lennart bei Maria Calvino vor der Tür stand und die Klingel betätigte, fühlte er trotz des lebensbedrohlichen Tohuwabohus, das er heute erlebt hatte, etwas wie Ruhe in sich. Sicher trug auch der Anblick des wedelnden Mopses dazu bei (der sich wirklich ernsthaft zu freuen schien, ihn zu sehen) sowie der Duft mediterraner Küche, der ihm um die Nase wehte, kaum dass Maria geöffnet und ihm mehrere Küsse verabreicht hatte.

Lennart hatte Bölthorn bei ihr gelassen, als er aufs Präsidium gefahren war, woraufhin sie sich nicht hatte entscheiden können: Sollte sie nun entzückt sein (Bölthorn) oder sich große Sorgen machen (Lennart)? Aus Verlegenheit hatte sie Lennart spontan zum Abendessen eingeladen, was dieser gerne angenommen hatte. Sie würde nur eine Kleinigkeit zubereiten.

Lennart hatte ihr kein Wort geglaubt.

Es gab klassisches Risotto mit Safran, Wein und Parmesan. Das war einfach, zugegeben. Dazu gab es allerdings Kalbskoteletts, Kichererbsen in einer zarten Hülle aus Olivenöl mit Minze, Knoblauch und einer Spur Peperoni, mit Ricotta und Kräutern gefüllte, frittierte Zucchiniblüten und, *naturalmente: un'insalata mista* – einen gemischten Salat. Nur beim Nachtisch, ja dafür müsse sie sich entschuldigen, da gäbe es nur einen hausgemachten Panettone, sie habe es zeitlich nicht mehr geschafft, etwas Angemessenes zu zaubern.

Maria setzte sich zu Lennart an den Esstisch im Wohnzimmer und schenkte ihnen beiden einen dunkelroten Wein aus Sizilien ein. Sie stießen an, und Lennart erzählte (quasi als gut abgeschmeckte Antipasto), was heute passiert war – im Großen und Ganzen die Version, die er auch Kommissarin Tysja aufgetischt hatte. Ab und zu sagte Maria entsetzt: »*Dio mio!*« Und ganz am Ende (an der Stelle, als die Kapuze fiel), wetterte sie außer sich: »*Il commissario? Non ci credo, non è possibile! Che figlio di una ...*« – und so weiter. Weshalb klangen eigentlich sogar ihre Schimpftiraden wie eine leckere, scharf gewürzte italienische Spezialität, fragte sich Lennart und schenkte Wein nach.

Nachdem Lennart geendet hatte, erhob sich Maria und tischte die Gerichte auf. Es schmeckte köstlich (was sonst), und auch Bölthorn hatte einige saftige Fleischstücke vor sich in der Schüssel.

»Übrigens«, sagte sie, »es ist wirklich ein wunderbarer Topf, den unser lieber Buri mir da hinterlassen hat. Normalerweise muss man Risotto rühren und rühren und rühren und rühren, aber mit diesem Topf stelle ich den Reis einfach auf – *e basta così! Capisci?* Das muss daran liegen, dass er schon so alt ist«, mutmaßte Maria mit roten Wangen und nachdenklichem Gesicht.

»Bestimmt!«, bestärkte Lennart sie in ihrem Glauben. Er musste den Topf nur anschauen und spürte sofort, was los war. Er spürte nicht viel, nur eine Winzigkeit von Energie, in etwa in Höhe seines Solar Plexus, und er wusste mittlerweile, was das bedeutete. Das war kein alter Topf, das war im wahrsten Sinne des Wortes ein Hexenkessel.

»Auf dein wunderbares Essen und auf unseren lieben Buri Bolmen!«, rief Lennart, griff zum Glas und prostete Maria zu.

Die lächelte geschmeichelt, nahm ebenfalls ihren Wein

und wollte eben mit Lennart anstoßen, das »*S*« von »*Salute!*« tanzte schon auf ihrer Zungenspitze, da wurde sie blass und setzte das Glas wieder ab. »*Dio mio!*«

»Was ist?«, wollte Lennart verwundert wissen.

Maria zeigte mit zittrigen Fingern auf Lennarts Hand, die das Weinglas hielt. »*L'anello …*«

Lennarts Italienisch bestand aus Standardfloskeln für den Urlaub und einem recht passablen Fachvokabular im Bereich Pizzabelag. Er hätte daher nie und nimmer gewusst, was *anello* bedeutete, in diesem Fall jedoch zeigte Maria so unzweideutig auf Lennarts Finger, dass es ihm sofort klar war.

»Was ist mit dem Ring?«, fragte er.

Marias Gesichtsfarbe kam langsam zurück, doch sie schüttelte fortwährend den Kopf, murmelte leise Worte, die an ein Gebet erinnerten, dann stand sie zu Lennarts Überraschung auf, bekreuzigte sich, murmelte weiter, ging zum Sofa neben dem Tisch, wühlte tief zwischen den Kissen herum und holte eine in schlichtes Packpapier gewickelte Rolle daraus hervor. Sie ordnete die Sofakissen, dann drehte sie sich um und reichte die Rolle Lennart mit zitternder Hand. Jetzt erst fiel ihm auf, dass sie weinte.

»Maria, was ist denn los, um Himmels willen?«

Bölthorn kam hinzu, wedelte, schmiegte seinen Mopskörper an Marias Bein.

»*Ah, caro mio*«, sagte sie, blickte kurz Lennart an, dann liebevoll auf Bölthorn hinab, und es klang, als sei sie bereits getröstet. »Es ist nichts Schlimmes, es ist nur … Buri hat mir das hier gegeben, und er hat mir einen Schwur abverlangt. Ich soll es dir übergeben, aber erst an dem Tag, an dem du seinen Ring trägst. Es ist nur so traurig, dass er nicht mehr bei uns …«, sie schluchzte. »*Va bene, tutto a posto*. Schon gut, *caro*, lass es gut sein. Bleib ruhig sitzen, es geht schon wieder.

Er fehlt mir nur so. Hier nimm es. Ich weiß nicht, was sich darin befindet. Es ist deins. Ich habe es ihm versprochen. Sei mir nicht böse, ich vertraue dir, das weißt du, *caro*, aber ... Schwur ist Schwur!«

Als Lennart die Rolle in die Hand nahm, hätte er sie beinahe gleich wieder fallen lassen, so sehr spürte er eine dunkle Energie, die von ihr ausging und in Wellen durch sein Bewusstsein strömte. Seine Gabe, Magie zu fühlen, hatte sich in der letzten Zeit ausgeprägt und um ein Vielfaches gesteigert. Er war diesbezüglich viel dünnhäutiger geworden und vielleicht würde er nach und nach sogar jede noch so feine zauberhafte Ausstrahlung erfassen. Das könnte anstrengend werden. Aber aufregend wäre es auch.

Und er wusste in diesem Moment genau, was sich in der Rolle befand, ohne auch nur die Paketschnur oder das darin befindliche Objekt angetastet zu haben.

Dann vielleicht den vierten Teil
von Dunkelheit und Krähenbein,
Ihr erlangt zu aller Heil,
Aus der namens Jungfrau Schrein.

Er hatte es wieder! Das Dunkle Pergament. *Aus der namens Jungfrau Schrein*, natürlich! Maria.

Er nahm sich vor, den Weissagungen eines Orakels zukünftig mehr Beachtung zu schenken, vor allem dem, was zwischen den Zeilen stand.

Lennart hatte mit Maria den Wein ausgetrunken, sich von ihr entgegen seines festen Vorhabens doch noch zum Nachtisch überreden lassen und den Magen danach mit einem Caffè corretto endgültig für heute versiegelt. Wie immer, wenn er von ihr nach einem Essen zurückkam, fühlte er sich wie ein Stein, der, in den Göta älv geworfen (oder auch nur in die Badewanne), sofort untergehen würde. Bölthorn war ebenfalls gezeichnet. Seine Augen wirkten kleiner als gewöhnlich, und das war nicht nur die Müdigkeit eines langen Tages, sondern auch eine Folge des ungehemmten Genusses von leckeren Fleischbröckchen, die ihm Maria einen um den anderen kredenzt hatte. Er röchelte vollgefressen vor sich hin.

Dennoch.

Auch kleine Augen waren in der Lage, neugierig auf den Küchentisch zu starren. Er hockte neben Lennart auf einem Stuhl. Sicher, das gehörte sich nicht für einen Hund, aber Bölthorn war ja auch keiner. Zumindest kein gewöhnlicher.

So saßen sie beide nun einträchtig nebeneinander und sahen Lennarts Händen angespannt dabei zu, wie sie Buri Bolmens Päckchen öffneten. Der wunderliche alte Mann hatte es gut gemeint mit dem Einpacken. Lennart musste aufstehen und sich die Küchenschere holen, so fest war das Paket verzurrt.

Endlich fiel die Schnur, und Lennart nahm das Packpapier vorsichtig auseinander.

Ein altes Pergament kam zum Vorschein. Eine mit Bimsstein geglättete Tierhaut.

»Ist es das?«, wollte Lennart wissen und hielt das Pergament hoch.

Bölthorn nickte und röchelte aufgeregt. Das schlimmste Verbrechen, das der miese Ex-Kommissar Nilsson im Laden begangen hatte, war die Zerstörung der Plasmalampe gewesen.

Und gerade jetzt wäre der Rat des Mopses hilfreich gewesen.

Lennart rollte das Schriftstück unter Bölthorns kritischem Blick vorsichtig auseinander. Von diesem Dunklen Pergament ging große Magie aus, die Lennart deutlich fühlen konnte und die auch Bölthorn zu spüren schien, der sich in Ermangelung anderer kommunikativer Möglichkeiten ausnahmsweise verhielt wie ein echter Mops und aufgeregt bellte.

Was war darauf zu sehen? Was stellten die Figuren und Formen dar? Ein Gewirr aus Linien, die an- und abschwollen, wie Ornamente um imaginäre Zentren wirbelten, sich dann wieder aus dieser Form lösten, nur um einige Fingerbreit weiter in einen neuen Strudel zu münden. Es waren aber keine simplen Linien, es waren Textzeilen, so klein geschrieben, dass man sie kaum lesen konnte – man hätte eine Lupe benötigt –, und selbst die Stellen, an denen Lennart in der Lage war, einzelne Buchstaben dieser opulenten, geschwungenen Schrift zu entziffern, ergaben für ihn keinen Sinn, waren sie doch in einer Sprache verfasst, die er nicht verstand, und in einer Schrift verzeichnet, die er noch nie zuvor gesehen hatte.

Auffällig war auch, dass die Wirbel, Strudel und fließenden Gestalten nach unten und nach rechts wie abgeschnitten wirkten – nein! Das Dunkle Pergament war tatsächlich abgeschnitten worden! Jetzt erkannte er es. An der oberen und der linken Kante vollführten die organischen Zeilen ihre hypnotischen Formen, schmiegten sich an den Rand des Pergaments, lösten sich wieder und stürzten sich dreist in neue figurative Abenteuer, niemals jedoch rissen sie ab oder stießen auch nur stumpf auf die Schnittkante. Anders unten und rechts. Es machte den Eindruck, als fehlten Segmente, als wäre dieses Dunkle Pergament, aus dem Lennart nicht schlau wurde, nur Teil eines größeren Ganzen.

Und je länger Lennart auf die Zeichen starrte, desto mehr beschlich ihn das Gefühl, dass dieses Gebilde lebte und schwach zu pulsieren schien.

Er rollte es eilig wieder ins Packpapier und band die Paketschnur darum. Dann sah er Bölthorn fragend an. »Wohin damit?«

Bölthorn knautschte die Lefzen.

»Wieder zurück in den Laden?«

Bölthorn nickte bedächtig.

»Ja«, sagte Lennart, »ich denke, das ist eine gute Idee. Bleibt nur die Frage, ob Nilsson tatsächlich ein anderes der vier Dunklen Pergamente in Wallins Haus gefunden hat und ob es ihm später gestohlen wurde. Und wenn ja, von wem.«

Bölthorn verharrte, schaute zuerst düster drein, dann nickte er auffordernd.

»Du meinst, ich sollte aufhören, blöde Fragen zu stellen, und mich lieber darauf vorbereiten, dass es bald noch Ärger geben könnte mit Krähenbein und Konsorten?«

Bölthorn nickte kraftvoll, lächelte Lennart an, zwinkerte ihm zu. Und das nicht ohne Stolz und Zuneigung.

Irgendwie ein schönes Gefühl, wenn man sich mit einem Mops verstand, mit dem man wohl noch einige Abenteuer durchzustehen hatte.

Auch wenn dieses Mopsexemplar hier zugegeben wirklich ziemlich seltsam war.

Lennarts Gedanke bestand darin, das Dunkle Pergament exakt dort zu verstecken, wo Buri es verborgen gehalten hatte, bevor er es in umsichtiger Vorahnung bei Maria deponiert hatte – im wenig verdächtigen Sammelordner mit der Aufschrift »Prospekte Scherzartikel I + II«. Seine Hoffnung war, dass niemand auf die abstruse Idee käme, es noch einmal an exakt derselben Stelle zu suchen. Viel lieber allerdings wäre Lennart sofort ins Bett gegangen, so müde war er, doch er wusste, er hätte die ganze Nacht hindurch kein gutes Gefühl gehabt. Schutzmandala hin, inhaftierter Ex-Kommissar

Nilsson her, dieses magische Relikt war einfach zu mächtig, zu wichtig, als dass er es gewagt hätte, es bei sich in der Wohnung zu behalten, und sei es auch nur bis zum nächsten Tag.

Als er mit Bölthorn (der auch keinen ganz aufgeweckten Eindruck mehr machte und noch langsamer lief als sonst) zusammen auf die menschenleere Straße trat, war es bereits weit nach Mitternacht. Feinperliger Eisregen peitschte durch die Häuserschluchten. Und hätte es Lennart nicht besser gewusst, er hätte beinahe vermuten können, die Feuchtigkeit stamme von den weißen Schaumkronen der See, die von einem wütenden Nordostwind bis hierher getragen worden wären.

Plötzlich machte sich Bölthorn bemerkbar.

So leise, dass Lennart zuerst nicht einmal aufhorchte, weil sich das Mopsknurren mit dem Brausen des Windes im Västra Hamngatan vermischte.

Doch dann knurrte Bölthorn lauter.

Lennart begriff, ließ den Ladenschlüssel im Schloss stecken, umklammerte das Dunkle Pergament, das er unter seinem Mantel verbarg, fester und blickte sich nach allen Seiten um. Gab es etwas, das er einem potenziellen Angreifer mit dem einzigen Zauber, den er mittlerweile zumindest ein klein wenig beherrschte, an den Kopf würde schmettern können? Wer war es, den Bölthorn meldete? Hatte es bereits genügt, nur wenige Meter das Haus und damit das Schutzmandala zu verlassen? War das Pergament für feindliche Augen sichtbar geworden?

Hastig drehte er den Schlüssel im Schloss, stieß die Ladentür auf und trat ein. Bölthorn folgte ihm.

Scheinwerfer leuchteten auf.

Ein düster klingender Motor kam näher.

Kurz darauf hielt ein riesiges schwarzes Auto direkt vor der Ladentür. Lennart stockte der Atem. Er überlegte panisch, was jetzt zu tun sei, und konzentrierte sich bereits auf seinen Bewegungszauber, da stoppte der Motor des Autos, und ein untersetzter Mann stieg aus. Er war so klein, dass man nur das halbe Gesicht und einen altmodischen Hut schemenhaft erkennen konnte. Über das Wagendach hinweg sagte er in den Wind hinein: »Ich habe eine Nachricht für Sie.« Die Stimme des Mannes klang spröde und trocken.

Lennart überlegte angestrengt. Dieses Auto, diese Stimme ... »Herr Isaksson? Sind Sie das?«, vergewisserte er sich.

Der Angesprochene wankte bedächtig um seine Staatskarosse herum und kam auf Lennart zu. Bölthorn hatte aufgehört zu knurren und sich aufs Wedeln verlegt; auch er schien den Ankömmling identifiziert zu haben.

Isaksson stand nun direkt vor Lennart. Wortlos hielt er ihm einen Umschlag hin.

»Was ist das?«

»Wie ich sagte, eine Nachricht«, knisterte Isaksson.

»Von wem?«

»Von mir.«

»Von Ihnen?«

Isaksson sagte nichts.

»Was steht denn drin?«

»Herr Malmkvist, Ihre überflüssigen Fragen sind bisweilen recht ermattend.«

»Ihre Wortkargheit ist bisweilen auch nicht gerade erheiternd«, gab Lennart zurück.

Eine heftige Brise rüttelte am Hut des Anwalts. Vergeblich. Er saß fest auf dem kugelrunden Kopf, aus dem heraus Lennart kleine, aber leuchtend helle Auge anfunkelten.

»Kommen Sie doch herein«, versuchte Lennart, die etwas angespannte Situation aufzulösen. »Ich muss etwas Wichtiges ... äh ... verstauen.«

»Ich weiß«, schnarrte Isaksson. »Das sollten Sie wirklich.

Ein Dunkles Pergament mit sich herumzutragen ist ein riskantes Unterfangen in diesen Zeiten.«

Lennart staunte nicht schlecht. »Woher ...?«

»Fünf Minuten«, knisterte der Anwalt und schob sich an Lennart und Bölthorn vorbei in *Bolmens Skämt- & Förtrollningsgrotta* hinein.

Lennart verschloss sorgsam die Tür. An Bölthorn gewandt flüsterte er: »Pass auf, dass niemand kommt, okay?«

»Wenn jemand kommen sollte«, schnarrte es weit entfernt aus der Dunkelheit des Ladens, »dann werde ich es früher wissen als der Mops, glauben Sie mir.«

Isaksson konnte unmöglich gehört haben, worum Lennart Bölthorn eben gebeten hatte – unmöglich! Und doch: Er hatte es gehört.

Lennart atmete tief durch, lief hinüber zur Werkstatt und machte das Licht an. Als er sich umdrehte, hätte er vor Schreck beinahe aufgeschrien. Isaksson stand direkt vor ihm. Lennart meinte, seinen Atem zu spüren. Im Hintergrund kam Bölthorn angetippelt, der auch zu wissen schien, dass dieser Anwalt der bessere Wachhund von beiden war, und seinen Posten an der Tür wohl deshalb verlassen hatte.

Noch immer raste Lennarts Puls. »Tun Sie mir einen Gefallen, Herr Isaksson, und erschrecken mich zukünftig nicht mehr so? Ich bin zwar noch jung, aber auch mein Herz hat eine Belastungsgrenze.«

»Es ist unerheblich. Ich weiß, was ich wissen muss, und Sie wissen, was Sie wissen dürfen.«

»Wie bitte?«

Isaksson deutete auf die Stelle, wo Lennart noch immer das Dunkle Pergament unter dem Mantel zu verbergen suchte – als wenn eine gefütterte Stoffbahn dazu in der Lage gewesen wäre. Lächerlich! Das sah nun auch Lennart ein und holte das Relikt hervor.

Isaksson warf kurz einen interessierten Blick darauf, dann knisterte er: »Sie haben mich gefragt, woher. Ich nehme an, Sie wollten wissen, woher ich davon weiß, und meine Antwort ist: Es ist unerheblich. Ich weiß, was ich wissen muss, und Sie wissen, was Sie wissen dürfen.«

»Danke, aber das hilft mir nicht weiter.«

»Doch. Sie verstehen es nur noch nicht.«

Dieser Mann machte Lennart wahnsinnig.

»Würden Sie mir ein paar Fragen beantworten, Herr Isaksson?«

»Vielleicht. Fragen Sie. Sie hatten fünf Minuten. Eine haben Sie bereits mit Sicherschrecken und sinnlosen Äußerungen vergeudet. Macht noch vier.«

So würde er nie zum Ziel kommen und erfahren, was Isaksson wusste, würde viele der Zusammenhänge nicht begreifen. Nicht mit dieser Salamitaktik und schon gar nicht in vier Minuten. Der Mann war Anwalt und exaltiert obendrein. Er war ein Spieler vor Gericht, und mit so jemandem musste man daher wahrscheinlich auch entsprechend verhandeln. »Was halten Sie davon, wenn ich Ihnen eine Minute von den vieren schenke, dafür erzählen Sie mir alles, was ich wissen darf. *Ohne* Fragen von meiner Seite.«

Isaksson schaute Lennart zuerst überrascht an, dann eroberte ein breites, zufriedenes Lächeln seine Züge. »Nicht schlecht, Herr Malmkvist, nicht schlecht. Manchmal täuscht man sich in der Tat. In Menschen und in Sachlagen. Einverstanden.« Dann war die Freude in seiner Stimme auch schon wieder vergangen. »Eine Bedingung.«

»Und die wäre?«, erkundigte sich Lennart.

»Hören Sie auf, sich ständig zu wundern.«

Fassungslos starrte Lennart den kleinen Mann an. »Wie bitte?«

»Genau diesen Gesichtsausdruck meine ich. Akzeptieren

Sie, was ich Ihnen sage, und wundern Sie sich nicht ständig. Weder darüber, woher ich etwas weiß, noch, dass ich es überhaupt weiß. Dafür haben Sie keine Zeit. Versuchen Sie mir einfach schweigend zu folgen, sonst habe ich das Gefühl, ich spräche mit einem Schuljungen.«

Lennart beherrschte sich. »Einverstanden.«

»Ich darf doch?« Isaksson deutete auf den Drehstuhl vor Buris Werkbank.

»Natürlich«, antwortete Lennart und schob ihn dem Anwalt hin. Der wankte darauf zu und setzte sich (der Drehstuhl ging tief in die Knie). Dann begann er mit seinem Vortrag, den er in derselben tonlosen Art und mit derselben schnarrenden Stimme vortrug, als ginge es um die Güterverteilung bei einem wenig lukrativen Scheidungsprozess, an dessen Ausgang er kein Interesse hätte.

»Fakt ist, dass Sie glücklicherweise das Dunkle Pergament von Herrn Bolmen wiederbeschafft haben. Das ist gut. Schlecht ist, dass das Dunkle Pergament, welches dieser verbohrte Unglücksrabe Mats Wallin vor vielen Jahren durch Zufall gefunden und bei sich versteckt hatte, verschwunden ist. Wenn es Krähenbein noch nicht in seinen Besitz gebracht hat, dann wird er es bald tun.« Isaksson sah Lennart an. »Ich nehme an, bis hierher können Sie mir folgen, und Mops Bölthorn wird Ihnen gewiss die magisch-historischen Sachverhalte bereits hinlänglich geschildert haben?«

»Äh ... Bölthorn ... ja, natürlich«, wunderte sich Lennart, was ihm einen strengen Blick von Isaksson einbrachte – wer war dieser Mann wirklich? Der fuhr unbeirrt fort. »Bedauerlich, dass dieser Polizist, dieser Nilsson, es nicht mehr hat. Das Pergament von ihm zurückzuholen wäre leicht gewesen, aber so ... Diese Stümper von Tryggvasons Erben. Pah! Was für eine Anmaßung. Wie ungezogene Kinder, die im Stroh mit dem Feuer spielen. Diese Leute haben keine Ahnung und sind zu allem bereit, das ist eine gefährliche Mischung. Ich hatte diese Bande schon lange im Verdacht, dass sie ihre Finger im Verborgenen überall haben, aber sogar bei der Polizei? Das hat selbst mich überrascht, als ich davon hörte. Ich habe auch meine Quellen dort«, erklärte Isaksson, als er Lennarts fragendes Gesicht bemerkte. »Wichtiger ist allerdings die Tatsache, dass Krähenbein wiederauferstanden ist. Jemand, ich vermute, es war Wallin, hat ihn durch das Zusammenfügen der beiden Amuletthälften wieder zum Leben erweckt, und nun ist er auf der Suche nach allen Dunklen Pergamenten – korrekterweise müsste man sie Pergamentfragmente nennen, denn nichts anderes sind sie. Vier Fragmente eines magischen Pergaments, der *vargúlfskinn*. Er will sie zusammensetzen, um seine Macht wiederzuerlangen. Und wenn das geschieht, ist es unsere Welt, die dunkel werden wird. Das gilt es zu verhindern. Ich schlage vor, dass das Ihre Aufgabe sein soll.« Mit diesen Worten zog Cornelius Isaksson seine goldene Uhr aus der Nadelstreifenweste und betrachtete sie einen Moment lang prüfend. Dann ließ er sie wieder zurück in die Tasche gleiten. »Die Zeit ist um.«

Er sprang vom Drehstuhl (dessen Federung beinahe dankbar, von dieser Last befreit zu sein, die Sitzfläche nach oben schob) und wandte sich zum Gehen, wankte dann aber erst noch auf Lennart zu und hielt ihm die Nachricht hin. »Lesen Sie. Sie müssen einen alten Bekannten von mir besuchen. Er ist etwas, nennen wir es ruhig, eigenartig, aber er kann Ihnen eventuell weiterhelfen.«

Lennart nahm den Brief aus den Händen des Anwalts entgegen. Wenn *dieser Mann* seinen Bekannten schon eigenartig nannte, dann wollte Lennart besagtem Herrn besser nie begegnen. »Wobei kann er mir weiterhelfen?«, fragte Lennart, während er Isaksson durch den Laden nachlief, der schnurstracks auf den Ausgang zuhielt.

»Zaubern lernen«, rief der Anwalt. »Sie müssen vorbereitet sein, wenn Sie es mit Krähenbein zu tun bekommen. Das war Buris Absicht mit diesem Geschäft, begreifen Sie nun?«

»Nein«, sagte Lennart ehrlich.

»Das macht nichts«, entgegnete Isaksson und öffnete die Tür. »Sie werden es begreifen.« Die Hexe kicherte böse und wahnsinnig. »Interessante Türglocke«, bemerkte Isaksson. »Tja, der alte Buri hatte Sinn für Humor. Im Gegensatz zu ihnen.« Auf der Stufe drehte sich Isaksson zu Lennart um. »Herr Malmkvist, machen Sie Ihre Sache gut und machen Sie sie bald. Ach, noch etwas.« Er deutete auf den versiegelten Brief, den er in der Werkstatt übergeben hatte und den Lennart noch immer in der Hand hielt, und senkte verschwörerisch die Stimme. »Mein alter Bekannter ist nicht nur eigenartig, er hat auch ab und zu Probleme mit Flüchen und bösen Geistern und derlei Dingen. Sie werden ihm helfen müssen, obwohl er ein wenig verrückt ist. Wenn es Ihnen gelingt, werden Sie viel lernen.«

»Flüche? Böse Geister?«

»Sieht aus, als würde ein Gewitter aufziehen. Kein gutes Omen, aber so werden Sie wenigstens alles mit Bölthorn besprechen können. Auf Wiedersehen, Herr Malmkvist.«

Mit diesen Worten stieg Cornelius Isaksson in seine Staatskarosse, ließ den Motor an und verschwand in der Nacht wie eine Erscheinung.

Weit entfernt zuckte der erste Blitz am Himmel.

Unschlüssig und etwas überfordert zog Lennart die Tür zu und schloss ab. Dann brach er das Siegel des Briefs – offensichtlich eine weitere dieser anachronistischen Marotten von Herrn Isaksson; Lennart konnte sich noch gut an den ersten Brief mit Buris Worten erinnern, den er von ihm bekommen hatte. Er faltete ihn auseinander und hielt ihn ins spärliche, rot flackernde Licht des Verkaufsraumes.

Ein Blitz. Es donnerte.

Lennart ließ den Brief sinken und schüttelte entgeistert den Kopf.

»Was ist?«, fragte Bölthorn leise und mopsröchelnd.

»Morgen früh, Bölthorn ... Morgen früh geht es los.«

›Göteborgs Spegeln‹ – Samstagsausgabe

Västra Götaland regional
Leiter der Göteborger Mordkommission verhaftet

Göteborg – Der Leiter der Göteborger Mordkommission, Hauptkommissar Hendrik Nilsson, ist am vergangenen Sonntag bei einem bewaffneten Raubüberfall in einem Göteborger Scherz- und Zauberartikelladen im Västra Hamngatan festgenommen worden. Unter anderem wirft man dem 63-jährigen Nilsson, der kurz vor seiner Pensionierung stand, Mordversuch, schwere Körperverletzung und Amtsmissbrauch vor, so auch den Anschlag auf die 24-jährige Emma Mårtensson. Frau Mårtensson war vor zwei Wochen in einem Ferienhaus in Skaftet von einem Unbekannten niedergestochen worden. *(Der GS berichtete; Anm. d. Red.)* Laut Dr. Alfred Heglund, Leiter der Intensivmedizin im Klinikum Oskarshamn, sei ihr Gesundheitszustand mittlerweile glücklicherweise stabil, sie befinde sich außer Lebensgefahr. Ob sie bleibende Schäden davontragen werde, sei noch nicht abzusehen, ihre Reha-Maßnahmen hätten vor kurzem erst begonnen.

Eine Mordanklage muss Nilsson daher nicht fürchten, dennoch wurde er mit sofortiger Wirkung suspendiert und sitzt in Untersuchungshaft, schweigt aber beharrlich zu den Vorwürfen, wie wir aus internen Polizeikreisen wissen. Dazu kommt, dass Nilsson zwischenzeitlich selbst Opfer eines Wohnungseinbruchs geworden ist. Ob ein Zusammenhang zwischen diesen Delikten oder sogar eine Verbindung zu Organisierter Kriminalität besteht, wird die Soko ›Zauberladen‹ klären, der auch die designierte Nachfolgerin von Nilsson, Maja Tysja, angehört. Die 35-Jährige gab sich bei unserem Interview zuversichtlich und selbstbewusst: »Wir werden die Hintergründe rückhaltlos aufklären, auch wenn es viel Arbeit bedeutet. Wir gehen aber davon aus, dass Hendrik Nilsson ein Einzeltäter war«, so die Kommissarin mit finnischen Wurzeln weiter.

Auf die Frage hin, ob Nilsson auch mit dem mysteriösen Tod des Ladenbesitzers Buri Bolmen *(der GS berichtete auch hierzu; Anm. d. Red.)* etwas zu tun habe, wollte sich Tysja aktuell nicht äußern. Durch seinen Anwalt ließ Nilsson aber verlauten, er sei daran in keiner Weise beteiligt.

Meldungen aus der Wirtschaft
HIC AB neuer Hauptanteilseigner der DataMining Group AB

Stockholm / Göteborg – Wie schon gestern durch eine Pressemitteilung der HIC AB bekanntgegeben wurde, ist dem Unternehmer und Investor Harald Hadding ein neuer Coup gelungen. Er sicherte sich mit der Investitionssumme von 1,5 Mrd. Kronen 51 % der renommierten DataMining Group AB mit Sitz in Stockholm. Laut Pressestelle der HIC AB sieht Hadding darin eine richtungsweisende Investition und strategische Partnerschaft für die Zukunft seiner gesamten Holding. Die DataMining Group AB gilt als Schwedens innovativstes IT-Unternehmen im Bereich Datenüberwachung und -sicherheit. Experten halten diesen Kaufpreis für ein regelrechtes Schnäppchen, da die DataMining Group AB wesentlich höher zu bewerten sei. Man wisse nicht, wie Hadding das immer mache, er habe einfach ein fast schon magisches Händchen für Firmenkäufe und gute Gelegenheiten, konstatierte ein Experte der Stockholmer Börse, wo die Kurse beider Unternehmen sofort nach Bekanntwerden dieser Nachricht deutlich zulegten. Rechte Hand von Hadding wird Peer Wikström, den er in den Vorstand berief. Bisher war der 39-jährige Wikström Leiter der Großkundenabteilung der Göteborger HIC-Niederlassung am Gullberg Strandgata.

Göteborg lokal
Zauberfreunde können sich freuen!
Bolmens Skämt- & Förtrollningsgrotta wird im Januar wiedereröffnet

Göteborg – Der wegen des Todesfalls des vorherigen Eigentümers *(vgl. unseren Artikel auf Seite 1; Anm. d. Red.)* geschlossene Scherz- und Zauberartikelladen im Västra Hamngatan 6 will seine Pforten in wenigen Wochen, gleich zu Jahresbeginn wieder öffnen. Laut des neuen Eigentümers, Lennart Malmkvist, ist eine Eröffnungsfeier mit Einführungsrabatten und einer Zaubervorführung für Jung und Alt geplant, deren genauer Termin allerdings bei Redaktionsschluss noch nicht feststand. Auch eine Website unter *www.fortrollningsgrotta.nu* sei in Arbeit und solle zeitgleich online gehen.

Anzeige

Ist auch Ihr Hund oft traurig und niedergeschlagen? Waren Sie schon bei allen möglichen Ärzten und wissen einfach nicht mehr weiter? Neue Untersuchungen zeigen: Des Rätsels Lösung ist oft einseitige Ernährung durch Trockenfutter! Darum geben auch Sie Ihrem Hund mal etwas mehr Abwechslung in den langweiligen Napf. Kaufen Sie *Köttikött*, unser neues Bio-Kraftfutter aus besten Innereien und Muskelfleisch, ganz ohne Zusätze! Mmmmh! Lecker! Machen Sie

Ihren Hund wieder glücklich! Er wird sich bei Ihnen bedanken, auch wenn er nicht sprechen kann.

Jetzt gibt es *Köttikött* im Sechserpack in allen Supermärkten und dem Fachhandel zum Einführungspreis. Nur solange der Vorrat reicht.

Danksagung

Ein Buch kommt niemals durch den Autor allein, sondern nur mithilfe vieler weiterer professioneller und engagierter Menschen zustande. An dieser Stelle möchte ich mich daher bei all denen bedanken, die mich auf dem langen Weg von der Projektidee bis hin zu dem zauberhaften Buch, das Sie gerade in den Händen halten, unterstützt und an mich und Lennart Malmkvist geglaubt haben.

Na gut, genau genommen müsste ich mich ja bei Bölthorn bedanken, dem Mops, dessen Zauber letztendlich alle verfallen sind. Ich kann also eigentlich nichts dafür … ehrlich! Ich mach's trotzdem. (Bölthorn kann gerade nicht sprechen, es gibt im Moment kein Gewitter.)

Ich danke allen von dtv, die sich für diese Reihe so ins Zeug gelegt haben, ob Marketing, Coverdesign, Vertrieb, Buchhandelsbetreuung oder Programmleitung, jeder hat seine Arbeit und sein Engagement mit eingebracht.

Ich danke meinem Agenten, Joachim Jessen (eigentlich mag er keine Fantasy, wie ich gehört habe), der mir mit seinem untrüglichen Gespür für gute Geschichten und vielen hilfreichen Ratschlägen stets zur Seite stand.

Ich danke meiner Lektorin, Elisabeth Kurath, die diesen Text mehr als wunderbar redigiert hat.

Ich danke ganz besonders meinen Testlesern, Herrn Prof. Dr. Fritz Hehrlein und Renate Wolf-Hehrlein, für ihre vielen akzentuierten und äußerst konstruktiven Anmerkungen zur Geschichte, für herrlichen Wein, delikates Essen und für die vielen geistreichen Gespräche, die wir führten. Leider hat das Schicksal Herrn Prof. Dr. Hehrlein aus unserer Mitte gerissen, bevor er das gedruckte Ergebnis seiner wunderbaren Kritik und seines herzlichen und engagierten Interesses an mir und meiner Arbeit in den Händen halten konnte. Ich bedaure das zutiefst – Du fehlst sehr, lieber Fritz! Danke für alles.

Vor allem danke ich von Herzen meiner Uli, die mich mit Mops- und Magiebüchern versorgt, die mir lachende (je nach Sitzposition) und geflügelte Mopspostkarten schenkt, die unermüdlich Fotos schießt, die Scherz- und Zauberartikelbeschreibungen ausdruckt, die ich als kritische und belesene Testleserin sehr schätze, die meine Gedanken immer wieder mit kleinen und großen Ideen bereichert und die einfach da ist, wenn ich sie brauche. Danke!

PS: Und es gibt ihn doch, den perfekten Albtraum!